요셉과 그 형제들

2

요셉과 그 형제들

청년 요셉

토마스 만 지음
장지연 옮김

살림

목차

1부 토트

아름다움 · 9
목자 · 14
수업 · 19
육체와 정신 · 34

2부 아브라함

가장 나이 많은 종 · 53
주님을 발견한 아브라함 · 62
사자(使者)의 주인님 · 79

3부 요셉과 벤야민

아돈의 숲 · 89
하늘의 꿈 · 120

4부 꿈을 꾸는 자

화려한 옷 · 139
발빠른 자 · 160
깜짝 놀라는 르우벤 · 173
곡식단 · 190
의논 · 206
해와 달과 별들 · 212

5부 형제들을 찾아가는 여행

무리한 요구 · 227
세겜으로 향하는 요셉 · 238
들판의 남자 · 246
라멕과 멍 · 266
우물에 던져지는 요셉 · 277
구덩이에서 비명을 지르는 요셉 · 298
굴 안에서 · 309

6부 굴 앞의 돌

이스마엘 사람들 · 331
르우벤의 계획 · 345
팔아치우기 · 351
굴을 찾아간 르우벤 · 377
맹세 · 390

7부 갈기갈기 찢긴 자

요셉을 잃고 통곡하는 야곱 · 403
야곱의 시련 · 431
익숙해지기 · 443

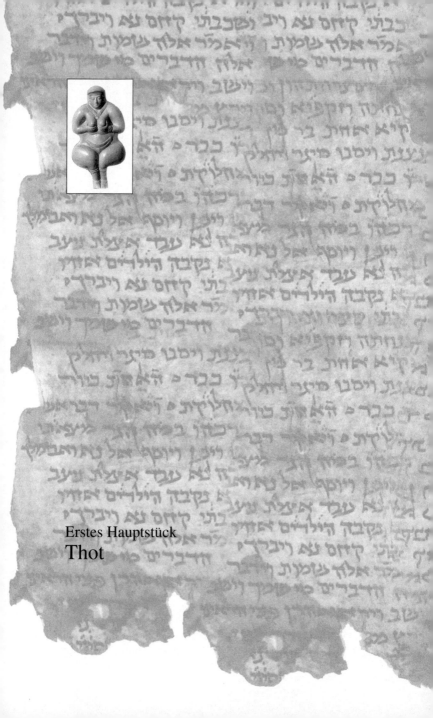

Erstes Hauptstück
Thot

1부

토트

아름다움

열일곱 살의 요셉은 다른 형들과 마찬가지로 가축을 기르는 목자가 되었고, 아버지의 축첩이었던 빌하와 질바의 자식들과 함께 있었다 한다. 이는 맞는 말이다. 그리고 아름다운 대화가 여기에 덧붙인 내용을 보면 요셉은 형제들이 주변 사람들의 원성을 듣게 되면, 아버지한테 곧바로 알려 주었다. 앞에서도 이에 관한 이야기를 한 바 있다. 그러니 한 가지는 분명해진다. 요셉을 꼴도 보기 싫은 악동으로 보는 시각도 있었다는 사실이다. 물론 이는 형들의 입장으로 우리는 그렇지 않다. 아니 한순간 그런 입장을 취했다가도 얼른 거둬들인다. 요셉은 그 이상이었으니까. 그러나 과거의 일들을 보다 명확하게 조명하려면, 이에 관해 전해 내려오는 진술들이 아무리 정확하다 해도, 그 배경을 하나하나 꼼꼼하게 설명할 필요가 있다.

요셉은 열일곱 살이었다. 그리고 당시 사람들의 눈에는

인간의 자녀들 중에서 가장 아름다웠다. 솔직히 말해 아름다움을 논하는 것은 별로 내키지 않는다. 이 낱말과 개념에서는 지루함이 묻어 나오지 않는가? 아름다움이란 창백한 지성이 만들어낸 생각이요, 꿈이 아니던가? 사람들은 아름다움이 법칙을 토대로 한다고 말한다. 하지만 법칙은 이성에 말을 거는 것이지, 감정에 호소하지 않는다. 감정은 법칙으로 조종할 수 없다. 따라서 무엇 하나 흠잡을 데 없는, 어떤 것도 용서해 줄 필요가 없는 완벽한 아름다움은 무미건조하다.

실제로 감정은 무언가 용서할 게 있는 것을 더 좋아한다. 그렇지 않으면 곧 하품을 하며 외면한다. 그저 완벽하기만 한 대상 앞에서 감탄만 하고 무조건 그 가치를 인정하려면, 학교에서 모범이라고 제시하는 것에 대해 완전히 굴복하지 않으면 안 된다. 이렇게 요구받은 감탄에 깊이를 인정해 주기란 쉬운 일이 아니다. 법칙은 외형적으로 교훈을 통해 구속력을 행사한다. 내면적인 구속력을 행사할 수 있는 것은 오로지 마법뿐이다. 아름다움은 마법을 통해 감정에 호소한다. 어느 대상을 아름답다고 느끼는 감정은 절반 정도 광기에 가까우며, 불확실하며 흔들리고 파괴될 수도 있다.

아름다운 몸에 추한 얼굴을 붙이면 몸까지도 더 이상 아름답게 느껴지지 않는다. 주변이 어두우면 혹시 아름답게 느껴질 수 있을까. 하지만 그나마도 기만에 지나지 않는다. 그러니 아름다움의 영역에는 얼마나 많은 기만과 마술과 희롱이 넘쳐나는가! 왜 그럴까? 이는 사랑과 욕망의 영역이 동시에 드러나기 때문이다. 그리고 성이 서로 혼합되어 아름다움이라는 개념을 결정하기 때문이다.

여자들로 변장한 청년들이 남자들의 넋을 빼놓았다던가, 또는 아가씨들이 남자처럼 바지를 입고 같은 여자들의 정욕에 불을 붙였다는 일화들도 많이 있다. 그러다 진실을 알게 된 순간 언제 그랬느냐 싶게 그런 감정은 순식간에 김이 빠지고 만다. 아름다움이 현실적으로는 아무 쓸모가 없음이 드러났기 때문이다. 인간의 아름다움은 하나의 감정 효과로서 어쩌면 성이 지니고 있는 마법, 성 이념의 구체화에 불과한지도 모른다. 지극히 이성적인 사람이 아니고서야 한 여자가 다른 여자를, 한 남자가 한 다른 남자를 아름답다고 말하기는 정말 어렵다. 따라서 아름다운 사람을 운운하는 것보다는 차라리 완벽한 남자, 아주 여성적인 여자 이야기를 하는 것이 낫다.

아름다움이 동성끼리는 현실적으로 아무 쓸모가 없음에도 불구하고, 이러한 비실용성을 누르고 동성에게도 무조건 아름답게 보이는 경우는 드물다. 그렇다고 이러한 무조건적인 아름다움의 승리가 아예 없는 것은 아니다. 간혹 이런 사례가 있었음은 이미 증명된 바다. 여기서는 청춘이 중요한 역할을 한다. 다시 말해 마법이 한몫하는 것인데, 감정은 이를 아름다움과 혼동하기 쉽다. 그래서 지나칠 만큼 신경에 거슬리는 육체적 결함 때문에 그 매력이 무뎌지지 않는 한, 대부분 청춘은 아름답게 느껴진다. 청춘 스스로도 자신이 아름다운 줄 안다. 젊은 청춘남녀의 미소가 이를 증명해 준다. 청춘의 아름다움은 우아함이다. 이 우아함의 본질은 남성다움과 여성다움의 중간이다. 열일곱 살 청년은 완벽한 남성다움이라는 면에서 아름다운 것이 아니다. 그렇다고 (같은 남자들을 대상으로 할 경우—옮긴이) 비실용적인 여성다움의 의미에서 아름다운 것도 아니다. 이 경우라면 그 매력은 오히려 최저치일 것이다. 그러나 청춘의 우아함이라는 미(美)는 항상 심적으로나, 표현 면에서 조금은 여성다움을 내비친다는 점은 인정해 줘야 한다. 본성이 그렇기 때문이다. 세상과 맺는 부드러운 관계가 그렇고, 세상이 청춘의 우아함과 그 미소와 맺는 관계에서도 그렇다. 열일곱 살이면 어떤 여자나 남자보다도 아름다울 수 있다. 그리고 여자처럼 아름답기도 하고, 또 남자처럼 아름답기도 해서, 이쪽저쪽 어디로 봐도 다 귀엽고 아름다워, 그 모습 앞에서 너나없이 입을 다물지 못하고 넋을 잃는 것이다.

라헬의 아들이 바로 그러했다. 그가 사람의 자식들 중에 가장 아름다웠다고 말한 것도 그런 맥락에서였다. 그것은 당연히 과장된 칭송이었다. 사실 그와 같은 아들은 다른 곳에도 많았고 지금도 그러하다. 그리고 인간이 양서류 또는 파충류 노릇을 그만두고, 육체적으로 거룩한 존재로 성장하는 동안, 황갈색 피부의 열일곱 살 청년이 그처럼 늘씬한 다리와 잘록한 허리와 참으로 멋진 가슴을 자랑하며 보는 사람을 즐겁게 한 것은 이번이 처음은 아니었다. 그리고 너무 크지도, 작지도 않은 키에 딱 알맞은 체격, 걸을 때나 서있는 모습이 절반은 신처럼 보이고, 섬세하고 부드러우면서도 다른 한편으로는 힘도 있어서, 우아한 균형을 보여주는 경우 또한 예외적인 현상은 결코 아니었다. 그리고 이런 몸에 개처럼 생긴 머리가 아니라, 사람의 마음을 잡아끄는 성스러운 미소를 지닌 머리가 붙어 있는 것도 특별한 경우가 아니었다. 그리고 이는 비단 과거뿐만 아니라 언제든 발견할 수 있다. 그러나 요셉이 살던 곳에서는 바로 요셉이야말로 보는 사람마다 아름답다고 느낀 인물이었다. 사람들은 그의 입술에, 실은 말을 하거나 미소를 짓느라 움직이지 않았더라면, 너무 두툼해 보였을 그 입술에 영원한 존재가 은총을 쏟아 부은 것처럼 느꼈다. 이 은총에 이의를 다는 사람들도 있었다. 그 은총에 대한 반감도 여기저기 있었으니까. 그러나 반감은 아무것도 부인하지 못했다. 반감을 갖는다 해서 밑바닥에 깔린 감정까지 완전히 배제할 수는 없었다. 오히려 요셉에 대한 형들의 증오는 겉으로야 부인하려 했지만, 연모의 다른 표현에 불과했다.

목자

    요셉의 아름다움과 그의 열일곱 살에 대해서는 이 정도로 끝내자. 그가 형들과 함께 가축을 돌보는 목자였다는 점은, 그러니까 빌하와 질바의 자식들과 함께 목자 노릇을 했다는 데는 설명이 필요하다. 한편으로는 보충도 해줘야 하고, 제한적인 조건도 달아줘야 한다.

    축복받은 자 야곱은 그 땅에서 낯선 사람, 흔히 말하는 굴러 온 돌이었다. 말하자면 사람들이 손님처럼 묵묵히 봐주는 사람이었다. 야곱이 워낙 오랜 세월 다른 곳에서 살아서가 아니라 집안 내력이 그러했다. 즉 그의 선조 또한 굴러 온 돌이었다. 야곱의 위엄은 한곳에 정착한 도시 귀족의 그것과는 달랐다. 유랑하면서 장막생활을 하던 야곱이 위엄을 얻을 수 있었던 것은 지혜와 재산 때문이었다. 이 두 가지가 어우러져 고결한 인품과 당당한 태도를 낳았던 것이다.

야곱은 일단 장막을 친 곳의 법을 따랐지만, 어느 정도 자유를 누릴 수 있었다. 그는 이전에 시겜 성문 앞에서 그랬던 것처럼 이번에도 헤브론의 성벽 앞에 장막을 쳤다. 그런데 장막생활이란 언제든 다른 우물과 목초지를 찾아 떠나기도 하는 것이다. 그렇다면 야곱은 사막을 떠도는 카인의 후손, 베두인이었을까? 도시 사람과 농민들이 고개를 내젓고 두려워했던 그 떠돌이 도적떼 같은 존재였던가? 전혀 그렇지 않다. 아말렉을 철천지원수로 생각한다는 점에서는 야곱이 섬긴 신과 그곳 땅의 바알(Baal, 主를 뜻하는 히브리어—옮긴이)들도 별반 다를 바 없었다. 부족의 표식을 온몸에 새겨 넣은 이 남쪽 사막의 패거리들이 낙타를 몰고 쳐들어오면, 야곱도 가솔들을 무장시켜 도시 사람들과 가축도 기르는 농민들을 도와 함께 물리치기도 했다.

그렇다면 야곱이 농부였는가 하면 그것도 아니다. 그럴 생각도 없었다. 사실 농부의 신분은 그의 신앙심이 허락하지 않았을 것이다. 다른 것도 아니고 '태양' 아래 빨갛게 그을려가며 땅을 일궈야 하지 않는가. 야곱은 이방인이었고, 그저 체류허가를 받은 보호시민이었을 뿐, 땅을 소유할 권리는 없었다. 물론 자신의 주거지역은 예외였다. 그는 이따금 이곳저곳에서 조그만 밭을 빌리기도 했다. 평지도 좋고, 경사진 땅에 자갈이 있어도 사이사이 밀과 보리를 심을 수 있는 곳이었다. 이 밭일은 아들들과 종들이 맡았다. 그래서 요셉도 다들 알다시피, 가축을 돌보는 것뿐만 아니라, 씨를 뿌리고 곡식을 베기도 했던 것이다. 그러나 이런 밭일은 농사일에 별다른 애착도 없었던 야곱에게는 조금이나마 토착성을 보여주려는 일종의 부업에 지나지 않았다. 실제로 야곱의 경제 활동 중 제일 큰 비중을 차지한 것은 늘 무리지어 다니는 움직이는 재산, 즉 가축떼였다. 여기서 나오는 산물의 잉여분을 그는 곡식, 포도즙, 기름, 무화과, 석류 열매, 꿀, 그리고 금과 은으로 바꾸었다. 가축을 치며 그 땅에 완전히 얽매이지 않고 어느 정도 자유롭게 살려면 도시인들을 비롯하여 시골 사람들과도 여러 가지 계약을 맺어야 했다.

가축을 방목하려면 그곳 토착민들, 예컨대 도시의 상인들과 품을 대주거나 아니면 임대료를 받는 농민들과의 원만한 거래가 필요했다. 남의 울타리를 쳐부수고 들어가 임자 있는 땅을 엉망으로 만들어버리는 떠돌이 도적이나, 하루 이틀 머무는 나그네처럼 살 생각이 아니라면, 야곱은 방목권을 보장받아야 했다. 그래서 야곱은 바알을 섬기는 자들을 상대로 가축떼가 추수가 끝난 경작지와 휴경지에서 풀을 뜯어먹을 수 있도록 여러 가지 조건을 문서로 만들어 계약을 맺었다. 그러나 이 고지대에 머물던 기간 동안 휴경지가 점차 줄어들었다.

그 시절은 오랫동안 태평성대여서 여행자들이 다니는 대로가 한산한 날이 없었다. 이 대상무역의 덕을 톡톡히 본 것은 도시 사람들이었다. 가뜩이나 시골 사람들에게 뜯은 고리대금으로 배를 불리던 이들은 물건보관료와 거래수수료를 비롯하여 호송료까지 챙기자 비곗살이 더 늘어났다. 마르둑의 땅, 즉 바벨에서 다마스커스를 거쳐 요르단 강 동쪽 길을 통해 이 지역을 지나가는 대상 행렬이 끊이지 않았던 탓이다. 이들은 이곳에서 큰 바다가 있는 곳으로 나아가 진흙땅 이집트로 가는 자들이었다. 또 반대쪽 방향에서 오는 대상들도 있었음은 물론이다.

야곱은 땅을 늘려 가솔과 노예들로 하여금 경작하게 했다. 이들은 빚을 갚지 못해 노예로 전락한 농민들이었다. 여하튼 밭 수확물은 장사 수익과 함께 그를 살찌웠고, 야곱은 이 잉여자본으로 예전에 이슐라누의 아들들이 라반에게 했던 것처럼 자유로운 농민들까지 무릎을 꿇릴 수 있었다. 야곱의 주거지는 점차 넓어졌고 경작지도 많아졌다. 결과적으로 목축 공간은 별로 남지 않았다. 옛날 아브라함과 롯이 함께 있던 소돔의 목초지가 그랬던 것처럼, 이제 이 땅은 야곱을 더 이상 감당할 수 없게 된 것이다. 그는 자신을 (재산은 그 자신이기도 하므로―옮긴이) 나눌 수밖에 없었다.

야곱이 소유한 대부분의 가축들은 더 이상 그곳에서 풀을 뜯지 않았다. 거기서 닷새쯤 걸리는 북쪽 땅, 예전에 살기도 했던 시겜 골짜기로 옮긴 것이다. 물이 풍부한 그곳에서 계약을 맺고 가축들을 방목한 것은 대부분 레아의 아들들이었다. 르우벤으로부터 시작하여 즈불룬이 거기 나가 있고, 빌하와 질바의 네 아들들은 라헬의 두 아들들과 함께 아버지 곁에서 살았다. 그렇게 해서 십이성좌가 그렇듯, 한번에 여섯 개만 보이고, 나머지 여섯은 눈에 보이지 않았다.

요셉은 물론 자신들의 상황을 이런 식으로 비유하는데 동의하지 않았을 것이다. 그렇지만 헤브론에 특별한 일이 있을 때도 자식들이 계속 먼 곳에 머물렀다는 뜻은 아니다.

가령 추수철이면 나가 있던 이들도 집으로 돌아왔다. 하지만 이들이 대부분은 나흘이나 닷새가 걸리는 먼 곳에 나가 있었다는 점이 중요하다. 청년 요셉이 몸종들의 아들들과 함께 머물렀다는 것은 바로 이런 맥락에서 나온 말이다.

그러나 요셉이 형들과 함께 들판과 목초지에서 한 일은 그의 일상사가 아니었던 것만큼, 그 일을 너무 진지하게 받아들일 필요는 없다. 그는 항상 가축을 돌보는 목자가 아니었으며, 겨울 종자를 묻기 위해 비 온 뒤 부드러워진 땅을 일구는 농부도 아니었다. 고작해야 기분 내키면 어쩌다 한 번 그런 일을 한 것뿐이다. 아버지 야곱은 요셉에게 이보다 훨씬 고상한 소일거리를 위해 많은 여가시간을 주었다. 그게 어떤 일인지는 곧 이야기하겠다. 그렇다면 요셉이 형들과 함께 일하는 경우, 그가 맡은 일은 어떤 성격을 띠었을까? 그들의 보조자였을까? 아니면 감독관? 불쾌하게도 이 점은 형들에게도 분명하지 않았다. 가장 나이 어린 요셉이, 그래서 당연히 그들에게 의존할 수밖에 없는 그가 간신히 손쉬운 일만 거들어 준 것도 탐탁지 않은데, 그들과 똑같은 신분, 다시 말해서 노인의 동등한 아들들 중의 하나가 아니라, 오히려 아버지의 대리인이요 사신으로서 자신들을 감시하였으므로 요셉이 오는 것이 못마땅한 것도 당연했다. 하지만 다른 한편 자신들은 밖에서 고된 일을 하는데, 그는 편안히 집에 머물고 있는 꼴을 보면 부아가 치밀곤 했다.

수업

요셉은 그러면 집에서 무엇을 했을까? 그는 늙은 엘리에 젤과 함께 우물 곁에 있는 커다란 테레빈 나무, 그 성목(聖木)의 그늘에 앉아 학문에 열중했다.

엘리에젤을 보고 사람들은 아브라함의 얼굴을 닮았다고들 했다. 물론 이유를 아는 사람은 아무도 없었다. 사실 그들 중 누구도 갈대아 사람 아브라함을 본 사람도 없지 않았던가. 그리고 그의 외모를 알려 주는 어떤 그림이나 비유가 수백 년 세월을 거치며 후대로 전해진 바도 없다. 그러므로 엘리에젤과 그가 닮았다는 것은, 거꾸로 최초의 나그네, 신의 친구였던 아브라함을 상상할 때 엘리에젤의 모습이 도움이 된다는 의미로 이해하는 게 옳다. 풍채와 자세뿐만 아니라 엘리에젤의 굵직굵직한 얼굴 윤곽에 위엄이 어려 있기도 했지만, 거기엔 뭔가 편안하고 보편적이며 가타부타 말이 없는 신 같은, 그야말로 독특한 면이 있었다. 바로 이

점 때문에 사람들은 존경받아 마땅한, 알지 못하는 옛날 사람 아브라함을 떠올릴 수 있었던 것이다.

엘리에젤은 야곱과 동년배로 야곱보다 나이가 조금 많았다. 그리고 야곱도 그러했듯이 절반은 베두인처럼, 절반은 시날 사람들처럼 술 장식이 달린 옷을 입었다. 그리고 허리춤의 장식 끈에는 필기도구를 끼우고 다녔다. 여기서 그의 얼굴을 한번 살펴보자. 머릿수건에 가리지 않은 이마 아래쪽은 주름살이 없고 깨끗하다. 별로 깊지 않은 코뿌리로부터 좁다랗고 완만한 아치를 그리며 관자놀이 쪽으로 뻗은 눈썹은 나이답지 않게 여전히 짙다. 아래를 보면 거의 속눈썹이 없는 눈꺼풀과 눈 아랫부분의 살갗이 고루 두툼하게 부어 언뜻 보면 입술처럼 보인다. 그 사이로 둥글고 검은 눈동자가 튀어나와 있다. 콧잔등은 넓고 콧구멍은 좁다. 좁다란 콧수염이 양쪽 입 가장자리로 이어져 아래로 내려가 얼굴 아랫부분의 담황색 수염 위에 겹쳐지고, 양쪽 끝의 폭이 같은 불그스레한 아치 모양의 아랫입술이 보인다. 아치 같은 볼 위의 수염 사이로 군데군데 황색 피부가 눈에 들어온다. 그런데 귀와 맞닿은 부분에는 수염이 워낙 촘촘해서 마치 귀에 붙여 놓은 듯하여 힘을 주어 잡아당기면 그대로 뜯어낼 수 있을 것처럼 보인다. 그랬다. 아니, 그 이상이었다. 수염 뿐 아니라 얼굴 전체가 그랬다. 가면을 벗기듯 얼굴을 잡아당기면, 그 안에 감춰진 엘리에젤의 진짜 얼굴이 나올 것만 같았다. 청년 요셉에게도 간혹 그렇게 보이는 때가 있었다.

엘리에젤이라는 인물과 그의 출신에 관해서는 여러 가지

잘못된 의견들이 있다. 하지만 이를 바로잡는 일은 나중으로 미루기로 하고, 여기서는 엘리에젤이 야곱의 집안일을 담당하는 집사였으며, 종복 중에 나이가 가장 많고 글을 읽고 쓸 줄 아는 자로서, 요셉의 가정교사였다는 점만 상기시키려 한다. 그는 계시를 받기도 하는 성목 밑에 앉아 제자에게 아마도 이렇게 묻기도 했을 것이다.

"주님께서 다른 모든 식물과 동물을 만드시고, 맨 마지막에 인간을 창조하신 이유가 세 가지 있었으니, 그것이 무엇이더냐?"

그러면 요셉은 이렇게 대답해야 했다.

"주님께서 인간을 맨 나중에 창조하신 첫째 이유는 어떤 인간도 창조에 동참했다는 소리를 못하게 하기 위해서였어요. 그리고 두번째는 인간의 겸손을 위해서였죠. '쇠파리도 나보다 먼저 나왔다'라고 말하게 하려고요. 그리고 세번째로는 모든 준비를 갖춘 후 손님인 인간에게 식사를 대접하기 위해서였지요."

"그래, 바로 말했다."

엘리에젤이 흡족해 하면 요셉은 웃음을 터뜨리는 것이었다. 그러나 이 정도는 아무것도 아니다. 이건 통찰력을 기르고 기억력을 훈련시키는 여러 연습들 중 한 가지 예에 불과하다. 요셉은 어린 시절부터 엘리에젤로부터 옛날 이야기들이며 역사 이야기를 배웠다. 어린 요셉은 자신이 배운 것을 그대로 암기하여 하나도 빼놓지 않고 다른 사람들에게 들려주곤 했다. 그렇지 않아도 그의 아름다움에 넋이 나가 있는 사람들은 그처럼 영특한 아이에게 마음을 빼앗기지 않을 수 없었다.

요셉이 우물가에서 아버지의 생각을 다른 데로 돌리려고 엉뚱하게 이름에 얽힌 재미있는 우화를 들려주었던 장면을 기억해 보자. 그때 요셉은 처녀 이슈하라의 이야기를 했었다. 그녀는 음탕한 생각을 품고 자신을 찾아온 천사 셈하자이에게 천사가 하늘로 올라갈 때 부르는 신의 진짜 이름을 꼬치꼬치 캐물었다. 마침내 이름을 알아낸 그녀는 하늘로 올라갔다. 그렇게 자신의 처녀성을 상실하지 않고 하늘로 올라간 그녀를 어여삐 보신 그곳의 주인님께서 이렇게 말씀하셨다.

"네가 죄에서 벗어났으므로 별 가운데 네 자리를 마련해주마." 이것이 처녀별(이쉬타르―옮긴이)의 근원이었다. 그러면 그녀를 유혹한 천사는 어떻게 되었을까? 그는 더 이상 위로 올라갈 수가 없어서 먼지 속에서 마냥 기다리고 있다가 이사악의 아들 야곱이 벧-엘에서 하늘에 이르는 계단 꿈을 꾸게 되자, 그제야 비로소 그 사다리를 타고 승천할 수 있었다. 이렇게 한 인간의 꿈을 통해서 간신히 하늘로 올라갔으니 얼마나 부끄러웠을까?

이것을 학문이라 부를 수 있었을까? 아니다. 이것은 반토막의 학문도 아니었으며, 그저 정신을 꾸미는 장식에 불과했다. 그러나 보다 엄격하고 구체적인, 그 거룩한 분을 영접하도록 마음을 닦는 데에는 이보다 더 적합한 것이 없었다. 이런 식으로 요셉은 엘리에젤로부터 우주를 배웠다.

그 가르침에 따르면 하늘은 셋으로 나뉘어져 있었다. 위쪽 하늘과 12성좌가 있는 하늘의 땅과 남쪽에 있는 하늘의 바다가 그것이다. 또 세속의 세계도 마찬가지로 셋으로 나뉘어져 있었다. 공기로 이루어진 하늘과 대지 그리고 이 땅의 대양이었다. 이 대양은 지구 원판을 마치 하나의 끈처럼 두르고 있는데, 지구 원판 밑(즉 땅 밑—옮긴이)에도 있어서, 대홍수가 나면 온갖 틈새로 터져 나와 아래로 쏟아져 내리는 하늘의 바다(비—옮긴이)와 하나가 되었다. 한편 이 땅의 대지는 꾹꾹 다져진 것으로 보이는 반면, 저기 하늘의 대지는 산악지대처럼 보였다. 그곳에는 산봉우리가 둘 있는데, 그 이름이 호렙과 시날, 곧 해와 달이었다.

해와 달은 또 다른 다섯 개의 별들과 합쳐서 총 일곱 개의 유성을 이룬다. 각기 크기가 다른 일곱 개의 원을 그리며, 황도십이궁 수대(獸帶)에 붙어서 제각각 다른 길을 가는데, 그 때문에 이 수대는 마치 7층으로 이루어진 둥근 탑처럼 보였다. 그리고 흡사 테라스처럼 보이는 이 둥근 고리는 가장 높은 북쪽 하늘과 통치자의 옥좌로 이어졌다. 그곳이 주님이 계시는 곳이었다. 이글거리는 불로 만들어진 그 거룩한 산의 광채는 저기 멀리 북쪽 땅을 굽어보며 눈 속에서 빛을 발하는 헤르몬 산봉우리와 같다. 엘리에젤은 하늘에 있는 거룩한 산을 일러주면서 지금 두 사람이 앉아 있는 나무 밑에서도 볼 수 있는 헤르몬 정상을 가리켰다. 그러면 요셉은 하늘에 속하는 것과 땅에 속하는 것을 꼬치꼬치 따져서 구분하는 법 없이 엘리에젤의 말을 그냥 받아들였다.

요셉은 숫자의 기적과 신비를 배웠다. 60이라는 숫자와 12라는 숫자, 그리고 7과 4와 3이 여기에 해당했다. 이 거룩한 척도가 어쩌면 그렇게 서로 잘 맞아떨어지는지 그저

놀랍고 신기했던 요셉은 숫자의 위대한 조화 앞에서 숙연
해지곤 했다.

12는 큰 주기의 정거장인 황도십이궁의 숫자였다. 여기
서 12달이 나왔고 한 달은 30일씩이었다. 작은 주기인 하
루도 여기에 맞게 12등분되었다. 1등분은 '2시간'(원래는
'곱절 시간'이나 편의상 '2시간'으로, '곱절 분'도 '2분'으로 옮
겼음—옮긴이)이었다. '2시간'은 하루에 들어 있는 12개의
달인 셈이었고, 이 시간 간격은 해시계 원판에서 60등분 되
었다. 그리고 황도를 나타내는 해시계 원판은 360등분 되
었다. 이 숫자는 1년에 들어 있는 숫자였다. 그리고 태양의
가장자리가 지평선 위로 떠오르는 그 순간부터 동그란 모
습을 완전히 드러낼 때까지 일출에 걸리는 시간은 '2시간'
간격을 60등분한 몫 '2분'이었다. 이렇게 여름과 겨울을
거치며 큰 주기가 한바퀴 돌듯이 하루라는 작은 주기도 낮
과 밤을 거쳤다. 그렇게 하여 12개의 '2시간'이 낮과 밤으
로 똑같이 나뉘어져 낮도 밤도 12개의 '1시간'을 가졌다.
그리고 1시간에는 1분이 60개 들어 있었다.

이처럼 근사하고 질서정연한 조화가 또 있겠어요? 요셉
은 엘리에젤에게 자신이 배운 내용을 들려주면서 다시 한
번 감탄했다.

계속하거라! 두무지, 진짜 아들, 진정한 아들이여! 머리
에 불을 밝혀 네 이성을 날카롭게 다듬어 보거라! 신나게!

엘리에젤이 장단을 맞췄다.

7은 행성, 즉 명령을 전해 주는 자들의 숫자였다. 이 신들은 각기 하루씩 맡았다. 그러나 7은 이 신들의 길을 열어주는 달의 숫자이기도 했다. 하늘에 떠오르는 달의 모양은 네 가지였고, 각각의 상태는 7일 동안 지속되었다. 세상의 모든 것이 그렇고, 예와 아니오가 둘이듯이 태양과 달도 둘이었다. 그래서 행성들도 2와 5로 나눠질 수 있었다. 아, 5라는 숫자! 5가 이처럼 대단한 대접을 받는 건 12와 맺는 아름다운 관계 때문이었다. 5에 12를 곱하면 거룩한 숫자로 증명된 60이 나오지 않던가! 그리고 가장 아름다운 관계를 보여주는 경우는 거룩한 7과의 관계였다. 5에 7을 더하면 12가 되었으니까. 그게 전부였던가? 아니다. 이처럼 특별한 질서에서 사람들은 5일에 걸친 행성의 한 주간을 얻어냈다. 그리고 이 한 주간이 72개 모여 1년이 되었다. 5야말로 72에 곱해서 성스러운 360을 만들 수 있는 숫자였다. 그리고 이 360은 바로 1년에 들어 있는 하루의 숫자이며, 황도의 원주를 등분한 숫자였다.

참으로 대단했다.

행성은 그러나 3과 4로 나눌 수도 있었다. 양쪽 모두 가장 숭고한 섭리를 보여주는 숫자였다. 우선 3은 황도십이궁의 지배자들, 즉 해와 달 그리고 이쉬타르, 곧 금성을 합친 숫자였다. 게다가 3은 우주의 숫자였다. 우주의 위와 아래가 각기 셋으로 나뉘었으니까. 한편 4는 세상의 사방을 나타내는 숫자로 하루 시간의 구분과 맞아떨어지며(동쪽은 아침, 서쪽은 저녁, 남쪽은 정오, 북쪽은 자정─옮긴이), 황도에서 한 행성이 맡고 있는 부분의 숫자이기도 했다. 또 4는 달과 금성의 네가지 상태를 보여주는 숫자였다. 그렇다면 3을 4와 곱하면 어떤 숫자가 나왔을까? 바로 12가 아니었던가!

요셉은 웃었다. 그러나 엘리에젤은 손을 올리며 이렇게 외쳤다.
"아도나이!"

그렇다면 달의 날들을 그 상태의 숫자 4로 나누면? 다시 7일로 이루어진 일주일이 나왔다. 이게 바로 그분의 섭리였다.

어린 요셉은 노인 엘리에젤 앞에서 공놀이를 하듯 이런 숫자놀이를 즐기는 데 그치지 않고 나름대로 깨닫기도 했다. 가령 360이라는 거룩한 숫자는 완전히 맞아떨어지지 않았는데, 이 경우 주님으로부터 이성을 부여 받은 인간이 태양력에 맞춰 조화를 이루게 해야 한다는 사실도 알았다. 다시 말해 끝에 5일을 더 넣어야 했다. 이 닷새는 불길한 날들로 용의 날이자 겨울밤 같은 저주의 날이었다. 이 날들이 지나야 봄이 등장하며 축복의 시간이 도래했다. 여기서 5라는 숫자는 불쾌하기 이를 데 없는 오명을 얻게 된다. 그러나 아주 고약한 숫자로 취급받기는 13도 마찬가지였다.

왜? 12달을 합하면 354일이어서 때때로 윤달을 끼워 넣어야 했기 때문이다. 이 윤달은 13번째 별자리, 까마귀자리에 해당되었다. 이렇게 십이궁에 들지 못해, 있으나마나 했던 까닭에 13은 불운의 숫자가 되었다. 그리고 까마귀 또한 사악한 새 취급을 받았다. 벤온이-벤야민이 세상에 있는 산봉우리 사이의 좁은 골짜기를 지나듯 출산의 협곡을 지날 때, 그 아랫세상과 싸우다 하마터면 패배할 뻔했던 것도 야곱의 13번째 자식이었기 때문이다. 하지만 그가 그나마 무사히 이 땅에 태어날 수 있었던 것은, 딸 디나가 그를 대신한 속죄양으로 바쳐져서 몰락의 길을 걸어간 덕분이었다.

인정할 건 인정하고 주님의 심기를 살피는 것이 현명했다. 이처럼 주님의 숫자 기적은 완벽하지는 않았다. 거기에는 인간이 이성으로 조정할 필요가 있었다. 하지만 바로 여기에 저주와 불운이 도사리고 있었다. 그래서 12라는 숫자까지도, 그렇게 아름다운 숫자였음에도 불구하고 불길해졌다. 그 이유는 태음력의 1년인 354일을 태음태양력의 366일로 만들 때 12가 필요하기 때문이다. 그렇지만 365를 받아들이면, 요셉의 계산 결과에 따르면, 항상 하루의 4분의 1이 모자랐다. 이러한 불일치가 시간이 지나 축적되어 1460년이 지나면, 그것으로 한 해를 만들 수 있었다. 이것이 천랑성의 주기였다.

이처럼 요셉은 시간을 생각하면서 하루라는 작은 주기에서 출발하여 그보다 큰 일년 주기를 넘어 인간으로서는 도무지 겪어볼 수 없는 천년 단위의 주기까지 나가고 있다. 하루라는 것도 실은 한 해였다. 거기에도 여름과 겨울이 있었다. 여름은 밝은 낮이고, 겨울은 어두운 밤이었다. 그리고 이 하루하루가 모인 날들은 일년이라는 큰 주기에 포함되었다. 그러나 여기서 큰 주기라는 것은 상대적일 뿐, 일년이 1,460번 모이면 천랑성의 한 해였다. 그러나 이보다도 더 큰, 아니 어쩌면 가장 크지는 않지만, 여하튼 훨씬 큰 일년 주기가 있었다. 이 일년도 여름과 겨울을 가졌다. 모든 별들이 물병자리나 물고기자리에 들어서면 겨울, 사자자리나 게자리에 들어가면 여름이었다. 겨울은 홍수로, 여름은 화염으로 시작되었다. 한 출발점과 종착점 사이에 세상의 크고 작은 다른 주기들이 모두 포함되었다. 그리고 여름이든 겨울이든 43만 2000년이었고, 철이 바뀌면 별들이 모두 원래 상태로 회귀하여 그때와 같은 효력을 낳기 때문에 과거의 모든 일들이 정확히 재현되었다. 그래서 세상의 운행을 '생명의 갱신' 또는 '과거의 재현' 혹은 '영원한 회귀'라 불렀다. 그밖에도 이것의 이름은 '올람', 즉 '영겁'이었다. 그러나 주님은 바로 이 영겁의 주인, 곧 엘 올람이었다. 그분은 모든 인간에게 영겁을 생각할 수 있는 능력을 주셨다. 왜? 그분을 본받아 어느 정도는 그분처럼 영겁의 주인이 되기를 바라신 까닭이다.

이것은 정말 가슴 뿌듯한 수업이었다. 요셉은 이처럼 크게 놀았다. 엘리에젤은 모르는 게 없지 않은가! 이런 비밀들을 배우다니, 얼마나 자랑스럽고 즐거운가. 이런 신비를 아는 자는 지구상에 극소수에 지나지 않았다. 혹시 신전에 이처럼 영리한 자들이 몇 있다 하더라도 그들은 입을 다물고 있었고, 대부분의 사람들은 전혀 몰랐다. 엘리에젤은 요섭에게 바빌론의 2엘레가 추의 길이라는 사실도 가르쳐 주었다. 그리고 이 추는 2분 동안 좌우로 60번 진동한다는 것도 일러주었다. 그처럼 수다스러운 요셉이었지만 이런 이야기는 아무한테도 하지 않았다. 그리고 여기서 60의 거룩함을 또 한번 확인했다. 아름다운 6과 곱하면 360이 되었던 것이다.

요셉은 길이와 거리 단위를 배울 때 자신의 걸음과 태양의 걸음을 동시에 기준으로 삼았다. 그것은 뻔뻔스러운 행동이 아니라고 엘리에젤도 장담했다. 인간이란 대우주에 정확히 조응하는 소우주였으니까. 이렇게 해서 순환계의 거룩한 숫자가 모든 척도에 쓰였고 시간을 잴 때도 이 숫자를 이용하였으므로 시간이 공간이 된 셈이었다.

그리고 공간이 움푹 패이면 그게 곧 무게였다. 요셉은 금과 은과 구리의 가치와 이들을 값으로 치를 때 무게는 어떻게 되는지 배웠다. 주변에서 흔히 사용하는 일반적인 계산 방식과 왕실의 척도, 즉 바빌론과 페니키아의 계산 방식도 익혔다. 요셉은 장사하는 사람처럼 계산 연습을 하면서, 구리 값을 은으로 얼마 지불하는지, 황소 한 마리를 그 금속 가치에 해당하는 향유와 포도주와 밀을 얼마나 받고 교환하는지 척척 알아맞혔다. 어쩌다 옆에서 듣고 있던 야곱도 아들의 신속한 머리회전에 혀를 내두르곤 했다.

"영락없는 천사로구나! 아라보트(第七天—옮긴이)에서 내려온 천사 같구나!"

그리고 특히 요셉은 꼭 알아야 할 질병과 그 치유법에 대해서도 배웠다. 우주가 그렇듯 인간의 육신도 세 가지로 구분되었다. 딱딱한 부분과 액체 형태 그리고 공기 같은 부분이었다. 신체 부위는 황도십이궁과 행성에 연결되어 있었다. 신장 주위의 지방은 과대평가 받기도 했는데, 지방에 둘러싸인 이 신장이 생식기와 관련이 있다 하여, 생명력의 자리로 여겨졌기 때문이다. 그리고 흥분의 출발점이 간이었다. 요셉은 점토모형을 학습도구로 사용하면서 이런 것들을 배웠다. 이 가르침에 따르면 내장은 미래의 거울이었다. 그 다음에는 지구상의 여러 민족들에 관해서도 배웠다.

이들을 합치면 70이었다. 아니 72였을 확률이 컸다. 닷새에 걸친 한 주간이 1년에 들어 있는 숫자가 72였으니까. 이들 중 몇몇 민족의 생활과 신을 숭배하는 방식은 참으로 무서웠다. 우선 북쪽 끝의 마곡 땅에 사는 야만인들이 그랬다. 그곳은 헤르몬 산봉우리 저 너머, 타우루스 북쪽의 하니갈밧 땅도 더 지나야 했다. 그러나 서쪽 끝에 사는 타르시시 족도 끔찍하기는 마찬가지였다.

그런데 겁도 없이 시드온의 남자들이 배를 타고 큰 바다, 지중해를 건너 거기까지 갔다. 오로지 먼 곳에 가서 물물교환할 생각밖에 없던 시드온과 게발 사람들은 그 길로 키팀, 즉 시실리아까지 이르러 그곳에 정착했다. 그러고 보면 이들은 지구를 알리려고 많은 일을 한 셈이었다.

물론 지혜로운 엘리에젤에게 더 많은 학습자료를 주기 위해서가 아니라, 멀리 있는 사람들을 찾아가 자신들이 가지고 있는 화려한 자주색 천과 자수품을 팔아먹기 위해서였다. 마치 바람에 실려 가듯, 알라시아, 즉 사이프러스 섬과 도다님, 즉 로도스로 나아간 이들은 별로 힘들이지 않고

무즈리 땅, 이집트로 들어갔고, 그곳의 무역 열기에 힘입어 이들의 배는 다시 고향으로 향할 수 있었다.

그러나 이집트 사람들 또한 과학적 탐구에 관심이 동하여 나일 강 상류 남쪽의 흑인들의 땅 쿠쉬를 정복했다. 그리고 용기를 내 홍해로 배를 띄워 제일 아랫부분에 있는 유향의 나라들을 발견했다. 그곳은 페니키아 사람들이 사는 땅이었다. 제일 남쪽에는 오피르, 황금의 땅이 있다 했다. 그리고 동쪽엔 엘람에 왕이 한 명 있었다. 거기서 동쪽으로 더 나아갈 수 있는지, 그 왕에게 직접 물어보지는 않았지만, 만약에 물어보았다 하더라도 아마도 그럴 수 없다는 대답을 들었을 것이다.

이것은 엘리에젤이 거룩한 나무 그늘에 앉아 요셉에게 가르쳐 준 것들의 한 토막에 지나지 않는다. 그러나 소년은 자신이 배운 것을 노인의 지시에 따라 하나하나 기록한 후, 고개를 모로 꼬고 앉아 안 보고 외울 정도로 읽고 또 읽었다. 읽기와 쓰기는 당연히 이 모든 것의 토대였고, 이 과정에 항상 수반되는 행동이었다. 그렇지 않았다면 이런 이야기들은 덧없이 사라지는 풍문처럼 잊혀졌으리라. 그래서 요셉은 나무 밑에 똑바로 쪼그리고 앉아 무릎을 벌려 그 사이에 점토판을 끼우고 금속 펜으로 쐐기 모양의 글자를 새겨 넣었다. 아니면 갈대천으로 만든 종이나, 잘 손질한 양이나 염소가죽 위에 지근지근 깨문 갈대 섬유, 혹은 뾰족한 갈대로 글자 모양을 만들어 올려놓은 다음, 붉은색이나 또는 검은색을 띠는 먹물에 담갔다.

요셉은 그 나라에서 일상적으로 사용하던 인간의 문자를

쓰기도 하고, 공식어인 거룩한 신의 문자, 즉 바벨 문자를 쓰기도 했다. 인간의 문자로는 상거래 문서와 거래 품목 명단을 작성하는데 제일 깨끗한 모양이 페니키아 문자였다. 신의 문자인 바벨 문자로 쓰여진 것들에는 법률과 교훈과 전설이 있었다. 이 문자를 쓸 때는 점토판과 금속 펜이 필요했다. 엘리에젤은 별에 대한 글과 달과 태양을 기리는 송가의 아름다운 복각본(腹脚本)을 많이 가지고 있었다. 그뿐 아니라 달력과 날씨를 기록한 것과 세금 목록, 그리고 옛날 옛적 서사시의 파본들도 가지고 있었다. 그것은 물론 모두 꾸며 낸 거짓말이었지만, 얼마나 근사하고 엄숙하게 표현되어 있던지 마치 사실처럼 느껴졌다. 이 서사시들은 세상과 인간의 창조에 관한 것들이었고, 용과 싸운 마르둑의 전투, 이쉬타르가 섬기는 자의 신분에서 지배자로 승격한 것과 그녀의 저승순례와 출산을 도와주는 약초 그리고 생명수, 또 아다파와 에타나, 그리고 길가메쉬가 겪은 놀라운 일들에 관한 것이었다. 길가메쉬는 몸은 신의 육신이었으나, 영생을 얻는 데는 실패했다.

이 모든 것을 요셉은 집게손가락으로 하나하나 짚어가며 읽었고 허리를 구부리지 않고 반듯하게 앉아, 눈썹만 내리깐 채 베껴 썼다. 그는 에타나의 독수리와의 우정에 얽힌 이야기도 읽고 베껴서 새기기도 했다. 이 독수리는 에타나를 아누의 하늘로 실어다 주려 했다. 그러나 아주 높이 올라가자 땅은 케이크만 해지고 바다는 빵 바구니처럼 보였고, 마침내 대륙과 바다가 모두 사라지자, 에타나는 갑자기 겁이 덜컥 나서 요동치는 바람에 독수리와 함께 아래로 추락하고 말았다.

얼마나 부끄러운 결말인가. 요셉은 자기가 만약 그런 상황에 처한다면 영웅 에타나와는 다르게 처신할 수 있기를 바랐다. 하지만 그것보다는 숲 속의 인간 엔키두의 이야기가 더 마음에 들었다. 도시 우루크에 살던 어느 아가씨가 짐승 같은 엔키두를 찾아가 예의 바르게 먹고 마시는 법, 향유를 몸에 바르고 옷을 입는 법을 가르쳐 한 인간으로, 도시인으로 만든다는 참으로 매력적인 이야기였다. 그녀가 초원의 늑대를 6일 낮과 7일 밤 동안 사랑해 줌으로써 세련되게 만드는 건 정말 근사해 보였다. 요셉이 이 이야기를 차례로 읊을 때면 그의 입술에서는 수수께끼 같은 화려한 바벨 말이 비단결처럼 미끄러지곤 했다. 그러면 엘리에젤은 제자의 옷자락에 입을 맞추고 이렇게 외치는 것이었다.

"오, 사랑스러운 여인의 아들이여! 진도가 얼마나 빠른지 참으로 훌륭하구나. 너는 영주와 왕에게 조언을 해주는 마츠키르가 될 것이다! 네 나라에 이르거든 날 기억해다오!"

이렇게 수업이 끝나면 요셉은 들판이나 초원으로 형들을 찾아갔다. 어린 종으로 그들을 거들기 위해서였다. 그러면 형들은 오히려 이빨을 드러내며 으르렁거렸다.

"저기 좀 봐, 멋만 부리는 꼬마가 오잖아! 먹물을 잔뜩 묻히고, 홍수 전의 점토판이나 읽는 자식 말야! 얌전히 염소 젖이나 짜려고 오는 걸까? 아니면 우리가 혹시 가축 살점을 도려내서 먹어 치우지나 않나 감시하러 오는 걸까? 아, 왕창 두들겨 패줄 수 있다면 속이 후련할 텐데! 아버지 야곱이 두려우니 그럴 수도 없고!"

육체와 정신

요셉과 형제들은 해가 갈수록 사이가 나빠졌다. 매일같이 부딪치고 불화가 쌓인 것은 시샘과 교만 때문이었다. 이것이 첫번째 원인이자 마지막 원인이었다. 정의를 사랑하는 사람은 여기서 모든 불행의 책임이 교만에 있었는지, 아니면 시샘에 있었는지 판단하기가 어려울 것이다. 다시 말해서 교만한 요셉의 잘못이었는지, 아니면 요셉이 얄미워 그를 해치려 한 형들에게 더 큰 죄가 있었는지를 간단히 답하기가 어려운 것이다. 정의를 사랑하는 사람은 어느 쪽 편도 들지 않고 공정한 태도를 보이고 싶어서 최초의 해악이요 모든 재앙의 근원이라며 교만을 탓할지도 모른다. 그러나 다른 한편 그로 하여금 이 세상에는 교만을 낳고, 그로 말미암아 바로 시샘을 낳게 되는 계기가 예나 지금이나 얼마나 많은가 하는 생각에 이르게 만드는 것도 바로 정의감이다.

아름다움과 학문이 지상에서 함께 만나는 경우는 극히 드물다. 사람들은 너나없이 학식을 흉한 것으로, 그리고 우아함은 정신이 결여되어 있는 것, 즉 양심은 있으되 정신은 결여되어 있는 것으로 상상하는 데 익숙해 있다. 이 습관이 좋은 것인지, 나쁜 것인지는 일단 제쳐놓자. 이런 습관은 우아함이란 문자와 정신 그리고 지혜를 필요로 하지도 않을 뿐더러, 만일 이러한 것들이 있을 경우, 이로 말미암아 오히려 왜곡되고 파괴될 위험이 등장한다고 여긴다. 그런데 정신과 아름다움이 함께 만나 더할 수 없는 조화를 보여주는 경우가 있다. 이 경우 둘 사이에서는 사람들이 흔히 자연스럽고 인간다운 것으로 생각하는 긴장을 찾아볼 수 없다. 그래서 이러한 긴장이 사라지면 자신도 모르는 사이에 거룩한 것을 떠올린다. 그리고 그 사람을 편견없이 공정하게 바라보는 사람이라면 그의 이러한 모습에 황홀해 한다. 그러나 바로 이 모습 때문에 자신이 어딘지 모르게 손해를 보는 것 같고 그와 비교되어 자신의 모습이 한층 어두워졌다고 느낄 만한 이유가 있는 자들은 당연히 가슴을 치며 한탄하게 된다.

이 경우가 바로 그랬다. 라헬의 첫아들은 분명 이와 같은 조화로움을 보여주었고 보는 사람의 가슴을 설레게 만들었다. 우리는 이러한 효과를 낳는 현상을 가리켜 아름다움이라 부른다. 사람들은 그를 매우 매혹적이라 말했다. 그에게 열광하는 사람들의 평가를 따르든 따르지 않든 간에, 여하튼 그는 아주 매혹적이어서, 그의 우아함은 이미 어린 시절부터 사람들의 눈에 띠기 시작하여 온 나라에 소문이 날 정도였다. 그리고 이 우아함에는 정신을 끌어당기는 힘이 있었다. 이렇게 끌어당긴 정신에 우아함은 자신의 아름다운 모습을 새겨서 밖으로 다시 내보냄으로써 아름다움과 정신의 대립이 사라지고, 서로 별 차이가 없게 된 것이었다. 우리는 자연스러운 긴장 해소가 거룩한 우아함으로 보일 수밖에 없다고 말했다. 이 말을 제대로 이해해야 한다. 그것이 거룩함으로 고양되었다는 뜻이 아니다. 요셉은 한 인간에 불과했으므로 그럴 수는 없었다. 게다가 그는 쉽게 실족하는 성격에 이러한 자신의 결함을 실제로 한시도 잊지 않았던 지극히 건전한 이성의 소유자였다. 그러나 이 자연스러운 긴장은 거룩함 가운데에서 극복되었다. 즉 달을 통해서였다.

요셉이 마법의 별, 달과 맺은 육체적-정신적 관계를 매우 잘 보여주는 한 장면을 앞에서 목격한 바 있다. 그때 요셉은 아들이 벌거벗는 것을 용납할 수 없었던 아버지 몰래 오로지 자신의 것이며, 또 자신의 전부인 나체를 드러냄으로써 아름다운 달에게 애교를 부리며 인사를 했다. 그러나 소년에게 달의 존재는 아름다움의 마법 그 이상이었다. 그에게 달은 지혜와 문헌이라는 이념과도 밀접한 관계를 맺고 있었다. 왜냐하면 달은 토트의 별이었기 때문이다. 하얀 파비앙으로 상징되기도 하는 이 신은 문자 발명가로서 신들 앞에서 신들의 말로 보고하고 글을 쓰는 서기인 동시에 글을 쓰는 자들의 수호신이기도 했다. 요셉은 그래서 아름다움의 마법과 기호의 마법이 하나로 통일된 달을 바라보며 홀로 예를 갖춘 것이다. 물론 이 예배의식은 정도에서 조금 비껴난 것으로, 약간은 혼란스럽고 변태에 가까웠다. 그러므로 아버지가 불안을 느꼈던 것도 무리는 아니었다. 그러나 바로 그렇기 때문에, 이러한 숭배는 육체와 정신이 황홀하게 뒤엉키는 도취 상태에 이를 수 있었다.

사람들에게는 저마다 즐겨 하는 생각이 있게 마련이다. 물론 사람에 따라 이러한 사실을 의식하는 정도에는 차이가 있을 수 있다. 자신이 살아 있다는 사실을 기뻐하며 남몰래 황홀감에 젖게 만들어주는 이 매혹적인 생각은 요셉의 경우, 육체와 정신, 아름다움과 지혜, 상대방을 서로 강화시켜 주는 두 가지 의식의 동거에 관한 것이었다. 갈대아에서 온 여행자들과 노예들이 들려준 이야기에 따르면, 벨이 인간을 창조하기 위해 머리를 쪼개, 자신의 피를 흙과 섞었기 때문에 피가 흐르는 흙덩이 생명체가 만들어졌다. 요셉은 물론 그 말을 믿지 않았다. 그러나 자신이 살아 있음을 피부로 느끼고 남몰래 기뻐할 때면, 신의 피와 섞인 그 거룩한 흙덩이 혼합물을 떠올리며 자신도 모르게 뿌듯해지기도 했다. 자신도 그런 존재처럼 느껴진 요셉은 미소를 지으며 이런 생각을 했다. 육체의 의식과 아름다움의 의식은 정신의 의식을 통해 개선되고 강화되어야 하며, 거꾸로 정신의 의식 또한 그러해야 한다고.

노예들이 들려준 이야기 중 요셉이 믿는 부분도 있었다. 그것은 신의 정신, 다시 말해서 시날 사람들이 '뭄무'라고 부른 존재가 혼란의 물 위에서 알을 부화시켜, 말씀으로 세상을 창조했다는 것이었다. 와! 다른 것도 아니고 말씀으로 창조했다니! 자유로운 말, 바깥에 있던 말을 통해 세상이 출현한 거야! 오늘날에도 마찬가지지. 한 가지 사물이 이미 존재한다 하더라도, 그 사물은 인간이 말로써 이름을 붙여준 다음에야 비로소 존재하게 되니까. 요셉은 그렇게 생각했다. 그러니 귀엽고 아름다운 머리가 말로 이루어진 지혜의 중요성을 확신할 만도 하지 않았겠는가!

그러나 애초부터 이런 성향이 있는데다, 야곱까지 한몫 거들어 지금 곧 열거하게 될 여러 가지 이유로 이를 적극 장려까지 하게 되자, 요셉은 점점 더 레아와 몸종들의 자식들로부터 고립되지 않을 수 없었다. 그러니 이러한 격리가 어떻게 한쪽에는 오만불손한 교만을, 다른 쪽에는 시기를 낳지 않을 수 있었겠는가!

오늘날 어린아이까지도 나이 순서대로 줄줄이 외우는 요셉의 형들을, 훗날 여러 종족의 시조가 되었던 이들을 통틀어 아주 평범한 청년들이라 묘사하기에는 석연치 않은 구석이 있다. 복잡하게 꼬여 자기 속을 들볶는 성격의 여후다 같은 형들 몇 명에나 해당될까, 따지고 보면 근본은 성실한 르우벤의 경우에도 정확하게 맞아떨어지지 않는다. 우선 요셉처럼 청년기에 있던 형들도 그렇고, 요셉이 열일곱 살일 때 이미 이십대 후반에 접어들었던 형들까지 포함해서, 도무지 그의 형들은 아름다움과는 전혀 상관이 없었기 때문이다. 레아의 후손들은 첫아들 르우벤을 비롯하여 시므온이나 레위 그리고 여후다에 이르기까지 하나같이 우람한 체격의 근육질이었지만, 아름다움과는 거리가 멀었다. 그리고 또 말이나 지혜로 말할 것 같으면, 그들 중에 누구도 명함을 내밀 자가 없었다. 그런 것은 전혀 모르고 콱 막혔다는 걸로 혹시 명성을 날릴 수 있었으면 모를까.

빌하의 소생 납달리는 '아름다운 말을 할 줄 아는' 특성이 일찍부터 눈에 띠었다고 전해진다. 하지만 이러한 판단은 백성들이 워낙 겸손하여 요구의 수준을 낮춘 데서 비롯되었다. 납달리의 말재주는 제일 낮은 수준의 잽싼 혀놀림에 지나지 않았다. 거기에는 학문의 근거도 없었고, 보다 숭고한 것과는 아무 상관도 없었다. 형들은 하나같이 목자였고—요셉 또한 그들과 진정한 형제가 되려면 목자여야 했다—이따금씩은 밭을 일구는 농부였다. 물론 이 두 가지 임무에서 그들은 나무랄 데가 없었으므로, 이따금 그나마 부업 삼아 대충대충 하고 아버지의 허락 하에 자기가 무슨 서기라도 되는 것처럼 점토판을 읽는 일에나 열중하는 요셉에게 적대감을 느끼는 것도 당연했다.

형들은 요셉에게 별명을 붙이기도 했다. 그중 형들의 증오심을 가장 극명하게 보여주는 별명은 '꿈을 꾸는 자'였다. 그런데 이 별명으로 부르기 전에 그들은 요셉을 조롱할 때 노아-우트나피시팀이라 불렀다. 이는 홍수 이전 시대 점토판을 읽는 영리한 자의 이름이었다. 요셉은 요셉대로 이에 질세라 그들의 면전에서 그들을 가리켜 '개머리들' '선과 악을 모르는 자들'이라 불렀다. 요셉이 감히 그럴 수 있었던 것은 뒤에 야곱이 버티고 있었기 때문이다. 형들이 야곱을 두려워하지 않았다면, 요셉은 온몸에 시퍼렇게 멍이 들 정도로 흠씬 두들겨 맞았을 것이다. 솔직히 우리도 이런 모습은 별로 보고 싶지 않지만, 요셉의 아름다운 두 눈에 홀린 나머지 그의 말을 형들의 조롱보다 심하지 않은 것으로 여겨 꾸지람을 아껴서는 안 된다. 오히려 그 반대여야 한다. 교만함으로부터 보호해 주지 못하는 지혜라면, 그 지혜를 도대체 어디에 써먹을 수 있겠는가?

그리고 아버지 야곱은 또 이 모든 일에 어떻게 대처했던가? 그가 학자는 아니었다. 물론 남가나안 지방의 방언은 당연하고, 거기에 더하여 바빌로니아 말도 할 줄 알았다. 어쩌면 바빌로니아 말을 남가나안 방언보다 더 유창하게 말했다고도 할 수 있다. 하지만 이집트 말은 전혀 몰랐다. 앞서도 말했듯이, 애초부터 이집트와 관련된 것이면 무엇이든 거부감을 보이고 혐오스러워했던 그였으므로 이는 당연했다. 야곱은 이집트에 대해 자신이 알고 있는 것만으로도, 혹독한 노역과 비도덕성의 본거지로 간주할 수 있었다. 그곳의 생활은 나라에 대한 봉사가 주를 이루는 것 같았고, 이는 자유와 자신의 책임을 귀한 것으로 생각하는, 조상 대대로 물려받은 야곱의 천성을 모욕하는 것이었다. 그리고 자손 대대로 동물과 죽은 자를 숭배하는 그 아랫세상의 습성은 혐오스럽고 어리석은 짓으로 비쳐졌다. 아니, 어리석음이 혐오스러움보다 더 컸다. 그리고 동물과 죽은 자에게 바치는 숭배가 나라에 대한 봉사보다 더 신경에 거슬렸다. 그 이유는 땅 아래의 것을 섬기는 것은 이미 땅에서부터 시작되기 때문이었다. 즉 씨앗부터 그랬다. 열매를 맺으려면 땅 속에서 썩어야 하는 게 씨앗이었으므로, 그에게 씨앗은 한마디로 음탕함을 뜻했다.

야곱은 아랫세상의 진흙땅을 주변 사람들이 흔히 부르는 것처럼 '케메'나 '미즈라임'이라 하지 않고 '세올', 즉 지옥이요 저승으로 불렀다. 이집트의 풍습과 정신이라면 무조건 거부했던 그에게는 그곳에 모든 서기들의 문헌이 다 있다는 과장된 명성도 거슬렸다. 문자와 관련해서 말한다면 야곱은 자기 이름을 쓸 줄 아는 수준에 불과했다. 그나마도 법적 계약서에 서명이 필요해서였을 뿐, 도장으로 대신하는 경우가 더 많았다. 그리고 이런 종류의 일들은 노복 엘리에젤에게 모두 맡겼다. 우리가 거느린 시종의 재주는 바로 주인인 우리 자신의 재주이므로 이는 탓할 것도 없고, 다른 한편 야곱의 위엄은 이런 재주와는 상관없었다. 그의 위엄은 자유롭고 원초적이며 개인적인 실체였다. 그것은 그의 느낌과 지혜롭고 비중 있는 이야기로 채워진 체험이 갖는 힘에서 비롯된 것이다. 그리고 그의 위엄은 자연스러운 지성에서 나왔다. 누구나 그에게서 이러한 지성의 발산을 느낄 수 있었고, 그것은 한 남자의 영감과 대단한 꿈, 신을 직접 대면한 그런 영적인 힘을 뜻했다. 그러므로 그에게는 문자 지식 같은 것은 별로 아쉬울 것이 없었다. 그러니 야곱을 엘리에젤과 비교하는 것은 그리 유익한 일이 못 된다. 엘리에젤 자신도 감히 그런 비교는 하지 않았을 것이다. 그가 과연 야곱처럼 하늘로 올라가는 계단 꿈을 꾸거나, 아니면 신의 도움으로 자연 분야에서 놀라운 발견을 할수 있었겠는가? 야곱이 했듯이 교감의 마법 덕분에 단색 가축으로 하여금 얼룩무늬 새끼를 생산하게 만들 수 있었겠느냐, 이 말이다. 아니다! 절대 그러지 못했을 것이다.

그런데 야곱은 대체 어떤 이유로 글을 아는 종으로 하여금 요셉에게 글을 가르치게 했을까? 소년에게 위험이 되기도 하며, 형들과의 관계도 악화시키는 줄 뻔히 알면서, 아들이 공부하는 모습을 흡족한 눈으로 지켜보기만 한 까닭은 무엇이었을까? 거기에는 두 가지 이유가 있었다. 둘 다 사랑 탓이었다. 명예심이 그중 하나이며, 또 하나는 자식이 걱정스러워 잘 가르칠 필요가 있다고 느낀 때문이었다.

멸시당한 레아가 요셉의 출생에 즈음하여 자기 몸에서 태어난 아들들에게 뭐라고 말했는지 기억나시는지? 그녀는 이제 자신까지 포함하여 그들 모두 야곱 앞에 아무것도 아니게 되었으며, 마치 있는 듯 없는 듯 한 공기 같은 존재가 될 것이라고 예언했었다. 이는 옳은 판단이었다. 정실의 아들, 두무지, 어린 가지, '처녀가 낳은 아들'을 선사받은 야곱은 그때부터 한 가지 생각밖에 없었다. 이 늦둥이를 먼저 나온 아들들의 맨 앞자리에 세우는 것, 맨 위, 제일 높은 자리에 앉혀 라헬의 큰아들인 그에게 장자 신분을 넘겨주는 것, 오로지 그 일념뿐이었다. 르우벤이 빌하와 함께 그런 심각한 짓을 벌였을 때, 그가 느낀 분노는 진짜 분노였다. 그것은 진정한 분노요 의심의 여지없이 당연한 분노였다. 그러나 한편으로는 꾸민 구석도 없지 않았고, 뜻한 바가 있어서 일부러 더 과장되게 표현한 것도 사실이다. 요셉은 그 사실을 몰랐다. 아니 어쩌면 절반만 알았을 뿐이다.

그러나 요셉이 당시 아버지에게 어린아이처럼 고소해 하는 마음으로 그 일을 일러바쳤을 때, 야곱의 머리에 맨 먼저 떠오른 생각은, '이제 큰아들에게 저주를 내려 어린 아들이 앉을 자리를 마련할 수 있게 되었구나!' 였다. 자신이 그런 생각을 했다는 사실을 의식했던 까닭에, 그리고 또 르우벤 다음 차례가 된 아들들이 분통을 터뜨릴 게 뻔했기 때문에, 그때 당장 요셉을 그 죄인을 대신하여 장자 자리에 올리지 않았을 뿐이다. 오히려 야곱은 이 상속 문제를 공중에 떠 있게 만들어, 자신이 총애하는 아들이 그 영광스러운 상속자의 자리, 선택받은 자의 자리에 오를 수 있는 여지를 남겨둔 것이었다. 상속자 선택 문제는 야곱이 에사오를 대신하여 눈먼 자로부터 얻어낸 아브람의 축복과 연관되어 있었으므로, 그 축복의 대물림에서만큼은 혹시라도 잘못의 소지가 발생하지 않기를 바랐다.

가능하다면 그 숭고한 재산은 요셉의 것이 되어야 했다. 요셉이 육신에서나 정신적인 면에서 모두 침울하고 경솔한 르우벤보다는 훨씬 합당한 인물이었다. 그리고 그 아들이 그럴만한 자격이 충분하다는 사실을 밖으로, 그리고 그 형제들에게도 분명하게 증명하기 위해서라면 어떤 수단도 가릴 이유가 없었다. 학문도 마찬가지였다. 변하는 게 세월이었다. 지금까지 아브람의 정신적 유산은 학식을 필요로 하지 않았다. 야곱만 해도 그런 것은 필요없었다. 하지만 앞으로도 그럴 것이라고 누가 장담할 수 있겠는가. 아니 꼭 필요한 것은 아닐지라도 축복을 받은 자가 학식까지 있다면 그건 유익할 것이 틀림없었고 바람직한 현상이었다. 어쨌거나 정도의 차이는 있을지언정 장점이 될 게 분명했다. 그리고 요셉이 다른 형들보다 많은 장점을 지니게 되면 그만큼 더 유리했다.

이것이 요셉이 공부에 전념하도록 허락한 첫번째 이유였다. 다른 이유는 이보다 더 깊은 데서 비롯되었다. 아버지로서 아들에 대해 느끼는 당연한 염려가 그 시초였다. 소년의 영혼이 과연 구원을 얻을 수 있을까, 그의 신앙심을 건전하다고 할 수 있는가, 그게 걱정스러웠다. 앞에서 야곱은 저녁 무렵 우물가에 앉아 요셉에게 부드럽고도 조심스러운 목소리로, 자신이 학수고대하고 있던 단비가 언제 내릴지 물어보면서 혹시 문제가 생기면 아이의 머리를 받쳐주려고 손을 아들의 머리 위로 가져갔었다. 아들에게 그런 질문을 던지는 것이 아무렇지 않은 것은 아니었다. 사실 별로 내키지 않는 일이었다. 그러나 날씨 문제는 워낙 민감한 사안이다보니 야곱도 호기심을 누르지 못해 아들의 정서적 상태를 이용했던 것이다. 그는 아들의 이러한 상태에 감탄도 했지만, 걱정스럽고 못마땅한 마음이 더 컸다.

야곱은 요셉이 쉽게 무아지경에 빠진다는 것을 잘 알고 있었다. 그다지 고상하지 않은 그 상태는 절반쯤은 과장이지만, 한편으로는 진짜 예언가들처럼 경련으로 이어졌기 때문에, 어찌 보면 심각해 보이고, 또 어찌 보면 거룩해 보이는 이 애매한 성향은 아버지로서 어떻게 해야 할지 난감하게 했다. 형들은, 아, 그들 중에는 단 한 명도 그런 종류의 선택받음을 보여주지 않았다. 그들은 신들린 자처럼 보이지도 않았고, 예언가처럼 보이지도 않았다. 그건 신도 잘 아셨다. 그들 문제라면 아무 걱정 없이 잠자리에 들 수 있었다. 온몸을 바들바들 떠는 것이 심각한 것이든, 아니면 거룩함의 표식이든, 그런 것은 형들과 거리가 멀었다. 그리고 요셉이 이 점에서, 설령 그것이 우려를 낳긴 했어도, 여하튼 다른 형들과 구별되는 특별한 면을 보였다는 것은 한편으로 야곱의 계획과 맞아떨어졌다. 다른 장점들과 함께 요셉이 상속자로 선택받았다는 증거로 이해될 수도 있었기 때문이다.

그럼에도 불구하고 야곱은 아들을 관찰하면서 마음이 편안한 것만은 아니었다. 나라 안에는 그런 종류의 사람들이 있었다. 요셉이 그런 자들처럼 되는 것은 아버지인 야곱으로서 도저히 용납할 수 없었다. 이들은 거룩한 미치광이들로 신들린 자요 독설가였는데, 입에 거품을 물고 예언을 해 주는 것으로 생계수단을 삼았다. 예컨대 여기저기 떠돌며 신탁을 중얼거리거나, 아니면 바위 동굴에서 손님을 맞아 온갖 날을 잡아 주고 행방이 묘연한 자들의 소재를 일러줌으로써, 식량과 돈을 얻는 그들을 야곱이 싫어한 이유는 주님 때문이 아니었다. 따지고 보면 그들을 좋아하는 사람도 없었지만, 이들을 노하게 만드는 일은 삼갔다. 지저분한 그들의 행실은 도무지 정돈되지 않은 이상한 풍습을 따라하는 미치광이 짓에 지나지 않았다. 아이들은 그들을 졸졸 따라다니며 '아울라사울라라라쿠알라'라고 놀려댔다. 그들이 예언할 때 내뱉는 소리가 그와 비슷했던 것이다. 이들 중에는 몸에 상처를 내거나, 사지의 일부를 자르고, 썩은 것을 먹고 목에 멍에를 걸거나, 아니면 이마에 무쇠뿔 몇 개를 두르고 다니는 자도 있었다. 그리고 몇몇은 아예 벌거벗고 다녔다. 이들이 무슨 짓을 하는지, 그리고 그 짓거리의 제일 밑바닥에 있는 것이 무엇인지는 명백했다. 바알의 불결함과 종교적 매춘, 바로 그것이었다.

농사 짓는 백성들이 풍년을 기원하는 마법으로 여겨 황

소 왕 멜렉의 발 아래 바치는 황홀한 성행위 제물이 그것이었다. 이는 비밀이 아니었다. 누구나 이러한 연관성과 관계를 잘 알고 있었다. 다만 주변 사람들은 일종의 안일한 경외심으로 그러한 사실을 의식하고 있었을 뿐, 야곱처럼 예민하게 받아들이지는 않았다. 야곱은 이러저러한 축복의 시간을 알기 위해 화살 신탁이나 제비뽑기 신탁을 의뢰하는 일에 대해서는 별 거부감이 없었다. 그리고 제물을 바칠 때 새들이 어떻게 날아가는지, 그리고 연기가 어떻게 올라가는지는 자신도 꼼꼼하게 살폈다. 그러나 주님의 이성이 파손되어 그 자리에 음탕한 도취가 들어서면, 그 순간부터 야곱이 말하는 '어리석은 짓'은 '가나안'이라는 최악의 표현을 얻게 되었다. 가나안은 장막 안에서 벌거벗은 채 치부를 드러낸 할아버지의 침침한 이야기가 걸려 있는 곳이었다. 벌거벗은 채 노래를 부르며 잔뜩 술에 취해 춤을 추며 발광하는 축제, 그것도 직무라고 시주만 하면 아무 남정네하고 뒹굴어주는 여사제의 간음, 지옥숭배, 그리고 경련을 일으키며 중얼거리는 소리 '아울라사울라라쿠알라', 이 모든 것이 바로 '가나안'이었다. 그리고 이것은 하나같이 야곱이 보기에 어리석은 짓이었다.

곧잘 눈동자를 까뒤집고 꿈 이야기를 들려주곤 하는 요셉이 행여 그처럼 불결한 영혼들과 접촉하게 될까봐 야곱은 걱정이 이만저만이 아니었다. 야곱 또한 꿈을 꾸는 자였다. 그러나 그것들은 얼마나 영광스러운 꿈이었던가! 그는 꿈속에서 위대한 왕이신 주님을 뵈었고 그의 천사도 보았고, 하프 연주와 함께 확고한 언약을 들었다. 그러나 심한 굴욕을 겪은 그 고난의 날, 다시 용기를 얻고 당당하게 고개를 들 수 있었던 그 감격스러운 상태는 이성적인 위엄을 갖춘 것으로서 몹쓸 환각상태와는 완전히 달랐다. 이처럼 명예로운 아버지의 재능과 은총이 아직 젊고 유약한 아들에게 다시 나타나 '회춘'한 모습이 약간은 타락의 징조를 드러내고 있으니 근심거리요 낭패가 아니겠는가? 아, 아버지의 소질이 아들에게 나타난 것은 사랑스럽기도 했지만, 한편으로 나긋나긋한 아들을 만나 도로 젊어진 그 모습은 그에게 무척 낯설었다. 요셉이 아직 어리다는 점이 위로가 되기도 했다. 나이가 들면 그의 유약함도 안정을 찾아 보다 튼실해지고 확고한 성격을 띠게 되어 주님을 아는 이성을 통해 명예로운 것으로 성숙할 것이다. 그러나 그다지 바람직하지 않은 어린 아들의 황홀경이 벌거벗은 몸과 결부되었다는 사실은, 그러니까 바알과 지옥, 죽음의 마법과 아랫세상의 비이성과 결부되었다는 점은 야곱의 예리한 눈을 피할 수 없었다. 아버지 야곱은 바로 그래서 사랑하는 아들이 서기의 영향을 받도록 조처한 것이다. 요셉이 뭔가 배우고 잘 아는 사람의 지도 하에 말과 문자 사용을 연습하는 것은 아주 좋은 일이었다. 야곱은 그럴 필요가 없었다. 그의 위대한 꿈들은 명예롭고 절제를 알았다. 그러나 요셉의 꿈들은 문자와 관련된 이성을 통해 다듬어질 필요가 있었다. 야곱은 그것을 분명하게 느낄 수 있었다. 그렇게 되면 요셉의 유약함도 강건함으로 바뀌어 풍성한 축복을 가져오는 데 도움이 될 게 틀림없었다. 학식을 얻게 된다면, 요셉이 이마에 뿔을 달고 벌거벗은 채 나돌아다니며 예언을 한

답시고 입에 거품을 물고 중얼거리는 자들과 비슷해질 염
려는 없었다.

그것이 야곱의 사려 깊은 생각이었다. 자신이 가장 아끼
는 아들의 본성 속에 있는, 어딘지 모르게 모호한 구석은
그것을 밝혀 줄 지성적인 요소들을 필요로 한다고 믿었다.
보다시피 이런 야곱의 생각은 육체의 의식이 정신의 의식
에 힘입어 개선되고 교정되어야 한다는 어린 요셉의 생각
과 일치하는 것이었다.

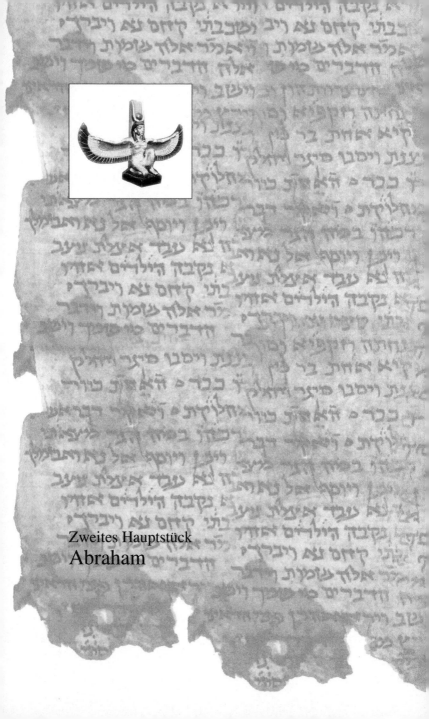

Zweites Hauptstück
Abraham

*2*부

아브라함

가장 나이 많은 종

사실, 아브라함이 엘리에젤처럼 생겼을 수도 있다. 하지만 그와는 전혀 다르게 조금 왜소하고 초라한 행색에 불안과 근심으로 초췌해진 얼굴일 수도 있다. 그리고 요셉의 스승 엘리에젤이 아브라함, 이 달의 나그네와 비슷하다는 진술은 우리 눈앞에서 풍부한 학식으로 요셉을 가르치는 이 인물과는 아무 상관이 없다. 사람들은 현재로 이야기했지만, 실제로는 과거를 뜻했으며 그것을 현재에 적용한 것뿐이다. 엘리에젤의 얼굴이 아브람을 '닮았다'는 이 소문은 중매자였던 엘리에젤의 출생과 출신을 생각한다면 맞을 수도 있다. 왜냐하면 그는 아브라함의 아들이었을 확률이 높기 때문이다. 바벨의 님로드가 아브람을 보내면서 그에게 선물한 종이 바로 엘리에젤이었다고 사람들은 믿고 싶어했지만, 그랬을 가능성은 매우 적다.

시날을 떠나 방랑길에 오를 당시 그 지역을 다스리던 막

강한 권력가를 아브라함이 개인적으로 만난 적은 없다. 그 왕은 단 한번도 아브라함에게 신경을 쓴 적이 없었다. 야곱의 정신적 조상이 그 나라에 머물지 못하고 정처 없이 길을 떠나게 된 것은, 소리 없이 파문을 남긴 내면의 갈등 때문이었다. 그와 입법가 사이에 개인적인 충돌이 있었다는 등, 그가 순교자처럼 감옥에 갇혀 뜨거운 석회 가마 안에 들어가야 했다는 등, 이와 관련된 보고는 여러 가지가 있다. 엘리에젤이 요셉에게 가르치기도 한 이 이야기들이 이것저것 내키는 대로 갖다 붙인 조합의 결과라고 단언하지는 않겠다. 그러나 이런 보고들은 훨씬 이전의 사건들을, 그러니까 가장 멀리 떨어져 있는 옛날 일들을 보다 가까운, 겨우 600년 전의 과거에 전용한 것에 지나지 않는다.

아브람이 살던 시대의 왕, 즉 탑을 개조하여 더 높이 쌓은 그 통치자의 이름은 님로드가 아니었다. 사실 님로드는 신분을 나타내는 명칭에 불과했다. 그리고 이 왕의 실제 이름은 암라펠 혹은 함무라비였다. 그리고 최초의 님로드는 바벨의 벨의 아버지였다. 바벨의 벨은 도시와 탑을 쌓았고, 이집트의 우시르와 마찬가지로 처음에는 인간의 왕이었다가 나중에 신들의 왕이 되었다고 한다. 다시 말해 최초의 혹은 태초의 님로드는 우시르 시대 이전에 그 뿌리를 두고 있다. 따라서 이를 기준으로 하여, 아브람의 님로드가 역사적으로 어디쯤 위치하는지 측정할 수 있을 것이다. 혹은 그것을 도저히 측정할 수 없다는 사실을 눈치 챌 수도 있을 것이다. 그리고 이 태초의 님로드가 나라를 다스리던 중 점성술사들이 옥좌를 넘볼 한 소년의 출생을 예언하자 당시 태어난 모든 사내아이들을 죽이기로 결정했다는 것이 과연 사실인지, 또 소년 아브람은 왕권찬탈을 예방하기 위해 벌어진 이 살인극을 피해 한 천사의 도움으로 동굴에서 길러졌고, 천사는 아브람에게 자신의 손가락을 물려 우유와 꿀을 빨아 먹게 했다는데, 그게 정말인지, 학문적으로는 도저히 결론을 내릴 수 없다. 왕을 뜻하는 님로드는 에돔, 붉은 자의 경우와 매우 유사하다. 여기서 현재는 항상 오래 전 과거를 비추고 있으며, 그 과거는 거룩한 신들의 이야기와 함께 사라지고, 더 깊은 과거에서 신들은 신이 되기 전 인간의 모습으로 다시 나타난다. 아브라함의 경우도 이와 비슷했다는 사실을 알 때가 오겠지만, 지금 이 순간은 엘리에젤에게 주목하도록 하자.

여하튼 엘리에젤은 아브람에게 '님로드'가 하사한 종이 아니었다. 그런 이야기는 전설에 지나지 않는다. 오히려 그는 아브람의 아들일 가능성이 훨씬 많다. 아마도 아브람의 식솔들이 번창한 도시 다마스커스에 머물렀을 때, 한 여자 노예의 몸에서 아브람이 얻은 아들이었을 것이다. 아브람으로부터 나중에 자유를 선사받은 그가 가족들 가운데 누릴 수 있었던 지위는 하갈의 아들인 이스마엘보다 조금 낮았다. 그리고 갈대아 사람 아브람은 오랜 세월 동안 후손이 없었던 탓에 엘리에젤의 아들인 다마섹과 엘리노스 중에서 맏이인 다마섹을 상속자로 삼을 생각까지 했다. 그러다 이스마엘이 태어났고 진정한 아들 이사악이 등장하자 물론 상황은 달라졌다. 그러나 나중에도 엘리에젤은 아브람의 가솔들 가운데 중요한 인물로서의 위상을 잃지 않았다. 그리고 거부된 제물 이사악의 신붓감을 찾기 위해 중매쟁이의 신분으로 나하리나로 가는 영광을 얻은 것도 바로 그였다.

그가 요셉에게 자주, 그리고 즐겨 이 여행담을 들려주곤 했다는 것은 앞에서도 이미 확인한 바 있다. 그런데 어쩌면 여기서 너무 거침없이 '그'라는 단어를 쓰는 것인지도 모르겠다. 지금 요셉에게 이야기를 들려주는 엘리에젤이 오늘날의 개념으로 이해하자면 아브람의 엘리에젤은 결코 아니라는 점을 모르는 바 아니다. 그럼에도 불구하고 이러한 단어를 사용하고 싶은 유혹을 느끼는 까닭은, 그 스스로 신부를 찾으러 여행을 떠났던 일을 회상하면서 너무도 자연스럽게 '나'라고 말하기 때문이다. 게다가 그의 제자까지도 대낮의 햇살이 아닌 달빛에 근거한 달의 문법을 담담하게 받아들인 것도 한몫한다. 그는 미소를 지으면서 고개도 끄덕였다. 그 미소가 일종의 비판을 담고 있고, 고개를 끄덕인 것은 단순히 어른을 대하는 사려 깊은 행동이었는지는 분명치 않다. 그러나 자세히 살펴보면 고개를 끄덕인 것보다는 미소를 더 믿고 싶어진다. 그러니까 엘리에젤의 표현 방식에 대한 요셉의 반응으로 미루어 볼 때, 야곱의 근엄한 이복형제인 노인 엘리에젤보다는 그의 제자 요셉이 조금 더 명쾌하고 예리한 게 아닌가 하는 결론으로 기울어진다.

엘리에젤이 야곱의 이복형제? 그렇다. 이는 명쾌한 시각과 이성에 따른 판단이다. 사실이 그랬다. 눈이 멀어 비참해지기 전까지만 해도 진정한 아들 이사악은 지극히 관능적인 남자였다. 그래서 브두엘의 딸(리브가—옮긴이) 한 명과만 동침한 것이 아니었다. 게다가 그녀는 사라와 마찬가지로 오랫동안 자식을 낳지 못했던 탓에, 이사악은 다른 식으로 상속자를 찾아야 했으므로, 야곱과 에사오가 등장하기 전에 아름다운 한 하녀로부터 아들 하나를 얻었다. 나중에 자유로운 몸이 되도록 종의 신분에서 풀어준 그 아들을 이사악은 엘리에젤이라 불렀다. 이런 서자가 언젠가는 자유를 얻어 엘리에젤이라는 이름으로 불리는 것은 관습에 해당했다. 그랬다. 거부당한 제물 이사악이 엘리에젤을 얻었다 해서 비난받아야 할 이유는 더더욱 없었다

아브라함의 정신을 이어받은 가문에는 항상 엘리에젤이 있었고, 그는 그곳에서 늘 집안일을 총괄하는 집사요, 가장 나이 많은 종이었다. 그리고 정실부인의 아들에게 신붓감을 구해 주기 위해 중매쟁이로 파견되는 것도 그였다. 집안의 가장은 그에게도 여자를 주었고, 그는 이 여인으로부터 두 아들, 즉 다마섹과 엘리노스를 얻었다. 간단히 말해 엘리에젤은 바벨의 님로드와 마찬가지로 일종의 무대 장치였다.

어린 요셉은 우물가 근처 계시 나무의 그늘 아래 앉아, 양팔로 무릎을 안고 엘리에젤의 이야기를 들을 때면 매번 묘한 느낌을 떨칠 수 없었다. 매혹적이고 아름다운 두 눈으로, 거침없이 '나'라고 말하는 '아브라함을 닮은' 그 노인을 바라보는 요셉의 시선은 엘리에젤의 얼굴을 뚫고 들어가 제각기 다른 육신을 입고 언제든 '나'라고 이야기한 수많은 엘리에젤을 발견하는 것이었다. 주변이 울창한 나뭇잎으로 그늘이 졌지만 엘리에젤 뒤에는 태양이 날린 빛살을 받아 공기들이 파르르 떨고 있었으므로, 엘리에젤이라

는 인물의 정체성을 찾으려는 요셉의 시선은 어둠 속으로 사라졌다기보다 빛 속으로 모습을 감춘 셈이다.

우주 공간은 구른다. 그러므로 한 이야기의 근원이 하늘이었는지, 아니면 땅 위였는지 확실히 규명할 수는 없다. 모든 조응방식이 실은 이쪽과 저쪽에서 동시에 이루어지는데 오로지 우리 눈에만 그것이 위에서 아래로 내려와 다시 위로 솟구쳐 올라가는 것처럼 보일 뿐이다. 이를 제대로 설명할 수 있다면 진실에 도움이 될 것이다. 한 신이 세속으로 내려와 인간이 되듯이, 이야기들도 위에서 내려와 사람들의 이야기가 되었다. 예컨대 야곱 사람들이 즐겨 입에 올렸던 영웅담을 떠올려 보자. 아브람이 '형제 롯'을 구하기 위해 동쪽에서 온 왕들과 싸워 군사들을 물리쳤다는 이야기가 있다. 최근에 족장들의 역사와 관련하여 주해서를 내놓고 있는 학자들은, 요셉이 알고 있는 것처럼 아브람이 왕들을 추적하여 다마스커스까지 몰아냈을 때 318명의 남자들을 대동한 것이 아니라고 장담한다. 사실은 아브람 혼자서 종 엘리에젤만 데리고 갔으며, 그런데도 승리를 거둔 이유는 별들이 대신 싸워 준 덕분이라는 것이다.

엘리에젤까지도 이런 식으로 이야기를 들려주기도 했다. 요셉은 이런저런 변형 형태에 익숙해 있었다. 그러나 이야기가 이런 형태를 띠게 되면 영웅담의 세속적 성격을 잃게 된다는 사실은 누구라도 쉽게 간파할 수 있다. 목동들이 수다를 떨면서 그 이야기에 부여했던 세속의 특성이 사라지면, 그 자리에 다른 것이 자리잡게 된다. 요셉도 이런 이야기를 들으면 비슷한 인상을 받았는데, 마치 두 명의 신들이, 즉 주인과 종이 수없이 많은 거인들, 혹은 열등한 엘로힘을 물리친 것 같은 느낌이 드는 것이다. 이렇게 신의 이야기로 소급하는 것이 진실에 도움이 됨은 물론이다. 사건을 이처럼 거룩한 형태에서 재현시킨다고 해서 세속의 현실을 부인하려는 것인가? 전혀 아니다. 오히려 정반대라는 것이 옳다. 세속을 초월한 곳에서 그 사건이 실제로 있었다는 사실은 세속에서 일어난 사건이 진실이라는 점을 증명하기 때문이다. 위에 있는 것은 아래로 내려온다. 위에 본보기로 제시되어 있는 것만 아래에서 이루어질 수 있는 것이지, 위쪽의 거룩한 모범 없이 일어나는 아래의 사건은 없다. 아브람의 경우 그의 육신이 이전에는 하늘의 별과 같은 것이었으므로, 이러한 자신의 신성에 기대어 도적들을 유프라테스 강 너머로 물리칠 수 있었던 것이다.

예를 들면 혼담을 넣으려고 길을 떠난 엘리에젤의 여행담이라는 것도 그 근원이 되는 이야기가 따로 있지 않았던가? 여행 당사자가 자신의 경험담을 들려주면서 토대로 삼았던 그 이야기 말이다. 이 이야기도 노인은 이따금 독특한 방식으로 바꿔서 들려주었다. 그렇게 변형된 형태가 오늘날까지 전해진 것이다. 이 설화에 따르면, 아브람이 이삭의 신붓감을 구하기 위해 엘리에젤을 브엘세바에서 하란으로 보냈을 때, 엘리에젤은 20일이나 걸리는, 아니 최소한 17일은 소요되는 그 먼 거리를 단 3일 만에 갈 수 있었다. '땅이 그쪽으로 솟구쳐 올랐다'는 것이다.

이것은 비유로 이해해야 한다. 땅은 누구에게 달려올 수도, 솟구쳐 올 수도 없다. 그렇지만 발에 날개라도 단 듯

가뿐하게 움직이는 사람에게는 발밑의 땅이 자신 쪽으로 달려와 솟구쳐 오르는 것으로 보일 수도 있다. 그리고 이 이야기를 가르치는 스승들도 이 여행이 짐을 실은 낙타를 앞장세운 일상적인 여행이었다고 말하지는 않는다. 열 마리의 낙타 같은 것은 생각도 안했다. 오히려 이 스승들의 묘사에 따르면, 아브람의 서자인 엘리에젤은 전령의 임무를 띠고 간편하게 혼자 길을 떠나 빠른 시일에 여행을 마쳤다. 도대체 얼마나 빨리 갔기에? 발에 날개를 다는 것으로도 부족하여 한술 더 떠서 작은 모자 위에 날개가 달렸다고 말하고 싶을 정도로.

한마디로 이렇게 되면 엘리에젤이 세속에서 육신을 입고 행한 여행은 하늘에서 내려온 여행, 즉 세속을 초월한 여행에 뿌리를 둔 게 된다. 엘리에젤이 요셉에게 나중에 문법뿐만 아니라, 이야기도 마구 뒤섞어서 '땅이 솟구쳐 올랐다'고 들려준 것도 그래서였다.

그렇다. 생각에 잠긴 제자의 시선이 스승의 현재 모습에 문득 멈춰 설 때면, 공경할 만한 엘리에젤이라는 인물을 구별하는 통찰력은 어둠이 아니라 빛 속으로 사라져 갔다. 다른 사람들의 정체성에 관한 문제도 예외는 아니었다. 여기서 다른 사람이 누구인지는 모두 짐작하리라 믿는다. 요셉이 앞으로 어떤 일을 겪게 될지는 차차 살펴보겠지만, 이 자리에서는 그가 늙은 엘리에젤과 공부를 하면서 받았던 이런 종류의 인상들이 가장 오래 보존되고 강력한 효과를 낳았다는 점만 지적하고자 한다. 아이들은 선생들이 흔히 나무라듯이 그렇게 산만하지 않다. 다만 이들은 보다 본질적인 것에 주의력을 기울이는 것이 다를 뿐이다. 다시 말해서 교사가 가르치고 싶은 객관적인 사실이 아닌 딴 것에 정신이 팔려 있는 것이다. 그래서 요셉의 시선이 한군데 고정되지 못하고, 이리저리 산만하게 떠도는 것처럼 보였을지는 몰라도, 어린이다운 집중력을 잃은 적은 단 한번도 없었고, 오히려 강력하기만 했다. 물론 이것이 그에게 이득을 가져다주었는가는 별개의 문제이다.

주님을 발견한 아브라함

앞에서 '다른 사람'을 들먹이며 조심스럽게 심부름꾼의 주인인 아브라함을 암시했었다. 엘리에젤은 그에 대해 무엇을 알고 있었던가? 그는 알기도 많이 알았고 그 종류도 다양했다. 그런데 엘리에젤은 한 입으로 두 말을 하기도 했다. 어떤 때는 이렇게 말했다가, 다음에는 전혀 다른 이야기를 하는 식이었다. 한번은 갈대아 사람이 주님을 발견한 바로 그 남자라고 묘사해 주었다. 그때 주님은 너무 기쁜 나머지 손가락에 입을 맞추고 이렇게 외쳤다. "지금까지는 나를 주님이요 지고하신 분이라고 부른 자가 아무도 없었노라. 그런데 마침내 이렇게 불리게 되었도다!"

그 발견은 힘겹고 고통스러운 과정의 결과였다. 선조는 여간 근심이 많은 것이 아니었다. 그처럼 힘겹게 찾아 헤맨 이유는 그가 가지고 있던 독특한 발상 때문이었다. 인간이 누구를, 혹은 어떤 것을 섬기는가 하는 질문은 매우 중요하다는 게 그의 생각이었다. 요셉에게 이것은 무척 인상적으로 받아들여졌다. 요셉은 즉각 알아차렸다. 특히 중요하게 여긴다는 측면에서 그랬다. 주님 앞에서, 그리고 인간 앞에서 명망을 얻고 의미를 얻기 위해서는 사물들을, 혹은 한 가지 사물이라도 중요하게 여겨야 했다. 선조가 가장 중요하게 여긴 것은, '인간은 과연 누구를 섬겨야 하는가'였다. 그리고 이 질문에 내린 선조의 대답은 아주 특이했다.

"그건 단 한 분뿐이다. 가장 지고하신 분!"

사실이 그랬다! 이 대답에는 자존심 같은 것이 배어 있었다. 거의 교만이나 오만이라고 말해도 무방했으리라. 그 남자는 스스로 이렇게 말할 수도 있었을 것이다.

"내가 대체 뭔가, 그리고 내 안의 인간이 과연 무엇을 할 수 있겠는가! 그러니 아무 작은 엘이나 거짓 신, 아니면 낮은 신 아무나 한 명 믿으면 그만이다. 누구를 섬기든 무슨 상관이야!" 그렇게 말했더라면 그는 편했을 것이다. 그러나 선조는 그렇게 말하지 않았다.

"나, 아브람은, 그리고 내 안의 인간은 오로지 가장 지고하신 분만을 섬겨야 한다."

여기서 모든 게 시작되었다. (요셉은 이 부분이 마음에 들었다.)

아브람은 처음에 어머니인 대지만이 섬김과 숭배를 받을 수 있다고 생각했다. 대지가 수확을 내고 생명을 보존해 주기 때문이었다. 그러나 대지가 하늘에서 내려오는 비를 필요로 한다는 것을 깨달았다. 그래서 이번에는 하늘을 두루 살폈다. 그리고 화려한 태양을 바라보았다. 태양은 축복과 저주를 내릴 수 있는 강력한 존재였다. 그래서 태양으로 결정하려는 찰나, 태양은 저문다는 생각에 이르렀고, 그렇다면 지고하신 분이 될 수 없다는 결론을 내렸다. 그 다음에는 달과 별들을 바라보았다. 특히 별들에게 마음이 끌렸다. 그리고 우르와 하란의 신인 달을 사랑했다. 그러다 바벨의 님로드가 국가적인 차원에서 샤마쉬-벨-마르둑과 같은 태양 원리를 지나치게 숭배하는 바람에, 별들의 목자인 달의 신 신(Sin)이 뒷전으로 밀려나게 되자, 이에 상처받은 아브람은 우르를 떠난 것인지도 모른다.

그렇다. 어쩌면 이는 주님의 계략이었는지도 모른다. 아브람으로 하여금 주님 자신을 거룩하게 만들고, 자신의 이름을 만들어내게 할 생각으로, 달을 향한 사랑에서 아브람이 갈등을 느끼게 하여, 그의 동요를 주님 자신의 앞날을 위한 발판으로 삼으려 했던 것이다. 아브람은 샛별이 떠오르면 목자인 달과 그가 거느린 다른 가축들도 함께 사라지는 것을 보고 이런 결론을 내렸다.

"아냐. 이들 역시 내가 존경할 만한 신들이 아냐."

기껏 찾았다 싶으면 또 모자람이 있으니 아브람은 근심스럽기만 했다. 이윽고 그는 이런 결론에 이르렀다.

"아무리 높이 떠 있다 해도, 이들을 지배하는 주인님이 따로 계신 건 아닐까? 어째서 하나는 떠오르고 다른 것은 아래로 지는 것일까? 인간인 내가 이들을 섬긴다는 것은 옳지 않아. 이들이 아니라 그들 위에서 지배하는 자를 섬겨야 마땅해."

진리를 갈구하는 아브라함의 간절한 마음은 깊은 상심을

낳았고, 그 모습에 크게 감동한 주님께서는 이렇게 혼잣말을 하게 되었다.

"네게 네 동료들보다 훨씬 더 많이 향유를 부어주어 널 기쁘게 하리라!"

그렇게 해서 아브라함은 가장 지고하신 분을 찾으려는 충동에서 시작해 주님을 발견하게 되었고, 사람들에게 이를 가르치는 가운데 계속해서 그의 형태를 다듬어나감으로써, 여기에 관련된 모든 사람들에게 커다란 자선을 베풀어주었다. 주님과 아브라함 자신, 그리고 자신의 가르침에 감화되어 개종한 자들이 그 수혜자였다. 우선 주님에게는 인간을 인식함으로써 자기실현을 할 수 있도록 준비해 주었다는 점에서, 그리고 아브라함 자신과 아울러 개종자들에게는 두렵고 미심쩍은 다양한 것을 누구나 잘 알고 있어서 편안함을 느낄 수 있는 유일한 것으로 소급함으로써 자선을 베푼 셈이었다. 다시 말해 인간들이 어떤 경우에라도 선과 악, 갑작스럽게 찾아오는 무서운 재앙뿐만 아니라 축복까지 모두 주관하는 특정한 것에 의지할 수 있게 한 것이다. 아브라함은 이렇게 여러 다양한 세력들을 하나의 권력으로 결집하여 이것을 주님이라 불렀다. 이 명칭은 한꺼번에 통틀어서 부른 이름이었다.

축제가 되면 사람들은 특정한 신, 그러니까 마르둑이나 아누 혹은 샤마쉬의 머리 위에 모든 권력과 영예를 쏟아 붓고, 다음 날에는 옆에 있는 신전에 가서 또 다른 신에게 똑같은 찬송가를 부르곤 했다. 아브라함은 이러한 행동을 옳지 않다고 여겼다. "당신은 유일한 분이요 지고하신 분이니, 당신 없이는 재판도 없고 어떤 결정도 내릴 수 없고, 하늘과 땅 위에 그 어떤 신도 당신께 대적할 수 없습니다. 그것은 바로 당신이 그 신들 모두보다 월등히 높기 때문입니다!"

님로드의 나라에서는 이런 찬송가를 수시로 아무 데서나 불렀다. 그러나 아브라함은 이것은 오로지 한 분에게만 말해질 수 있는 것이라고 여겼다. 그리고 항상 똑같은 분, 누구나 잘 아는 분께만 이런 칭송이 합당하다고 설명했다. 모든 것이 그분으로부터 나오며 만물의 근원을 밝혀 준 분이 바로 그분이니까. 아브라함의 주변 사람들은 감사를 드릴 때나 애원할 때, 행여 이러한 근원 중에서 하나라도 빼놓게 되면 어쩌나 두려워하곤 했다. 그래서 재앙을 맞아 회개 기도를 드릴 때면, 혹시라도 그 재앙을 가져온 신을 빼먹지 않기 위해 기도 첫머리에 아는 신들의 이름을 일일이 다 열거했다. 하지만 이들은 어떤 신이 그 재앙을 가져왔는지 확실하게 알지 못했다. 그러나 아브라함은 그것을 알았으므로 사람들의 눈을 뜨게 해주었다. 인간이 고난에 처했거나 또는 찬가를 부를 때 불러야 할 유일한 분은 오로지 그분, 가장 지고하신 그분밖에 없었고, 그분만이 인간의 올바른 신이 될 수 있었다.

요셉은 아무리 어렸어도 선조가 주님에 대해 내린 결론들이 얼마나 대담하고 강력하게 표현된 것인지 짐작할 수 있었다. 이런 가르침은 선조가 같은 편으로 끌어들이려 했던 많은 사람들을 두려움으로 소스라치게 했으리라는 것도 쉽게 짐작이 갔다. 아브람이 엘리에젤처럼 키가 훤칠하게 크고 중후한 멋을 보이는 노인이었든, 아니면 키가 작고 여윈 체구에 허리가 구부정한 사람이었든, 여하튼 그는 대단한 용기를 가진 사람이었다. 모든 거룩한 것들을 자신의 신에게, 모든 회한과 은총을 그대로 그 신에게 소급하여 오로지 그에게만, 다른 누구에게도 나눠 주지 않고 오로지 그 지고하신 분 한 분에게만 의지하려는 용기를 지닌 사람이었다. 롯마저도 얼굴이 새파랗게 질려서 이렇게 말하지 않았던가.

"하지만 당신의 주님이 당신을 버리면 당신은 완전히 외톨이가 되겠군요!"

그러자 아브람은 이렇게 대답했다.

"자네가 말한 그대로지. 그렇게 되면 하늘과 땅 위에 나처럼 크게 버림받는 사람은 없을 테고, 그처럼 완벽한 버림받음은 없을 거야. 하지만 생각을 해보게. 내가 만일 그와 화해를 하고 그가 내 방패가 되면 내게는 부족함이 없고, 적의 성문까지 소유하게 될 것 아닌가!"

그러자 롯도 용기를 내었다.

"그렇다면 나도 당신의 형제가 되겠소!"

이렇게 당당하게 자기 생각을 표현하여 사람들을 자기편으로 끌어들일 줄 알았던 아브람은 아비람이라 불리기도 했다. 그 뜻은 '나의 아버지는 고매하시다'이지만 한편으로는 '고매하신 분의 아버지'라는 뜻으로 이해해도 무방하다. 따지고 보면 아브라함은 주님의 아버지였다. 아브라함이야말로 그분을 간파했고 궁리 끝에 그를 생각해 내었다. 그분께 아브라함이 부여한 막강한 특성들은 원래 주님의 것이었을 것이다. 아브라함이 그 특성들까지 생산한 자는 아니라는 말이다. 하지만 그가 이 특성들을 인식하고 그것을 다른 사람들에게 가르쳐 주고 사고해 나가는 가운데 실현시킨 것 역시 하나의 생산이라고 할 수 있지 않을까? 주님의 막강한 특성들은 물론 아브라함의 손 밖에 놓여 있는, 객관적인 것이었지만, 동시에 그것들은 그의 안에 있었고, 그에게서 비롯되었다. 어떤 순간에는 이 특성들과 아브라함의 영적인 힘은 거의 구분되지 않는다. 서로 신방을 차린 듯 하나로 녹아들어 간 것이다. 이것이 바로 주님과 아브라함이 맺었던 내면적 동맹의 시초였다. 그리고 나중에 주님과 맺은 동맹이라는 것은 이 동맹을 형식적으로 확인하는 절차였을 뿐이다.

한편 여기서 주님에 대한 아브람의 독특한 경외심을 엿볼 수도 있다. 물론 주님의 위대한 능력은 아브람의 바깥에 있는 무섭고 끔찍한 어떤 객관적인 실체였다. 그러나 동시에 그분의 능력은 아브람의 대단한 영적 힘과 어느 정도 하나가 되었으며, 어찌 보면 아브라함의 영력이 만들어낸 산물이기도 했다. 따라서 주님에 대한 아브라함의 경외심은 단어의 원래 뜻인 두려움뿐만 아니라 다른 것까지 포함하게 된다. 쉽게 말해서, 상대가 두려워서 벌벌 떠는 것으로 끝나는 게 아니라, 우리는 하나라는 결속감과 신뢰감과 우정까지 더해진 것이다. 그리고 실제로도 선조는 주님과의 관계에서 한동안 독특한 방식을 보여주기도 했다. 이렇게 복잡하게 얽힌 관계를 고려하지 않고는 하늘과 땅에서 놀라움을 자아낸 그 희한한 방식을 도무지 이해하기 어렵다.

예를 들면, 아브라함이 소돔과 고모라의 멸망에서 주님께 드린 우정 어린 충고만 봐도 그러하다. 이는 무서운 권력을 지닌 이 위대한 분의 입장에서 본다면 불쾌한 자들의 행동과 그리 다를 바 없었다. 하지만 주님이 아니라면 어디 가서 직언을 할 수 있단 말인가? 다른 사람의 충고를 너그럽게 받아줄 자는 그분밖에 더 있는가? 아브라함의 충고를 한번 들어보자.

"제 말씀을 좀 들어보십시오, 주님. 이것 아니면 저것, 둘 중에 하나만 택하십시오! 세상을 갖고자 한다면 그 요구는 정당합니다. 하지만 세상 안의 정의까지 얻고자 한다면 세상은 끝납니다. 주님은 양쪽 다 붙들고 계십니다. 세상도 갖고 그 안의 정의도 가지려고 말입니다. 하지만 주님이 더 너그러워지지 않으면, 세상은 더 이상 존재할 수 없습니다."

당시 아브라함은 여기에 머무르지 않고 주님에게 계략을 쓰려 한다며 꾸짖었다. 앞으로 절대로 홍수를 부르지 않겠다고 맹세하고서는 슬그머니 불바다를 내리려 한다고 나무란 것이다. 그러나 소돔에 보낸 사신들에게 일어난 일들과, 또 거의 일어날 뻔한 일을 봐서라도 도저히 다른 식으로는 이 도시들을 처단할 방법이 없었던 주님은 이런 말이 기분 좋을 리 만무했지만 그렇게 괘씸하게 생각하지도 않았다. 너그러운 침묵이 그 증거였다.

이 침묵은 엄청난 사실을 말해 주었다. 주님이 바깥에 서 계신다는 사실뿐만 아니라, 아브람의 영적인 힘이 그처럼 컸다는 것도 여기에 속한다. 어쩌면 이처럼 강력한 아브라함의 영력이 생산한 가장 독특한 산물이 주님일 수도 있었다. 여하튼 앞에서 말한 엄청난 사실이란, 마땅히 의로워야 할 생명의 세상이 결코 의로울 수 없다는 모순을 낳은 장본인이 바로 그 위대한 신이라는 사실이다. 그분이, 살아 있는 이 신은 늘 선하지 않으며, 이따금 선할 뿐, 어떤 때는 아예 악하기도 하다. 살아 있는 그분은 악을 내포하면서도 그 가운데 거룩하며, 또 거룩함 자체이며 상대방의 거룩함까지 요구했다니, 이런 엄청난 일이 있는가!

얼마나 무서운가! 혼란의 용 티아마트를 가루로 만들고 배를 갈랐던 분이 바로 그분이었다. 천지를 창조할 때 신들이 마르둑에게 경의를 표하며 터트린 환호성, 아브람의 고향사람들이 매년 새해 첫날이 되면 소리 높여 외쳤던 그 환호성은 바로 그분, 그의 주님께 바쳐져야 했다. 질서와 행복을 가져온다고 믿어지는 것들은 모두 그분으로부터 비롯되었다. 봄비와 가을비가 제때에 내리는 것도 그분 덕택이었다. 그분은 우르 홍수의 잔재요 거대한 바다괴물의 집인 그 무시무시한 바다에 경계선을 그어 아무리 분노하더라도 선을 넘지 못하도록 명령했다. 태양이 하늘 높이 올라갔다가도 저녁이면 저승순례를 떠나보내고, 달로 하여금 주기적으로 같은 모습으로 변하여 시간을 잴 수 있게 한 것도, 또 별들이 하늘에 떠올라 또렷한 그림을 만들고, 동물과 인간을 계절에 따라 먹이고 입히는 것도 그분이었다. 그리고 그분은 누구도 발 디뎌본 적이 없는 장소에, 눈이 내려와 대지를 적시게 하셨고, 그 대지의 원판을 홍수 위에 견고하게 세우셔서 가물에 콩 나듯이 아주 드물게 한번씩이면 모

70

를까, 보통 때는 결코 흔들리거나 기우뚱거리지 않게 만들어주었다. 이 모든 것이 얼마나 큰 축복이며 유익함이며 자비인가!

인간이 적을 해치운 후 적의 모든 것을 자기 것으로 만들듯이, 주님 또한 혼란의 괴물을 없애면서 괴물의 본성을 받아들임으로써 비로소 전지전능한 존재로 온전해진 건지도 모른다. 빛과 어둠의 싸움, 선과 악, 이 땅 위의 무서운 것과 자비로운 것 사이의 싸움은 님로드의 사람들이 믿었던 것처럼, 티아마트와 마르둑이 대결한 전투의 속편이 아니었다. 암흑과 악, 예상할 수 없는 무서운 것, 그리고 지진과 굉음을 내는 번개며 태양을 가려 천하를 깜깜한 암흑으로 만드는 메뚜기떼며, 일곱 개의 악한 바람, 모래 바람 아부부, 말벌과 뱀들, 이 모든 것들도 주님으로부터 나왔다. 또 그는 전염병의 주님이라 불렸다. 주님은 전염병을 보낸 자인 동시에 치유사이기도 했다. 그분은 선(善)이 아니라 전체였다. 그리고 거룩했다! 선해서 거룩한 것이 아니라, 살아 계신 분이었기에, 아니 단순히 살아 있는 정도가 아니라 그 이상이어서, 그 막강한 권한과 무섭고, 끔찍하고 위험하고 치명적인 힘 때문에 거룩한 존재였다. 그래서 그와의 관계에서는 단 하나의 실수, 단 한번의 무분별한 경솔함만으로도 무시무시한 결과를 초래할 수 있었다. 그는 거룩한 존재였다. 그러나 그분은 거룩함을 요구하기도 했다. 이렇게 자신이 존재한다는 이유만으로 거룩함을 요구했다는 사실은 이 거룩한 분에게 무섭고 위험한 자 이상의 의미를 부여하게 되었다. 이분은 한마디로 인간에게 매사 조심하라고 경고한 셈이었다. 이렇게 하여 그분의 말씀에 따라 조심하는 것은 경건한 신앙심이 되었고, 결과적으로는 살아 계신 전지전능한 주님이 인간에게 삶의 척도요 죄책감의 근원이 된 것이었다. 그리고 주님에 대한 경외심은 위대한 주님 앞에서 정결하게 살아가려는 자세를 뜻했다.

주님은 거기 계셨다. 아브라함은 그분 앞에서 살았다. 그의 영혼은 그분이 자신의 바깥에 가까이 계신다는 사실로 인해 거룩해졌다. 그들은 나와 너, 이렇게 둘이었다. '너' 또한 자신을 '나'라 하고, 상대방에게는 '너'라고 불렀다. 아브람의 영적인 힘이 워낙 강하여 주님의 특성을 찾아내었다는 말은 옳다. 이 힘이 없었더라면 아브람은 주님의 특성을 규정할 수도, 그 이름을 명명할 수도 없었을 것이다. 그랬더라면 이 특성들은 어둠 속에 머물러야 했을 것이다.

그런데 강한 목소리로 '나'라고 말씀하시는 주님은 '너'로서 아브라함의 바깥에, 그리고 세상의 바깥에 계셨다. 주님은 불 속에 있었으나 불은 아니었다. 그러므로 불을 숭배하는 것은 실수로 간주되어야 마땅하다. 주님은 세상을 창조하셨다. 그러나 이 세상에는 엄청난 위력을 과시하는 폭풍이나 거대한 해수도 있다. 바깥에 계신 위대한 주님에 대해 하나의 표상을 가지려면, 또는 표상까지는 아니라도 생각이라도 해보려 한다면 이 점을 고려해야 했다. 주님은 자신이 만들어낸 모든 역사보다 필연적으로 위대한 존재여야 했다. 그리고 자신이 만들어낸 역사의 바깥에 있어야만 했다. 주님은 이따금 마콤, 즉 공간이라고 불리기도 했는데, 그 이유는 그분이 세상의 공간이었기 때문이다. 그러나 세상이 그의 공간은 아니었다. 주님은 아브라함 속에도 있었다. 따라서 아브라함이 주님을 인식할 수 있었던 것은 그분 덕택이었다. 주님을 발견한 것이 '나'이며, 그 안에 주님이 계신다는 이유로 아브라함이 당당해 한 것은 사실이었다. 그러나 아무리 기뻤어도 그는 주님 안으로 스며들어 그분과 온전히 하나가 되어 더 이상 아브라함으로 머물지 않겠다는 생각 따위는 결코 하지 않았다. 오히려 아브라함은 당당하게, 그리고 분명하게 그분의 상대방으로 머물렀다. 둘 사이에 엄청난 거리를 두고 말이다. 그것은 당연했다. 아브라함은 인간에 불과했으니까. 그러나 흙덩이 인간이었던 아브라함은 인식을 통해 그분과 하나가 되었다. 그리고 그분이 고매한 '너'로서 자신을 마주보고 계신다는 사실로 인해 거룩해졌다. 이를 토대로 주님은 아브람과 영원한 동맹을 맺었다. 양쪽 모두에게 밝은 미래를 보장하는 동맹이었다. 주님은 이 동맹에 대한 애착과 질투심이 대단하여, 자신을 따르는 자들이 이 세상에 널려 있는 다른 신들에게 한눈팔지 않고 오로지 자신만 숭배하기를 원했다. 이 점이 중요하다. 아브라함과 주님의 동맹을 통해 그전에는 없던 것이, 그래서 백성들도 전혀 알지 못하던 것이 세상에 등장하게 된다. 동맹의 파기, 주님 앞에서의 타락 같은 저주가 출현하게 된 것이다.

선조는 사람들에게 주님에 관해 여전히 많은 것을 가르쳐야 했다. 그러나 주님에 얽힌 **이야기를 들려주지**는 못했다. 예를 들면 다른 자들이 섬기는 신들에 대해 주워섬기는 그런 식의 이야기는 몰랐다는 뜻이다. 주님과 관련된 이야기가 전혀 없었다는 것, 어쩌면 이것이 가장 중요한지도 모른다. 아브람이 어떤 특정한 상황이나 이야기에 기대지 않고, 무조건 주님의 실존을 전제하고 '주님'이라 부르면서 그분이 계신다고 발언할 수 있었던 그 용기는 정말 대단했다. 주님은 어떤 것에서 출현하지도, 한 여자의 몸을 빌어 태어나지도 않았다. 그리고 그의 옥좌 옆에도 여인은 없었다. 이쉬타르도 없고 바알라트, 즉 여주인님도 없으며 신의 어머니도 없었다. 어떻게 그럴 수 있는가? 하지만 주님의 본질상 그럴 수밖에 없다는 사실은 조금만 이성적으로 생각해 보면 분명해진다.

그분은 에덴 동산에 인식과 죽음의 나무를 심었다. 그리고 인간은 그 나무의 열매를 먹었다. 그래서 인간에게는 생산이 있고 죽음이 있지만, 신에게는 그렇지 않다. 그리고 어떤 여신도 필요하지 않았다. 그는 바알이요 동시에 바알라트였으므로 동침할 필요가 없었기 때문이다. 그는 자녀도 없었다. 천사들도 그의 자녀가 아니었고, 그의 시중을 들던 천상의 만군들도 그의 자녀는 아니었다. 그리고 몇몇 천사들이 인간이 낳은 딸들의 음탕한 모습에 유혹당하여 이들과 동침하여 생산한 거인들도 그분의 자녀는 아니었다. 그는 혼자라는 사실, 이것이 위대한 그분의 특성 중 하나였다. 아내도 자녀도 없이 혼자여서 그처럼 인간과 맺은 동맹에 애착을 걸었는지도 모른다. 여하튼 이것은 그가 이야기를 가지고 있지 않다는 것과 무관하지 않았다. 그래서 그분에 관해서는 할 이야기가 없었다.

물론 이 말은 과거에 국한시켜야 한다. 미래는 일단 제외한 것이다. 왜냐하면 '이야기를 들려주다'라는 단어는 미래에 관한 이야기를 대상으로 삼을 수 있기 때문이다. 그리고 설령 과거시제로 이야기했다 하더라도 마찬가지다. 주님의 과거에 얽힌 이야기는 없지만 그분의 미래에 관련된 이야기는 있다. 주님의 현재도 늘 찬란하지만 이것과는 비교도 되지 않는 미래의 모습이 이야기의 주제이다. 다만 이 미래가 아직 현실이 되지 못했다는 사실은 위대하시고 전능하신 주님으로 하여금, 미래에 대한 언약이 실현될 그날을 기다리게 만드는 것이다. 이 기다림은 한마디로 고난의 특성이라고 할 수도 있다. 주님이 인간과 맺은 계약과, 그분의 질투심을 온전히 이해하려면 이 고난의 특성을 아는 것이 중요하다.

언젠가, 최후의 날인 그날, 비로소 그날이 되어야 주님은 온전히 실현되리라. 그날은 마지막이요 처음이며 파괴요, 새로운 탄생이다. 이 최초의, 혹은 어쩌면 처음이 아닌 이 세상은 말로 표현할 수 없는 대재난 앞에 흔적도 없이 사라질 것이다. 그리고 혼란, 원초적인 침묵이 다시 등장하리라. 그러나 그런 다음 주님은 새롭게 보다 멋진 작품을 만들기 시작할 것이다. 파괴의 주님, 부활의 주님은 아무것도 없는 황폐한 곳에서, 그 진흙과 암흑으로부터 말씀으로 새로운 우주를 불러내어, 주변에 서서 구경하는 천사들로 하여금 이전보다 더 큰소리로 환호성을 내지르게 하시리라. 이제 막 태어난 젊은 세상은 옛날의 세상보다 모든 면에서 월등할 것이기 때문이다. 그리고 이 세상에서 주님은 모든 적들에게 당당하게 승리를 외치시리라!

바로 그것이었다. 마지막 날에 주님은 왕이 될 것이다. 왕 중의 왕, 인간과 신들의 위에 있는 왕. 그렇다면 오늘날은 아직 그렇지 않다는 뜻인가? 물론 아브라함은 그분을 왕으로 인식했지만, 모든 사람들이 인정해 주고 승인하지는 않았다. 그러므로 최후의 날이요 최초의 날, 파괴의 날이며 부활의 날인 그날은 전지전능한 왕이신 위대한 주님이 온전히 실현되는 날이 될 것이다. 그리하여 아직까지 묶여 있는 여러 속박에서 벗어나 그분의 절대적인 영광이 모든 사람들의 눈앞에 부활하게 되리라. 어떤 님로드도 그 뻔뻔스러운 테라스 탑과 함께 그분께 대적하지 못할 것이며, 어떤 인간도 그 외의 다른 신 앞에서 무릎을 꿇지 않을 것이며, 어떤 인간의 입도 다른 자에게 영광을 돌리지 않을 것이다.

주님은 예전에도 이미 그러했지만, 이번에는 마침내 실제로 사람들이 보는 앞에서 모든 신들의 주인이요 왕이 되는 것이다. 만 개나 되는 나팔소리, 노랫소리가 울려 퍼지고, 불꽃이 터지고 번개가 진동하는 가운데, 지고하신 분, 그 무서운 분은 세상의 경배를 받으며 자신의 옥좌를 향해 걸어가시리라. 그리하여 만인이 보는 가운데, 모든 신들의 주인이며 왕인 자신의 진실을 이제 영원한 현실로 얻는 것이다.

오, 주님을 찬미할 날, 언약이 실현될 날! 그날은 아브라함도 틀림없이 칭송받으리라. 그의 이름은 그후로 축복의 말이 될 것이며, 인간들은 자손대대로 그의 이름으로 서로 인사를 나누리라. 그것이 언약이었다. 그러나 이처럼 천둥

번개가 칠 그날은 현재가 아니며, 가장 멀리 있는 미래이므로 그때까지는 묵묵히 기다려야 했다. 이 때문에 지금의 주님 모습에 아직은 그날을 기다려야 하는 고통의 흔적이 배어 있었다. 주님은 속박을 받으셔서 고통스러웠다. 주님은 묶여 있었다. 이렇게 지고하신 분의 고통당하시는 모습 앞에서, 모든 고통받는 자와 기다려야 하는 자들은 위로를 얻었다. 이들은 모두 이 세상에서 큰 자들이 아니고 하나같이 작은 자들이었다. 그래서 이들은 님로드와 같은 것을 비웃을 수 있었고 뻔뻔스럽게 크기만 한 것들을 조롱할 수 있었다.

그랬다. 주님은 사지가 토막 난 채 묻혔다가 부활하는 이집트의 인내하는 자 우시르와 같은 이야기를 가지고 있지 않았다. 멧돼지 니닙한테 옆구리가 찢긴 채 아랫세상에 갇힐 때면 그곳에서 다시 부활할 때까지 온 골짜기에 애처로운 피리소리가 가득해지는 아돈-탐무즈, 양치기 주인님 같은 이야기도 가지고 있지 않았다. 주님이 자연의 이야기들과 관계가 있을 리 만무했다. 아니, 그런 생각까지도 금지되었다. 근심으로 바짝 말라 고통으로 굳었다가 규칙과 언약에 따라 웃음을 터뜨리며 만발한 꽃무더기 속에서 다시 갱생하는 자연, 어둠에 흩뿌려져 흙의 감옥 안에 갇혔다가 다시 싹을 틔워 부활하는 씨앗, 죽어서 성에 이르러 번식하는 자연과는 거리가 먼 것이 주님이었다.

티루스에서는 타락한 신 멜렉-바알에게 그를 숭배하는 남자들이 눈알을 뒤집으며 미친 듯이 수치심도 모르고, 자신들의 씨앗, 곧 정액을 바치기도 했다. 이런 어리석은 이야기들과 주님이 무슨 상관이 있었겠는가! 하지만 주님은 속박을 받고 있었고 미래를 기다리는 주님이었으므로, 어떤 의미에서는 고통을 받는 다른 신들과 비슷한 면을 보이기도 했다. 아브람이 시겜에서 '동맹의 바알'(Bundesbaal, 동맹의 주인님—옮긴이), 곧 엘 엘리온을 섬기는 사제 멜기세덱과 함께 멜기세덱이 아돈, 즉 주인님으로 섬기는 그 신과 아브라함 자신이 숭배한 주님이 본질적으로 얼마나 유사한지에 관해 오랜 대화를 나눈 것도 그래서였다.

주님은 그것을 보고 자신의 손가락에 입을 맞추며 감탄했고, 그 때문에 천사들은 은근히 분통이 터졌다.

"이 흙 인간이 이처럼 나의 깊은 모습까지 알아내다니, 그저 놀랍기만 하구나! 내 벌써 이 자를 통해 이름을 하나 얻게 되지 않았느냐? 진실로 내 그를 선택하여 기름을 부어주리라!"

사자(使者)의 주인님

엘리에젤이 자신의 혀로 제자에게 들려준 아브라함은 바로 이런 모습이었다. 그러나 자신도 모르는 사이에 그의 혀는 말을 하는 가운데 헛갈려서, 어떤 때는 다른 식으로 아브라함을 표현하기도 했다. 하지만 이 위엄 있는 자의 뱀처럼 영리한 혀가 이야기한 것은 여전히 우르, 혹은 원래 하란 출신인 그 남자였다. 그리고 이 혀는 그를 가리켜 요셉의 증조부라 불렀다. 아브람은 밝은 빛 아래에서 보면, 결코 이 혀가 이야기하고 있는 아브라함, 시날에서 암라펠의 통치시대를 살았던 그 불안한 아브라함일 수 없었다. 어떤 인간의 증조부도 자기보다 20대 앞의 세월을 살 수는 없다. 이 사실은 노인이나 소년, 두 사람 모두 알고 있었다. 그러나 이들은 비단 이러한 불확실성만이 아니라, 다른 것에 대해서도 서로 눈을 질끈 감고 넘어가곤 했다. 지금 엘리에젤이 자신의 혀로 들려주는 아브라함, 여기저기 다른 형태로 약간 혼란스럽게 묘사된 이 아브라함은, 당시 시날 지방에 살다가 결국 그곳을 떠났던 아브라함이 아니었다. 오히려 그 아브라함은 이 아브라함보다 훨씬 깊은 곳에 있는 존재로 이 아브라함을 통해 내비쳐지는 것일 뿐이다. 따라서 소년의 시선은 '엘리에젤'의 경우에서도 그랬듯이 지금도 아브라함이라는 인물을 찾아 빛 속을 헤엄치고 있었다. 원래 빛이란 사물을 비춰 주는 것이므로 그렇게 하여 그 통찰력이 밝아졌음은 당연하다.

그 다음에는 우주 공간의 절반에 속하는 이야기들이 등장했다. 주인과 종이 318명을 거느리고 출정한 게 아니라, 단둘이 나아가 높은 곳에 계신 정령들의 도움을 받아 적들을 다마스커스 너머로 쫓아냈다는 것이며, 혼담을 넣으러 파견된 엘리에젤에게 '땅이 솟구쳐 올랐고', 출생이 예고된 아브라함을 죽이기 위해 사내아이들이 목숨을 잃었으며, 아브라함은 동굴에서 어린 시절을 보냈고, 천사들이 그에게 젖을 먹여 주고 그동안 그의 어머니는 아이를 찾아 사방을 헤매고 다녔다는 이야기들. 이것은 진실을 담고 있다. 어디에선가 항상 그랬으니까. 어디에나 아들을 찾아 헤매는 어머니들이 있다. 이들에겐 이름이 많다. 여하튼 어머니들은 미로를 따라 사방을 헤매며 아랫세상으로 유괴당하여 살해당하고 온몸이 동강나버린 가련한 아이를 찾아다닌다. 아브라함을 찾아다니는 그녀는 아마틀라, 혹은 엠텔라이라고 불렸다. 이 이름들은 엘리에젤이 꿈이라도 꾸듯 마음대로 빌려온 것 같았다. 왜냐하면 그 이름들은 어머니보다는 젖을 먹이는 천사에게 더 잘 어울렸기 때문이다. 그리고 이 이야기를 보다 상세하게, 흡사 눈으로 보듯이 묘사하느라, 엘리에젤의 혀는 일관성을 잃고 이 천사를 암염소의 형상으로 그리기도 했다. 이야기를 하는 사람뿐 아니라 듣는 요셉에게도 모든 게 꿈처럼 여겨졌다. 그래서 갈대아 남자, 즉 아브라함의 어머니를 엘리에젤의 혀가 '엠텔라이'라고 부르는 소리를 듣는 순간, 요셉의 두 눈은 묘하게 반짝였다. 그 이름은 '내가 높이 들어 올린 자의 어머니', 즉 '주님의 어머니'를 뜻했기 때문이다.

존경스러운 엘리에젤이 이런 식으로 이야기를 했다고 그를 나무랄 수 있겠는가? 전혀 그렇지 않다. 이야기들은 위에서 아래로 내려온다. 한 신이 인간이 되듯이, 이렇게 세속으로 내려와 인간의 이야기가 된다. 그렇다고 해서 더 이상 위쪽에서 아무 일도 일어나지 않는다는 것은 아니다. 거기서도 계속 그곳의 형태대로 일이 벌어지고 있다. 그래서 노인 엘리에젤은 이따금 늙은 아브라함이 후처로 받아들인 크투라가 낳은 아들들, 즉 므단과 미디안, 욕산, 그리고 지므란, 이스박 등으로 불렸던 이 아들들이 '번개처럼 번쩍였다'고 주장했다. 아브람은 그들과 그 어머니에게 강철 도시를 지어주며 어떤 경우에도 햇살이 들어오지 못하도록 담을 높이 쌓았다고 했다. 그래서 도시를 비춰 주는 것들은 보석뿐이었는데, 이렇게 어둡게 빛나는 도시가 바로 아랫세상을 뜻한다는 사실은 어지간히 멍청한 소년이 아니라면 누구나 다 눈치 챘을 것이다. 그곳의 여왕 크투라가 그런 모습으로 묘사되었는데, 아랫세상 말고 어디 다른 곳을 뜻했겠는가.

감히 누가 이런 묘사에 토를 달겠는가! 크투라는 고령에 이른 아브라함이 동침의 은총을 베풀어 준 한낱 가나안 여자에 불과했지만, 그녀는 이집트 여인 하갈처럼 아랍의 부족장들, 사막의 주인님들을 낳은 어머니였다. 엘리에젤이 크투라의 아들들이 마치 번개처럼 빛났다고 진술한 것은, 그들이 한쪽 눈으로만 보지 않고, 양쪽 눈을 동시에 사용하여 눈이 번쩍였다는 뜻에 지나지 않는다. 이것은 두 개가 하나라는 뜻이다. 다시 말해서 이 아들들이 바로 집 없이 여기저기 떠돌아다니는 베두인 족장들이면서 아랫세상의 아들이요 영주라는 뜻이다. 서자 이스마엘도 바로 그런 자 중의 하나였다.

그리고 엘리에젤 노인은 조상의 아내 사라에 관해 매우 묘한 어조로 이야기하는 순간도 있었다. 그는 그녀를 가리켜 '거세당한 남자의 딸'이요 '하늘에서 가장 높은 여인'이라 불렀다. 게다가 항상 창을 들고 다녔다는 말도 빼놓지 않았다. 그리고 그녀의 원래 이름은 사래, 즉 '여자 영웅'이었는데, 주님이 그저 '여주인'으로 낮추는 바람에 신분이 격하되었다고 자세히 설명해 주기도 했다. 그녀의 배우자에게도 똑같은 일이 일어났다. 그 또한 원래는 '아브람', 즉 '지고한 아버지'요 '높은 곳의 아버지'였으나, 격이 떨어져 '아브라함', 다시 말해서 수많은 자들의 아버지, 정신과 육신이 낳은 무수한 후손들을 거느린 아버지로 격하된 것이다. 그렇다면 그는 더 이상 아브람이 아니었다는 말인가? 결코 그렇지 않다. 다만 우주 공간이 구르고 있었을 뿐이다. 아브람과 아브라함으로 섬세하게 나눠진 혀는 그래서 어떤 때는 이렇게 말하고 어떤 때는 또 저렇게 말한 것이다.

나라의 아버지 님로드는 그를 잡아먹으려 했다. 그러나 그는 님로드의 마수를 벗어나 동굴에서 암염소 천사의 젖을 먹고 성장하여 탐욕스러운 왕과 그의 우상 숭배에 반기를 들어 자신의 존재를 알리게 된다. 원래 예언대로라면 님로드의 왕권을 찬탈해야 할 그였으나, 어떤 의미로든 님로드를 대신하기 전에 우선 고통부터 겪어야 했다. 그는 잡히고 말았다. 그리고는 감옥을 오히려 개종자를 얻을 수 있는 장소로 이용하여 간수들까지 자신이 믿는 지고한 신의 추종자로 만들었으니 참으로 대단했다. 아브라함은 열대 지방의 폭염에 제물로 바쳐져야 했는데, 석회 가마에 갇히기도 했고, 혹은 엘리에젤의 진술이 약간 흔들려서, 장작불 위로 걸었다고도 했다. 이 이야기도 진실의 승인을 받을 수 있다. 요셉이 알기에도 '장작불의 축제'가 열리는 곳은 수없이 많았다.

실제로 있지도 않았던 허위사실을 기리는, 뿌리 없는 축제가 있던가? 새해가 시작된 설날과 창조의 날이면 상연되는 경건한 가면극이 인간이나 혹은 천사가 꾸며 낸 허구일 뿐, 실제로는 전혀 일어나지 않았던 일들이던가? 인간이 혼자서 생각해 내는 것은 아무것도 없다. 인간이 나무 열매를 따먹은 후 영리해진 것은 사실이다. 이런 점에서는 거의 신이라고 해도 과언이 아니다. 그러나 인간이 아무리 영리하다 해도 있지도 않은 것을 어떻게 생각해 내겠는가? 그러므로 장작불 이야기도 진짜였던 것이다.

엘리에젤의 말대로라면, 아브라함은 디마스키(다마스커

스—옮긴이) 도시를 건설한 최초의 왕이었다. 이는 환한 햇살을 조명으로 안고 있다면 명백한 진술이겠지만, 애석하게도 이 진술을 비춰 주는 건 흐릿한 빛이다. 왜? 도시를 건설한 자가 인간이 아닌 경우가 대부분이니까. 도시 최초의 왕이라 불리는 존재들은 인간의 모습이 아니다. 지금 엘리에젤과 요셉이 살고 있는 지역, 키럇 아르바라 불리는 헤브론도 마찬가지다. 이곳도 한 인간에 의해 세워진 것이 아니다. 최소한 백성들의 구전설화에 따르면, 그곳을 건설한 것은 아르바 혹은 아르바알이라는 거인이었다. 엘리에젤은 그런데 아브람이 헤브론을 세웠다고 주장한 것이다. 하지만 이 또한 백성들의 생각에 크게 위배되는 것은 아니었고, 또 실제로 그렇지도 않았다. 왜냐하면 조상의 체격이 엄청나게 커서, 한마디로 거인이었기 때문이다. 엘리에젤의 증언에 따르면 보폭이 무려 몇 마일이나 되었다.

그러니 요셉이 어떤 면에서는 꿈을 꾸듯 몽롱해진 눈으로 먼 곳을 바라보며, 도시를 건설한 조상의 형상을 바벨의 벨과 비슷하다고 여긴 것이 뭐 그리 대단한 일이었겠는가? 바벨의 벨은 바벨탑을 세운 자로 처음에는 인간이었다가 벨의 무덤에 묻혀 신이 되었다. 물론 아브라함의 경우에는 오히려 그 반대였던 것 같다. 아니 '반대'라니, 이건 또 무슨 말인가? 도대체 뭐가 먼저였는지, 그리고 이야기들이 어디서 제일 먼저 시작되었는지, 위쪽에서였는지 아니면 아래쪽에서였는지, 확언할 수 있는 자가 과연 있단 말인가? 이들은 이리저리 움직이는 것의 현실화이다. 즉 '동시성'이라는 이름을 가진 두 가지의 통일성인 것이다.

Drittes Hauptstück
Joseph und Benjamin

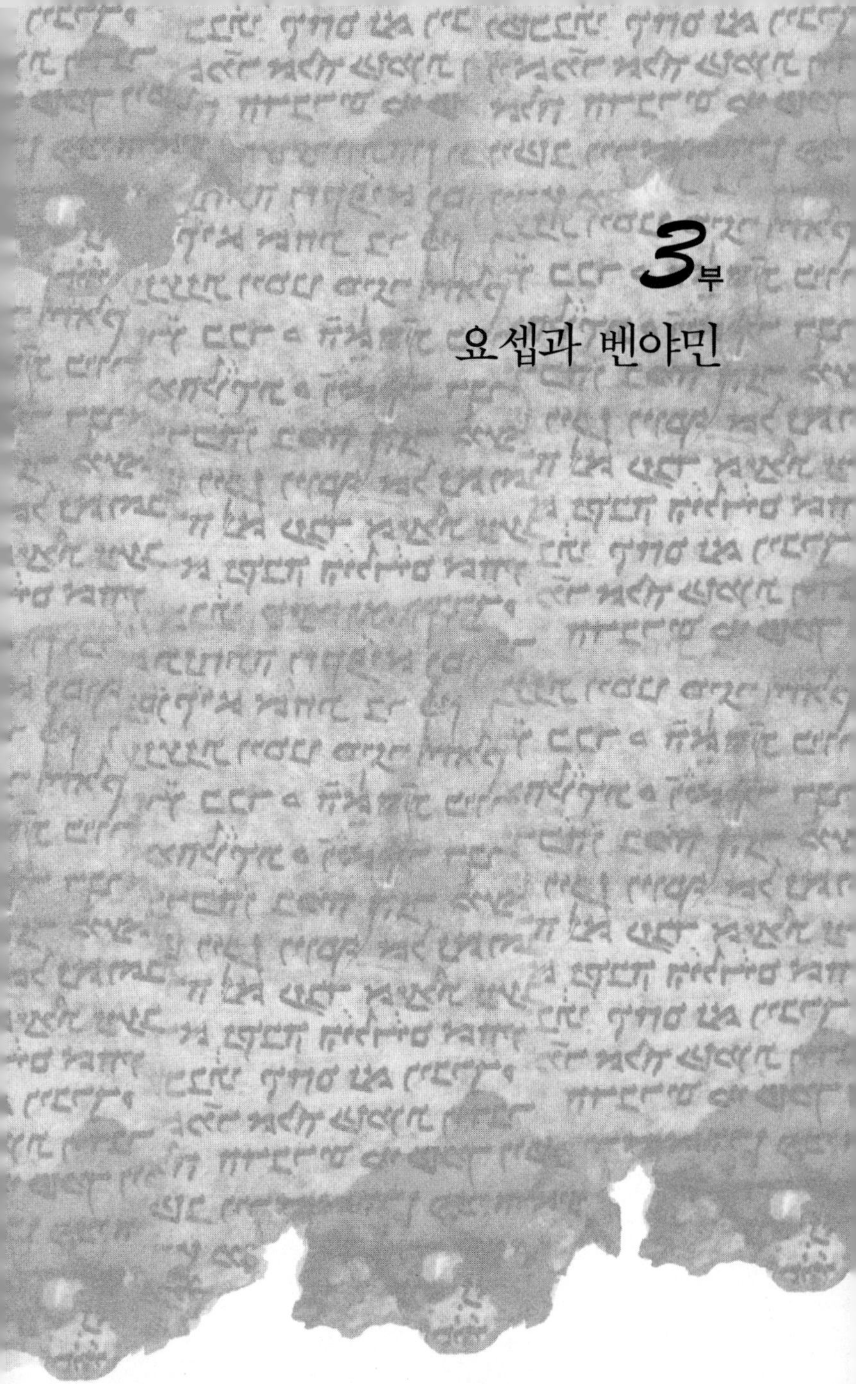

3부

요셉과 벤야민

아돈의 숲

드문드문 장막이 쳐진 야곱의 부락에서, 장막과 가축 우리, 울타리와 저장창고를 지나 도시 쪽으로 반시간 정도 가면 골짜기가 하나 있었다. 우람한 미르테 나무가 우거진 그곳을 헤브론 사람들은 아스타로트-이쉬타르의 숲, 혹은 그녀의 아들이요, 오라버니요 배우자인 탐무즈-아돈, 다시 말해서 탐무즈-주님의 숲(원어로는 Adonishain인데 그리스 신화의 아도니스를 연상시키려는 저자의 의도를 읽을 수 있음―옮긴이)이라 부르며 거룩하게 여겼다. 무더운 여름철에도 이 숲으로 들어가면 선선한 공기를 느낄 수 있었다. 밀림처럼 울창하지는 않은 숲이어서, 우연의 손길로 여기저기 뚫린 오솔길을 따라가면 어디든 닿을 수 있었다. 분지의 깊숙한 곳으로 들어가면 나무를 쳐서 앞을 훤히 트이게 만든 성소에 이르렀다. 숲 속의 빈터에는 높이가 남자 키 남짓한 사각 돌기둥에 남성의 생식기를 상징하는 그림들을 여러

89

개 새겨놓았는데, 실은 돌기둥 자체가 남근상이기도 했다. 그리고 축대 위에는 공양물이 올려져 있었다. 흙이 담긴 질 그릇 안에 하얗고 초록빛을 띠는 씨앗이 보였다. 이것보다 아예 기교를 더 부린 것들도 있었다. 나무판을 아교로 붙여 사각형으로 만든 다음 거기 아마포를 깔고 이상한 모습의 인간 형상을 올려놓아 보기에도 희한한 것이었다. 이것은 공양물을 바치는 여자들이 죽은 자를 상징하는 것을 아마 포에 싸서 비옥한 흙으로 덮고 거기 밀 씨앗을 뿌린 다음 물까지 주고, 나중에 싹이 올라오자 반듯하게 잘라주어, 바 닥에 누워 있는 죽은 자의 상(像) 위로 초록빛이 어른거리 도록 한 것이다.

이 장소는 요셉이 여덟 살짜리 친동생 벤야민과 자주 찾 는 곳이었다. 이제 막 여자들의 손을 벗어난 벤야민은 어머 니가 같은 형을 따라다니기를 좋아했다. 양 볼이 포동포동 한 이 소년은 벌거벗고 돌아다니던 때는 지나서 무릎까지 오는 옷을 입고 다녔다. 짙은 파란색이나, 아니면 적갈색의 모직 천으로 만든 옷이었는데, 단에는 수가 놓여져 있고 소 매는 짧았다. 형을 바라보는 아름다운 잿빛 눈은 형에 대한 신뢰감으로 가득했고, 숱이 많고 빛을 반사하는 금속성 투 구처럼 반짝이는 머리카락은 이마 중앙에서 목덜미까지 촘 촘히 드리워져 있었다. 그 사이로 작고 단단해 보이는 귀가 내다보였다. 작기로 말하면 코도 이와 다를 바 없어 앙증맞 고 손가락 마디도 짧았다. 형과 함께 다닐 때면 한쪽 손은 항상 형의 손 안에 잡혀 있었다.

벤야민은 싹싹한 성격이었다. 라헬의 상냥함이 그에게도

있었던 것이다. 그러나 그에게는 몸을 사리게 하는 우수가 깔려 있었다. 의식을 갖기 이전에 자신이 어머니 뱃속에서 했던 일, 어머니가 어떻게 죽었고, 어떤 종말을 맞았는지, 그 이야기를 알고 있었기 때문이다. 실은 그것이 그의 죄라고 할 수도 없지만 여하튼 어머니는 자신을 낳다 죽었으므로 그 죄책감은 그를 떠날 줄 몰랐고, 아버지 야곱은 번번이 이 사실을 상기시켰다. 야곱이 아무리 다정하게 대해 주어도, 거기엔 가슴 아파하는 흔적이 역력했다. 그래서 되도록 아들과 마주치지 않으려 했다. 하지만 이따금 야곱은 막내아들을 한참 동안 가슴에 꼭 끌어안고 벤오니라고 부르며 그의 귓전에 라헬의 이야기를 들려주기도 했다.

상황이 이렇다 보니 야곱의 어린 막내아들은 여자들의 치맛자락을 벗어났을 때, 아버지와 허물없이 지내기는 어려웠다. 그러면 그럴수록 친형을 따르게 되었다. 형은 어느 면으로 보나 감탄할 만했다. 누구에게나 눈썹을 살짝 위로 치켜들며 겉으로는 항상 미소를 짓는 형이었지만 실은 무척 외로운 처지였다. 그래서 동생이 형을 그렇게 따르는 것이 형에게도 나쁠 이유가 없었고, 다른 한편으로는 친동생인 그를 신뢰할 만한 친구로 삼는 것도 당연했다. 어떤 경우에는 요셉이 동생과의 나이 차이를 무시하는 적도 있어서, 벤야민은 자신을 이렇게 친구로 여겨 주는 것이 자랑스럽고 행복하다기보다는, 오히려 부담과 혼란을 느끼기도 했다. 그랬다. 이 영리하고 아름다운 '요세프'(벤오니는 형의 이름을 그렇게 발음했다)가 그에게 들려주고 속을 털어놓는 이야기들은 어린 그로서는 감당하기 어려웠다. 아무리

이야기를 받아들이려고 애를 써도, 쉽게 이해되지 않아서, 어머니를 죽인 어린아이에게 드리워진 우수의 그늘만 더 짙어지곤 했다.

형과 동생이 손을 잡고 언덕에 있는 야곱의 올리브 나무 숲에서 오던 길이었다. 그곳에는 몸종의 아들들이 열매를 따서 압착하는 중이었다. 요셉은 형들이 원치 않아서 그곳으로 갈 수 없었다. 초원에 앉아 앞에 서 있는 엘리에젤로부터 계산 내역을 듣고 있던 아버지를 찾아가, 고자질을 한 탓이었다. 좋은 올리브 기름을 얻으려면 열매가 적당히 익도록 해야 하는데, 형들은 거의 모든 나무들의 열매가 너무 익도록 내버려두었다고. 거기다 한술 더 떠서 형들이 자기가 보기에 조심스럽게 밟지 않고 아무렇게나 거칠게 짓이기는 바람에 더 엉망이 되었다는 말도 덧붙였다. 그 덕에 아버지한테 꾸중을 들은 단과 납달리 그리고 가드와 아셀이 입을 실룩이고 팔을 휘두르며, 이 고자질쟁이, 모함자! 하면서 어서 꺼지라고 소리를 질렀다. 요셉은 그래서 벤야민을 불렀다.

"이리 와, 우리가 늘 가는 곳에 놀러가자."

가는 길에 요셉은 이 말도 했다.

"내가 '거의 모든 나무들'이라고 표현했는데, 그건 사실 과장이었어, 원래 이야기를 하다보면 과장을 하게 되어 있거든. '여러 나무'라고 하는 게 더 사려 깊은 표현이었을 거야. 그건 나도 인정해. 내가 열매를 따러 올라간 나무는 주변에 막대기를 세워 놓은 늙은 나무였는데 가지가 세 개 있었어. 거기서 열매를 따서 천 위로 떨어뜨렸지. 그런데 형들은 돌멩이를 던져 열매를 맞추고 막대기로 마구 쳤어. 여하튼 내가 올라간 그 늙은 나무의 열매는 너무 익어 있었어. 다른 나무의 열매 이야기는 않겠어. 그런데도 형들은 내가 없는 일을 꾸며 낸 것처럼 난리들이야. 거룩한 선물에 돌멩이 세례를 퍼부어 몽땅 짓이기면서 어떻게 좋은 향유를 얻겠다는 거야? 그런데도 내가 아무 말 않고 못 본 척해야겠니?"

그러자 벤야민이 대답했다.

"아냐. 형이 더 잘 아니까 아버지한테 알려 드렸어야 했어. 형이 그들과 다툰 것은 잘 한 일이야, 요세프 형. 그 덕에 형이 나까지 불러 줬잖아."

"아이, 귀여운 우리 벤. 이제 달려가서 저기 밭 울타리를 뛰어넘자. 하나, 둘, 셋!"

"좋아. 하지만 날 놓지 마! 같이 하는 게 훨씬 더 재미있어. 그리고 나 같은 어린아이한테는 그게 더 안전해."

둘은 울타리를 풀쩍 뛰어넘은 다음, 길을 재촉했다. 요셉이 잡은 벤야민의 손이 땀으로 촉촉하게 젖으면 요셉은 벤야민에게 손에서 힘을 빼라고 이른 후 벤야민의 손목을 잡고 부채질하듯 흔들어 바람에 땀을 말렸다. 그 부채질이 재미있어서 깔깔거리던 동생이 뭔가에 발이 걸려서 넘어지기도 했다.

미르테 골짜기로 가서 주님의 숲에 닿으려면 둘은 서로 떨어져 따로 걸어야 했다. 숲 속의 오솔길은 두 사람이 함께 걷기에 너무 비좁았다. 그 길들은 미로 같았다. 그 사이로 꼬불꼬불 길을 찾아나가는 것은 항상 재미있었다. 뱀처럼 휘어진 통로가 어디까지 이어질지 흥미로웠고, 막상 더이상 앞으로 나갈 수 없는 막다른 곳에 이를 때면, 오르막으로 길을 꺾을 것인지, 아니면 아래쪽으로 방향을 틀 건지, 그것도 아니면 아예 오던 길로 되돌아갈지 결정해야 했다. 여하튼 어떤 길이든 엉뚱한 곳으로 인도할 수도 있고, 오도가도 못하는 낭패를 볼 수도 있었다. 그들은 나뭇가지에 긁히거나 얻어맞지 않도록 얼굴을 가린 채 길을 헤쳐가면서 이야기로 웃음꽃을 피우곤 했다.

그리고 요셉은 덤불 사이에서 이른봄에 하얀 꽃을 피우는 미르테 나뭇가지를 꺾어 한쪽 손에 가지런히 모았다. 그는 원래 머리에 화환을 즐겨 썼다. 이 숲 속이 그 재료를 마련하는 곳이었다. 처음에는 벤야민도 자기 몫을 꺾은 후 형에게 화환을 만들어 달라고 부탁했었다. 그러나 자기까지 미르테 화환으로 장식하는 것을 요셉이 별로 달가워하지 않는다는 사실을 곧 눈치 챘다. 솔직하게 터놓지는 않아도 그 장식은 요셉 자신만 쓰려는 것 같았다. 어린 동생이 보기에 그 뒤에는 어떤 비밀스러운 생각이 깔려 있는 듯했다. 벤야민은 형이 그런 비밀은 남에게 잘 털어놓지 않는다는 걸 이미 알고 있었다. 그래도 어린 동생인 자신에게만은 조금 달라서 입 단속을 철저히 하지는 않았다. 벤오니는 막연하게나마 이것이 상속자 선택과 무관하지 않을지도 모른다는 생각이 들었다. 장자 신분, 축복의 상속자 문제는 잘 알다시피 아버지는 요셉에게 넘겨주고 싶어했지만, 공식적으로는 여전히 공중에 떠 있는 상태였다. 하지만 그게 전부는 아닌 듯했다.

"걱정 마, 귀염둥이 꼬마야!"

요셉이 차가운 모자 같은 동생의 머리카락에 입을 맞추며 말했다.

"집에 가서 떡갈나무 잎이나 알록달록한 엉겅퀴로 화환을 만들어줄게. 아니면 빨간 진주를 단 마가목 화환을 만들어줄게. 어때? 그게 더 예쁘지 않아? 미르테를 가지고 뭐 할래? 그건 너한테 안 어울려. 자기를 치장할 때는 어떤 게 어울릴지 잘 생각해서 선택해야 돼."

그러자 벤야민은 이렇게 대답했다.

"형 말이 맞는 것 같애. 요세피아, 야수프, 여호시프. 그래, 그럴 것 같애. 형은 너무 너무 현명하니까. 나는 형처럼 말 못할 거야. 하지만 형이 그 말을 하니까, 나도 그럴 것 같다는 생각이 들어. 그래서 형의 생각을 따르게 돼. 그러니까 그게 꼭 내 생각인 것 같고 나도 영리해지는 것 같애. 형이 날 이렇게 영리하게 만들어주는 거야. 사람은 선택을 해야 하고, 사람한테 아무 장식이나 어울리는 건 아냐. 맞아. 일단 여기까지 날 영리하게 만들어줬어. 하지만 형이 한걸음 더 나가서 동생한테 속마음을 모두 털어놓는다고 해도 나는 형을 따라갈 거야. 믿어 줘. 동생인 나한테는 속을 털어놓아도 괜찮아."

요셉은 침묵을 지켰다.

"사람들이 말하는 걸 들으니까," 벤야민이 말을 이었다.

"미르테는 청춘과 아름다움의 비유래. 다 큰 어른들이 그렇게 말했어. 하지만 지금 내가 이런 말을 하니까 형도 그렇겠지만 나도 우스운 생각이 들어. 그 말의 의미를 생각해

봐! 그게 나한테 맞겠어? 나는 젊지만, 아직 조그맣지만, 아니 사실은 젊은 게 아니고 그저 꼬마에 지나지 않지만 형은 젊어. 그리고 아름다워. 온 세상에 소문이 날 정도로. 그렇지만 나는 아름답다기보다는 오히려 우스꽝스러워. 내 다리를 보면 다른 것에 비해 너무 짧아. 그리고 젖먹이처럼 여전히 배가 볼록해. 게다가 볼은 늘 숨을 잔뜩 들이마시고 있는 것처럼 통통해. 내 머리에 있는 머리카락은 말할 필요도 없고. 이건 꼭 수달 털로 만든 모자 같아. 그러니 미르테가 만일 청춘과 아름다움을 장식해 주는 거라면, 사실이 그렇다면, 그건 당연히 형에게나 어울릴 거야. 내가 그걸 쓴다면 그건 실수지. 사람은 누구나 실수를 할 수 있고, 그 때문에 해를 입을 수도 있다는 건 나도 잘 알아. 있잖아, 형, 형이 굳이 말해 주지 않아도 내가 이해하는 것들이 있어. 물론 모든 것을 이해하는 것은 아냐. 그러니까 형이 날 도와줘야 해."

"착하기도 하지, 우리 꼬마 신사." 요셉은 팔로 벤야민의 어깨를 안아주었다.

"네 수달 모자는 내가 보기에는 아주 괜찮아. 볼록한 배도 그렇고 양쪽 볼도 그렇고. 너는 내 친동생이고 내 살이야. 우리는 같은 심연에서 나왔으니까. 심연은 '압수' (Absu, 바빌로니아 창조 서사시에 등장하는 지하수로, 민물인 압수와 짠 바닷물을 뜻하는 티아마트에서 세상이 창조됨—옮긴이) 라고 하는데 우리는 이 심연을 마미, 엄마라고 부르지. 우리 아버지 야곱은 사랑스러운 그녀를 얻는 대가로 종살이를 해야 했어. 자, 이리 와. 저기 돌이 있는 곳으로 내려가서 쉬자."

"그래." 벤야민이 대꾸했다.

"여자들이 꾸며 놓은 작은 정원도 구경해. 나무상자와 단지도 들여다보고. 그리고 나한테 무덤 이야기를 들려줘. 그 이야기는 언제 들어도 재미있어. 마미가 나 때문에 돌아가셨으니까 더 그래."

아래로 내려가면서 벤야민은 한마디 덧붙였다.

"그리고 내 이름은 어찌 보면 죽음의 아들이나 마찬가지 이니까. 바로 그 때문에 나한테도 미르테가 어울릴지도 몰라. 사람들 말이 미르테는 죽음의 장식이 되기도 한대."

"그래, 청춘과 아름다움을 잃고 애통해 하는 세상을 뜻하기도 하지." 요셉이 말했다.

"아쉐라(이쉬타르의 다른 이름—옮긴이)가 자신을 따르는 자들을 울게 만들고 자신을 사랑하는 사람들을 몰락하게 만들거든. 그래서 미르테는 죽음의 덤불이기도 해. 하지만 가지의 향내를 한번 맡아봐. 아린 맛을 느낄 수 있니? 미르테 장식은 쓰고 떫단다. 이건 자신을 온전히 바치는 헌신의 장식이기 때문이란다. 말하자면 훗날을 대비하여 남겨둔, '예비' 된 자들을 위해 남겨둔 장식인 셈이야. 성별(聖別)된 청춘, 이것이 자신을 온전히 바친 헌신의 이름이야. 하지만 머리에 꽂은 미르테는 '나를 건드리지 마세요'가 된단다."

"이젠 어깨동무도 안 해주고 어린애를 혼자 걸어가게 하네." 벤야민의 투정에 요셉이 얼른 큰소리로 대답했다.

"그래, 다시 잡아줄게! 넌 내 친동생이야. 집에 가면 온갖 들풀을 엮어서 여러 가지 색으로 예쁜 화환을 만들어줄게.

누구든 널 보면 기뻐서 웃게 말야. 자, 내 약속을 받아주겠니?"

"그래 주겠다니 고마워. 형 옷자락에 입 맞춰도 돼?"

벤야민은 말은 그렇게 했지만 속으로는 이런 생각을 했다.

'형은 지금 장자가 되어 상속자로 선택받는 생각을 하고 있어. 하지만 형이 말하는 온전한 헌신에는 뭔가 비밀스러운 뜻이 감춰져 있는 것 같아. 그리고 '날 건드리지 마' 풀 이야기는 오늘 처음 듣는데, 어딘지 모르게 이상해. 형은 이사악을 염두에 두고 온전한 헌신이며 성별된 청춘 이야기를 하는 건지도 몰라. 여하튼 미르테가 어떤 희생의 장식이라는 사실을 암시하려는 게 분명해. 아, 자꾸 두려운 생각이 들어.'

그러나 겉으로는 큰소리로 딴청을 부렸다.

"형은 참 아름다워. 그리고 형 말을 들으니까, 내가 워낙 멍청해서 그런지, 미르테 냄새가 코로 들어오는지 아니면 형의 말이 풍기는 냄새가 들어오는지 구분이 안 돼. 이제 다 왔네. 저기 좀 봐. 공양물이 지난번보다 더 많아졌어. 씨앗의 신들을 담아놓은 그릇도 두 개 더 늘어났어. 벌써 싹이 올라왔네. 여자들이 여기 왔었나봐. 그리고 동굴 앞에도 작은 정원을 만들어놓았네. 가서 봐야겠어. 하지만 돌은 손도 대지 않고 동굴에서 치우지 않았네. 주님이 저 안에 계신 거야, 그 아름다운 형상이 저 안에 계신 거야? 아니면 어디 있어?"

비탈 옆쪽으로 덤불이 우거진 바위 동굴이 있었다. 별로 높지는 않지만 남자 키 정도 되는 동굴을 돌로 대충 막아 두었다. 헤브론 여자들이 축제 때 사용하는 동굴이었다.

"그렇지 않아." 요셉이 질문에 대답했다.

"형상은 여기 있는 게 아냐. 일년 내내 볼 수 있는 게 아니거든. 그건 키럇 아르바 신전에 보존되어 있어. 그러다가 계절이 바뀌는 축제일에만 형상을 데리고 오는 거야. 그 시간도 정해져 있어. 태양이 사라지기 시작할 때, 그러니까 빛이 아랫세상으로 돌아가기 시작할 때야. 그 다음은 관습에 따라 여자들이 나설 차례야."

"그러면 동굴 안에 그 형상을 가져다 놓는 거야?"

벤야민이 꼬치꼬치 캐물었다. 그는 처음에도 그렇게 물어봤었다. 그때도 요셉은 자세히 일러주었다. 그러나 그후로도 이 어린아이는 듣고도 다 잊어버렸다는 듯이, 똑같은 질문을 수시로 던졌다. 그리고는 살해당한 양치기, 그 주님을 잃고 온 세상이 비탄에 잠긴 이야기를 요셉으로부터 다시 한번 듣곤 했다. 지금 그는 누누이 들어왔던 이야기를 들려주는 형의 말 사이에서 그리고 그 떨림에서 형의 속마음을 읽어내려고 애쓰는 중이었다. 그렇게 하면 형의 비밀스러운 생각에 이를 수 있을 것 같았다. 흡사 바닷물의 소금처럼 형의 은밀한 생각이 이야기에 녹아 있는 것 같았던 것이다.

"아냐. 묻어주는 건 나중이고, 여자들은 우선 그를 찾아다닌단다."

그렇게 말한 요셉은 아스타로트 묘비의 발치에 앉았다. 그것은 적당히 원추처럼 생긴 거무스레한 돌기둥이었다.

윗부분의 표면은 자잘한 거품이 눌어붙은 것처럼 보였다. 요셉은 미르테 화환을 엮기 시작했다. 손가락 마디에서 이어진 관절들이 손등에 불거진 채 계속 꼼지락거렸다.

벤야민은 형의 옆모습을 바라보았다. 가뭇가뭇한 관자놀이 아래와 턱 주위가 말끔한 것으로 보아 형은 벌써 면도를 하는 것 같았다. 요셉은 기름과 석회가루와 석도를 이용해서 면도를 하곤 했다. 만약 수염이 자라도록 내버려두었다면? 그런 생각에 은근히 걱정하는 사람도 있을 수 있다. 하지만 어쩌면 수염으로 인해 크게 달라지지 않았을지도 모른다. 그러나 여하튼 수염을 그대로 두었다면 그의 아름다움은 어떻게 되었을까? 특히 열일곱 살인 그에게? 그의 목 위에 개처럼 생긴 머리가 올라가 있었다 하더라도, 본질적으로는 크게 달라지지 않았을지도 모른다. 그래도 아름다움이라는 것이 부서지기 쉽다는 점은 인정해 줘야 한다.

"우선 그분을 찾아다닌단다."

요셉이 말했다.

"실종된 그분을 찾아야 하니까. 그중 몇은 그 형상을 덤불 속에 감췄지만 그들도 함께 찾아다닌단다. 어디 있는지 알면서도 모르는 척 일부러 헤매고 다니는 거야. 여자들은 이리저리 헤매면서 한탄도 한단다. 이건 합창이면서도 독창인 셈이지. '어디 계세요? 내 아름다운 신이시여, 내 남편, 내 아들, 내 아름다운 양지기 새여! 이렇게 애타게 찾고 있는데! 이 세상에서, 이 푸른 숲 속에서 당신께 무슨 일이 생겼나요?'"

"하지만 다 알잖아."

벤야민이 끼어들었다.

"주님이 갈기갈기 찢겨서 죽었다는 건 그들도 다 알잖아."

"아직은 몰라."

요셉의 대꾸였다.

"그게 축제야. 그들은 물론 알고 있지. 예전에 이미 발견되었으니까. 하지만 지금은 몰라. 아직 그 시신을 발견할 때가 되지 않았거든. 축제는 시간마다 아는 게 달라져. 그래서 그를 찾는 순간이 오기 전까지는, 모든 여자들이 그를 찾아 헤매는 여신인 셈이야."

"그런 다음에 그럼 주님을 찾는 거야?"

"그래. 네 말대로야. 그는 덤불 속에 누워 있어. 그리고 옆구리가 찢겨 있어. 여자들은 모두 거기로 달려가 팔을 쳐들고 악! 하고 비명을 지르는 거야."

"형이 그 소리를 들어봤어? 그리고 직접 봤어?"

"너도 알잖아. 난 벌써 두번이나 들어봤어. 하지만 너, 아버지한테 절대로 이런 말은 하지 않겠다고 약속했었지. 정말 아무 말도 안했어?"

그러자 벤오니가 장담했다.

"한마디도 안했어! 아버지를 가슴 아프게 할 이유가 어디 있어? 나는 벌써 내가 살고 있는 것만으로도 아버지를 충분히 가슴 아프게 해드렸어."

"또 축제 때가 되면 이번에도 구경갈 거야."

요셉이 말했다.

"다음 축제가 오려면 지난번 축제가 끝나고 지금까지 흐른 시간만큼 더 있어야 해. 사람들이 올리브 열매로 기름을 짜는 때는 전환기야. 그때부터 모든 것이 되풀이되지. 그건 아주 놀라운 축제야. 주님은 옆구리에 갈라진 죽음의 상처를 드러낸 채 덤불에 쭉 뻗어 있어."

"어떻게 생겼어?"

"지난번에 설명했던 것처럼 생겼지. 그는 아름다워. 올리브 나무와 밀랍, 그리고 유리로 되어 있어. 별 같은 눈은 검은 유리로 되어 있거든. 속눈썹도 있어."

"젊어?"

"그렇다고 했잖아. 젊고 아름답다고. 노란 나뭇결은 모세혈관처럼 보여. 그리고 곱슬머리는 검은색이고, 오색실로 짠 짧은 옷을 허리에 두르고 있어. 진주와 유리보석으로 장식한 옷인데 옷단에는 보랏빛 술장식이 달려 있지."

"머리에는 뭐가 있어?"

"아무것도 없어." 요셉이 짤막하게 대답했다.

"입술과 손톱, 신체의 모든 특징은 밀랍으로 만들었어. 그리고 니닙의 이빨이 남긴 끔찍한 상처도 붉은 밀랍으로 조각했어. 피가 흐르고 있는 거야."

"형은 그분을 발견한 여자들의 상심이 엄청나다고 했지?"

"엄청나지. 지금까지야 잃어버린 사람을 그리워하는 한탄이었지만, 이제는 찾게 된 자의 통곡이 시작되거든. 지금보다 더 애처롭고 귀청이 떨어져 나갈 듯한 큰 울부짖음이야. 그리고 탐무즈 주님의 죽음을 애통해 하면서 피리를 분단다. 이 자리에 앉아 있던 악사들이 있는 힘을 다해 단소를 부는데, 그 악기가 얼마나 애절하게 우는지 사람의 뼛속까지 파고드는 것 같단다. 한편 여자들은 산발을 하고 옷을 마구 풀어헤친단다. 그리고 시체를 보고는 이렇게 한탄하는 거야. '오, 내 남편, 내 아들!' 여자들은 저마다 여신이 되어 이렇게 부르짖지. '나보다 더 당신을 사랑한 사람은 아무도 없었어요!'"

"울고 싶어, 요셉 형. 나는 어린아이라서 주님이 죽는다는 게 가슴이 너무 아파. 속에서 뭐가 올라올 것만 같애. 그런데 그 청년이, 그 아름다운 자가 숲 속에서, 세상에서, 그 푸른 숲에서 몸이 갈기갈기 찢겨 온 세상을 슬픔에 빠지게 한 이유가 뭐야?"

"그건 네가 이해하기 어려워." 요셉이 대답했다.

"그는 인내하는 자이고 제물이야. 그는 심연으로 내려가지만 그곳에서 다시 올라와 거룩해진단다. 아브람도 그건 잘 알고 있었어. 진정한 아들의 머리 위로 칼을 들어 올렸을 때, 그는 그걸 알고 있었어. 하지만 칼을 던지자 아들을 대신할 숫양이 나타났지. 어떤 사람을 대신할 온전한 제물로 숫양이나 어린양을 바칠 때, 짐승의 목에 그 사람을 상징하는 표식을 걸어주는 것도 그 때문이란다. 하지만 대신(代身)의 비밀은 이보다 더 크단다. 이것은 인간과 신 그리고 짐승의 성좌에서 결정된 거야. 그리고 이건 교환의 비밀이지. 인간이 아들을 대신해서 짐승을 바치는 것처럼, 아들은 자신을 대신하는 짐승을 통해 자신을 바치는 거야. 니닙은 저주를 받지 않았어. 그건, '신을 한 명 잡아야 한다. 그리고 짐승은 곧 아들이다. 아들은 축제에서처럼 자신의 때를 알고, 죽음의 집을 뒤엎고 지옥에서 올라오는 시간도 알고 있다'라고 쓰여 있기 때문이지."

그러자 어린아이가 물었다.

"그럼 그때가 된 거라면, 그래서 기쁨의 축제가 시작되면 사람들이 주님을 이제 무덤에 넣는 거야? 저기 저 동굴에?"

요셉은 화환을 만들면서 허리를 좌우로 흔들며 콧노래를 흥얼거렸다.

"'탐무즈의 날이 되면 라수리트 피리를 불어라,
홍옥수 고리로 연주하라!'

그들은 한탄하면서 그분을 이 돌까지 들고 온다."

그는 노래를 그치고 이렇게 말했다.

"그러면 악사들은 사람들의 애간장을 저밀 듯 더 애달프게 피리를 부는 거야. 여자들이 시체 형상을 무릎에 올려놓고 분주하게 움직이는 것을 지켜본 적이 있어. 맨 먼저 물로 씻은 다음 감송(甘松, 동인도산 마타리 과의 방초—옮긴이) 향유를 발라주는 거야. 그러면 주님의 얼굴과 물결 같은 몸이 기름 방울로 반짝이게 된단다. 그런 다음 아마포와 모직으로 된 붕대를 감고 보랏빛 천에 싸서 들것에 실어 이 돌앞으로 날라오는 거야. 그동안에도 피리소리에 맞춰 흐느낌과 탄식은 계속 이어지지.

'아, 이렇게 슬플 수가! 탐무즈!

사랑스러운 아들, 나의 봄, 나의 빛,
아돈! 아도나이!
당신을 잃고 이렇게 슬퍼 운답니다!
그대가 죽었으니, 나의 신, 나의 남편, 나의 아들!
그대는 타마리스케, 모판에서 물을 마시지 않고
그 우듬지가 들판에서 아직 싹도 틔우지 않은
그대는 새싹, 물통에 아직 심지도 않은,
뿌리가 잘린 어린 가지,
정원에서 물을 마시지 못한 푸른 풀!
너무 슬퍼요, 나의 담무, 나의 아들, 나의 빛!
나보다 당신을 사랑한 자는 아무도 없어요!'"

"형은 그 슬픈 노래를 한마디도 빼놓지 않고 다 알고 있
나봐."

"그래, 다 알아." 요셉이 말했다.

"그리고 형도 가슴이 아픈가봐." 벤오니가 덧붙였다.

"한번인가 두번인가, 형의 가슴에서도 뭐가 울컥 치밀어
오르는 것처럼 보였어. 사실 도시 여자들은 다 알면서 그냥
그렇게 하는 거잖아. 그리고 그 아들은 아도나이, 주님도
아닌데. 야곱과 아브라함의 신이 주님이잖아."

"그는 아들이고 연인이야."

요셉이 말했다.

"그리고 제물이지. 내 가슴에서 뭐가 울컥 치밀어 올랐다
니 무슨 말이야? 난 안 그랬어. 내가 너처럼 툭 하면 우는
그런 어린아이인 줄 알아?"

"아니, 형은 젊고 아름다워."

벤야민은 어느새 기가 죽었다.

"형, 이제 형이 쓸 화환이 거의 다 만들어졌네. 왕관처럼 앞쪽이 뒤쪽보다 높고 넓구나. 멋진 솜씨가 그대로 드러나는걸. 얼른 화환이 완성되어서 형이 쓰는 모습을 봤으면 좋겠어. 아이, 신나. 나한테 만들어주겠다는 마가목 화환보다 형의 화환이 더 기다려져. 그런데 그 아름다운 신은 이제 나흘 동안 들것에 누워 있는 거야?"

"그래. 내 말을 기억하고 있었구나." 요셉이 대답했다.

"이제 네 이해력도 점점 늘어가는구나. 곧 둥근 달처럼 온전한 모습이 될 거야. 그렇게 되면 너하고 무슨 이야기든 할 수 있겠지. 그는 이곳에 나흘째 되는 날까지 누워 있단다. 그리고 매일 도시에서 피리 부는 자들이 숲으로 와서 연주를 하고 여자들은 가슴을 치며 통곡하는 거야.

'오, 두지(Duzi, 두무지를 가리킴―옮긴이), 나의 지배자여, 얼마나 오랫동안 이렇게 누워 있나요!

오, 양치기 주인님, 기절한 자여, 얼마나 오랫동안 이렇게 누워 있나요!

나는 빵도 먹지 않고 물 한 방울도 마시지 않겠어요.

청춘이 죽고 탐무즈도 죽다니!'

그리고 신전과 집집마다 목놓아 통곡하는 거야. 그러다 나흘째 되는 날, 모두 나와서 그를 관 안에 들여놓는 거야."

"궤짝 안에?"

"그건 '관'이라고 말해야 해. 물론 '궤짝'이라고 해도 틀린 말은 아니지만 이 경우에는 어울리지 않아. 옛날부터 그걸 가리켜 '관'이라고 했으니까. 주님은 그 안에 꼭 맞아. 그의 몸에 맞게 짠 거니까. 붉은 불꽃이 새겨진 검은 목관이야. 그 안에 눕힌 후 뚜껑을 닫고 사방에 역청을 바른 후 눈물을 흘리며 동굴 안에 내려놓지. 그런 다음 돌로 입구를 막고 나서 집으로 돌아가는 거야."

"그러면 이제 울음은 멈추는 거야?"

"또 잊어버렸구나. 신전과 집집마다 통곡이 계속 이어져. 이틀 하고 반나절 동안. 그런 다음 사흘째가 되어 날이 어두워지면 등불을 밝히는 축제가 시작되는 거야."

"그럴 줄 알았어. 아, 신난다. 그럼 등불 몇 개에 불을 붙이는 거야?"

"등불은 헤아릴 수 없이 많아." 요셉이 말했다.

"온 사방에 등불이란 등불은 죄다 꺼내서 불을 밝히는 거야. 집 주변으로 하늘 아래, 길거리며 여기 이 덤불 주위로, 온 세상이 환해져. 그리고 모두 무덤으로 와서 다시 한번 통곡하는 거야. 이번이 가장 애절하지. 피리소리도 애간장을 끊어놓거든. 그리고 피리 연주에 맞춰 부르짖는 거야. '오, 두지! 얼마나 오랫동안 이렇게 누워 있나요!' 그러고도 한참 동안 여자들은 슬픔에 사무쳐서 가슴을 쥐어뜯는단다. 그러다 자정이 되면 모든 게 조용해져."

벤야민은 형의 팔을 잡았다.

"갑자기 조용해지는 거야? 그리고 모두 입을 다물어?"

"모두들 꼼짝도 하지 않고 말없이 그곳에 서 있어. 정적이 이어지지. 그러다 갑자기 멀리서 목소리 하나가 울려 퍼지는 거야. 기쁨에 넘친 맑은 목소리야. '탐무즈는 살아 계시네! 주인님께서 부활하셨네! 오, 위대하신 주님! 그분은 죽음의 그림자 집을 무너뜨리셨네! 위대하신 주님!'"

"오, 얼마나 기쁜 소식이겠어! 요셉 형! 때가 되면 그 소식이 다가올 줄 알았지만, 그런데도 생전 처음 들어보는 것처럼 온몸이 떨려. 그런데 그 소리를 외치는 사람은 누구야?"

"얼굴이 고운 소녀야. 특별히 그 일을 위해 뽑힌 소녀지. 해마다 새로 뽑는단다. 그녀의 부모님은 그 일로 칭송받고 명예를 얻게 된단다. 복음을 전파하는 소녀가 저쪽에서 이곳으로 다가오는 거야. 한 팔에 라우테를 들고 있어. 그녀가 악기를 뜯으며 이렇게 노래를 부르지.

　'탐무즈는 살아 계시네. 아돈은 부활하셨네!
　위대하신 분, 그는 위대하시네, 주님은 위대하시네!
　그는 죽음으로 닫혔던 눈을 뜨셨네.
　묶여 있던 발은 다시 일어나 걷게 되셨네.
　푸른 풀과 꽃들이 그의 발걸음 아래 싹을 틔우네.
　위대하신 주님! 아도나이는 위대하시네!'

하지만 그렇게 소녀가 다가오며 노래를 부르는 동안 다른 사람들은 모두 무덤으로 몰려가는 거야. 돌을 치우고 안으로 들어가는 거지. 그런데 관은 텅 비어 있어."

"갈기갈기 찢긴 자는 어디 있어?"

"그는 더 이상 거기 없어. 무덤은 그를 붙잡아두지 못했어. 겨우 사흘밖에 못 붙잡은 거야. 그는 부활하셨어."

"오! 하지만, 요셉 형, 이 어린 꼬마를 용서해 줘, 지금 무슨 말을 하는 거야? 같은 어머니 뱃속에서 나온 이 친동생을 속이지 말아줘! 몇 번이나 형은 그 아름다운 형상이 신전에 보관되어 있다고 했잖아. 그런데 여기서 '부활' 했다는 건 무슨 뜻이야?"

"이 귀여운 바보." 요셉이 말했다.

"이해력이 둥근 달처럼 온전해지려면 아직 멀었구나. 한창 이해력이 늘어나고는 있지만, 여전히 하늘의 바다를 떠도는 나룻배처럼 이리저리 기우뚱거리고 있잖아. 아까도 말했지만 축제에는 다 때가 있는 거야. 그래서 사람들도 다음에 일어날 일을 다 알면서도, 지금 현재에 일어난 일을 거룩하게 생각하는 거야. 그렇게 자신을 속이는 거라니까, 이제 무슨 말인지 알겠니? 그 사람들은 너나없이 그 형상이 신전에 보관되어 있다는 사실을 다 알고 있어. 그럼에도 불구하고 탐무즈는 부활한 거야. 그럼 너는 상(像)이 곧 신은 아니니까 신도 상일 수 없다고 말하고 싶은 거야? 그렇지만 아냐, 신은 당연히 상이야! 상이야말로 현실로 나타날 수 있는 수단이고 축제의 수단이야. 탐무즈, 그 주님이 축제의 주인이셔."

그러면서 그는 화환을 머리에 썼다. 화환이 완성되었던 것이다.

벤야민은 눈을 동그랗게 떴다.

"오, 조상의 신이시여!" 그가 감탄했다.

"형이 만든 이 푸른 미르테 화환은 정말 왕관 같다! 오로지 형한테나 어울리는 멋진 화환이야. 수달 털모자 같은 내 머리에 올려놓았더라면 꼴불견일 거야! 이제야 알 것 같애. 이 화환을 형만 쓰려고 했던 건 옳았어. 안 그랬으면 크게 실수할 뻔했어. 그런데 형, 이제 그 진실도 말해 줘. 도시 사람들은 이제 관과 무덤이 비어 있는 줄 알고 조용히 기쁜 마음으로 집으로 돌아가는 거야?"

"그리고 나면 환호성이 시작되지."

요셉이 바로잡았다.

"마침내 기쁨의 축제가 시작되는 거야. '비었네, 비었네, 텅 비었네!' 모두들 그렇게 외친단다. '무덤이 비었네. 아돈은 부활하셨네!' 그들은 복음을 전해 준 아이에게 입을 맞추고 이렇게 외쳐대지. '주님은 위대하시네!' 그런 다음 서로 입을 맞추고 이렇게 외치는 거야. '탐무즈는 거룩해졌네!' 그리고 나서 그들은 둥글게 원을 만들어 환한 등불 아래, 여기 아스타로트 묘비의 주위를 빙빙 돌며 윤무를 추는 거야. 그리고 마찬가지로 환하게 불을 밝힌 도시도 기쁨과 쾌락으로 넘쳐 난단다. 모두 마음껏 먹고 마시는 거지. 그리고 온 사방이 기쁜 소식을 전하는 외침으로 가득해져. 그래. 그리고 다음 날에도 사람들은 서로 입을 두번씩 맞추고 이렇게 인사를 해. '그는 진실로 부활하셨네!'"

"그래." 벤야민이 말했다.

"맞아. 형이 지난번에도 그렇게 말해 줬어. 그런데 깜박하고는 그들이 조용히 집으로 돌아갔다고 생각했던 거야. 축제에는 울 때도 있고, 웃을 때도 있고, 무슨 일이든 그 시간이 따로 정해져 있다니 너무 근사해! 그리고 주님은 올해를 위해 고개를 높이 드신 거지. 하지만 그는 니닙이 자신을 다시 초록 세상에서 때려죽일 시간을 알고 있어."

"'다시'가 아냐." 요셉이 동생을 가르쳤다.

"그건 늘 한번이고 처음이야."

"형 생각이 그렇다면 그렇겠지, 사랑하는 형. 표현이 잘못됐나봐. 꼬마가 하는 말이니까. 그건 언제나 한번이고 처음이야. 그분은 축제의 주인이니까. 하지만 잘 생각해 보면 축제가 되려면, 최초로 담무즈(탐무즈를 뜻함―옮긴이)가 죽어서, 그 아름다운 자가 갈기갈기 찢겨졌던 단 한번의 그 일이 있었어야 할 것 아냐. 안 그래?"

"이쉬타르가 하늘에서 사라지고 아들을 깨우기 위해 아랫세상으로 내려가는 것, 그게 그 일이지."

"아이 참, 그건 위쪽이고. 여기 아래에서는 어떻게 되는 거냐고? 형은 그걸 일이라고 부르는데. 나는 그 이야기를 듣고 싶어!"

"사람들 말이 눈으로 뒤덮인 산 밑에 있는 게발이라는 도시에 어떤 왕이 살았대." 요셉이 대답했다.

"그에게는 딸이 한 명 있었어. 아주 예쁜 딸이었어. 그런데 나나(Nana, 본문에서는 인안나의 고대 바빌로니아 이름으로 쓰였지만, 다른 한편으로는 고대 소아시아 프리기아의 여신인 위대한 어머니 키벨레가 사랑한 아티스를 낳은 강의 요정의 이름이기도 하다. 아티스가 요정 사가리티스와 결혼하는 것을 원치 않았던 키벨레의 시샘 때문에 아티스는 스스로 거세한 나머지, 그 후유증으로 죽는다. 그러나 리디아의 전설에 따르면 아티스는 아도니스처럼 사냥을 나갔다가 멧돼지에게 죽임을 당한다—옮긴이)가 장난을 쳤어. 그곳 사람들은 아스타로트(이쉬타르의 또 다른 이름—옮긴이)를 가리켜 나나라고 불러. 여하튼 나나가 재미 삼아 왕을 어리석음에 빠지게 만든 바람에 그는 쾌락에 눈이 멀어 자신의 육신과 피인 딸을 갖고 싶은 욕망을 누르지 못하고 딸과 동침하고 말았어."

이때 요셉은 몸을 돌려 자신들이 기대고 앉아 있는 묘비에 새겨진 남근 상징들을 가리켰다.

"그리고 딸은 한 아이를 잉태하게 되었어." 그가 말을 이었다.

"그러자 왕은 자신이 그 손자의 아버지라는 사실을 알고는 당황했어. 한편으로는 화도 나고 또 한편으로는 후회막급이었지. 그래서 딸을 죽이려고 일어섰어. 그러나 신들은 그게 아쉬라트(이쉬타르의 또 다른 이름—옮긴이)가 꾸민 일이라는 사실을 알았기 때문에 임신한 여인을 나무로 만들어버렸어."

"무슨 나무?"

"하여튼 어떤 나무 아니면 덤불이었어." 요셉이 짜증스럽게 말했다.

"아니면 나무같이 힘이 센 덤불이었던지. 난 그때 거기에 있지 않았어. 그러니 왕의 코가 어떻게 생겼는지, 공주의 유모가 무슨 귀걸이를 하고 있었는지 너한테 말해 줄 수 없어. 이야기를 듣고 싶으면 가만히 듣고 있지 돌팔매질을 하듯 엉뚱한 질문을 던져서 말을 방해하면 어떻게 해!"

"그렇게 소리 지르면 난 울어버릴 거야."

벤야민이 애처롭게 말했다.

"그러면 또 형은 날 달래 줘야 하잖아. 그러니까 소리만 지르지 말고, 믿어줘. 정말 이야기를 듣고 싶다니까!"

"열 달이 지난 후,"

요셉이 이야기를 이었다.

"기한이 차서 나무가 활짝 열렸어. 그러자 글쎄 아도나이!(오, 주여!─옮긴이) 그 소년이 밖으로 나오는 것이었어. 모든 일을 꾸민 아쉐라가 그를 보았어. 그리고 누구와도 그를 나누려 하지 않았어. 그래서 그녀는 그를 에레쉬키갈(Ereschkigal, 메소포타미아 신화의 저승을 다스리는 여주인. 그녀의 자매인 인안나가 저승을 방문했을 때, 일곱 개의 관문을 지나면서 왕관, 보석, 옷가지들을 하나하나 벗어야 했으므로 벌거벗은 상태로 에레쉬키갈을 만나는데, 악카드어로 된 이야기에 따르면, 이때 에레쉬키갈은 그녀를 공중에 매단 뒤 60가지의 고통을 가한다고 하며, 수메르의 이야기는 화형대 말뚝에 매단다고 들려준다─옮긴이) 여신이 있는 아랫세상에 데려 갔어. 하지만 이 여신도 다른 사람과 그를 나누려 하지 않고 이렇게 말했어. '다시는 되돌려주지 않을 거야. 이곳은 한번 온 이상 돌아갈 수 없는 나라니까.'"

"그러면 왜 그렇게 여신들이 다른 사람과 그를 나눠 갖지 않으려 한 거지?"

"누구와도 나눠 갖지 않으려 했고 서로 나누려 하지도 않았어. 넌 뭐든지 다 물어봐야 직성이 풀리는구나. 하지만 한 가지 이야기를 들으면 다른 것까지 알아들어야 해. 아돈은 사랑스러운 여인의 아들이었어. 그리고 나나 스스로 이

113

아이를 낳는 데 한몫했어. 그러니 이 아이가 질투심을 불러 일으키는 운명을 타고 난 것도 당연하지. 그렇기 때문에 쾌락의 여신이 그를 돌려 받으려고 아랫세상에 나타나자, 에레쉬키갈 여신은 가슴이 덜컥 내려앉는 것 같았어. 이빨까지 부들부들 떨렸어. 그래서 그녀는 문지기에게 이렇게 말했지. '관습대로 하거라!' 그래서 아쉬타르티(이쉬타르의 또 다른 이름—옮긴이) 여신은 일곱 개의 문을 통과할 때마다 문지기에게 옷을 한 가지씩 벗어줘야 했어. 머릿수건과 망토, 머리핀, 마지막에는 치부를 가리는 옷까지. 그러다 보니 그녀가 탐무즈를 달라고 에레쉬키갈 여신 앞에 나타났을 때는 완전히 벌거벗은 몸이었어. 두 여신은 상대방을 보자마자 손톱을 세우고 달려들었어."

"서로 그를 차지하려고 손톱으로 머리카락을 뜯었다는 거야?"

"그래. 서로 다른 여신의 머리카락을 움켜쥐었어. 얼마나 질투심이 컸으면, 그렇게 격렬하게 싸웠겠어. 그러다 에레쉬키갈 여신은 아쉬타르티 여신을 아랫세상에 가두고 자물쇠를 60개나 채웠지. 그리고 그녀에게 60가지 질병을 내렸어. 그동안 대지는 그녀가 돌아오기만을 넋 놓고 기다리느라 말라 비틀어졌어. 그러니 싹도 틔우지 못하고 꽃도 피울 수 없었지. 밤이면 들판이 하얗게 변했어. 밭은 소금을 낳았고 잡초 하나 돋지 않고 곡식알 하나 자라지 않았어. 황소도 더 이상 암소와 교미하지 않았어. 수탕나귀도 암탕나귀를 올라타지 않았어. 남자도 여자를 올라타지 않았고. 모태가 다 막혀버린 거야. 쾌락으로부터 버림받은 생명은 너무 슬픈 나머지 굳어버렸어."

"아, 요세피아, 얼른 다음으로 넘어가 줘. 그 시간에 얽힌 이야기는 너무 오래 끌지 마! 더는 못 듣겠어. 수탕나귀가 더 이상 암탕나귀를 올라타지 않고 땅이 나병을 앓듯 소금을 내뿜었다니, 울음이 터지려고 해. 그렇게 되면 형이 또 귀찮아지잖아."

"신이 보낸 사신도 그걸 보고 울었어." 요셉이 말했다.

"그렇게 천사들이 눈물을 흘리며 신들의 주인님께 그 사실을 알려 드렸어. 그러자 그분께서는 '꽃을 못 피우다니 이대로 두고 볼 수가 없구나. 내가 중재를 해야겠다.' 하시고 아스타로트와 에레쉬키갈 사이에 끼어들었어. 그렇게 해서 아돈은 일년의 3분의 1은 아랫세상에 머물고, 또 3분의 1은 땅 위에서 살고 나머지 3분의 1은 자기가 원하는 곳에 머물게 하신 거야. 덕분에 이쉬타르는 사랑하는 연인을 데리고 올 수 있었지."

"그러면 그 나무의 새싹은 나머지 3분의 1 동안 어디서 머물렀어?"

"그건 말하기가 어려워. 여러 곳에 있었으니까. 아스타로트는 그를 사랑했지만, 그가 탐나서 혼자 차지하려고 빼앗아 간 못된 신들이 한둘이 아니었거든."

"나같이 남자처럼 생긴 신들 말이야?"

벤야민의 물음에 요셉이 대답했다.

"네가 어떻게 생겼는지는 사람들이 분명하게 알 수 있지. 그렇지만 신들과 절반짜리 신들의 경우에는 그렇게 명백하지가 않아. 어떤 사람들은 탐무즈를 남자 지배자가 아니라

여자 지배자라고 해. 또 나나도 마찬가지야. 그 이름은 여
신을 가리키기도 하고 그녀와 함께 있는 남자 신을 뜻하기
도 해. 또는 그녀 대신 그 남자 신만을 말하는 경우도 있어.
이쉬타르를 어디 여자라고 할 수 있겠어? 그녀의 상을 본
적이 있는데 수염이 있었어. 그러니 내가 '그'의 상을 봤다
고 해도 되잖아, 안 그래? 우리 아버지 야곱은 자신이 섬기
는 신의 상을 만들지 않으셔. 물론 상을 만들지 않는 게 가
장 현명한 일이야. 하지만 이야기를 하려면 서투른 말만으
로는 진실을 표현할 수가 없어. 그럼 이쉬타르가 샛별이
니?"

"그래, 하지만 금성이기도 해."

"그러니까 이쉬타르는 둘 다야. 그리고 이쉬타르에 대해
돌에 새겨 놓은 글귀를 읽어본 적이 있는데, 뭐라고 되어
있는지 알아? '저녁이면 여자요 아침이면 남자다'라고 되
어 있어. 그런데 어떻게 상을 만들 수 있겠어? 그리고 무슨
말로 진실을 전할 수 있겠어? 논밭을 적시는 이집트의 물
을 보여주는 신상을 본 적이 있는데, 가슴이 절반은 여자고
나머지 절반은 남자였어. 어쩌면 탐무즈도 처녀였는데 죽
은 다음에 젊은 남자가 된 건지도 몰라."

"죽음이 모습을 바꿔 주는 거야?"

"죽은 자는 신이야. 그는 탐무즈요, 목자야. 그리고 또 저
쪽에서는 아도니스(Adonis, 원래 셈 족의 주(主)라는 뜻을 가
진 '아돈'이 그리스 신화에 수용되면서 얻게 된 이름. 아름다운
미소년 아도니스는 아프로디테와 페르세폰네의 사랑을 얻게 되
는데, 제우스는 아도니스에게 일 년 중 삼분의 일씩 각 여신의 곁

에서 보내고 나머지 삼분의 일은 자신이 머물고 싶은 곳에 있도록 판결을 내렸다. 그러나 또 다른 이야기에 따르면, 제우스는 판결을 거부하여 중립적인 태도를 보였던 칼리오페가 두 여신에게 각각 반년씩 아도니스와 함께 살 수 있도록 해주었다고 함—옮긴이)라 부르기도 해. 하지만 아랫세상에서는 우시르라 부른단다. 그곳에서는 콧수염을 가지고 있는데, 살아 있었을 때는 여자였을지도 몰라."

"마미의 볼은 무척 부드러웠다고 형이 말해 준 적이 있었어. 그리고 거기에 입을 맞추면 장미잎사귀 향기가 난다고 했지. 나는 엄마가 수염 단 모습을 그리고 싶지는 않아! 형이 그걸 요구한다면 차라리 버릇없는 아이가 되는 한이 있어도 형이 시키는 대로 안할 거야."

그러자 요셉이 웃었다.

"멍청하기는. 그런 걸 내가 왜 요구하겠니? 나는 그저 아랫세상 사람들의 이야기를 하는 거야. 그리고 일반적으로 이해하기 어려운 일에 대해 그들이 가졌던 생각을 너한테 들려주는 것뿐이야."

"내 포동포동한 볼도 부드러워." 벤야민은 손바닥으로 자신의 볼을 만졌다.

"이건 내가 젊어서가 아니라 여전히 꼬마라서 그런가봐, 형. 형은 젊어. 그래서 다 큰 진짜 남자가 될 때까지 얼굴에 난 수염을 깎는 거지."

"그래. 늘 깨끗하게 면도하지." 요셉이 대답했다.

"너도 정말 깨끗해. 네 볼은 마미의 볼처럼 부드러워. 그건 네가 지고하신 분, 우리 주님의 천사 같기 때문이야. 그분은 우리 부족을 사랑하셔서 우리와 약혼하셨어. 우리는 아브라함의 자손이고, 지고하신 분께서 아브라함과 언약을 맺으시고 아브라함의 육신과 약혼하셨기 때문이지. 그래서 주님은 우리를 열렬히 사랑하는 신랑, 바로 피로 맺은 신랑이고 이스라엘은 그분의 신부란다. 그럼 이스라엘은 신부겠어? 아니면 신랑이겠어? 이건 일반적으로 이해할 수 있는 문제가 아냐. 그러니 거기에 대해 상을 만들면 안 되는 거야. 기껏해야 이스라엘은 신부가 되기 위해 거세당한 후 성별된 신랑, 예비된 신랑이라고나 할 수 있을까. 내가 머릿속으로 엘로힘의 상을 그릴 때면 그분은 다른 형제들보다 나를 특별히 더 사랑하시는 아버지의 모습이야. 하지만 아버지가 사랑하는 사람은 바로 내 안에 있는 엄마라는 것을 알아. 나는 살아 있지만 엄마는 돌아가셨으니까, 이제 엄마는 아버지께 다른 모습으로 살아 계신 거야. 나와 어머니는 하나야. 그래서 아버지 야곱은 나를 바라볼 때 라헬을 보시는 거야. 이곳 사람들이 탐무즈를 여주인님이라고 부를 때 나나를 가리키는 것과 마찬가지지."

"나도 그래. 나도 형을 엄마처럼 생각해. 요세피아, 오, 사랑스러운 여호시프!"

벤야민이 요셉의 목을 끌어안았다.

"있잖아. 이건 모두 다른 사람을 대신하는 거야. 부드러운 볼을 지닌 엄마는 나를 살리려고 서쪽 나라로 가셨어. 그래서 이 꼬마는 태어날 때부터 못된 짓을 저지른 고아가 된 거야. 하지만 내게는 어머니 대신 형이 있어. 형은 내 손을 잡고 숲으로, 세상으로, 푸른 초원으로 데려와 주고, 주님의 축제 때 어떤 일들이 일어나는지 차례대로 다 일러주고 내게 화환도 만들어주잖아. 엄마가 살아 계셨으면 엄마가 했을 일인데 말야. 물론 형이 나한테 모두 다 허락하지는 않고, 그 녹색 화관은 형이 쓰려고 남겨놓는다 해도 마찬가지야. 아, 엄마는 왜 하필이면 그렇게 길가에서 돌아가셨을까? 엄마도 그 나무 같았으면 얼마나 좋았겠어? 아무 힘들이지 않고 문을 활짝 열어 싹을 내보냈다는 그 나무 말야! 그게 무슨 나무라고 그랬지, 형? 내 기억력은 아직도 내 다리와 손가락처럼 짧기만 해."

"이리 와, 이제 그만 가자!" 요셉이 말했다.

하늘의 꿈

  형들은 아직까지는 요셉을 '꿈을 꾸는 자(Träumer)'라고
놀리지 않았다. 그러나 그날이 다가오고 있었다. 이 젊은이
들이 '우트나피시팀', '글을 읽는 자'처럼 너그러운 별명밖
에 생각해 낼 수 없었던 것은 기발한 생각과 상상력이 부족
했던 탓이다. 이들은 당연히 이보다 신랄한 별명을 지어주
고 싶었다. 그러나 특별히 떠오르는 것이 없었다. 그래서
'꿈만 꾸는 자(Träumer von Träumen)'라고 부를 수 있게
되었을 때, 그들은 여간 기쁘지 않았다. 그것만 해도 훨씬
고약한 별명이었던 것이다. 그러나 아직은 그날이 오지 않
았다. 아버지를 안심시키느라 들려주었던 날씨 꿈을 형들
한테까지 미주알고주알 다 주워섬긴 것만으로는 요셉의 교
만이 충분히 드러나지는 못했던 것이다. 그리고 또 자신이
오래 전부터 꾸고 있던 꿈에 대해서는 한마디도 언급하지
않았다. 가장 강렬한 꿈은 형들은 물론이거니와 아버지한

테도 입을 다물었다. 요셉이 불행하게도 형들한테 털어놓았던 꿈들은 그런 꿈과는 비교도 되지 않는 사소한 꿈들이었다.

그러나 벤야민만 예외였다. 벤야민은 요셉과 둘만 오붓하게 있는 시간이면 전혀 사소하지 않은 꿈 이야기도 들을 수 있었다. 다른 때 같으면 요셉이 입을 꾹 다물고 있을 그런 이야기들이었다. 벤야민이 호기심 많은 어린아이답게 귀를 쫑긋 세우고 재미있게 들어줄 뿐만 아니라, 어떤 때는 꿈 이야기를 해달라고 먼저 조르기도 했다는 점은 굳이 다른 설명을 붙이지 않아도 되리라 믿는다. 하지만 미르테에 얽힌 모호한 비밀 이야기로 가뜩이나 우울해진 벤야민은 형의 꿈 이야기에 자신도 모르는 사이 가슴이 철렁하면서 오그라지는 것 같았다. 아직 어린 탓이라고 아무리 자신을 달래봐도 소용이 없었다. 사실은 벤야민의 이런 반응은 당연한 현상이었다. 결코 사소하다고 할 수 없는 엄청난 꿈 이야기를 듣고 어떻게 걱정이 되지 않았겠는가?

예를 들면 다음의 꿈 이야기가 그랬다. 벤야민은 그 이야기를 벌써 여러 번 들었다. 그것도 혼자서만. 그러나 바로 혼자만 아는 이야기여서 어린 벤야민은 가슴을 더 졸여야 했다. 혼자 아는 걸 다행으로 여기고 한편으로는 자기밖에 그 이야기를 아는 사람이 없다는 생각에 뿌듯했어도 걱정을 떨칠 수는 없었다.

요셉은 꿈 이야기를 할 때면 대부분 눈을 감았다. 나직하게 시작한 목소리가 어느새 격렬해지곤 했다. 그리고 가슴이 뛰는지 두 주먹을 불끈 쥐고 가슴을 눌렀다. 물론 이야기를 시작하기 전에 놀라지 말고 편안한 마음으로 들으라고 동생한테 경고하는 것도 잊지 않았다.

"놀라면 안 돼. 소리도 지르지 말고. 울거나 웃지도 마. 안 그러면 이야기 안해 줄 거야."

"걱정 마!"

벤야민은 그때마다 번번이 이렇게 대꾸했다.

"내가 아무리 꼬마라도 바보는 아냐. 어떻게 해야 되는지 잘 안단 말야. 편안할 때는 그게 꿈 이야기라는 걸 잊어버릴 거야. 그러면 더 재미있으니까. 하지만 겁이 나거나 몸이 뜨거워지던지 차가워지면, 그때는 형 이야기가 모두 꿈 이야기라는 걸 상기할 거야. 그러면 감정도 식을 테니 내가 방해하는 일은 없을 거야."

"이런 꿈을 꿨어." 요셉이 이야기를 시작했다.

"가축떼가 있는 들판에서 혼자 양들을 지키고 있었어. 양들은 언덕과 비탈길에서 풀을 뜯어먹고 있었어. 나는 언덕에 배를 깔고 드러누워 입에는 풀줄기 하나를 물고 양발을 쳐들고 있었지. 팔다리가 그랬던 것처럼 내 생각도 정처 없이 이리저리 움직이고 있었어. 그런데 갑자기 그림자 하나가 태양을 가리는 구름처럼 나를 덮쳤어. 그 순간 공중에서 무슨 커다란 소리가 들렸어. 고개를 돌려 쳐다보니까 독수리 한 마리가 내 머리 위에서 무서운 모습으로 날개를 펼치고 있었어. 꼭 황소만 하고 이마에는 황소처럼 뿔이 달려 있었어. 그 새가 그림자를 만든 거야. 그리고 쉬익 소리가 나면서 어금니로 내 허리를 냉큼 물더니 날개를 퍼덕이며 하늘로 올라갔어. 아버지의 가축떼들이 있는 곳에서 날 낚아챈 거지."

"아니 그럴 수가!"

벤야민이 끼어들었다.

"무서워서 이러는 게 아냐. 그런데 형은 왜 살려 달라고 소리치지 않았어?"

"거기엔 세 가지 이유가 있었어."

요셉이 대답했다.

"우선 첫번째 이유는 그 넓은 들판에 내 목소리를 들을 수 있는 사람이 아무도 없었고, 두번째 이유는 숨이 막혀서 소리를 지를 수가 없었어. 그리고 세번째 이유는 왠지 그러고 싶지 않아서였어. 가슴이 벅찼거든. 꼭 오래 전부터 고대하던 일이 일어나기라도 한 것처럼 기뻤던 거야. 독수리가 발톱으로 내 허리를 잡고 몸을 꽉 붙들어 주었어. 독수리 머리는 내 머리 위에 있었어. 독수리가 위로 획 날아오르는 동안 내 다리는 대롱대롱 매달려 있었지. 이따금 독수리는 고개를 숙여 부리부리한 눈으로 나를 쳐다보면서 단단한 주둥이로 이렇게 말했어. '균형을 잘 잡거라, 아이야. 내가 발톱으로 널 너무 세게 붙들고 있느냐? 네 살을 안 아프게 하려고 나대로 조심은 하고 있단다. 그건 너도 인정해 줘야 한다. 혹시라도 널 아프게 하면 큰일이니까!' 그래서 내가 물어보았지. '누구세요?' 그러자 그가 대답했어. '나는 암피엘 천사란다. 지금 하는 일 때문에 이런 모습으로 변했을 뿐이야. 네가 머물 곳은, 애야, 땅 위가 아니라 다른 곳이야. 그래서 내가 너를 그곳으로 옮겨 줘야 한단다. 그렇게 결정이 내렸거든.' '아니 왜요?' 내가 또 그렇게 물었어. '조용히 입 다물고 있거라.' 바람을 가르는 소리가 나면서 독수리가 이렇게 말했어. '혀를 조심하거라. 하늘의 모든 존재들이 어떤 강요를 받았는지 물어보려고 하지 마라. 이건 특별히 어떤 자를 선호하는 강력한 사랑에서 비롯된 결정이니까 머리를 이리저리 굴려 토를 다는 따위는 절대 용납이 안 된다. 그런데 너는 뭐라고 이야기도 많고 질문까지 하는구나. 무서운 분이 내리신 강력한 결정이 이제 아래로 내려왔으니 누구도 함부로 혀를 놀려서는 안 된다. 그랬다가는 그 혀가 불에 데고 말 것이다!' 그 말에 나는 얌전히 입을 다물었어. 하지만 온몸이 짜릿해지면서 그렇게 기쁠 수가 없었어."

"형이 내 옆에 앉아 있으니 얼마나 다행이야. 이건 모든 게 꿈이라는 증거니까."

벤야민이 말했다.

"그렇지만 그렇게 독수리한테 붙들려 이 땅을 떠나는데도 슬프지 않았어? 그리고 두고 온 사람들이 가엾다는 생각은 안했어? 예를 들면 여기 있는 어린 동생, 내가 불쌍하지도 않았어?"

"내가 떠난 게 아냐. 끌려간 거지. 그러니 난들 어떻게 해? 하지만 모든 게 마치 오래 전부터 기다리고 있던 일처럼 느껴졌어. 꿈을 꾼다고 모든 게 현실처럼 느껴지는 건 아냐. 거기서도 현실로 느끼는 건 한 가지뿐인데, 이 꿈에서 그건 바로 온몸이 짜릿해지는 기쁨이었어. 그 기쁨이 너무 컸고 거기서 벌어진 일도 아주 큰 사건이었으니까, 네가 물어본 것은 거기에 비하면 사소한 문제로 보였을 수도 있을 거야."

그 말에 얼른 벤야민이 대답했다.

"그렇다고 형한테 화를 내는 건 아냐. 그저 놀랍다는 거지."

"고맙구나, 귀여운 벤! 어쩌면 하늘로 올라가면서 기억력이 지워졌을지도 모르잖니. 독수리의 발톱에 붙들려 쉬지 않고 하늘로 올라갔으니까 말야. 독수리는 '2시간'이 두번 흐르고 나서 이렇게 말했어. '아래를 내려다보거라, 애야. 육지와 바다를 봐, 어떻게 변했는지!' 그래서 내려다보니까 육지는 꼭 산만하고, 바다는 강물처럼 보였어. 그런데 '2시간'이 또 한번 지나가자 독수리가 다시 말했어. '아래를 내려다보거라, 애야. 육지와 바다를 봐, 어떻게 변했는지!' 그래서 또 내려다보니까 이번에 육지는 나무 한 그루를 심어놓은 것처럼 되어 있고 바다는 정원사가 파놓은 구덩이처럼 보였어. '2시간'이 또 두번 지나 독수리로 변한 암피엘 천사가 아래를 내려다보래서 다시 보았더니 육지는 케이크만하고 바다는 빵 바구니처럼 보였어. 그걸 보고 난 후에도 독수리는 '2시간'이 두번이나 흐를 동안 계속 하늘로 올라가더니 이렇게 말했어. '아래를 내려다보거라, 애야. 육지와 바다가 사라졌지 않느냐!' 정말이었어. 육지고 바다고 온데간데없이 사라져버렸어. 하지만 전혀 무섭지 않았어. 독수리가 나를 구름 하늘인 세하킴으로 데리고 올라갔어. 독수리 날개에 습기가 차 물방울이 돋아났지. 사방이 회색과 흰색으로 둘러싸였는데, 황금빛이 번쩍이는 것이었어. 촉촉한 섬에 몇몇 하늘의 자녀들과 천상의 무리들이 황금 무기를 들고 서 있었거든. 그들은 눈 위에 손을 올려 우리 쪽을 바라보고 있었어. 그리고 푹신한 구름 방석에 앉아 있던 짐승들이 킁킁거리며 우리가 올라가는 쪽으로 코를 들이밀고 있었어. 별 하늘인 라키아에도 갔어. 그러자 수천 개의 감미로운 음향이 들려왔어. 주변에 빛이, 행성이 너무도 아름다운 음악을 연주하고 있었거든. 천사들은 불이 활활 타오르는 발 받침대 위에 서 있었어. 손에는 숫자들로 가득한 칠판을 들었어. 이 천사들이 씽씽거리며 하늘로 올라오는 우리들에게 손가락으로 길을 알려 줬어. 자신들은 자리를 옮길 수가 없었거든. 그리고는 서로 이렇게들 외쳤어. '옥좌에 계신 주님께 영광이!' 하지만 우리가 지나가자 문득 말을 멈추고 눈을 내리깔았어. 나는 기뻐서 온몸이 떨렸어. 그래서 독수리에게 물어보았지. '어디로, 얼마나 높은 데로 날 데려가는 거죠?' 그가 대답했어. '아주 높이, 세상의 북쪽에 있는 가장 높은 곳으로 데려갈 거다. 잠시도 지체하지 말고 너를 가장 높은 아라보트 하늘로, 그 넓은 평원으로 데려오라는 결정이 내려졌다. 그곳에는 생명과 평화, 그리고 축복의 보물창고가 있지. 그 하늘에 이르러 거대한 궁전의 한복판으로 널 데려갈 거란다. 마차가 있고 거룩한 분의 옥좌가 있는 곳이지. 넌 지금부터 거기서 봉사해야 한다. 그리고 그분 앞에 서서 열쇠를 맡아 보관해야 해. 아라보트의 홀을 열어주고 닫는 일이며, 또 네게 시키시려고 작정하신 다른 일들도 해야겠지.' 그래서 내가 말했어. '제가 죽을 수밖에 없는 자들 가운데서 선택된 것이라면 기꺼이 그렇게 하겠어요. 전혀 예상 못했던 일은 아니거든요.' 그때 나는 요새를 보았어. 끔찍한 얼음수정으로 된 성루였어. 첨탑은 높은 곳의 전사들로 가득했지. 날개가 발까지 온몸을 가리고 있었어. 두 다리로 똑바로 서 있는데 발은 동그란 게 매끄러운 청동처럼 반짝였어. 그리고 양팔을 뱀 칼 위에 올려놓은 자들이 두 명 있었어. 양미간에 주름이 깊이 잡혔는데 아주 용감하고 당당해 보였어. 독수리가 그들을 보더니 이렇게 말해 주더군. '아차와 아차엘이란다. 세라핌 천사들이지.' 그때 아차가 아차엘에게 하는 말이 들렸어. '벌써 6만 5,000마일 전부터 이 자가 오는 냄새를 맡았어. 도대체 여자가 낳은 자의 냄새가 어떨 것 같아? 그리고 한 방울의 하얀 정액에서 태어난 자가 도대체 무슨 가치가 있어서 가장 높은 하늘로 올라와서 우리 일을 맡는단 말이야?' 그러자 아차엘이 깜짝 놀라 손가락으로 입술을 막았어. 그래도 아차는 아랑곳하지 않고 이렇게 말했어. '아냐. 유일하신 그분께 이들과 함께 날아가 한 말씀 올려야겠어. 나는 번개를 내리는 천사니까 말은 자유롭게 할 수 있잖아.' 그리고 두 천사는 우리 뒤쪽으로 날아왔어. 그리고 독수리는 계속 내 허리를 꽉 잡고 더 높은 하늘로 올라갔어. 그런데 그곳이 어디든 간에, 그때까지 찬송가를 부르던 무리들이, 불이 활활 타오르는 것 같은 하늘의 시종들이 우리를 보기만 하면 하나같이 입을 다물어버리는 거야. 그리고 우리 뒤를 따라오는 무리도 점점 늘어나서 얼마 안 가 앞뒤로 날개를 단 하늘의 자녀들이 가득해졌어. 숫자가 얼마나 많은지 날갯짓 소리가 폭포수 쏟아지는 소리 같았어. 오, 벤야민! 이건 정말이야! 나는 제불(第六天─옮긴이)에 불로 세워진 일곱 개의 홀도 보았어. 거기엔 일곱 무리로 나뉜 천사들이 서 있었어. 일곱 개의 불 제단도 있었어. 그곳을 다스리는 제일 높은 영주의 이름은 '신과 같은 자가 누구인가?'였어. 그 높은 영주는 화려한 사제복을 입고 제단에 번제를 올리는 중이었어. 제물이 타들어 가느라 연기 기둥이 솟구치고 있었지. '2시간'이 몇 번이나 흘렀는지, 우리가 몇 마일이나 날아갔는지는 모르겠어. 여하튼 우리는 제일 높은 하늘 아라보트에 이르렀어. 그 일곱번째 테라스에 당도하여 바닥에 발을 내려놓는 순간, 아, 얼마나 황홀하던지! 그 투명한 바닥의 촉감이 얼마나 부드럽던지, 그 황홀한 기분이 눈까지 파고드는 바람에 난 울고 말았어. 앞뒤로 빛의 자녀들이 있었어. 그러니까 앞에서 인도하고 뒤에서 따르고 있었던 거야. 내 손을 잡고 인도하는 자는 힘이 아주 세었어. 상체는 완전히 벌거벗고 허리부터 황금옷을 입고 있었지. 얼마나 옷이 긴지 복사뼈까지 치렁였어. 또 팔찌와 목걸이도 걸고 머리에는 투구를 쓰고, 날개의 끝부분이 발뒤꿈치에 닿았어. 눈썹은 무거워 보였고 코는 통통했어. 그리고 빨간 입은 내가 쳐다보면 미소를 지어주었지만 얼굴까지 내쪽으로 돌리지는 않았어. 그리고 꿈속에서 나는 눈을 들었어. 드넓은 곳에 무기와 날개들이 끝도 없이 늘어서 있었어. 군기 주변에 모여 있는 무리들은 목청을 돋워 전쟁을 찬양했어. 그리고 모든 것이 우윳빛과 황금색, 그리고 장밋빛 안에 떠다녔어. 무섭도록 큰 바퀴들이 굴러가는 것도 보았어. 터키옥처럼 반짝이는 바퀴였어. 네 바퀴가 서로 맞물려 구르고 있어서 어떤 바퀴도 제멋대로 방향을 틀 수가 없었어. 그런데 그 바퀴 테두리에 뭐가 있었는지 알아? 온통 눈알이었어. 네 바퀴 모두에 오밀조밀 눈들이 박혀 있었어. 바로 그 한가운데 산이 보였어. 불이 활활 타오르는 돌산이었지. 그 산 위에 사피르처럼 번쩍이는 궁전이 있었어. 우리는 앞뒤로 엄청난 무리를 이끌고 그곳으로 향했어. 궁전에 들어갔더니 홀 안에 사자와 보초 그리고 관리인들이 빽빽했어. 이윽고 양쪽에 늘어선 기둥을 따라 중앙 홀로 안내 받았는데 끝이 보이지 않았어. 기둥 앞이며 기둥 사이에 게르빔 천사들이 늘어서 있는 거야. 다들 6개의 날개와 눈이 수없이 많은 천사들이었지. 그렇게 이 천사들 사이로 얼마나 오래 지나갔는지 모르겠어. 그러다 문득 영광스러운 분의 옥좌 앞에 이른 거야. 옥좌 아래 기둥 옆에 서 있던 자들과 옥좌 주변의 무리들이 외치는 소리가 사방을 가득 메웠어. '거룩하시고, 거룩하신 체바오트, 만군의 주, 온 나라에 주님의 영광이 가득하도다!' 그러나 옥좌 주변에 우글거리는 무리는 세라핌 천사들이었어. 그들은 두 개의 날개로 발을 가리고 또 다른 두 개의 날개로는 얼굴을 가리고 있었지만 그 사이로 이쪽을 훔쳐보고 있었어. 나를 데리고 가던 자가 내게 말했어. '네 얼굴도 가리거라, 여기서는 그래야 한다.' 그래서 나는 양손으로 얼굴을 가렸어. 하지만 나 역시 손가락 사이로 훔쳐보았어."

"요셉!" 벤야민이 외쳤다.

"오, 주님! 그럼 형은 유일하신 분, 하나님의 용안을 뵈었단 말이야?"

"그분이 사피르 빛을 받으며 옥좌에 앉아 계시는 모습을 보았어."

요셉이 말했다.

"꼭 인간처럼 생기셨고 남자 같았어. 신뢰할 수 있는 근엄함을 지닌 분이셨지. 관자놀이 머리 옆으로 수염이 어른거리고 주름살도 깊이 패여 있었거든. 눈 아래가 부드러우면서도 조금 지쳐 보이셨어. 그리고 눈이 그렇게 크지는 않았는데 갈색 눈동자였고 두 눈에서 광채가 빛났어. 그리고 내가 다가가자 근심스러운 시선으로 나를 바라보셨어."

"꼭 야곱이, 우리 아버지 야곱이 형을 바라보는 모습 같네."

벤야민의 한마디에 요셉은 이렇게 대꾸했다.

"그분은 세상의 아버지셨어. 그래서 나는 고개를 숙였어. 그러자 누군가 말씀하셨어. '너, 인간의 자손이여. 이리 걸어오너라! 앞으로는 내 의자 앞에 주님의 소년 메타트론으로 서 있거라. 너에게 열쇠를 맡길 테니 아라보트 하늘 문을 열고 닫는 일을 네가 알아서 하거라. 그렇게 되면 너는 모든 무리들에게 명령을 내리는 자가 될 것이다. 이는 주인이 널 좋아하기 때문이다.' 그러자 천사들 사이에서 차르르 날개가 부딪치는 소리와 만군(萬軍)의 웅성임 같은 소리가 들렸어. 그때 아차와 아차엘이 앞으로 나섰어. 내가 그 전에 대화를 엿들었던 바로 그 천사들이었어. 세라핌 천사 아차가 말했어. '온 세상의 주인님, 이 자가 대체 누구이기에, 위쪽 구역으로 와서 우리들 옆에서 일할 수 있다는 겁니까?' 그러자 아차엘이 나서서 두 날개로 얼굴을 가렸어. 말

소리를 조금 낮추려고 그러는 것 같았어. '이 자는 하얀 정액방울에서 태어난 자가 아닙니까? 그리고 불의를 물 마시듯 하는 종족의 하나가 아닙니까?' 그때 나는 주님의 용안이 못마땅한 빛으로 일그러지는 것을 보았어. 그리고 그분께서 대답하시는 음성은 무척 높았어. '너희가 대체 무엇이기에 중간에 끼어들어 내 말을 가로막느냐? 내가 누구에게 은총을 내리든, 내가 누구를 긍휼히 여기든, 그건 내 마음이다! 나는 그를 이 높은 하늘에서 너희 모두를 다스리는 영주와 지배자로 만들 것이다!' 그러자 다시 차르르 소리와 함께 만군의 웅성거리는 소리가 들려왔어. 아마 천사들 모두 머리를 조아렸다가 흠칫 뒤로 물러나는 것 같았어. 세라핌 천사들이 날개를 마주쳤어. 그리고 하늘의 모든 시종들이 온 사방이 떠나가도록 쩌렁쩌렁한 목소리로 외쳤어. '옥좌에 계신 주님께 영광이!' 그러나 왕께서는 과장하시느라 이렇게 말씀하셨어. '여기 있는 이 자에게 내 손으로 36만 5,000번의 축복을 내려 위대한 자, 숭고한 자로 만들겠다. 그리고 내 의자와 비슷한 의자도 만들어주겠다. 그 위에 아름답고 영광스러운 광채로 빛나는 양탄자를 깔아주겠다. 그 의자를 일곱번째 테라스의 출입구에 세우고 그 위에 그를 앉히리라. 내 뜻을 과장하고 싶어서이다. 그를 이 하늘로 불러온 것은 바로 나다. 너희는 모두 조심하도록 하라! 나의 종 에녹을 내 나라에 있는 모든 귀족들과 하늘의 자녀들을 다스리는 가장 강력한 영주로 임명했다. 그에게 복종하지 않아도 되는 자는 여덟 명의 무서운 권력가, 왕이름에 따라 신으로 불리는 이 여덟 명뿐이다. 누구든 내게 용무가 있는 천사는 우선 그와 먼저 이야기를 하라. 그러나 그의 말은 곧 나의 말이니 한마디라도 어겨서는 안 된다. 그의 양편에 지혜와 이성의 영주들이 서게 될 것이다! 그의 직분에 대해서는 이 정도로 하고, 자, 이제 옷과 왕관을 가져오너라!' 그리고 주님께서는 오색 영롱한 화려한 옷을 던져 주시고 내게 그 옷을 입혀 주셨어. 그런 다음 49개의 보석으로 휘황찬란한 무거운 관을 집어드시고 내 머리 위에 직접 씌워 주셨어. 그 많은 하늘의 족속들이 보는 앞에서 말야. 그리고 나를 직함으로 불러 주셨어. 야후, 작은 자, 내무대신이라고. 물론 그분께서는 과장하신 거야. 그러자 하늘의 아들들이 또 한번 놀라 뒷걸음치면서 부르르 진동했어. 그리고 다들 고개를 숙였어. 다른 천사들의 무리보다 지위가 높은 천사들, 막강한 권한을 가진 영주들과 주님의 사자들, 그리고 영광스러운 그분의 옥좌 앞에서 그분을 모시는 천사들, 그리고 멀리는 불의 천사와 우박의 천사, 번개의 천사, 바람의 천사, 노여움의 천사와 분노의 천사, 폭풍의 천사, 눈의 천사와 비의 천사, 낮의 천사와 밤의 천사, 행성의 천사, 이렇게 세상의 움직임을 뒤흔드는 그들까지도 벌벌 떨면서 눈이 부신 듯 얼굴을 가렸어. 그러나 주님은 옥좌에서 일어나셔서 최대한 과장하시며 이렇게 선포하셨어. '저기 좀 보아라. 원래 골짜기에 있던 부드러운 삼나무 싹을 저기 높은 산으로 옮겨 심었다. 그리고 그 싹을 키워 나무로 만들었더니 지금 그 나무 아래는 새들이 살고 있다. 그런데 밤낮을 가리지 않고 몇 해가 흐르도록 늘 그 나무를 찾아오는 가장 어린 자가 있었다. 그래서 나는 그 소년을 모든 존재들보다 크게 만들었다. 다들 이해하기 어렵겠지만 내 본성이 원래 그렇다! 누구를 사랑하든 내 마음대로 선택해서 그 자에게만 특별한 은총을 내린다. 그래서 나는 그 어린 자를 가장 높은 아라보트 하늘에 있는 귀한 보물들을 지키는 파수꾼으로 임명하여 생명의 보화를 지키는 문지기로 만들었다. 그리고 이밖에 거룩한 짐승들이 머리 위에 화환을 쓰고, 화려한 바퀴가 강한 힘을 자랑하고, 게르빔 천사들이 화려한 옷을 입고, 제단의 주춧돌이 광채로 빛나고, 세라핌 천사들이 멋진 날개로 발과 얼굴을 가릴 수 있도록 해주는 것도 그가 할 일이다. 그리고 나에게는 매일 아침 내가 다스리는 세상을 내려다보기 위해 옥좌에 오를 때마다 자리를 편하게 만들어주어야 한다. 나는 그에게 화려한 옷과 명예로운 망토를 입혔다. 그리고 머리에는 무거운 관을 씌웠다. 그 관의 고귀함과 화려함과 광채는 내 왕관에 뒤지지 않는다. 한 가지 안타까운 점이 있다면, 그의 의자를 내 옥좌보다 더 크게 만들어주지 못했다는 것이다. 그의 영광을 나의 영광보다 더 크게 해줄 수 없어서 애석할 뿐이다. 이건 불가능하기 때문이다. 나의 영광은 무한하지 않은가! 그래서 내가 그에게 준 이름이 바로 '작은 신'이다!' 이 선포가 있은 후 무서운 천둥소리가 들렸어. 그러자 모든 천사들이 고개를 숙였지. 하지만 주님께서 나를 기쁜 마음으로 선택해 주시자, 어느새 내 육신은 불꽃으로 변했어. 혈관도 밝게 타올랐지. 그리고 뼈는 불에 타오르는 두송(杜松)으로 변하고, 눈썹을 껌벅이면 번개가 쳤어. 또 눈동자를 움직이면 마치 불 구슬이 굴러가는 것 같앉어. 그리고 머리카락은 불타오르는 화염으로 변하고 사지가 불타오르는 날개로 변했어. 그러다 잠에서 깨어났어."

"온몸이 떨려, 요셉." 벤야민이 말했다.

"엄청난 꿈이야. 형도 가볍게 떠는 것 같아. 얼굴도 조금 창백해졌어. 그 때문인지 석도로 면도한 자리가 유난히 검게 보여."

"말도 안 돼. 내가 꾼 꿈에 내가 떤단 말이야?"

요셉은 어이없어 했다.

"그럼 형은 그 높은 곳에서 돌아오지 않고 영원히 거룩해졌단 말이야? 그러면서도 우리 가족 생각은 안했다는 거야? 예를 들면 여기 있는 이 동생 생각도 안했어?"

"아무리 네가 단순해도 그 정도는 생각할 수 있지 않겠어?" 요셉이 대꾸했다.

"선택받는 은총을 입어 정신이 하나도 없는데 뒤를 돌아볼 여유가 어디 있었겠니? 하지만 잠시 뒤에는 당연히 가족 생각을 했겠지. 그래서 식구들 모두 데려와서 함께 높은 자리에 앉혔을 거야. 아버지와 여자들, 그리고 형들과 너까지 모두. 그 정도는 문제 없었을 거야. 하지만, 벤야민, 이 점을 명심해. 내가 너한테 이 이야기를 해준 건, 네가 충분히 자라서 이해력이 있다고 믿기 때문이야! 알겠니? 그러니까 아버지나 형들한테 내가 지금 한 이야기는 절대로 말하면 안 돼. 엉뚱한 해석을 내릴 게 뻔해!"

"절대로 안해!" 벤야민이 대답했다.

"그건 사탄이나 할 짓이지! 형은 자꾸 꼬마와 바보를 혼동하고 있어. 그 차이가 얼마나 큰 지는 형도 잘 알잖아. 그런 이야기를 고해바치다니, 그런 생각은 꿈에도 안해 봤어. 형이 꿈을 꾸면서 생각해 낸 것들 중에서 단 한 가지라도 입 밖에 내지 않을 거야. 하지만 요셉 형, 오히려 형이나 조심해. 제발 날 생각해서라도 조심해 줘! 형이 날 믿고 들려준 이야기인데, 내가 어떻게 사람들한테 옮길 수가 있겠어? 그리고 나는 형이 이야기한 것을 들었을 뿐이야. 하지만 꿈을 직접 꾸고, 그 화려한 광채를 꿈속에서 그대로 느낀 형이야말로 마음에 걸릴 게 없어서 기분만 내키면 다른 사람한테 이야기를 할 수도 있잖아? 주님께서 얼마나 기뻐하시면서 형을 선택하셨는지, 그 이야기를 하고 싶은 마음이 아무리 굴뚝 같더라도, 제발 이 어린 동생을 생각해서 참아 줘! 나는 괜찮아. 아차와 아차엘이 중간에 끼어든 건 내가 생각해도 못마땅해. 하지만 아버지는 이 이야기를 들으시면, 늘 그렇듯이 걱정하실지도 몰라. 게다가 형들은 침을 뱉으며 속상해 할 거야. 그리고 샘이 나서 형을 가만두려 하지 않을 거야. 형들은 주님 앞에서 촌뜨기들이니까. 그건 우리 둘 다 잘 알잖아."

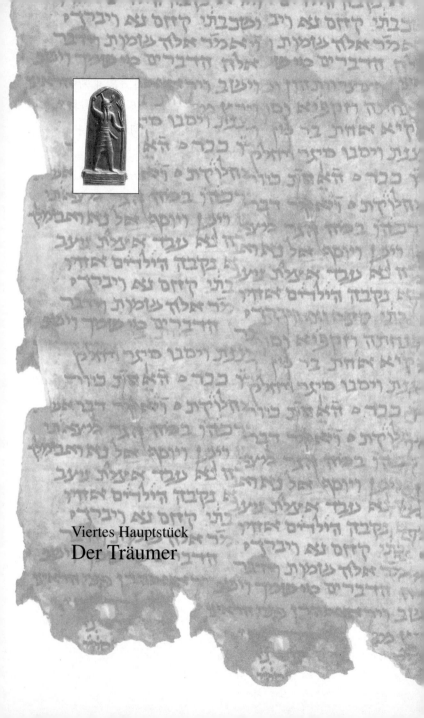

Viertes Hauptstück
Der Träumer

4부

꿈을 꾸는 자

화려한 옷

레아의 아들들이 헤브론에 있는 집으로 돌아오려면 추수철이 되어야 했다. 그러나 이들은 신년을 맞고 첫 보름달이 뜨는 날에 맞춰 서둘러 세겜의 목초지에서 돌아왔다. 명분은 유월절(逾越節) 페사흐(Pesach, 유목민의 명절인 과월절〔過越節〕과 누룩 없는 떡을 먹는 농경민의 축제가 합쳐지고, 유대인의 이집트 탈출이라는 역사적 사건이 더해져서 민족의 해방을 기리는 경축일이 된 날이다. '지나치다', '그냥 넘어가다'라는 단어가 보여주듯이, 이스라엘 백성이 이집트를 탈출하기 전날 밤, 야웨는 이집트인의 장남을 죽였는데, 이스라엘 백성의 집임을 알리는 어린양의 피가 문설주에 발라진 집은 그냥 지나쳤다—옮긴이)를 맞아 아버지와 함께 양고기를 먹고 보름달 구경을 하겠다는 것이지만, 실은 모든 형제들의 이해가 얽힌 중요한 소식을 들었기 때문이다. 눈으로 직접 진상을 파악하는 것이 급선무였다. 지금이라도 사태를 바로잡을 수 있는지, 아니면 이미 엎질러진 물인지를 판단하기 위해서였다.

집안에 그 가슴 떨리는 심각한 문제가 발생했을 때, 몸종들의 아들들은 만사를 제쳐놓고 자기들 중에서 한 명을 골랐다. 헤브론에서 족히 나흘은 걸리는 시겜, 혹은 세겜이라 불리는 그곳에 있는 형들에게 급히 소식을 전해야 했다. 물론 그 일은 발빠른 납달리에게 맡겨졌다. 따지고 보면 속도 면에서야 누가 가든 별 상관이 없었다. 납달리도 나귀를 타고 가기는 마찬가지였으니까. 그러니 나귀의 양쪽에 매달려 있는 한 쌍의 다리가 조금 길든 짧든 그건 별 의미가 없었다. 어쨌든 그곳까지 가려면 누가 가든 대략 나흘은 걸렸다. 그러나 빌하의 아들 납달리는 발빠른 자로 인식되었으므로, 합의에 따라 전령의 역할을 그가 맡았던 것이다. 그리고 그는 혀도 빨랐다. 따라서 그곳에 당도하여 결정적인 순간에 가장 빠른 속도로 형제들에게 소식을 전해 줄 사람은 바로 납달리라는 생각만큼은 옳은 판단이었다.

대체 무슨 일이 있었던 것일까? 문제의 발단은 야곱이 요셉에게 준 선물이었다.

그건 새로울 게 없었다. '어린 양', '어린 가지', '하늘의 소년', '처녀의 아들', 혹은 또 다른 애칭으로 불리며 아버지로부터 끔찍한 사랑을 받던 아들, 글도 읽을 줄 아는 그 아들에게는 예전부터 특별한 선물이 예사로 주어졌고, 특별한 사랑이 쏟아졌다. 그래서 맛있는 음식이며 예쁜 도기, 보석, 보랏빛 끈, 장수풍뎅이 부적 등 온갖 선물 세례를 받는 동생을 볼 때마다 형들은 침통한 눈빛으로 자기들이 지닌 보잘것없는 물건들을 보며, 자신들은 구경도 못 한 물건들을 잘도 얻는 동생이 얄밉기만 했다. 형들로서는 이렇게 밑바닥부터 불공평한 처우에, 아니 거의 기정사실로 가르치려 드는 이런 불의에 익숙해지는 게 여간 어렵지 않았다. 그러나 이번 선물은 말 그대로 결정타여서 모두 가슴이 철렁 내려앉고 사지가 후들후들 떨리는 것이 너나없이 머리를 한 방씩 얻어맞는 기분이었다.

어떻게 된 일인지 살펴보자.

늦은 비, 그러니까 가을비가 시작된 철이라 주로 장막 안에서 시간을 보내던 때였다. 야곱은 오후가 되면 '털로 짠' 장막 안으로 들어갔다. 염소 털을 엮어 만든 검은 천막이었다. 아홉 개의 튼튼한 기둥 위에 천막을 올리고 땅에 막대기를 박아 튼튼한 밧줄로 꽉 붙들어 맨 장막 안은 축복의 비가 내려도 빗물이 새지 않아서 안전했다. 넓은 터에 드문드문 다른 가솔들의 장막들도 쳐 놓았지만, 야곱의 장막이 단연 컸다. 그리고 여자들에게 따로 처소를 마련해 줄 정도로 든든한 재력가였던 주인님 야곱은 이 장막을 혼자 사용했다.

하지만 장막 중간에 세워진 기둥들에 앞에서 뒤까지 죽 커튼을 드리워 양쪽으로 공간을 나누어 놓았다. 그중 하나는 개인창고이며 물품보관소였다. 낙타 안장과 주머니, 사용하지 않은 양탄자들이 두루마리째 차곡차곡 쌓여 있고, 손방아와 다른 기구들도 보이고, 곡식과 버터, 마실 물이며 대추야자를 걸러낸 야자포도주가 담긴 가죽부대들도 걸려 있었다.

그리고 다른 공간은 축복받은 자의 거실로, 절반쯤 베두인을 연상시키는 자유분방한 생활 방식과는 어울리지 않을 정도로 아늑했다. 야곱에게는 이런 아늑함이 필요했다. 물론 너무 편안하게 안주하는 도시생활은 거부한 그였지만, 사물을 관조하고 주님에 대해 깊이 사색하려면 번거로운 세상사에서 벗어나 자신에게로 돌아와야 했고, 그러기 위해서는 주변이 어느 정도 아늑하고 쾌적해야 했다.

앞쪽에 남자 키만한 높이의 문을 만들어놓았고, 바닥에는 펠트를 깔고 온기를 더하기 위해 색색가지 실을 엮은 양탄자도 덮어놓았다. 이런 종류의 양탄자들은 벽걸이 구실을 하기도 했다. 뒤쪽에는 침상이 놓여 있었는데, 담요와 베개가 올려져 있는 삼나무 침상으로 다리는 금속이었다. 그리고 장식대 위에 토기 등잔들이 즐비했다. 심지를 올려놓는 짧은 주둥이가 달린 납작한 등잔들은 항상 이곳을 환하게 밝혀 주었다. 축복받은 자가 어떻게 어두운 곳에서 잘 수 있겠는가. 만일 그랬더라면 더없이 초라해 보였을 것이다. 그래서 낮에도 시중드는 자는 기름이 충분한지 틈틈이 살폈다. 혹시라도 사람들이 입방아를 찧지 못하도록 사전에 막으려는 것이었다. 원래 뜻도 그렇고 암시에서도 불길한 느낌을 줄 수 있는 그런 입방아, 야곱의 등잔불이 꺼졌다는 그런 몹쓸 소리가 나와서는 안 되었다.

석회암 손잡이가 달린 곱게 칠해진 항아리들이 납작한 궤짝 뚜껑 위에 늘어서 있었다. 그 무화과나무 궤짝의 벽은 파란 유리를 끼운 도기로 장식되어 있었고 나무를 깎아 글씨까지 새겨넣은, 다리가 긴 다른 궤짝의 뚜껑은 반대로 아치 모양이었다. 구석에는 석탄 화로에서 불이 타오르고 있었다. 야곱이 추위를 잘 탔던 까닭이었다. 등받이가 없는 의자들도 있었는데 원래 용도보다는 물건들을 올려놓기 위해 사용되었다. 한 의자 위에는 작은 향 탑이 있었다. 층층이 쌓여진 향 사이의 틈새를 창문 삼아 계피와 안식향, 풍자향 향기를 풍기는 연기 구름이 모락모락 피어올랐다. 다른 의자 위에는 소유주가 얼마나 부자인지 말해 주는 물건이 있었다. 그것은 예술품에 가까운 페니키아산 황금접시였다. 납작한 접시의 받침대 또한 우아하여 손잡이 부분은 악기를 연주하는 여자 모양이었다.

야곱은 지금 요셉과 함께 입구 가까이 방석을 깔고 그 위에 앉아 있었다. 두 사람 사이에 등받이가 없는 낮은 걸상이 놓여 있고, 그 위에 가로 세로로 줄이 쳐 있는 청동판이 있었다. 두 사람은 막 장기를 두는 중이었다. 야곱은 이전에는 라헬과 이 게임을 즐겨 하곤 했다. 오늘은 무료함을 달래려고 아들을 불렀다. 밖에서는 올리브 나무와 덤불과 돌 위로 비가 쏟아지고 있었다. 주님의 은혜로 골짜기의 곡식을 촉촉하게 적셔 줄 비, 이른 여름의 태양을 이겨내고 추수철까지 견뎌내는데 꼭 필요한 습기를 선사해 줄 단비였다. 장막 지붕에 팽팽하게 잡아당긴 밧줄을 고정시켜 놓은 나무고리가 바람에 가볍게 흔들리면서 달그락 소리를 냈다.

요셉은 아버지가 장기를 이기도록 만들었다. 일부러 '사악한 시선'의 진영으로 들어가 피해를 자초했다. 야곱은 뜻밖의 행운에 기뻐하면서 요셉의 말들을 무찔렀다. 뜻밖이라 함은 야곱이 게임에 집중하지 않았기에 하는 말이다. 야곱도 솔직히 시인하면서 자신의 승리를 날카로운 통찰력보다는 운 탓으로 돌렸다.

"네가 마침 그때 올가미에 걸리지 않았더라면, 내가 졌을 거야."

야곱이 말했다.

"생각이 딴 데 가 있어서 심각한 실수도 꽤 범했으니까. 하지만 너는 생각을 깊이 해서 지금까지는 말을 하나하나 잘 움직여 불리해진 상황을 호전시키지 않았느냐. 네 게임 솜씨는 네 어머니를 연상시키는구나. 그녀는 날 종종 막다른 곳으로 몰아넣곤 했지. 깊은 생각에 잠길 때면 작은 손가락을 물어뜯는 습관도 똑같고, 그녀가 즐겨 사용했던 계략과 수를 너한테서 다시 발견하니 가슴이 뭉클해지는구나."

"그러면 뭐해요?"

요셉은 고개를 뒤로 젖히며 한 팔을 허리쪽으로 꺾고, 다른 팔은 어깨로 올리며 기지개를 폈다.

"결국에는 제가 졌는데요 뭘. 그렇게 산만하게 두시고도 이겼으니, 만약 온전히 게임에 집중하셨더라면 어쩔 뻔 했어요? 그랬더라면 금방 끝나버렸을 거예요."

야곱이 미소를 지었다.

"아무래도 게임 경험이야 내가 더 많지. 또 최고의 스승한테 배웠거든. 어린 소년이었을 때부터 아버지 이사악과 장기를 두곤 했단다. 네 할아버지하고 말야. 그리고 나중에는 라반, 네 사랑스러운 어머니의 아버지, 네 외조부와 자주 두었지. 저기 강 건너편 나하라임 땅에서 말이다. 그분도 장기를 두면서 수를 끈질기게 생각하는 분이었어."

그 역시 이사악과 라반의 기분을 맞춰 주느라 고의로 져준 적이 한두번이 아니었다. 그러나 요셉도 그랬을 가능성에는 생각이 미치지 못했다. 야곱이 다시 말을 이었다.

"내가 오늘 실수를 한 것은 사실이다. 자꾸 다른 생각이 떠올라 말을 어디 됐는지 계속 잊어버렸거든. 곧 축제가 다가오지 않느냐. 그러면 밤에 제물을 바쳐야지. 해가 지면 양을 잡아 히소프 약초에 피를 묻혀서 문설주에 발라서 목을 조이는 자가 지나쳐 가게 해야 하지. 그날 밤은 제물을 봐서 죄를 면해 주고 그냥 지나가는 날이니까. 그리고 문설주의 피는 떠돌아다니는 자를 달래려고 그가 목을 조르고 싶어하는 인간과 짐승을 대신하여 첫 소산을 속죄양으로 바친다는 표식이지. 그래서 이것저것 생각을 하게 되었다. 인간은 여러 가지 일을 하지만 자신이 무슨 일을 하는지 모르지 않느냐. 만약 인간이 자기가 무엇을 하는지 안다면 속이 뒤집혀 구역질을 할 게다. 그래서 제일 밑바닥에 있던 것이 울컥 위로 치밀 거야. 나도 지금까지 살면서 그런 적이 몇 번 있었다. 맨 처음은 라반이 유프라테스 강 건너편의 시날에서 집을 수호해 달라고 자기 첫아들을 잡아서 도기 항아리에 담아 주춧돌 밑에 제물로 파묻었다는 소리를 들었을 때였다. 하지만 그것이 축복을 가져다줬다고 생각하느냐? 아니다. 전혀 아니었어. 오히려 축복은커녕 저주와 장애만 가져왔지. 만일 내가 거기 가지 않았더라면, 그래서 집안과 살림에 생명을 조금이나마 불어넣지 않았더라면 모든 게 막혀서 비탄에 잠겼을 게야. 그리고 다시는 그의 아내 아디나한테서 자식을 생산할 수 없었을 거다. 하지만 애초부터, 그러니까 그전에 그의 조상들이 살던 시절에 어린 아들을 파묻는 일이 축복을 가져다주지 않았더라면, 라반도 그런 짓을 했을 리가 없지."

"맞는 말씀이세요."

요셉은 양손을 목덜미에 가져가 깍지를 꼈다.

"아버지께서는 어째서 그런 일이 생겼는지 분명하게 일러주시는군요. 라반은 고루한 관습을 지키느라 그런 심각한 실수를 저질렀던 거죠. 고루한 것은 주님께 구역질을 일으키니까요. 그분은 우리와 함께 고루한 관습에서 벗어나길 원하시죠. 아니 어쩌면 그분은 이미 거기서 벗어나셨는지도 몰라요. 그래서 그것을 비난하고 저주하시는 거죠. 만일 라반이 주님을 의지하고 시대를 이해했더라면, 어린 아들 대신 염소새끼를 잡아 그 피로 문지방과 문설주에 칠했을 거예요. 그게 훨씬 하기 쉬운 일이었을 테고, 그 연기는 똑바로 하늘로 솟구쳤을 테니까요."

"네가 또 선수를 치는구나." 야곱의 말이었다.

"내가 할 말을 네가 먼저 하는구나. 목을 조르는 자는 가축만 노리는 것이 아니라, 인간의 피도 탐한다. 단지 가축떼를 잃기 싫어서 그의 탐욕을 달래려는 것이 아니지. 문설주에 짐승의 피를 바르고 제사 음식을 새벽까지 남기지 않으려고 밤에 서둘러 먹어 치우는 것도 가축떼를 걱정해서가 아니다. 생각을 해보거라, 구운 고기가 대체 무엇이겠느냐? 그리고 우리가 그저 가축떼의 죄를 사해 달라는 이유만으로 양을 잡겠느냐? 우리가 라반처럼 어리석다면 과연 무엇을 잡아먹었겠느냐? 그리고 불결한 시절에는 무엇을 잡아먹었더냐? 그러니 우리가 축제 때 하는 일이 무엇인지, 우리가 먹는 게 뭔지 제대로 안다면, 조금만 깊이 생각해 본다면 제일 밑바닥에 있는 것이 위로 솟구쳐 올라와서 구역질이 나지 않겠느냐?"

"그런 생각하지 말고 그냥 맛있게 먹으면 되죠."

이렇게 말하는 요셉의 음성은 경솔하다 싶을 정도로 톤이 높았다. 요셉은 손을 여전히 깍지 낀 채 좌우로 몸을 흔들었다.

"구운 고기가 맛있다고 생각하는 거예요. 관습도 그렇고요. 또 그것이 우리 자신을 죄악으로부터 해방시키기 위해 치르는 몸값(Lösung)이라면, 우리도 즐거운 마음으로 주님을 이해하고 시대를 이해하면서 우리 자신을 불결한 것으로부터 '해방시키는(lösen)' 거예요! 보세요. 저기 나무 한 그루가 있어요."

요셉은 정말 자기가 말한 것이 거기 있기라도 하듯, 손을 뻗어 장막 안쪽을 가리켰다.

"밑동과 우듬지가 튼실한 나무죠. 선조께서 자손들을 즐겁게 해주려고 심은 나무예요. 그 우듬지가 바람에 번쩍거리며 흔들거리고 있어요. 하지만 뿌리는 깊은 어둠이 지배하는 땅 속의 돌멩이와 먼지 사이에 박혀 있어요. 그러면 이렇게 지저분한 뿌리에 대해 땅 위에서 상쾌한 바람을 즐기는 우듬지가 많은 것을 알고 있나요? 아뇨. 우듬지는 주님과 함께 바깥으로 나가 있어서 뿌리 같은 것은 생각도 안하죠. 저는 관습과 불결함도 마찬가지라고 생각해요. 경건

147

한 관습이 구역질을 일으키지 않고 맛난 관습이 되려면 제일 밑바닥의 것은 얌전하게 맨 밑바닥에 그냥 남아 있어야 하는 거죠."

"정말 멋진 비유구나, 정말 훌륭하다."

야곱이 고개를 끄덕이며 손바닥으로 수염을 쓸어 내렸다.

"아주 재미있는 비유구나! 아브람으로부터 물려받은 정신적 유산에 전혀 해가 되지 않는 비유로구나. 선조로부터 우리는 사색과 근심 그리고 불안을 물려받았지. 그래서 우리는 주님께서 우리를 데리고 어떤 것에서 벗어나시려는지 깊이 생각한단다. 또 혹시 주님께서 과연 그런 것에서 정말 벗어나셨는지, 아니면 아직은 아닌 게 아닌가 염려하기도 하지. 자, 그럼 목을 조르는 자는 과연 누구이겠느냐? 그리고 그가 지나간다는 건 무엇을 뜻하겠느냐? 축제의 밤이면 달은 골짜기를 지나 저기 북쪽의 정점에 이르러 아름답고 완전한 보름달이 되지 않더냐? 하지만 이 북쪽 점은 네르갈의 자리이기도 하단다. 살인자 말야. 밤은 그의 것이지. 달의 신 신(Sin)은 네르갈을 위해 밤을 지배한단다. 그는 이 축제에서 바로 네르갈이야. 그리고 우리가 속죄양을 바치는 지나가는 자, 목을 조르는 자는 바로 붉은 자란다."

그러자 요셉이 말했다.

"맞아요. 우리가 미처 생각을 못해서 그렇지, 그게 틀림없어요."

"그래서 마음이 편치 않구나."

야곱이 말을 이었다.

"장기를 두면서 딴 생각을 하게 된 것도 그 때문이었다. 어떤 축제든 별들이 그 주인인데, 이번은 달과 붉은 자가 지배하는 축제가 아니더냐. 이들은 축제날 밤 서로 바뀌어서 붉은 자가 달의 자리에 오게 되지. 그런데 우리가 이런 별들의 이야기를 기리고 찬양해서야 되겠느냐? 이것은 주님과 시대에 맞지 않는 일이 아니더냐? 그러니 어떻게 괴롭지 않겠느냐? 게을러서 낡고 불결한 습관을 떨치지 못하고 계속 거기 매어 있다는 것은 주님과 시대에 죄를 짓는 게 아니겠느냐? 그러니 이번을 기회로 삼아 계시 나무 아래로 사람들을 불러놓고 유월절에 관한 내 근심과 우려를 알려 줘야 하는 게 아닌가 진지하게 생각 중이다."

"아버지"

요셉이 몸을 숙이며 자신이 게임에서 진 장기판 옆에 있던 손을 들어 노인의 손 위에 올려놓았다.

"아버지는 지나치게 완벽을 추구하세요. 너무 서둘러서 일을 그르치지 마시라고 부탁드리고 싶어요. 만약 그 일에 대해 이 아이의 소견을 물으신다면 축제를 그냥 너그럽게 봐주시라고 말씀 드리고 싶어요. 공연히 이 축제에 얽힌 이야기를 신랄하게 공격하는 건 좋지 않을 것 같아요. 시간이 흐르면 그 이야기 대신 아버지께서 구운 고기를 먹으면서 들려주셨던 다른 이야기가 등장할 수도 있을 테니까요. 예를 들면 이사악이 생명을 보존할 수 있었던 이야기가 아주 적합한 이야기가 될 수도 있겠죠. 아니면 저희 모두 시간이 흐르는 것을 지켜보면서 혹시 주님께서 위대한 구원을 통해 거룩한 모습으로 나타나시지 않는가 기다렸다가 그 이야기를 축제의 주제로 삼고 찬가를 부르면 되죠. 어리석은 아들 이야기가 그럴듯한지 모르겠군요, 어떠세요?"

"상쾌한 향고 같구나." 야곱이 대꾸했다.

"향고 같다 한 것은 위로도 되는 영리한 이야기라는 뜻이다. 너는 관습과 미래를 동시에 편들었으니 마땅히 칭찬받을 만하다. 그리고 기다림이란 도중을 뜻할 뿐인데 너는 기다리자고 했어. 그래서 나를 이렇게 유쾌하게 해주었다. 요셉-엘, 가장 부드러운 둥지에서 나온 어린 가지, 네게 입을 맞추게 해다오!"

그리고 야곱은 장기판 위로 몸을 숙여 양손으로 요셉의 아름다운 두상을 잡고 입을 맞췄다. 이렇게 훌륭한 아들이 있다는 것이 너무 기뻤다.

"지금 이 시간에 어떻게 저한테서 영리함이 나와서 별것 아닌 사리분별로 주인님의 지혜와 맞아떨어졌는지 알 수가 없군요! 아버지께서도 장기를 둘 때 산만했다고 하셨지만, 솔직히 말하면 저도 그랬어요. 자꾸만 한쪽으로 생각이 기울었거든요. 그러니 말에는 신경도 못 썼죠. 엘로힘께서나 아실까, 그 정도까지 버틴 것도 신기할 정도예요."

"생각이 어디로 기울었다는 거냐?"

"아, 아버진 금방 알아차리실 거예요. 얼마 전에 우물가에서 하신 말씀이 낮이고 밤이고 귓전을 떠나지 않았어요. 그 한마디가 제 평안을 앗아갔어요. 그래서 어디를 가든, 걸어가든, 걸음을 멈추고 서 있든, 호기심 때문에 안달이 나서 견딜 수가 없어요. 그건 언약의 말씀이었으니까요."

"내가 뭐라고 했기에? 무슨 언약을 했다는 거냐?"

"아이, 참! 잘 아시면서! 얼굴에 그렇게 쓰여 있는 걸요! 아버지께서는 무슨 계획이 있다고 하셨죠. 안 그래요? '너한테 선물을 줄 생각이다.' 그러셨잖아요. '네가 기뻐할 선물이야. 네가 입을 수 있는 것이지' 라고 하셨어요. 정말 그렇게 말씀하셨어요. 그 말씀이 아직도 생생하게 남아 있어요. 무엇을 주시겠다는 언약이었나요?"

야곱은 얼굴이 빨개졌다. 요셉은 그것을 보았다. 여느 노인처럼 약간 파여 있는 양 볼이 장밋빛으로 발그스레하게 달아오르고 당황한 나머지 눈빛까지 흐려졌다.

"아무것도 아니었어."

야곱은 시치미를 뗐다.

"공연한 생각을 하고 있었구나. 그냥 별 뜻 없이 지나치는 말로 한 것이었다. 무슨 분명한 생각이나 의도가 있어서 한 말이 아니었어. 마음이 내키면 이따금 선물을 하곤 하지 않았느냐? 그래서 한 말이야. 기회가 있으면 장신구 같은 걸 하나 주겠다는 뜻이었지."

"아니에요, 그게 아네요!"

요셉이 벌떡 일어나 아버지를 끌어안았다.

"아버지처럼 지혜로우시고 너그러우신 분께서 아무 뜻도 없이, 그저 지나치는 말로 하시다니요! 그건 처음 듣는 이야기예요! 말씀을 하실 때 전 똑똑히 보았어요. 그때 아버지께서는 결코 먼 산을 바라보듯 말씀하시지 않으셨어요. 그냥 어떤 물건을 말한 게 아니고, 분명히 어떤 구체적인, 아름다운 물건을 생각하고 계셨어요. 아주 특별하고 멋진 물건을 제게 주실 생각이셨다구요. 그저 제게 주실 생각인

정도가 아니라, 주시겠다고 언약하셨어요. 그게 제 것이라면, 저를 기다리고 있는 것이라면 그게 뭔지 저도 알아야 하지 않겠어요? 그걸 모르고 제가 평안을 얻을 수 있을 것 같으세요?"

"왜 이렇게 매달려서 보채느냐!"

노인이 급한 마음에 소리쳤다.

"흔들지 마라. 그리고 내 귓밥을 잡고 있는 손도 치우거라. 남들이 보면 네가 날 가지고 노는 것처럼 보이지 않겠느냐? 알고 싶다고? 그래, 아는 것이라면 안 될 게 뭐 있겠느냐. 말해 주마. 그냥 어떤 물건이 아니라 특별한 것을 염두에 두었다는 점은 시인하마. 자, 듣고 싶거든 어서 자리에 앉거라! 라헬의 케토넷 파심에 대해 아느냐?"

"엄마의 옷 말인가요? 예복? 아, 알겠어요. 그건 엄마의 옷인데……."

"들어보아라. 요셉! 너는 이 옷을 모른다. 내가 이제 일러 주마! 너도 알다시피 난 라헬을 얻기 위해 7년 동안 일했다. 그러다 마침내 그녀를 신부로 맞아들일 날이 다가왔지. 그때 라반이 내게 말했다. '또 신부한테도 옷 선물을 할 생각이네. 신부가 이 옷으로 몸을 가리고 나나에게 자신을 바치면 그녀는 거룩한 신부가 되지.' 그리고는 또 '눈까지 가려 주는 이 옷은 내가 이미 오래 전에 어떤 나그네한테서 사들인 것인데 지금 궤짝 안에 잘 모셔놨지. 어느 공주가 처녀 시절에 입었다는 아주 귀한 옷이니까. 온갖 우상(偶像)을 수놓은 솜씨가 기가 막히지. 하지만 이 옷으로 신부의 얼굴을 가려야 하네. 흠 없는 신부의 얼굴을 말이야. 왜냐하면 그녀는 흠 없는 신부이고, 에니투와 마찬가지로 에테메난키 탑의 거룩한 침상에 들어가는 하늘의 신부가 되어야 하니까.' 악마 라반은 대강 이런 이야기를 했다. 그리고 그건 거짓말이 아니었어. 라헬은 정말 그 옷을 얻었지. 결혼식에 입고 나왔는데 정말 보기 드문 화려한 옷이었어. 나는 그 옷에 수놓아진 이쉬타르 상에 입을 맞췄다. 그러나 나중에 신부에게 꽃을 건네주고 눈으로 신부를 보려고 베일을 걷어올렸더니 이게 웬일이냐? 그건 레아였다. 그 악마가 날 속여 침상에 그녀를 들이 민 것이었지. 나는 라헬인 줄 알고 생각으로만 행복해 했지만, 그건 진정한 행복이 아니었다. 워낙 깊숙이 들어가다 보니 머리가 제정신이 아니었던 거야. 그래서 레아인 줄 눈치 채지 못하고 지나쳐버린 거지. 하지만 행복하다고 착각하는 중에도 사리분별은 잃지 않아서 거룩한 옷을 거기 있는 의자 위에 올려놓았지. 그리고 신부에게 이렇게 말했다. '이 옷을 자손 대대로 물려줍시다. 무수한 자손들 중에서 가장 사랑하는 자식에게 줍시다.'"

"마미도, 엄마도 그녀의 때가 왔을 때 그 천을 둘렀어요?"

"천이 아니고 화려한 옷이다. 사람의 취향에 따라 자기한테 어울리도록 마음대로 입을 수 있지. 복사뼈까지 내려오도록 길게 입어도 되고, 소매를 만들어도 된단다. 엄마도 입었냐고? 물론 그녀도 입었고 보관도 그녀가 했다. 우리가 아랫세상의 먼지투성이 빗장을 부수고 길을 떠나면서 라반, 그 악마에게 한 방 먹였을 때, 그녀는 이 옷도 챙겨 넣었지. 그후 이 베일 옷은 항상 우리하고 함께 다녔다. 라반이 오랫동안 궤짝 안에 소중하게 간직했듯이 우리도 그렇게 했다."

요셉의 눈이 상자를 찾아 장막 안을 훑기 시작했다. 이윽고 그가 물었다.

"이 근처에 있나요?"

"그리 멀지 않은 곳에 있지."

"그렇다면 주인님께서 그걸 제게 선물하실 건가요?"

"그럴 생각을 했다."

"그렇게 하시겠다고 이미 언약하셨어요!"

"하지만 나중에! 지금 당장은 아니고!"

야곱이 불안하게 외쳤다.

"제발 이성을 찾아라, 애야. 우선은 언약으로 만족하거라! 봐라. 일은 결정된 게 아니라 아직 공중에 떠 있단다. 주님은 아직 내 마음에 결정을 내려주시지 않으셨어. 네 형 르우벤이 실족했을 때, 나는 그에게서 장자신분을 뺏을 수밖에 없었지. 그런데 지금 내가 르우벤 다음은 바로 너라고 너한테 장자신분을 주고 케토넷 옷을 입힌다고 생각해 봐라! 사람들은 아마 르우벤 다음은 유다(혹은 여후다—옮긴이)와 레위 그리고 시므온이라면서 안 된다고 할 것이다. 물론 레아의 장자가 실족해서 저주받았으니 이제 라헬의 장자 차례라고 말할 사람들도 있을지 모른다. 여하튼 이렇게 서로 다른 이야기가 나올 수 있으니, 아직까지는 정확한 답을 내리지 않은 거다. 우리는 기다려야 한다. 앞일을 보여주는 표시를 살펴야 한다. 그러지 않고 지금 당장 네게 그 옷을 입힌다면, 네 형들은 내가 너를 선택해서 축복을 내린 거라고 엉뚱한 해석을 내리고 길길이 뛰면서 너와 나한테 대들 게 틀림없다."

"아버지한테요?" 요셉이 무척 놀라면서 물었다.

"제 귀를 못 믿겠군요! 아버지께서는 주인님이 아니시던가요? 형들이 뭐라고 불평을 하면 자리에서 벌떡 일어나셔서 음성을 높이시고 이렇게 말씀하시면 되지 않나요? '내가 누구한테 은총을 베풀든, 내가 누구를 긍휼히 여기든 그건 내 마음이다! 너희가 대체 무엇이기에 중간에 끼어든단 말이냐? 너희들을 모두 제쳐두고 이 아이에게 그의 어머니 것이었던 케토넷 파심을 입혀 주리라!' 그리고 저는 제 귀를 믿어요. 제 귀는 젊고 정확하니까요. 아버지께서 말씀하실 때는 특히 더 귀를 쫑긋 세우고 경청을 하죠. 아버지께서는 옛날에 신부한테 '무수한 자손들 중에서 장자가 이 옷을 입도록 합시다.' 그렇게 말씀하셨나요? 그게 아니면 그때 뭐라고 하셨죠? 뭐라고 하셨어요, 네? 아버지께서는 누가 그걸 입어야 된다고 하셨죠?"

"그만두거라! 버릇없이! 어서 가거라. 더 이상 살랑거리지 마라. 네 어리석음이 나한테 옮을까 두렵다!"

"아, 아빠! 그걸 보고 싶어요!"

"본다고? 보는 건 갖는 게 아니지. 하지만 보는 건 갖고 싶다는 거다. 그러니 분명하게 말하거라!"

"제게 주시기로 약속하셨으니 이미 제 것이나 마찬가지인데, 보는 것도 안 되나요? 그러니까 이렇게 해요. 저는 여기 이렇게 웅크리고 앉아 꼼짝도 안할 테니까 예복을 가져오세요. 그리고 헤브론 도성의 상인처럼 쭉 펼쳐봐 주세요. 그럼 저는 물건은 탐나지만 가난해서 살 수 없는 사람처럼 구경만 하겠어요. 그러면 상인이 그렇게 하듯이 물건을 감추시면 돼요."

"주님의 이름으로 약속한 거다."

야곱이 말했다.

"누가 보면 네가 날 마음대로 주무르는 줄 알겠구나. 거기 가만히 있거라! 꼼짝 말고 제자리에 앉아 있거라. 손은 허리 뒤로 하고! 지금은 보기만 하는 거다. 어쩌면 언젠가는, 상황이 허락한다면 네 것이 될 수도 있겠지만."

"벌써 제 것인걸요!"

요셉이 등 뒤에서 소리쳤다.

"아직은 못 가졌지만!"

요셉은 손가락 마디로 눈을 비비고 구경할 준비를 했다. 야곱은 뚜껑이 아치 모양인 궤짝 앞으로 가서 빗장을 빼고 뚜껑을 뒤로 젖혔다. 그리고 몸을 따뜻하게 해줄 수 있는 여러 가지 물건들을 끄집어냈다. 망토와 담요, 허리치마와 머릿수건, 셔츠들이 접힌 채로 차곡차곡 바닥에 쌓였다. 그리고 밑에 보관해 두었던 베일 옷을 꺼내서 돌아섰다. 그런 다음 접혀 있던 옷을 활짝 펼쳤다.

소년의 입이 함박꽃처럼 벌어졌다. 그리고 소리가 들릴 정도로 크게 숨을 들이마셨다. 금은 자수가 등불 아래 반짝였다. 그리고 이보다는 차분하지만 역시 화려한 다른 빛깔도 보였다. 바탕 천은 안개 같은 파란색에 노인의 불안스러운 팔 사이로 드러난 별, 비둘기, 나무, 신, 천사, 인간, 짐승들의 표식과 상들은 보랏빛과 흰 색, 올리브 녹색, 장밋빛과 검은색 같은 빛깔로 수놓아져 있고, 사이사이 놓인 금은 자수가 눈이 부셨다.

"오, 거룩한 빛들!"

요셉의 입에서 탄사가 터져 나왔다.

"너무도 아름답군요! 아, 상인 아빠! 이런 물건이 다 있었나요? 저건 팔로 사자를 조르는 길가메쉬군요. 멀리서도 알아보겠어요! 그리고 저곳에는 몽둥이를 마구 휘두르며 콘돌과 싸우는 사람이 있군요. 오, 잠깐만요, 잠깐만요! 오, 체바오트! 만군의 주여! 이 희한한 짐승들! 여신의 연인들이군요. 말, 박쥐, 늑대와 알록달록한 새! 아, 제대로 좀 보게 해주세요! 제발! 못 알아보겠어요. 구별을 못 하겠어요! 이렇게 멀리 봐야 하니 아이의 가엾은 눈은 불에 타는 것처럼 따갑군요. 저건 한 쌍의 전갈-인간인가요? 꼬리에 침이 달려 있는 것 말이에요? 확실하지는 않지만 그렇게 보이네요. 아이, 그러니 눈에서 눈물이 나는 것도 당연해요. 잠시만요, 상인 어른. 무릎으로 조금만 당겨 앉을 게요. 손은 여전히 등 뒤에 있어요. 오, 엘로힘! 더 아름다워지는군요. 더 또렷해졌구요! 수염 달린 저 정령들은 나무 옆에서 뭘 하는 거죠? 아, 나무가 열매를 맺게 하는군요. 그런데 뭐라고 쓰여 있는 거죠? '제 옷을 벗었으니 이제 다시 입을까요?' 오, 멋져요! 나나는 항상 비둘기와 태양과 달을 데리고 다니는군요. 이제 몸을 일으켜야겠어요! 일어나야겠어요, 상인 어른. 윗 부분이 보이지 않아요. 대추야자나무, 거기서 한 여신이 음식과 마실 것을 들고 팔을 내밀고 있군요. 만져보는 건 괜찮죠? 이것도 돈을 내야 되는 건 아니겠죠, 설마? 아주 조심스럽게 들어봐도 되겠죠? 어디가 가볍고 어느 쪽은 또 무거운지. 그리고 어떻게 겹치면 무겁고, 또 다르게 겹치면 얼마나 가벼운지 알고 싶어요. 상인 어르신, 전 가난해요. 그래서 이 옷을 못 산답니다. 그러니 제게 선물로 주세요! 어르신께는 물건이 많잖아요! 그러니 이 베일은 제게 주세요! 제게 한번만 빌려 주세요! 제발! 어르신 상점에 이런 귀한 물건이 있다고 자랑해 드릴 테니 사람들 앞에 한번 걸쳐나 보게 해주세요! 안 되나요? 절대로 안 된다구요? 아니면 혹시 마음이 흔들리나요? 워낙 엄격한 분이지만, 마음이 조금은 흔들려서 다시 생각해 보니 제가 걸쳐도 되겠다 싶으신가요? 아뇨, 그건 제 착각이군요. 지금 옷을 들고 있는 게 힘들어서 흔들린 것이군요. 하기야 너무 오랫동안 무리를 하셨어요. 자, 이리 주세요! 어떻게 입는 거죠? 어떻게 접나요? 이렇게? 그리고 이렇게? 아니면 또 이렇게 해도 되나요? 어때요? 마음에 드세요? 화려한 옷을 입은 양치기의 새 같은가요? 엄마의 베일 옷인데, 자, 어때요? 아들한테도 어울리나요?"

당연히 요셉은 신처럼 보였다. 기대했던 효과였다. 그 앞에서 야곱은 저항할 힘을 잃었다. 노인으로부터 옷을 넘겨받기 위해 요셉이 사용한 방법은 영리했을 뿐만 아니라, 그 모습도 우아했다. 자신을 꾸미는 재주는 타고난 요셉이었다. 단 서너번의 손놀림으로 옷을 이리저리 돌려 머리를 덮고, 어깨에 두르고 젊은 몸에 주름을 늘어뜨려 그 사이로 은비둘기가 광채를 발하게 하고, 화려한 자수가 밝게 타오르게 만들었다. 그리고 옷이 아래까지 치렁거리자 요셉은 평소보다 더 커 보였다. 더 커 보였다고? 차라리 그 정도로 끝났더라면!

이 화려한 베일 옷은 그의 얼굴과 너무도 잘 어울렸다. 공연히 그를 아름답다 했겠는가? 그 명성에 흠집을 낼 생각은 추호도 할 수 없을 것 같았다. 단순히 매혹적이고 아름다운 정도가 아니었다. 그것은 거룩한 신을 떠올렸다. 그리고 가장 심각한 것은 어머니를 너무도 많이 닮았다는 점이었다. 이마며 눈썹, 입의 생김새, 시선이 그랬다. 그전에는 이 정도인 줄 몰랐다. 그러나 이 옷을 입으니 어머니를 얼마나 쏙 빼닮았는지 한눈에 드러났다. 야곱은 한순간 라헬을 마주 한 느낌이었다. 마침내 꿈이 이루어졌던 그날, 라반의 홀에 앉아 있던 라헬의 모습과 똑같아 보였던 것이다.

미소를 짓는 소년 안에 어머니 여신이 있었다. 그녀가 야곱에게 물었다. "제 옷을 입었어요. 다시 벗어야 하나요?"

"아니다. 가지거라, 가지거라!"

아버지가 말했다. 신이 옷을 얻어 기뻐서 펄쩍펄쩍 뛰는 동안, 아버지는 이마와 손을 들어 올렸다. 그리고 아래위로 입술을 달싹이며 기도를 시작했다.

발빠른 자

그 여파는 엄청났다. 요셉이 화려한 베일 옷을 입은 자신의 모습을 처음 보여준 사람은 벤야민이었다. 그러나 벤야민은 혼자가 아니라 야곱의 첩들과 함께 있었다. 멋지게 차려입은 요셉은 벤야민을 찾으러 여자들의 장막으로 들어갔다.

"안녕하세요? 그냥 들렀어요. 제 어린 동생이 여기 있나요? 아, 벤! 너 여기 있었구나. 잘 있었어? 그저 잘 지내시는지 보려고 들렀어요. 지금 뭐 하는 거죠? 삼을 빗기고 있나요? 투르투라도 여러분을 도와주고 있나요? 엘리에젤, 그 노인이 어디 있는지 혹시 아는 분 계세요?"

투르투라(이 말은 '귀여운 꼬마'라는 뜻으로 요셉은 이따금 벤야민을 이 바빌로니아 애칭으로 부르곤 했다)는 벌써 감탄사를 길게 늘어뜨린 후였다. 빌하와 질바도 장단을 맞췄다. 요셉은 허리띠 위로 옷을 잡아당겨 아무렇게나 걸치고 있었다.

"왜 이렇게 환성을 지르고 그래요?"

그가 말했다.

"세 사람 모두 수레바퀴처럼 눈을 둥그렇게 뜨고 있잖아요? 아, 제가 입은 엄마의 베일 옷 케토넷 파심 때문이군요. 그래요. 지금부터 가끔 입기로 했어요. 이스라엘이 조금 전에 선물로 주셨어요. 제게 물려주신 거죠. 방금 전에 주셨어요."

"요셉-엘, 달콤한 주인님, 정부인의 아들이여!"

질바가 외쳤다.

"야곱이 화려한 베일 옷을 물려주셨어요? 처음 그 옷을 입은 야곱의 신부는 제 여주인님 레아였죠. 참으로 공정하고 지혜로운 처사시군요. 얼굴에 정말 잘 어울려서 보는 사람도 마음이 사르르 녹으니까요. 그리고 아무나 입어서는 안 될 옷 같군요. 예를 들면 야곱이 그 베일을 처음 벗겨 준 레아의 아들이 입을 수 있겠어요? 아니면 제가 레아의 품에서 낳은 가드나 아셀이 입을 수 있겠어요? 얼마나 초라하고 불쌍해 보일지 생각만 해도 우습지 않나요?"

"요세피야! 아름다운 자여!"

이번에는 빌하가 소리쳤다.

"아무도 그 모습을 따라가지 못할 거예요! 누구든 머리를 조아리고 싶을 거예요. 특히 저 같은 하녀에게는 더 그렇죠. 저는 도련님의 어머니 라헬이 자매처럼 사랑해 준 하녀이고, 그녀에게 야곱의 힘으로 도련님의 형인 단과 납달리를 낳아드렸지만 그래도 머리를 조아리고 싶군요. 어머니의 예복을 입은 소년을 본다면 제 아들들도 무릎을 꿇을 거예요. 아마 거의 그럴 거예요. 이제 어서 나가서 아무것도 모르는 저들에게 보여주세요. 형들은 선과 악도 모르고, 깜깜무소식이라서, 주인님께서 도련님을 선택하셨다는 것도 모르잖아요! 그리고 들판을 지나 붉은 눈을 가진 형들에게 보여주세요, 그러면 레아의 여섯 아들들도 환호할 테고, 도련님의 귓전에 호산나 소리가 울려 퍼질 거예요."

어쩜 이렇게 말할 수 있을까 의심스러운 이야기였다. 그러나 요셉은 가시 돋친 여자들의 말에 깔려 있는 적의를 눈치 채지 못했다. 마음이 잔뜩 들떠 어린아이처럼 무턱대고 다른 사람들을 믿어버린 것이다. 그는 여자들의 사탕발림에 우쭐해져서 그런 아첨을 또 한번 당연하게 받아들였고, 그녀들의 속마음을 간파하려는 노력은 전혀 기울이지 않았다. 그러나 바로 이것이야말로 지탄받아야 할 행동이 아니던가!

사람들의 속마음에 대한 무관심과 그에 대한 무지는 요셉의 눈을 멀게 했다. 아담과 하와의 날 이후, 하나에서 둘이 만들어진 그날 이래, 이웃의 심정이 되어 보지 않고, 또다른 사람의 눈으로 자신을 바라봄으로써 자신의 진실을 알아보려고 하지 않는 자는 누구도 살아남을 수 없었다. 다른 사람의 속마음이 어떻게 돌아가는지 상상할 수 있는 능력, 상대방의 속내를 읽고 이에 공감하는 것. 이것이 칭찬받을 만한 능력으로 끝나는가? 아니다. 이건 살아남는 데 꼭 필요한 수단이기도 하다. 그러나 이런 규칙에 대해 요셉은 아무것도 몰랐다. 호강하며 버릇없이 자란 탓에 남을 무턱대고 믿는 습관이 생긴 것이다. 요셉은 다른 사람 모두 자기들보다 요셉 자신을 더 사랑한다고 철석같이 믿었다. 실은 그게 아니라는 점을 보여주는 증거가 그처럼 확실했건만, 요셉은 여전히 눈이 멀어 다른 사람은 신경 쓸 생각조차 하지 않았다. 오로지 아름다운 눈을 가졌다는 이유만으로, 요셉의 이러한 경솔함을 너그럽게 용서하려는 사람이 있다면, 그는 분명 큰 결함을 지닌 사람이다.

그러나 벤야민의 경우에는 조금 달랐다. 근심 걱정이 없는 천진난만한 감탄 그 자체였다.

"여호시프, 하늘의 형!·깨어 있는 게 아니라 꼭 꿈 같애. 주님께서 형에게 거룩한 옷을 입혀 주셨잖아. 거기엔 온갖 빛들이 엮어져 있었지. 그리고 형에게 명예롭고 자랑스러운 망토를 입혀 주셨어! 아, 여기 이 어린아이는 넋이 나갈 것만 같아! 그렇지만 아직은 빌하의 아들들한테 가지마! 그리고 질바의 아들들도 아직 모른 채로 있게 내버려 둬! 여기 친동생 옆에 조금 더 있어 줘. 찬찬히 좀더 구경하게!"

이 말은 곧이곧대로 받아들여도 무방했다. 진담이었으니까. 그렇지만 이 말에서도 요셉은 그럴 생각만 있었더라면 경고 메시지를 읽어낼 수 있었을 것이다. 아름다운 자가 다른 형들과 만나는 것을 걱정스러워할 줄 아는 현명함, 그 만남을 조금이라도 지연시키려는 바람이 이 감탄에 묻어 있지 않다고 생각했다면, 그건 큰 오산이다. 아무튼 사태를 정확히 꿰뚫는 통찰력이 결여되긴 했지만 요셉은 그래도 거의 본능적으로 예복을 입고 하녀의 아들들을 당장 찾아가는 일은 피했다.

요셉이 지나가자 환호성을 지르고 입맞춤을 담은 손을
흔들어주며 칭송하기 바쁜 몇몇 아랫사람들을 제외하고는,
그날 낮에 그의 모습을 볼 수 있었던 또 다른 사람은 엘리
에젤밖에 없었다. 엘리에젤은 오랫동안 고개를 끄덕였다.
한편으로는 박수 같고, 다른 한편으로는 운명에 대한 사색
같아 보였다. 그리고 이어 가타부타 말이 없는 흡사 신과
같은 거룩한 표정으로 베일 옷에 얽힌 옛 기억에 젖는 것이
었다. '엘리에젤'이 예전에 아랫세상 하란으로 내려갔다가
신붓감 리브가를 마침내 위쪽 세상으로 데려왔을 때, 장차
남편이 될 사람이 다가오는 것을 보고 리브가는 얼른 베일
을 꺼내 얼굴을 가렸었다. 아니 왜? 그건 첫날밤을 위해서
였다. 이사악이 그녀의 얼굴을 미리 알게 되면, 결혼식 때
새삼스럽게 베일로 가렸다가, 첫날밤에 동침하면서 그 베
일을 벗긴다는 게 우습지 않은가? 엘리에젤의 얼굴에는 미
동도 보이지 않았다. 탈처럼 벗겨내면 그 아래에 다른 얼굴
이 숨어 있을 듯한 얼굴이었다. 그 얼굴에서 입만 열렸다.

"이스라엘께서 대단한 선물을 하셨구나. 대단하다는 이
유는 베일 안에 생명과 죽음이 있기 때문이다. 그러나 죽
음은 생명 안에 있고, 생명은 죽음 안에 있다. 그걸 아는
사람이 바로 성별된 자란다. 오누이요 어머니이며 배우자
인 그 여신은 일곱번째 저승 문에 이르러 베일을 벗고 실
오라기 하나 걸치지 않은 벌거벗은 몸이 되어야 했다. 그
렇게 해서 죽음에 닿은 것이다. 그러나 그녀가 빛으로 돌
아올 때는 다시 베일을 썼다. 생명의 표식으로 말이다. 씨

앗을 보거라. 씨앗이 땅에 떨어지면 죽지만, 이렇게 죽은 씨앗으로부터 수확을 거둘 수 있지 않느냐. 그리고 어떤 이삭이든 곧 낫에 잘리지. 검은 달빛 아래 젊은 생명으로 자라나는 낫이 아버지를 거세하여 그에게 죽음을 가져다 주면, 그렇게 낫으로 벤 수확물로부터 죽음과 생명의 씨앗이 굴러 나오는 것이다. 베일도 마찬가지다. 베일을 벗고 죽음에 이르는 것으로 끝나지 않고, 다시 생명으로 돌아오니까. 다시 말하자면, 베일을 벗긴 후 동침하는 것은 죽음을 의미하지만, 다른 한편 동침은 생산하는 것이므로 곧 생명인 것이다. 어머니가 죽음 속에서 남기고 가신 베일 옷을 아버지가 이제 빛과 생명으로 네게 입히셨으니 참으로 대단한 선물이구나. 그러니 모쪼록 베일을 잘 보관하여 아무도 벗기지 못하도록 하거라. 행여 죽음이 널 알아보고 동침하지 않도록!"

"고마워요, 엘리에젤!"

요셉이 대답했다.

"정말 고마워요. 저희 집안에 가장 높은 종으로 아브람과 함께 왕들을 물리치고, 앞쪽의 땅이 솟구쳐 올라와 어느새 발밑으로 사라져 먼길을 그렇게 빨리 다녀오신 경험도 하신 지혜로운 엘리에젤! 아주 인상적이었어요. 베일과 낫과 씨앗을 한꺼번에 섞어서 말씀하셨으니까요. 하지만 그걸 탓할 수는 없죠. 모든 건 서로 연결되어 있고 주님 안에서는 모든 게 하나니까요. 그렇지만 우리 앞에는 모든 것이 각양각색의 베일 위에 수놓아져 있어져 제각각 다른 것으로 보이죠. 이제 소년은 옷을 벗고 침상에 누워 이 옷을 이

불 삼아 자려고 해요. 대지가 별이 가득한 세상의 베일 아래 졸 듯이 말이에요."

요셉은 말을 행동으로 옮겼다. 몸종의 자식들이 그를 발견했을 때, 요셉은 이렇게 베일 옷을 덮고 잠을 자는 중이었다. 형들은 어머니들로부터 소식을 듣고 요셉이 자는 장막으로 왔던 것이다. 이곳은 요셉과 그들의 공동 거처였다. 요셉의 침상 곁에 둘러선 형들은 모두 네 명으로 단과 납달리, 가드와 아셀이었다. 그중 갓 스물두 살인 제일 어린 먹보 아셀이 잠자는 요셉의 얼굴과 그 위를 덮고 있는 화려한 옷이 잘 보이도록 등불을 비추며 말했다.

"자, 다들 봤지! 멋밖에 부릴 줄 모르는 놈이 지 어머니의 케토넷 파심을 입고 의기양양하게 나타났다고 하더니, 여자들 말이 맞잖아! 옷을 이불처럼 덮고 자는 꼴이, 제 놈이 마치 거룩한 성인이라도 된 것 같은 표정이군. 이래도 못 믿겠어? 이건 아버지가 선물한 거야. 불쌍한 노인네! 알랑대는 놈한테 넘어간 게 틀림없어. 에이, 씨! 이러니 우리가 울화통이 안 터지고 배겨? 이런 몹쓸 짓에 분노한 우리 모두를 대신해서 나 아셀이 잠자고 있는 이 못된 놈 위로 화를 뱉어버릴 거야. 하다못해 나쁜 꿈이라도 꾸게."

항상 남과 같은 생각, 같은 감정을 원한 아셀답게, 그는 다른 형제들이 생각하는 것을 표현하여 일치감을 다지고자 했다. 그렇게 되면 모두 일심동체가 되어 가슴이 훈훈해지고, 설령 분노를 느끼더라도, 혼자가 아니라 모두 분노한다고 생각하면 그것만으로도 일종의 만족감을 느낄 수 있었다. 이는 맛있는 것이라면 사족을 못쓰는 그의 성격과 무관하지 않아서 축축한 눈이나 입과도 잘 맞아떨어졌다.

"이놈은 내가 살아 있는 숫양과 암양의 살점을 도려내 먹었다고 불쌍한 아버지한테 일러바쳤어! 그 경건한 자에게, 남의 말을 쉽게 믿는 아버지한테 그따위 거짓말을 늘어놓은 게 바로 이놈이라구. 그런데 그 대가로 야곱은 케토넷을 물려줬어! 이게 말이나 돼? 하지만 이게 현실이야. 이놈은 아버지한테 가서 우리 중에 한 명도 빼놓지 않고 나쁜 말만 일러바쳤어. 그렇게 거짓말로 우리를 중상모략한 상으로 지금 덮고 있는 이 베일 옷을 얻은 거야. 너나없이 울화통으로 속이 응어리진 우리를 대신해서 이놈한테 내가 욕설을 퍼붓게 해줘. 속이라도 후련해져야 할 것 아냐. 이 개 같은 자식!"

사실은 '개자식'이라 말하고 싶었다. 그러나 문득 아버지 야곱이 떠올라 가슴이 뜨끔해지는 바람에, 마지막 순간에 수위를 낮췄다.

"맞는 말이야."

단이 말했다. 그는 레아의 아들 시므온처럼 벌써 스물일곱이었다(착 달라붙는 편물 옷에 상대방을 찌를 듯한 두 눈이 매부리코 뿌리에 바짝 붙어 있었다). 콧수염은 없고 뾰족한 턱수염만 길렀다.

"맞는 말이야. 내가 조금 계략을 쓴다고 뱀이라는 둥 독사 같다고들 하는데, 그럼 여기 이렇게 자빠져 자는 놈은 대체 뭔지 알아? 이 놈은 무서운 괴물이야, 괴물! 제 놈이 무슨 사랑스러운 소년인 것처럼 굴지만 진짜는 용이야. 사람들은 몰라서 입을 헤벌리고 추파를 던지지만, 그건 모두

이 가면 때문이야. 아버지를 마법에 걸리게 한 것도 바로 이 가면이야! 저주나 받아라, 이 가면아! 이놈의 진짜 상판대기를 폭로하는 주문을 알면 얼마나 좋겠어!"

아셀보다 한 살 많은 작달막한 가디엘(혹은 가드—옮긴이)은 노골적인 성격이었다. 쐐기 모양의 모자, 허리띠에 짧은 비늘 모양의 견대, 가슴에 꿰매 붙인 방패, 짧은 소매 사이로 드러난 붉은 팔처럼 손마디가 짧은 손에도 힘줄이 불거졌다. 그도 한마디 했다.

"내 충고 하나 할게, 아셀. 등불을 조심해. 끓어오르는 기름 방울이 떨어지면 이놈이 뜨거워서 깰 것 아냐! 깨기만 해봐, 직선적인 내 성격대로 이놈 따귀를 갈겨버릴 테니! 정말이야. 잠자는 놈한테 따귀를 때릴 수는 없잖아. 어딘지 몰라도 하여튼 그렇게 쓰여 있으니까, 그건 못할 짓이지. 하지만 이놈이 깨어난다면, 그 순간 아가리에 주먹을 날려, 주둥이에 밀가루 경단을 잔뜩 처넣은 것처럼 턱이 퉁퉁 붓게 해줄 거야. 내일부터 아흐레나 뻐근하게 만들어줄 테니 두고 봐. 내 이름이 가드인 것이 틀림없는 사실이듯이 지금 한 말도 사실이라는 걸 똑똑히 보여주겠어. 얼마나 분통이 터지는지 이놈의 낯짝만 봐도, 이 옷만 봐도 구역질이 나려고 해. 이놈이 덮고 자는 옷은 분명히 아버지를 속여서 뺏은 게 틀림없어. 나는 겁쟁이가 아냐. 그런데 뭔지는 모르겠지만 가슴 밑바닥에서, 그리고 창자 안에서 뭔가가 꿈틀거리면서 날 붙들고 있어. 우리 형제들은 여기 이렇게 서 있고 이 악동 놈은 여기 누워 있어. 이 광대 놈, 멋밖에 부릴 줄 모르는 놈, 신출내기, 풋내기, 눈이나 까뒤집는 놈이 이 옷을 가지고 있다고 우리가 이놈 앞에 몸을 숙여야 하겠어? 이 '몸을 숙인다'는 낱말을 어떻게 떨쳐낼 수가 없어. 어떤 저주받은 속삭임이 내 귓전에 딱 달라붙어 있는 것 같애. 그래서 이놈의 따귀를 갈기고 싶어 손바닥이 근질근질한 거야. 그래야 직성이 좀 풀리겠는데, 그러면 속이 뒤틀리는 것도 멈출 텐데!"

직선적인 가드가 아셀보다 훨씬 깊이 있는 이야기를 했다. 아셀은 사람들의 생각을 하나로 표현하여 다른 사람들을 감동시키려고만 했다. 그건 의식할 수 있는 가장 단순한 것만을 값싼 포장지에 싸서 형제들의 사랑을 얻고 가슴 훈훈한 단결심을 만들어내려는 생각밖에 없었기 때문이다.

하지만 가드는 그보다 훨씬 단호한 태도를 보였다. 그는 단순한 울화와 시샘의 아래쪽에서 그들 모두에게 두려움과 고통을 주는 어떤 것을 암시하려 했다. 가드는 어두운 기억과 답답한 가슴, 자신들을 위협하는 그것의 이름이 무엇인지 알아내려 했다. '장자신분', '속임수', '바꿔치기', '세상을 다스리기', '형제 섬기기', 이런 개념들이 난무하는 형제 관계, 그게 과거인지 미래인지, 전설인지 복음 선포인지 정확하게 구분되지 않고 '몸을 숙인다'거나 '너 앞에서 몸을 숙이리라' 같은 구역질 나는 말을 나오게 만드는 그런 형제 관계, 이 허깨비의 이름을 밝히고 싶었던 것이다. 다들 가드의 말에 섬뜩해졌다.

특히 키가 크고 목이 약간 구부정한 납달리는 벌써부터 안달이 나서 어쩔 줄 몰라했다. 가드의 말을 듣자 사지가 바들바들 떨리고 지금 당장이라도 벌떡 일어나 달려가고 싶었다. 다른 사람에게 이야기를 전해 주고 그에 관해 서로 의견을 나누고 싶은 욕구는 전령 기질을 타고난 그에게 당연한 것이었고, 그 때문에 마음은 벌써 저쪽으로 달음박질치고 있었다. 장딴지도 근질근질한 게 도무지 참을 수가 없어 발만 동동 구른 것도 모두 그 탓이었다.

납달리는 이쪽과 저쪽을 나눠 놓는 공간을 철천지원수로 여겼다. 그 원수를 물리치는 것, 그게 자신의 소명이요, 자기보다 이 일에 적합한 사람은 없다는 것이 그의 확고한 생각이었다. 그는 공간으로 말미암아 인간이 서로 지식 면에서 차이를 보이지만, 자신의 전령 역할로 이 차이를 극복할 수 있다고 믿었다. 자기가 있는 곳에 어떤 일이 생기면 멀리 있어서 깜깜무소식인 사람부터 떠올렸다. 그들이 아무것도 모르고 허송세월하고 있다는 생각을 하면 도저히 참을 수가 없었다. 한시라도 빨리 자신의 잽싼 다리와 빠른 혀를 이용해서 사실을 알려야 했다. 또 어떤 일이 그곳에서 발생했는데 혹시 수치스럽게도 이쪽에서 모르고 있다면 그 소식도 얼른 이쪽으로 전해야 했다. 이렇게 인간의 지식에 균형을 잡아주는 것이야말로 자신의 사명이었다. 아까부터 납달리는 형들을 생각하고 있었다. 먼 곳에 나가 있는 덕분에 지금 집에서 일어난 일을 전혀 모르고 있는 형제들! 그들에게 하루바삐 이 소식을 알려야 했다. 납달리의 마음은 벌써 저만큼 달려가고 있었다.

"내 말 좀 들어봐, 형제들! 얘들아, 친구들아, 내 말 좀 들어봐!"

그러니 목소리의 톤은 낮았지만 무척 다급했다.

"우리는 지금 현장에 있으니까 모든 걸 눈앞에 보고 있어. 하지만 같은 시간, 시켐 골짜기에는 눈이 붉은 형제들이 모닥불가에 앉아 이런저런 이야기를 나누고 있겠지. 하지만 아버지 야곱이 요셉을 우리보다 높여 준 일에 관해서는 이야기 못 하겠지. 짐작도 못 할 테니까. 우리한테나 그들한테나 이처럼 수치스러운 일이 없는데, 이렇게 크나큰 치욕이 울부짖고 있는데도 그들은 이 소리를 듣지 못 해. 그런데 우리는 듣고 있으니 그걸로 만족해야겠어? 멀리 있어서 모르는 것이야, 멀리 있는 지네들 탓이지, 어쩌겠어, 하고 그냥 넘어가서야 되겠어? 그냥 그걸로 끝낸데서야 말이 되겠느냐고? 안 될 말이야. 그들한테도 알려 줘야지. 거기서도 이쪽과 마찬가지로 치욕을 당한 건데 모르고 있으면 되겠어? 그러니 나를 보내 줘! 날 보내 줘! 내가 달려가서 이 소식을 전하겠어. 그러면 형제들이 이 소식을 듣고 뭐라고 외쳤는지 돌아와서 너희들한테 알려 줄게."

다들 동의했다. 눈이 붉은 형제들도 사실을 알아야 했다. 자신들보다 그들에게 더 중요한 소식일 수도 있었다. 납달리가 길을 떠나기로 했다. 아버지한테는 급한 거래 때문에 발빠른 자가 저 건너 땅으로 불려간다고 둘러대기로 했다. 납달리는 마음이 급해 잠도 설쳤다. 그리고 날이 밝기도 전에 나귀 등에 올라탔다. 요셉이 온 세상의 그림이 수놓아진 화려한 옷 아래에서 눈을 떴을 때, 납달리는 이미 먼 곳으로 떠난 후였다. 멀리 있는 자들을 향해 소식이 다가가는 중이었다. 아흐레 후 그들은 전령과 함께 집으로 돌아왔다. 바로 보름달이 뜨는 날이었다.

르우벤과 시므온, 레위와 유다, 이싸갈과 즈불룬은 누군가를 찾는 음산한 눈초리로 주변을 둘러보았다. 한 살 차이였지만 '쌍둥이'라 불린 시므온과 레위는 납달리의 말에 따르면 그 소식을 듣고 황소처럼 울부짖었다고 했다.

깜짝 놀라는 르우벤

요셉은 당장 화려한 옷을 입고 형들 앞에 나서지는 않았다. 그 정도의 사리분별과 이성은 있었다. 그러고 싶은 마음은 굴뚝 같았지만 꾹 참았다. 그들이 자신들보다 정말로 요셉 자신을 더 사랑하는지, 그래서 아버지한테서 받은 화려한 옷을 보고 기뻐할지, 혹시 그외에 다른 감정이 섞이지는 않을지, 그게 조금 미심쩍었던 것이다. 그래서 그는 우선 베일 옷은 한켠에 치워 놓고 평상복 차림으로 형들을 맞았다.

"잘 있었어요? 힘센 형님들!" 그가 말했다.

"아버지께 돌아온 걸 환영해요! 몇 명한테는 입을 맞추고 싶군요!"

요셉은 형들 사이를 오가며 서너 명의 어깨에 입을 맞췄다. 그러나 물론 이들은 나무막대처럼 뻣뻣하게 굳어 손 하나 까딱하지 않았다. 다만 당시 스물아홉 살의 르우벤은 예외었다.

거구인 르우벤은 육중한 다리에 가죽띠를 칭칭 감고 있었다. 짧은 털바지, 깨끗이 면도한 우락부락한 얼굴, 눈 다래끼 흔적으로 빨간 눈꺼풀, 언뜻 보면 둔해 보이지만, 곤혹스러워하는 표정에는 나름대로 품위가 있고, 검은 곱슬머리 때문에 낮은 이마에는 그늘이 져 있었다. 요셉의 입술이 자신의 어깨에 닿자 르우벤도 안색은 바뀌지 않았지만, 여하튼 무거운 손을 들어 동생의 머리를 슬쩍 쓰다듬었다.

여후다는 르우벤보다 세 살 어렸지만 키는 별로 적지 않았다. 그러나 등이 조금 휘었고 콧구멍과 입술 주위로 고뇌의 흔적이 보였다. 그는 걸치고 있던 망토 아래로 손을 감추고 있었다. 머리에 꼭 맞는 모자, 적갈색 머리카락, 같은 색으로 말갈기처럼 탐스럽게 흘러내린 수염, 관능적인 붉은 입술, 날카로운 지성을 보여주는 선이 잘 빠진 코, 무거운 속눈썹 아래 거울처럼 맑은 사슴 눈이 우수에 젖어 있다.

여후다 혹은 유다는 당시 다른 친형제들이나 이복형제들처럼 이미 결혼한 몸이었다. 가령 르우벤은 그곳의(가나안 땅―옮긴이) 딸을 아내로 맞아 아브라함의 신께 여러 명의 자식을 생산해 드렸다. 야곱이 이따금 무릎에 올려놓고 놀아주던 하녹과 발루가 르우벤의 아들이었다. 시므온은 성곽도시 시겜에서 포로로 잡은 부나를 아내로 삼았다. 그리고 레위는 야후를 믿는 아가씨와 결혼했는데, 그녀는 에바의 손녀딸로 알려져 있다. 납달리가 결혼한 젊은 여자를 야곱은 묘하게도 갈대아인의 형제인 나홀의 자손으로 여겼다. 그리고 단은 그냥 모아빗 여자와 결혼했다. 이렇듯 신앙 면에서 흠 없는 결혼은 쉽지 않았다.

그리고 유다의 경우에는 그나마 결혼한 게 다행이었다. 결혼으로 조금이나마 육체적인 안정을 얻은 것만으로도 아버지로서는 일단 한숨을 돌릴 수 있었다. 그만큼 유다의 성생활은 어릴 적부터 복잡했고 그로 인한 고통을 달고 다녔다. 그의 별자리가 연애의 여신 아스타로트였던 탓에 불만과 긴장의 연속이었다. 그래서 자신을 쫓아다니는 그녀의 채찍 아래 숱한 고생을 치르며, 그녀를 사랑하지 않으면서도 그녀에게 복종해야 했다. 그러다 보니 그의 영혼은 분열을 일으켜 자신과 하나가 되지 못했다. 이집트 사랑의 여신, 나체의 여인 케데시와 이쉬타르를 섬기는 창녀들과의 교제는 그를 바알의 구역으로 떠밀어 끔찍한 어리석음과 가까워지게 만들었다. 그렇게 가나안의 구역, 수치심도 모르는 자들, 아무것도 아닌 존재들과 가까워지는 아들을 지켜봐야 했던 아버지 야곱의 마음도 편할 리 없었겠지만, 당사자 유다의 근심만 했겠는가.

유다는 경건한 사람이었을 뿐 아니라, 주님의 이성적인 순결함을 얻고자 했고, 주님의 뜻에 합당한 순결을 얻고자 했다. 무엇보다 그는 세올, 즉 사람들이 비밀스럽고 어리석은 행동으로 자신을 더럽히는 지옥을 혐오했다. 그뿐 아니라 그에게는 자신을 지켜야 할 또 다른 이유가 있었다. 르우벤이 실족하고 이른바 쌍둥이들도 시겜의 난장판 이후 저주받은 것이나 마찬가지였으므로, 네번째 아들인 유다 자신이 축복의 아들, 언약의 상속자가 될 차례였던 것이다.

물론 형제들끼리 그런 이야기를 한 적은 없었지만, 라헬의 아들이 그 자리에 앉는 일은 절대로 없어야 한다는 점에 대해서는 형제들 모두 한마음이었다.

유다는 자기가 데리고 있던 아둘람 출신의 목자 히라의 소개로 가나안 남자 한 명을 알게 되었다. 그리고 수아라는 이 남자의 딸에게 연정을 품어 아버지 야곱의 동의로 그녀를 아내로 맞았다. 그녀가 낳은 두 아들에게 그는 이성적인 주님을 따르라 했으나, 이스마엘이 하갈을 따르고 아버지를 따르지 않았듯이, 이들 또한 어머니의 신앙으로 기울었다. 유다는 자식들이 어머니로부터 워낙 더러운 피를 물려받아 그럴 수밖에 없다고 생각했다. 이들은 어차피 가나안의 자식들이며 바알의 이삭이요, 세올의 사내아이들이며 몰렉을 따르는 멍청이들이 아닌가! 유다는 마치 모든 책임이 자식의 어머니에게만 있는 양, 이렇게 수아의 딸인 아내 탓만 했다. 그녀는 이제 그에게 세번째 아들을 선사할 참이었다. 유다는 이 아이의 장래를 생각하면 가슴이 떨렸다.

유다의 눈에 슬픈 기색이 감도는 것도 그런 까닭에서였다. 그러나 이런 비애도 그에게 너그러운 성품을 만들어주지는 못했다. 르우벤처럼 슬쩍 요셉의 머리카락을 쓰다듬어 주기는커녕 대뜸 몰아세웠다.

"어이, 서기 양반, 어떻게 이런 꼴로 나왔지? 오랫동안 먼 곳에 나가 있다가 모처럼 형들이 집으로 돌아왔는데 이렇게 먹물 묻은 평상복 차림으로 환영하다니? 다른 사람 비위는 잘도 맞춰서 다들 방긋 웃게 하면서 우리들 기분은 생각도 안했어? 네 상자 안에 반짝거리는 물건이 있다던

데, 귀족의 자식이나 가질 수 있는 귀한 물건이라면서? 그런데 인색하게 그 옷을 감춰두고 우리를 이렇게 서운하게 만들어서야 되겠어?"

그러자 시므온과 레위가 맹수처럼 웃음을 터뜨렸다. 둘 다 우락부락한 얼굴에 몸에는 문신까지 새기고 가슴엔 기름이 번들거렸다. 이들은 지금까지 굵은 몽둥이 같은 다리로 버티고 서서 요셉을 노려보고 있었다.

"아니 언제부터 유혹하는 여자들이 베일 옷도 안 입고 산보를 다니게 되었대?"

그중 한 명이 외쳤다.

"그리고 언제부터 신전의 창녀들이 눈가리개도 안 쓰고 산보를 다니게 되었대?"

나머지 한 명이 운이라도 맞추듯 동시에 쏘아붙였다. 말을 먼저 꺼낸 유다도 그 소리에는 움찔했다.

"아, 그림을 수놓은 옷 말인가요?"

요셉이 물었다.

"납달리 형이 중간에 벌써 이야기하던가요? 아버지 야곱이 제게 은혜를 내려 주셨다고? 그랬다면, 절 너그럽게 용서해 줘요!"

그리고 팔을 교차시켜 우아한 동작으로 몸을 숙였다.

"할 일과 안 할 일을 구별한다는 게 이렇게 어렵군요. 제 생각대로 하다보니 이렇게 죄를 짓게 되었어요. 전 멍청하게도 주인님이신 형님들 앞에서 거들먹거려서는 안 된다고 생각했어요. 혹시 화를 내실 수도 있으니까, 아무 치장도 하지 않고 형님들을 맞아야 저를 사랑해 주시리라 생각한 건데, 지금 보니 어리석었군요. 치장을 하고 형님들께 인사를 올렸어야 했군요. 이제 알았어요. 절 믿어 주세요. 이따 저녁에 구운 고기를 먹을 때, 그때 형님들도 몸을 씻고 예복을 입으실 테니까 저도 케토넷을 입고 아버지의 오른쪽에 앉겠어요. 그러면 형님들도 우리 아버지의 아들이 얼마나 멋진지 보실 수 있을 거예요. 이렇게 약속하면 되겠어요?"

거친 쌍둥이들이 또다시 짐승 웃음소리를 토했다. 간신히 화를 삭인 다른 형들은 요셉의 눈을 들여다보며 고민에 빠졌다. 그의 말에 담긴 것이 순진함인지 뻔뻔스러움인지 쉽게 구별되지 않았던 것이다.

"황금 같은 대단한 약속이구나!"

그중 제일 어린 즈불룬이 말했다. 페니키아 사람을 닮는 게 그의 꿈이었다. 둥글게 깎은 수염과 머리를 가득 메운 짧은 곱슬머리, 한쪽 어깨만 가리고 다른 어깨는 겨드랑 밑으로 속셔츠를 드러내 주고 있는 오색 무늬 윗저고리가 그 표시였다. 바다와 항구를 좋아했던 그로서는 그럴 만도 했다. 목동 일은 그의 체질에 맞지 않았다.

"아주 맛있는 약속이구나. 제단에 올리는 꿀빵처럼 달콤하구나! 그 약속을 네 목구멍에 도로 처넣어 숨도 못 쉬게 하고 싶은데, 알기나 알아?"

"저리 가요, 즈불룬 형. 무슨 그런 거친 농담이 있어요!"

당황한 요셉은 눈을 내리깔며 머쓱한 듯 웃어 보였다.

"그런 말은 아스칼루나와 가자에서 역청을 묻히고 다니는 노 젓는 노예들한테 들었나요?"

"뭐? 역청이나 묻히고 다니는 노 젓는 노예? 네가 감히 내 형제 즈불룬을 그렇게 불렀어!"

스물한 살의 이싸갈이 소리쳤다. 그는 덩치가 크고 골격이 단단하다고 '뼈가 굵은 당나귀'로 통했다.

"르우벤 형, 형도 들었으니 저놈 주둥이를 한 대 박아줘. 내 맘 같아서야 손으로 진짜 쥐어박았으면 좋겠지만, 그것까지는 안 된다 해도 최소한 말로라도 그렇게 해줘! 정신 좀 차리게!"

"네 말은 정확하지 않아, 이싸갈."

르우벤의 부드러운 고음이 말했다. 체격이 우람한 남자 입에서 어쩌면 그렇게 부드럽고 높은 소리가 나오는지 신기할 정도로 독특한 음성이었다. 그 말과 함께 르우벤은 고개를 돌렸다.

"저 아이는 그렇게 말하지 않았어. 그냥 그런 사람들한테서 그런 이야기를 들었냐고 물어봤을 뿐이야. 그것도 충분히 주제넘은 이야기였지만."

"형이 제단에 올리는 빵으로 제 숨을 틀어막겠다는 말로 이해했어요."

요셉이 대꾸했다.

"그건 못된 짓이고, 상냥하지 못한 처사가 아니겠어요? 그런 말을 하지 않았다면 저도 그런 식으로 놀리지 않았을 거예요. 정말이에요."

"자, 이제 각자 제 갈 길로 가자." 르우벤이 이야기를 끝냈다.

"계속 함께 있다가는 또 다른 트집과 오해만 생기겠다."

형제들은 헤어졌다. 열 명과 한 명으로 나뉜 것이다. 그러나 르우벤은 혼자 가는 아이를 뒤따라가 이름을 불렀다. 그는 요셉 앞에 우뚝 섰다. 이제 두 사람만 남았다. 허리띠를 두른 르우벤이 기둥만한 다리로 버티고 섰다. 요셉은 고개를 들고 공손한 눈빛으로 상대방의 근육질 얼굴을 지그시 바라보았다. 르우벤의 얼굴은 나름대로 근엄해 보였다. 그는 자신을 잘 알았다. 힘이 센 만큼 실족도 쉽게 한다는 사실을 알고 있었다.

눈 다래끼가 난 두 눈이 요셉에게 바짝 다가왔다. 뭔가 골똘하게 생각하는 듯한 시선으로 요셉을 직시하는 것도 같고, 어쩌면 요셉의 얼굴 앞에서 그 시선이 문득 끊겨 자기 쪽으로 되돌아가는 것처럼 보이기도 했다. 르우벤은 묵직한 오른손으로 동생의 어깨를 만지작거렸다. 그건 요셉과 이야기할 때마다 보여주는 습관이었다.

"옷은 잘 간수하고 있니?"

입은 제대로 열지 않고 입술로만 하는 말이었다.

"네, 주인님, 르우벤 형님. 잘 보관하고 있어요."

요셉이 대답했다.

"이스라엘께서 주셨어요. 게임에 이겨서 기분이 좋으셨거든요."

"네 말들을 모두 물리쳤어?" 르우벤이 물었다.

"너도 말을 두는 솜씨가 꽤 민첩하고 야무지지 않으냐? 엘리에젤과 머리 운동도 많이 해서 장기에도 도움이 될 텐데. 그럼, 자주 이기시니?"

"가끔씩."

대답하는 요셉의 입술 사이로 이빨이 드러났다.

"네가 원할 때마다?"

"저한테만 달린 건 아니에요."

상대방은 정확한 대답을 피하고 싶었다.

'그래, 바로 이거야.' 르우벤은 속으로 이렇게 생각했다. 그의 시선은 조금 전보다 더 깊숙이 자신의 내면으로 파고 들어갔다. '이게 바로 축복받은 자가 다른 사람을 속이는 방법이야. 그들은 이렇게 겸손하게 굴어야 해. 공연히 환한 불빛 아래 자신들을 다 드러냈다가는 손해보기 십상이니까. 축복을 받지 못한 다른 사람들은 자신을 지키기 위해 밝은 곳에서 속이 다 드러나 보이는 거짓말을 해야 하는데.' 그는 이복동생을 쳐다보았다.

'라헬의 자식, 얼마나 귀여운 아이인가! 사람들이 이 아이를 쳐다보고 미소를 짓는 건 당연해. 키도 알맞고 날 쳐다보는 눈은 또 얼마나 귀엽고 아름다운가. 속으로는 조롱하면서도 말야. 하기야 그것도 무리는 아니지. 이 아이 앞에 버티고 서 있는 내 모습은 짐승을 쌓은 탑 같을 테니까. 지나치게 큰 키에, 다듬어지지 않은 조야한 모습, 이 야만인 같은 몸뚱이와 사방에 불거져 나온 핏줄이며 넘치는 힘을 주체하지 못해 황소처럼 빌하와 놀아나기까지 했으니! 거기에 정신이 팔려 누가 보는 줄도 몰랐어. 그때 이 아이가 가서 이스라엘에게 이야기를 했지. 아이가 순진해서 그러기도 했지만, 전혀 엉큼한 구석이 없었다고는 볼 수 없는 행동이었어. 그래서 난 회개하느라 재를 뒤집어써야 했어. 이 아이는 뱀처럼 영리하고 비둘기처럼 부드러워. 사람이란 모름지기 그래야 해. 순진한 가운데 엉큼하고, 엉큼한 가운데 순진해서 순진함이 곧 위험한 것이 되고, 엉큼함이 거룩한 것이 되는 것. 이것이야말로 부인할 수 없는 축복의 표식이야. 여기에 아무리 저항하려 해도 소용없어. 그리고 사실 저항하고 싶은 마음도 없어. 왜냐고? 바로 거기 주님이 계시니까. 내 주먹 한 방이면 이 아이를 영원히 뻗게 할 수도 있어. 그러면 내게서 장자신분을 앗아간 이 도적 아이는 빌하를 무너뜨렸던 내 힘맛을 보게 될 테지. 물론 남자인 아이가 느낄 내 힘은 여자인 빌하가 느낀 힘과는 다르지. 그렇지만 설령 그렇게 한다 해서 내가 얻는 게 뭔가? 정말이지, 난 아벨을 죽인 카인은 절대로 되기 싫어. 도무지 이해할 수 없는 게 카인이야. 사람이 어떻게 자신을 배반할 수 있지? 장님이 아니고 멀쩡하게 볼 수 있는 눈을 가진 자가, 자기 눈에 그처럼 좋게 보이는 사람을 어떻게 때려죽인단 말이야? 단지 자신이 다른 사람들로부터 호감을 얻지 못한다는 이유로? 난 내 자신을 배반하는 행동은 절대로 하지 않겠어. 나는 공정하고 의로운 사람이 되겠어. 그게 내 영혼에 득이 돼. 내 영혼에 해가 되는 일은 결코 하지 않을 거야. 나는 르우벤이야. 레아의 혈기 왕성한 첫아들, 야곱의 장자, 열둘의 우두머리, 그게 나 르우벤이야. 이 아이에게 넋 나간 표정 따윈 짓지 않겠어. 그리고 이 아이가 아무리 우아해도 그 앞에서 결코 몸을 낮추진 않을 거야. 아까 머리카락을 쓰다듬은 건 칠칠치 못한 실수였어. 어떤 식으로든 다시는 이 아이한테 손을 대지 않을 거야. 그저 이 아이 앞에 탑처럼 우뚝 서 있으면 돼. 거친 모습이라도 상관없어. 하지만 위엄은 잃지 않겠어.'

그는 얼굴 근육을 잡아당기며 물었다.

"말주변으로 옷을 얻었니?"

"얼마 전에 주신다고 약속하셨어요."

요셉이 대답했다.

"그래서 기억을 상기시켜 드리자, 궤에서 꺼내 주시고는 '가지거라, 가지거라!' 하셨어요."

"그러니까 약속을 상기시켜 그 물건을 달라고 하도 보채는 바람에 주셨다는 거지. 그럴 생각이 아니었는데 말이다. 그게 주님을 거역하는 일이라는 걸 아니? 상대방을 마음대로 휘두를 수 있다 하여 그 힘을 잘못 사용해서 상대방으로 하여금 옳은 의지를 가지고도 불의를 행하고 나중에 후회하게 만드는 게 주님을 거역하는 행동이라는 걸 몰랐니?"

"아버지 야곱을 마음대로 휘두를 수 있는 힘이 제게 있나요?"

"너는 질문하는 척하면서 거짓말을 하는구나. 네가 야곱에게 휘두를 수 있는 힘은 라헬의 힘이지."

"그렇다면 전 그 힘을 훔친 게 아니에요."

"그렇다고 그런 힘을 가질 만한 자격이 있는 것도 아니지."

"주님께서 말씀하셨어요. '내가 누구를 좋아하든 그건 내 마음이다' 라고요."

"참 뻔뻔하구나!"

르우벤은 눈썹을 치켜뜨고 요셉의 어깨를 천천히 흔들었다. "나더러 사람들은 쏜살같이 흐르는 물이라고 하지. 그래서 죄에 빠지기 쉽다고. 그래도 나의 경솔함과 너처럼 집요한 경솔함과는 거리가 멀어. 멀어도 한참 멀어. 너는 주님을 들먹이면서 너를 아끼는 아버지를 조롱하고 있어. 그래서 아버지를 네 마음대로 주무르는 거야. 네가 그렇게 간교한 말로 옷을 얻어내는 바람에 노인이 얼마나 불안하고 곤란한 처지에 놓였는지 알기나 알아?"

"하지만 르우벤 형, 제가 아버지 야곱을 어떤 곤경에 처하게 했다는 거예요?"

"난 다 안다. 네가 질문을 하면서 **거짓말을 한다**는 걸. 상대방을 네 마음대로 움직일 수 있다는 게 그렇게 신나니? 네가 아무것도 한 일 없이, 그저 아버지가 마음이 우러나서 널 사랑하는 것이라 하여, 그걸 이용해서 아버지를 어려운 처지로 몰고 가는 게 그렇게 재미있니? 아버지는 마음이 여리면서도 도도한 분이시다. 그는 쌍둥이 형 에사오를 제치고 축복을 받았어. 하지만 근심거리가 한두 가지가 아니셨지. 라헬은 헤브론 들길에서 죽었고, 또 멀리 거슬러 올라가면 속을 썩인 자식 디나도 있었고. 게다가 나도 근심거리를 안겼어. 내가 먼저 이 말을 꺼내는 건 네 얼굴이 지금 나한테 그걸 상기시키려는 것처럼 보여서야."

"아니에요. 힘센 르우벤 형. 형이 언젠가 빌하와 놀아난 것 때문에 아버지가 화가 나셔서 형한테 하마라고 했던 일은 생각도 안 했어요."

"입 다물어! 그 일을 입 밖에 내지 말라고, 내가 지금 막 먼저 이야기를 꺼냈는데도, 어떻게 감히 그런 소리를 하느냐? 너는 항상 새로운 거짓말을 궁리해서 '난 그런 생각은 안 했어요'라면서 하고 싶은 말은 다 하지. 그게 네가 점토판을 읽으며 듣고 배운 거냐? 엘리에젤하고 신전의 지식에 관해 배우면서 연습하는 게 고작 그것이냐? 네 입술은 어쩌면 그렇게 잘 움직이는지 모르겠다. 또 창조주께서 왜 그렇게 네 입 모양을 예쁘게 만들어줬는지도 모르겠다. 입술 사이로 반짝이는 이빨도 마찬가지고. 하지만 그 사이로 나오는 소리는, 이 꼬마야! 하나같이 새빨간 거짓말뿐이야, 알겠니? 제발 조심 좀 해!"

르우벤은 요셉의 어깨를 세게 흔들었다. 그 바람에 요셉은 발꿈치와 발바닥을 축으로 몸 전체가 흔들렸다.

"아마 열번도 넘게 형제들의 손에서 너를 구해 줬을 거다. 그리고 처녀성을 잃은 누이동생 때문에 시겜을 짓밟았던 형제들이 너 때문에 열을 받아 분풀이를 하려고 할 때마다 널 구해 준 것도 열번이 넘을 거다, 그건 알고 있니? 형들한테 흠씬 두들겨 맞을 걸 모두 몇 번이나 말려 줬니? 아버지를 찾아가 함부로 입을 놀려서, 형들이 '살아 있는 짐승의 살점을 베어먹었다'는 등 그런 거짓말을 늘어놓는데 가만있을 사람이 어디 있어? 그런데 이번에는 우리가 멀리 떨어져 가축을 돌보는 동안 아버지한테 가서 부정한 수단으로 옷을 얻어냈어. 이렇게 뻔뻔하게 구니 사람들이 너한테 원한을 품는 것도 당연하지. 열 형제 다는 아니더라도 최소한 아홉은 그렇다는 말이야. 이제 말해 봐! 네가 누군지, 그리고 어떻게 네가 우리들과 뚝 떨어져서 그렇게 특별한 사람처럼 거만을 떨 수 있는지! 그 교만이 네 머리 위로 먹구름을 몰고 가 번개를 내리치면 어쩔 거야, 넌 두렵지도 않니? 너한테 인정을 베풀려는 사람들한테 고마워할 줄도 모르고 오히려 그들을 궁지로 몰아넣다니! 썩어 문드러진 나뭇가지를 타고 올라가느라 밑에 있는 사람 애간장을 태우는 게 바로 너야. 행여 아래로 떨어져 내장이 터지면 어쩌나 발을 동동 구르는데 너는 그 사람들까지 조롱하지."

"제 말 좀 들어보세요, 르우벤 형. 이러지 말아요! 믿어주세요. 전 형한테 고마워하고 있어요. 형님은 다른 형들이 못된 장난을 치려고 하면 언제나 제 편을 들어주셨으니까요. 그리고 또 지금도 저를 한편으로는 흔들면서도 다른 한편으로는 잡아주고 있는 데 대해서도 고마워하고 있어요. 하지만 이제는 제가 바로 설 수 있게 해줘요. 그래야 말을 할 수 있지요. 그래요. 그네를 타면서 설명할 수는 없잖아요. 됐어요. 이젠 설명할 수 있겠네요. 그리고 제 말을 들으시면 형님은 공정하시니까 제 말에 동의하실 거예요. 저는 부정한 수단으로 옷을 뺏은 것도 아니고 훔치지도 않았어요. 아버지께서 우물가에서 언약을 하셨기 때문에 그분이 원하시는 게 뭔지, 그분의 생각을 알게 되었어요. 하지만 제가 보기에 심약하신 분께서 의지를 못 굳히시는 것 같아서 그 이야기를 드렸고, 그렇게 해서 제게 주신 거예요. 이건 선사한 게 아니고 주신 거예요. 그 옷은 아버지께서 주시기 전에 이미 제 것이었으니까요."

"왜?"

"이유를 물어보시는 건가요? 제가 대답해드리죠. 아버지 야곱이 처음으로 그 베일 옷을 걸어준 사람이 누구였죠? 앞으로 자손 대대로 이 옷을 물려주자고 했을 때 그걸 입고 있던 사람이 누구였나요?"

"레아였지."

"그래요. 현실은 그랬죠. 하지만 진실은 달라요. 레아는 그 옷을 입고 변장했을 뿐, 진짜 여주인은 라헬이었어요. 그래서 헤브론의 들길에서 돌아가실 때까지 보관한 사람도 그녀였죠. 그런데 그녀는 돌아가셨어요. 그럼 그녀는 지금 어디에 있나요?"

"흙을 양식으로 삼는 곳이지."

"그래요. 현실은 그렇죠. 하지만 진실은 그렇지 않아요. 죽음이 사물의 모습을 변화시킨다는 걸 모르세요? 그래서 라헬이 다른 모습으로 야곱에게 살아 있다는 걸 모르세요?"

르우벤은 속이 뜨끔했다.

"저와 라헬은 하나예요." 요셉이 말했다.

"그래서 마미, 즉 엄마의 옷이 아들의 옷이기도 하고, 서로 옷을 바꿔 입는 거예요. 그걸 모르셨어요? 형님이 저를 부를 때는 곧 제 엄마를 부르는 거예요. 그리고 형님이 그녀의 것이라고 부르는 것은 제 것이라고 말하는 것과 같아요. 그러면 베일 옷은 누구 거죠?"

요셉은 지금까지는 다소곳하게 아주 겸손한 태도로 눈을 내리깐 채 말했다. 그러나 말을 마치자 문득 고개를 들었다. 그리고 눈을 동그랗게 뜨고 형을 바라보았다. 그렇다고 대들기라도 하듯 쏘아보는 시선이 아니라, 그저 조용하게 열린 마음으로 자신을 내보이는 눈빛이었다. 레아를 닮아 눈꺼풀이 곪은 르우벤의 두 눈이 당황한 빛을 감추지 못하고 요셉의 눈을 뚫어져라 쳐다보았다. 그러나 요셉은 아무

반응도 보이지 않고 그저 편안하게, 깊이를 알 수 없는 눈빛으로 형의 시선을 받아들였다.

탑이 흔들렸다. 덩치 큰 르우벤은 섬뜩해졌다. 이 아이는 어쩌면 이런 표현을 할 수 있는 것일까? 어떻게 이야기를 이렇게 몰고 온단 말인가! 르우벤은 요셉에게 교만한 까닭을 물었다. 지금 생각하니 후회막급이었다. 분개하면서 네가 대체 누구냐고 물었다. 이런 대답을 들을 줄 알았더라면, 차라리 묻지 말 것을! 그러나 이미 늦었다. 요셉은 자신이 누군지 암시하고 있지 않은가. 그것도 아주 애매하게, 이렇게 해석할 수도 있고, 저렇게 해석할 수도 있도록. 그 순간 르우벤의 길다란 등이 오싹해졌다. 이 소년의 입에 이런 말들을 넣어준 것은 우연의 장난이었을까? 이 아이는 오로지 자신의 계략을 정당화할 생각에서, 신성한 것을 암시하고 거룩한 것을 들먹인 것이었을까? 아니면, 이 '아니면'은 르우벤의 가슴 깊숙이 놓인 구덩이에 전율을 일으켰다. 동생 가디엘도 요셉의 침상 옆에서 욕설을 퍼부으며 그런 고통을 토로했었다. 하지만 르우벤의 느낌처럼 강하지는 않았다. 르우벤이 느낀 이 전율은 가슴 깊은 곳의 동요인 동시에 감동이기도 했다. 놀라움과 감동이 하나된, 부드럽고 섬세한 감탄, 바로 그것이었다.

르우벤을 잘 이해해야 한다. 한 인간이 누구이며, 그가 누구의 발자취를 따라가는지, 그리고 어떤 과거를 자신과 연관시켜 지금 이 순간의 현실로 증명하는가 하는 질문이 얼마나 중요한지 잘 아는 사람이 바로 르우벤이다. 요셉은 대답을 통해 무섭도록 거만하게 자신이 누군지 밝혔다. 르우벤은 그 앞에서 현기증을 느꼈다. 위의 것, 즉 하늘에 있는 거룩한 것을 아래로 가지고 와서 세속의 것에 적용시킬 수 있다는 것. 모든 구속으로부터 자유로우며, 누구도 의심할 수 없는 진정한 언어의 결합력과 혼동할 만큼 닮아 있는 이 말의 마법은 어린 동생 요셉이 누구의 발자취를 따르고 있는지 르우벤의 눈앞에 선명하게 드러내 주었다.

이 순간 르우벤의 눈에 비친 요셉의 모습은 베일을 쓴 남성이자 여성인 그 신이었다고, 그렇게까지 말하고 싶지는 않다. 그러나 이때 르우벤은 요셉을 사랑했고, 그 사랑이 신앙과 별로 거리가 멀지 않았다는 점, 그것만은 사실이다.

"애야!"

르우벤의 육중한 몸 밖으로 부드러운 음성이 흘러나왔다.

"네 영혼과 아버지를, 그리고 네 빛을 잘 보살피거라! 네 빛이 그대로 드러나 누가 해를 끼치지 않도록 제발 잘 감추거라!"

말을 마친 후 르우벤은 고개를 숙인 채 뒷걸음질로 세 걸음 옮긴 다음에야 돌아섰다.

그날 저녁 식사 자리에 요셉은 그 화려한 옷을 입고 나왔다. 형들은 통나무처럼 뻣뻣해졌고, 야곱은 두려움으로 가슴이 오그라졌다.

곡식단

　그 일이 있고 여러 날이 지난 후, 헤브론 골짜기에는 밀 베기가 시작되었다. 때는 추수철이었다. 모두들 즐겁게 땀을 흘리고 첫 소산을 바치는 날이면, 햇곡식 가루에 누룩을 넣고 부풀린 밀빵을 바쳤다. 봄의 보름달로부터 일곱 주간이 흐른 뒤였다.

　늦비가 충분하긴 했지만, 하늘의 들창이 곧 닫히면서 물이 빠진 땅은 메말랐다. 바다 괴물 레비아탄을 이긴 마르둑-바알, 즉 태양신이 하늘을 주름 잡으며 푸른 창공에 황금 창살을 사정없이 내던지는 통에 두번째 달에서 세번째 달로 넘어갈 시기에 이미 어찌나 무덥던지 바람이 불지 않았더라면 농사를 망칠 뻔 했었다. 레아의 여섯번째 아들 즈불룬을 설레게 하는 바닷바람이었다.

　"코까지 이 바람에 흠뻑 취했어. 넓은 바다의 촉촉함과 위로의 이슬을 선사하는 바람이거든. 이걸 봐. 바다로부터 얼마나 좋은 게 오는지. 내가 늘 그랬잖아. 사람은 큰 바다 옆에 살아야 한다고. 시드온 경계선과 맞닿은 곳에 살면서 파도를 타야 해. 양떼를 지키는 것보다는 그게 훨씬 나아. 목동 일은 재미없어. 휘어진 갑판에 올라 파도를 타면, 사람들을 만날 수 있어. 꼬리가 있고 이마에 반짝이는 뿔을 단 사람들 말야. 거기다 귀가 어찌나 큰지 온몸이 다 가려지는 사람들도 있어. 그리고 또 몸에 풀이 자라난 사람들도 있어. 카자티 항구에 있는 남자가 들려준 이야기야."

몸에 풀이 자라난 사람과 서로 알고 있는 것들을 주고받으면 좋겠다고 납달리가 맞장구쳤다. 사실 그네들이나 꼬리를 단 사람들이나 귀가 큰 사람들이나 세상에서 일어나는 일을 다 모르기는 매일반이었으리라. 그러나 다른 형제들은 즈불룬의 말을 못마땅해 했다. 아무리 이슬을 담은 바람을 선사해 준다 해도, 바다는 혼란의 괴물들이 잔뜩 있는 아랫세상의 구역일 뿐이다. 그러니 바다 같은 데는 관심 없다. 뭐 이런 식이었고 아예 즈불룬에게 너라면 굳이 바다가 아니라 사막도 떠받들 수 있지 않느냐고 핀잔을 준 형제도 있었다. 그건 시므온과 레위였다. 두 사람은 거칠긴 했지만 신앙심은 깊었다. 하지만 이 두 사람 역시 목자생활에 큰 애착은 없었다. 거기에 매달리는 것은 그저 정복욕 때문이었고, 차라리 거칠게 손을 움직이는 작업이 더 적성에 맞았을 것이다.

보리 거두기로 시작된 추수는 모두에게 환영받았다. 기분전환도 되어 다들 땀을 흘리면서도 유쾌해 했다. 일한 보상을 받는 주간이면 원래 그런 법이다. 그뿐 아니라 낫질이며 단을 묶는 일은 요셉도 돕겠다고 팔을 걷어붙였으므로, 형제들의 관계도 조금 나아졌다. 적어도 최악의 상황으로 치닫기 직전까지는 그랬다. 도무지 왜 그렇게 수다스러웠는지 쉽게 이해되지는 않지만, 요셉은 또 한번 입을 잘못 놀리게 되는데, 그 이야기는 나중으로 미루고 우선은 야곱 이야기부터 하자.

주변 사람들이야 달력에 맞춰, 절기에 따라 추수철이라고 좋아하거나 말거나, 야곱은 이런 들뜬 분위기에 별 감흥을 느끼지 못했다. 해를 거듭해도 전혀 나아지지 않는 이러한 태도는 밭에서 열심히 일하는 가솔들을 김빠지게 만들었다. 야곱이 밭에 나와 보고 안 보고의 문제가 아니었다. 물론 야곱은 거의 밭을 내다보지 않았다. 어쩌다 한번 있을까 말까 한 이 일이 그나마 올해 딱 한번 있었던 것은 요셉의 간절한 애원 때문이었다. 요셉에게는 그만한 속사정이 있었다.

여하튼 야곱은 애초부터 파종과 수확에 별 신경을 쓰지 않았다. 그저 이성적인 이유에서 농사는 지어야 하니까, 적당히 흉내만 낸 것이다. 정성과 애착은 딴 데 쏟고 이렇게 농사에는 무관심한 이유는 신앙심 탓이었다. 그랬다. 달을 섬기는 목자가 어떻게 태양 아래 살갗을 태워가며 흙덩이를 받드는 붉은 농부가 된단 말인가? 추수철은 어떤 면으로는 야곱을 당황하게 만들었다. 그곳 사람들은 풍년과 다산(多産)을 기원한답시고 봄마다 태양을 상징하는 바알들과 그 신전에 있는 사랑스러운 여인들에게 정성을 쏟았지만, 다시 말해서 그 신전에 제물을 올리고 그 여사제들과 동침했지만 야곱의 영혼은 그런 것과는 거리가 멀었다. 하지만 가만히 앉아서 자기가 득을 보는 게 조금 민망했고, 그렇다고 추수하는 자들을 따라서 함께 감사의 환호성을 지를 수도 없었다.

아무튼 야곱은 보리를 거둔 다음 식량으로 쓸 밀을 수확하도록 시켰다. 아무래도 일손이 모자랄 듯하여 엘리에젤로 하여금 품삯을 주고 사람을 사게 했다. 그리고 다른 때는 멀찌감치 구경만 하던 요셉도 노인과의 공부를 중단하고 동틀 무렵부터 저녁까지 들판에 나가 일했다. 오른손으로 움켜쥔 이삭 더미에 쇠 낫을 내리찍고, 지푸라기로 단을 묶어 형들과 종들을 도와 수레에 싣거나, 아니면 당나귀 등에 올려 타작마당으로 나르기도 했다. 누가 시켜서가 아니라 자발적으로 하는 일이라, 누가 봐도 즐거워 보였다.

그리고 요셉은 이 일을 아버지처럼 도둑질로 여기지도 않았다. 그러면서도 아주 겸손한 자세로 일했다. 나중에 형들에게 자신의 내면세계를 내비쳤을 때 보여주는 태도와는 정반대였다. 요셉은 물론 야곱의 허락을 받아 들판 일을 면제받을 수도 있었다. 그러나 그럴 생각은 전혀 없었다. 노동이 건강한 기쁨을 선사하기도 했으려니와, 형들과 가까워질 수 있는 좋은 기회였기 때문이다. 그랬다. 실은 이 두 번째 이유가 더 크게 작용했다. 형들과 함께 일하면 가슴이 뿌듯해지면서 즐거웠다. 자기 이름을 불러 주는 형들을 조금이라도 돕는다는 게 정말 기뻤다. 그건 사실이었다. 그들과 함께 하는 노동은 실제로 관계를 개선하는 데 도움이 되었다. 이 점이 요셉을 들뜨게 했고 행복하게 해주었다. 그리고 여기서 아무리 모순되는 점이 많아도, 요셉이 형들을 사랑했다는 사실까지 부인할 수는 없다. 그랬다. 요셉은 형들을 사랑했고, 어리석게도 그 사랑에 눈이 멀어, 형들도 자신을 사랑한다고 믿었다. 그래서 형들에게 몇 가지는 무리한 요구를 해도 되리라 철석같이 믿었다. 많은 것도 아니고 겨우 몇 가지 정도는, 그 정도는 괜찮을 거라고 생각했다. 불행하게도!

요셉에게 들일은 몹시 힘들어 짬이 날 때마다 낮잠을 잤다. 그날 정오시간에도 그랬다. 벤야민만 빼고 야곱의 아들들이 모두 들판에 나와 구부정한 막대 위에 갈색 천막을 걸쳐놓고 그늘에 모여 점심을 먹으며 잠시 쉬는 중이었다. 모두 쪼그리고 앉아 빵을 나눠 먹고 이런저런 이야기를 나누기도 했다. 하나같이 맨몸에 짧은 잠방이 하나만 둘렀다. 여름의 하얀 구름 사이에서 추수가 절반쯤 끝난 대지 위로 햇살을 쏟아 붓는 바알의 입김에 온몸은 온통 붉게 그을렸다. 마찬가지로 태양의 기운 아래 황금빛에 물든 이삭들은 낫으로 베어져 곡식단으로 묶인 채 여기저기 등을 맞대고 서 있었다. 그 주변을 두른 얇은 울타리 뒤켠에서 다른 사람들이 일을 시작하고 있었다. 거기서 조금 떨어진 곳에 언덕이 하나 있었다. 야곱 사람들이 타작마당으로 쓰는 그곳으로 짐을 싣고 가는 나귀들이 보였다. 타작마당에서 일하는 남자들이 황소를 앞세우고 뒤에서 갈퀴로 짚단을 휘젓고 있었다.

역시 일할 때 입는 짧은 잠방이만 걸쳐서 햇살에 익은 살갗이 그대로 드러난 요셉은 웅크린 자세로 팔베개를 하고 그늘에서 잠을 자고 있었다. 아까 누우면서 옆에 앉아 있던 '뼈가 굵은 당나귀' 이싸갈 형에게 무릎 하나만 빌려 달라고 간청했었다. 머리를 베고 싶다고. 그러나 이싸갈은 머리도 긁어주고 파리도 쫓아주랴면서 면박을 주었다. 아무렇게 자든 상관없는데, 자기를 이용할 생각은 꿈에도 하지 말라고. 그러자 요셉은 근사한 농담을 듣기라도 한 듯 아이처럼 깔깔거리고는 베개 없이 그냥 누웠다. 그러나 알고 보니 베개는 딴 곳에도 있었다. 그러나 눈에는 보이지 않는 그 베개를 알아본 사람은 물론 없었다. 아무도 잠자는 그에게 신경을 쓰지 않았던 탓도 있다. 다만 르우벤은 이따금 눈을 들어 그를 바라보았다. 잠을 자는 아이의 얼굴이 르우벤 쪽을 향하고 있었다. 그건 편안한 얼굴이 아니었다. 이마와 눈썹이 움찔거리고 벌어진 입이 말을 하듯 꼼지락거렸다.

그동안 형제들은 요사이 타작에 부쩍 많이 사용하는 연장을 놓고 장단점에 대해 의견을 나눴다. 황소가 끄는 타작판이 문제였다. 아랫부분에 고정시킨 날카로운 돌 때문에 이삭을 죄다 짓이겨 일의 속도는 빠른데 나중에 키질하기가 더 힘들다는 이야기가 여러 사람의 입에서 나왔다. 아예 짐승발로 이삭을 밟게 하는 게 힘이 덜 든다는 것이었다. 그리고 일부 농부들이 사용하는 쇠칼을 매단 타작수레 이야기도 나왔다. 요셉이 잠자다 말고 일어나 앉은 건 바로 그때였다.

"꿈을 꿨어요."

요셉은 놀란 듯이 미소를 지으며 형들을 죽 둘러보았다. 형들은 흘깃 쳐다본 후 다시 외면하고 하던 이야기를 계속

했다.

"꿈을 꿨어요."

요셉은 또 한번 반복했다. 그리고 손으로 이마를 쓸어 내리면서 여전히 혼란스럽고 행복한 표정으로 허공을 바라보았다.

"꼭 진짜 같은데 기적처럼 놀라운 꿈이었어요!"

"그건 네 일이야!"

단이 요셉을 쳐다보며 한마디 던졌다.

"이왕 잘 거면 꿈을 안 꾸는 게 더 좋았을 텐데. 꿈을 꾸면 잠을 자도 피로가 안 풀려."

"제 꿈 이야기를 들어볼래요?"

요셉이 물었어도 아무도 대답하는 사람이 없었다. 대신 하다 만 농사 이야기를 이으려는 사람이 있었다. 여후다였다. 차갑고 냉정한 말투가 요셉의 질문에 대한 일종의 대답이었다.

"칼날을 아주 날카롭게 갈아야 해. 안 그러면 자르지를 못 해. 그저 짓이기기만 하지. 그렇게 되면 이삭 껍질도 안 벗겨져. 그리고 참, 저 사람들 어때? 믿을 만한 것 같아? 저 삯일꾼들이 특히 미덥지를 않아. 저들한테 칼을 충분히 갈라고 시켜야겠어. 그리고 또 바퀴가 지나치게 날카로우면 곡식알도 쉽게 부서져. 그렇게 되면 밀가루가……."

자신과 무관한 대화를 잠시 듣고 있던 요셉이 말을 막고 나섰다.

"용서해 줘요, 형님들. 하지만 지금 막 꾼 꿈 이야기를 들려드리고 싶어서 그래요. 정말이에요. 아주 짧은 꿈이었지만 진짜 같고, 너무 놀라운 꿈이라서 저 혼자 간직할 수가 없어요. 형들도 이야기를 들으면 재미있다고 깔깔거리며 다리까지 흔들거예요."

"쟤 하는 말 좀 들어봐!"

유다가 설레설레 고개를 내저었다.

"우리하고 아무 상관도 없는 네 일을 가지고 왜 이렇게 귀찮게 굴어? 네 속에서 무슨 일이 일어나든 아무 관심 없어. 밥 먹은 뒤에 오는 식곤증이 네 위장에서 머리로 올려보낸 것 따위에는 관심도 없단 말야. 버릇없이 아무 상관도 없는 네 일로 우리 이야기를 방해하지 말고, 입 다물어!"

"형님들과도 상관이 있어요!"

요셉이 열을 올렸다.

"형들 모두한테 상관이 있어요. 그 꿈에 형들 모두 등장하니까요. 물론 저도 나오고요. 우리 모두 한번쯤 생각해보게 만드는 놀라운 꿈이에요. 형들도 고개를 숙이고 사흘 내내 다른 생각은 전혀 못하게 될걸요!"

"정 그렇다면 몇 마디로 추려서 얘기할 수 있는 꿈이냐? 괜히 거추장스럽게 둘러갈 필요없이 잠깐이면 들을 수 있는 이야기냐구?"

아셀이 물었다. 먹보는 호기심도 많은 법. 하기야 호기심으로 말할 것 같으면 다른 사람들도 마찬가지였다. 이야기 듣는 걸 싫어하는 자는 없었다. 실제 이야기든 꾸며 낸 이야기든, 전설이든 꿈 이야기든, 태곳적 노래든, 이야기라면 다들 환영이었다.

"좋아요." 요셉은 신이 났다.

"원하신다면 제가 본 것을 간단하게 들려드릴게요. 사실 그래야 마땅하죠. 해석 때문에라도 말이에요. 꿈을 꾼 자가 해석을 해서는 안 되거든요. 다른 사람이 해야지. 만약 형님들이 꿈을 꾸면 제가 해석해 드릴게요. 그건 아무것도 아니거든요. 주님께 부탁하면 주님께서 해석을 내려 주시니까요. 하지만 자기 꿈은 문제가 달라요."

"지금 이게 번거롭게 빙 둘러가지 않는다는 거냐?"

가드가 물었다.

"이제 들어보세요."

요셉이 시작했다. 그러나 르우벤은 마지막 순간까지 그 이야기를 막고 싶었다. 베일을 쓴 주인님, 그 신에 얽힌 일이 눈앞에 어른거렸다. 예감이 좋지 않았다.

"요셉, 난 네가 무슨 꿈을 꾸었는지 모른다. 네 꿈속에 안 들어가 봤으니까. 너 혼자 꾼 꿈이니 그건 당연하지. 그렇지만 누구든 자기 꿈은 혼자 간직하는 게 더 좋을 것 같구나. 그러니 너도 네 꿈을 혼자 간직하도록 하거라. 우리는 일하러 갈 테니."

"우리도 일을 하고 있었어요."

요셉이 얼른 르우벤의 말꼬리를 잡았다.

"우리 모두 밭에 있었거든요. 야곱의 아들들 모두 밀을 수확하고 있었어요."

"어이구, 그게 무슨 대단한 꿈이라고!"

납달리가 외쳤다.

"놀라운 기적하고는 거리가 멀어도 한참 멀다!"

"하지만 거긴 우리 밭이 아니었어요. 다른 밭이었는데 놀라울 정도로 낯선 밭이었어요. 그래도 우리는 그 이야기는 전혀 하지 않고 묵묵히 일만 했어요. 곡식 이삭을 낫으로 벤 다음 단으로 묶었죠."

"허 참! 정말 대단한 꿈이네!"

즈불룬이 말했다.

"다른 것하고 비교도 못할 꿈인데 그래! 먼저 단을 묶고 나중에 베기라도 한단 말이니? 이 멍청아! 이런 이야기를 끝까지 들어줘야겠어?"

몇 명은 벌써 자리에서 일어나 어깨를 들썩이며 가려고 했다.

"그래요. 끝까지 들어봐요!" 요셉이 손을 저으며 말렸다.

"이제부터 놀라운 게 나온다구요. 각자 곡식단을 묶었어요. 열두 명 모두. 막내 동생 벤야민도 있었거든요. 그 아이도 밭에 나와서 자기 곡식단을 조그맣게 묶었어요. 형들과 함께 둥그렇게 둘러서서."

"헛소리하지 마!"

가드가 한마디 날렸다.

"어떻게 '형들과 함께 둥그렇게 둘러서서'야? '우리들과 함께'라고 해야지."

"아뇨. 가디엘 형. 전혀 그렇지 않아요. 형들과 벤야민, 그렇게 열한 명이 둥그렇게 둘러서서 곡식단을 묶고, 저는 그 한가운데에서 제 곡식단을 묶었어요."

요셉은 말을 멈췄다. 그리고 형들의 기색을 살폈다. 모두 눈썹을 치켜뜨고 고개를 가로젓더니 머리를 뒤로 젖혔다. 그러자 아래 목젖이 튀어나왔다. 비웃음 반, 놀라움 반, 그리고 이걸 혼내야 할지 말아야 할지 고민하는 표정으로 그들은 기다렸다.

"들어보세요. 그 다음에 어떻게 되었는지, 얼마나 놀라운 걸 꿨는지!"

요셉이 다시 말했다.

"곡식단을 다 묶고 그 자리를 떠났어요. 더 이상은 할 일이 없다는 듯이. 그리고 아무 말도 하지 않고 걸어갔는데, 한 스무 발쯤 갔을까, 아니 한 마흔 발쯤 갔는데 그때 르우벤 형이 뒤를 돌아보았어요. 그리고는 아무 말 없이 곡식단을 묶어놓은 장소를 가리켰어요. 그래요. 형님, 그건 바로 르우벤 형님이었어요. 그래서 모두들 걸음을 멈추고 손을 눈 위에 갖다대고 바라보았죠. 그리고 봤어요. 제 곡식단은 똑바로 가만히 서 있는데, 그 주위에 둥글게 세워진 형들과 벤야민의 곡식단이 제 곡식단을 향해 절을 하는 것이었어요. 그렇게 절을 했어요, 절을. 제 곡식단은 그냥 서 있는데 말이에요."

오랜 침묵이 흘렀다.

"그게 다야?"

가드의 외마디가 정적을 갈랐다.

"예, 그때 깼어요."

요셉은 제풀에 기가 죽었다. 르우벤이 조용히 뒤를 가리켰을 때, 혼자 서 있는 자신의 곡식단을 보고 그토록 가슴이 벅차 올랐건만, 이렇게 말로 표현하고 나니 어딘지 모자란 것 같고 어줍잖아 보였다. 게다가 듣는 사람들에게 아무런 감명도 주지 못한 것 같았다. 가드는 '그게 다야?' 라지 않는가. 요셉의 실망은 극에 달했다. 그는 부끄러웠다.

"이럴 수도 있고 저럴 수도 있겠네."

또다시 찾아온 침묵을 깨고 단의 낮은 목소리가 들렸다. 아니, 첫마디는 소리가 나왔지만 마지막 음절은 속삭이듯 목으로 잠겨 들었다.

요셉은 고개를 들었다. 다시 용기를 내었다. 그럼에도 불구하고 자신이 들려준 꿈 이야기가 형들에게 아무 효과도 없었던 것은 아닌 듯했다. '그게 다야?'는 찬물을 끼얹었지만, '이럴 수도 있고 저럴 수도 있겠네'는 위로가 담긴 희망적인 말이었다. 그것은 '온갖 것', '사소하지 않음', '수천 가지'와 비슷한 의미였다. 다시 한번 형들의 얼굴을 둘러보았다. 모두 창백했다. 그리고 너나없이 양미간에 주름이 깊이 패여 잔뜩 찡그린 얼굴이 묘한 인상을 풍겼다. 창백한 표정에 곧 터질 듯 팽팽하게 당겨진 콧등이나, 아니면 이빨로 아랫입술을 깨물고 있는 모습도 마찬가지로 묘해 보였다. 게다가 모두 큰소리로 숨을 몰아쉬었다. 박자도 제각각이었다. 요셉은 그늘이 드리워진 천막 밑에서 꿈 이야기를 들려주었고, 그 결과는 열 개의 호흡이 제멋대로 뿜어내는 거친 숨소리였다. 이 숨소리들은 모두의 얼굴에서 떠날 줄 모르는 창백함과 함께 어쩌면 요셉을 당황시킬 수도 있었을 것이다.

어느 정도는 그랬다. 하지만 요셉에게는 이 모두가 꿈의 연속으로 느껴졌다. 말할 수 없는 기쁨과 가슴 한구석 두려움을 남겨 묘한 이중성을 보여준 그 꿈이 현실에도 그대로 나타난 듯했다. 형들을 감동시키려던 의도는 성공한 것 같지 않고, 꿈 이야기에 특별히 행복해 하는 것 같지도 않았다. 하지만 요셉이 잠깐 기대했던 것보다는 훨씬 강한 인상을 받은 게 틀림없었다. 잠깐 두려워했던 것과는 달리 자신의 이야기가 실패로 끝나지 않았다는 만족감이 요셉의 답답한 가슴에 균형을 가져다주었다.

한동안 다른 사람들처럼 거칠게 숨을 몰아쉬며 입술을 깨물던 여후다가 느닷없이 날카로운 쇳소리를 내질렀어도 상황은 변할 게 없었다.

"이렇게 구역질나는 소리는 내 평생 처음이야!"

이것 역시 행복해서 내지르는 소리는 아니더라도, 여하튼 요셉의 말에서 강한 인상을 받았다는 표현임에는 틀림없었으니까.

다시 침묵이 흘렀다. 창백한 얼굴로 입술을 물어뜯는 동작이 한동안 이어졌다.

"망나니! 독버섯! 허풍쟁이! 더러운 냄새나 풍기는 허풍쟁이!" 시므온과 레위가 버럭 소리를 질렀다. 여느 때처럼 차례로 운을 맞출 여유가 없었던지, 동시에 뒤죽박죽으로 내질렀다. 벌겋게 달아오른 얼굴, 이마에는 핏줄이 선명했다. 분노한 나머지 치를 떨 때면 이들은 늘 그랬다. 시겜 도성에 분풀이했을 때, 가슴털이 고슴도치처럼 곤두섰다는 말은 한낱 소문이 아니었다. 그건 진실이었다. 지금도 황소 같은 목소리로 앞뒤 안 가리고 뒤죽박죽으로 고함을 지르는 그들의 가슴 위에는 빳빳하게 고개를 쳐든 털이 보이지 않는가.

"이, 역겨운 놈, 오만방자한 놈, 개 오줌통, 뻔뻔스러운 거짓말쟁이! 네가 도대체 무슨 꿈을 꾸었다는 거야? 네 눈썹 뒤에서 어떤 일이 일어났다는 거야? 이 사기꾼아, 살 속의 가시, 걸림돌! 뭐, 우리더러 네 꿈을 풀이해 달라고? 해석까지 하라고? 뭐가 어째? 곡식단이 절을 해? 부끄러운 줄도 모르는 음흉한 놈, 우리처럼 신실한 남자들한테 그런 이야기를 늘어놓아? 모두 둥그렇게 빙 둘러서서, 그것도 축 늘어져서 해롱대는 게 우리 곡식단이고, 네 것은 서 있다고! 온 세상에 이보다 더 근본을 흔드는 소리를 들어봤어? 에이, 지옥에나 가거라, 오물단지와 침 세례나 받아라! 네 놈이 아버지나 왕처럼 권력을 휘두르고 싶다는 게냐? 우리들 위에 서겠다고? 이 위선자 놈! 큰 형들 몰래 간악한 계략으로 유물인 케토넷 베일 옷을 뺏더니, 눈에 보이는 게 없더냐? 하지만, 이것만은 알아둬라. 서 있는 게 뭔지, 절을 하는 게 뭔지 네 놈한테 분명히 가르쳐 주마! 네 놈의 주인님인 우리 앞에서 네 놈이 감히 얼마나 뻔뻔스러운 거짓말을 했는지. 정신이 번쩍 들게 해주마!"

분을 삭이지 못한 쌍둥이의 고함소리였다. 그런 다음 열 명 모두 천막을 떠나 들판으로 향했다. 여전히 창백한 얼굴로 입술을 깨물면서. 그러나 르우벤은 가는 길에 한마디 남겼다.

"들었지, 꼬마야."

요셉은 생각하느라 한동안 그곳을 뜨지 않았다. 혼란스러웠다. 그리고 우울했다. 형들은 자신의 꿈을 믿으려 하지 않았다. 형들의 말투가 그랬다. 쌍둥이 형들은 몇 번이나 허풍이라느니 거짓말이라는 단어를 사용했다. 요셉은 그

점이 속상했다. 한마디도 안 보태고, 있는 그대로 말했을 뿐인데, 어떻게 하면 자신이 정말 그들의 한가운데 서 있는 꿈을 꾸었다는 걸 증명할 수 있을까? 자기 말을 믿어만 준 다면, 형들의 노여움도 사라지리라.

자신은 형들에게 신의를 다하느라 주님께서 꿈으로 계시 해 주신 바를 형들에게 알렸다. 형들도 자기처럼 놀라워하 고 기뻐할 줄 알았다. 서로 이 꿈의 의미에 관해 의견을 나 눠보자고 한 이야기가 아니었던가? 자신과 형제들이 같은 배를 탄 공동체라는 확고한 사실을 믿었다는 이유로 오히 려 꾸지람을 듣다니, 이럴 수가 있는가? 형들과 하나라는 생각을 하지 않았더라면, 그들에게 주님의 계획을 알릴 생 각도 안 했을 것이다. 주님의 계획 속에서는 요셉 자신이 형들보다 자리가 높긴 했다.

그러나 그렇다고 해서, 형들이 주님의 이러한 계획을 감 당하지 못할 이유는 없었다. 그들이 정말 감당할 수 없다 면, 그건 생각할 수 없을 만큼 큰 실망이었다. 지금까지 나 름대로 형들을 우러러본 요셉이었다. 그는 형들과 함께 일 할 기분이 아니었다. 그래서 형들이 있는 들판으로 가지 않 고 집 쪽으로 걸음을 옮겨 벤야민을 찾아갔다. 그리고 귀여 운 친동생에게 하소연했다. 형들에게 별것 아닌 겸손한 꿈 이야기를 하나 들려주었더니, 저들은 믿으려 하지 않더라. 쌍둥이 형제는 얼마나 펄펄 뛰는지 무섭더라. 곡식단 꿈은 하늘로 올라간 꿈에 비하면, 아직 한마디도 안 꺼낸 그 꿈 에 비하면 더없이 겸손하고 별것 아닌 꿈이었는데.

투르투라, 즉 귀여운 꼬마는 우선 그 엄청난 하늘 꿈에 관한 이야기가 아니었다는 사실에 기뻐했다. 그리고 자기한테는 곡식단 꿈이 마음에 든다고 했다. 동생의 이런 반응이 형들한테서 별 소득을 거두지 못한 요셉에게 조금 위로가 되었다. 자신의 작은 곡식단도 거기 둥근 원에 함께 서서 절을 했다는 이야기를 듣고 어린아이는 신이 나서 팔짝팔짝 뛰면서 웃어댔다.

의논

그사이 들판으로 나간 열 명의 아들들은 저물어 가는 태양 아래 다시 모여 연장을 짚고 서 있었다. 걱정도 되고 한편으로는 분해서 이 일에 어떻게 대처할지 의논 중이었다. 처음에는 욕설을 퍼부은 시므온과 레위의 생각에, 다들 말은 안 했어도 속으로는 동의하고 있었다. 한마디로 그 저주받을 놈이 들려준 꿈 이야기가 거짓말이라는 입장이었다. 가능하다면 일종의 방패구실까지 해주는 이러한 전제에 기대고 싶었다. 그러나 지어낸 이야기가 아니라, 진짜로 그런 꿈을 꾸었을 수도 있다는 가능성을 배제하면 안 된다고 제일 먼저 지적한 사람은 유다였다.

이때부터 사람들은 속으로만 머리를 굴리는 게 아니라, 말로도 두 가지 가능성을 놓고 의견을 나누기 시작했다. 첫번째 가능성은 정말로 그런 꿈을 꾼 경우였다. 그리고 이꿈이 만일 진정 주님께서 주신 꿈일 경우, 아, 그건 상상할 수 있는 것 중에 가장 큰 재앙이었다. 그리고 두번째로 주님과는 아무 상관 없고 케토넷을 얻더니 더 기고만장해진 풋내기의 방자함이 빚어낸 새빨간 거짓말일 경우를 가정했다.

이야기 도중 르우벤은 자신의 입장을 이렇게 밝혔다. 만일 주님과 관련된 꿈이라면, 아무 대책도 세울 수 없으며 묵묵히 받들어야 한다. 요셉이 아니라 주님을 받들어야 한다. 그렇지만 반대로 교만에서 나온 꿈이라면 어깨나 한번 들썩거리고 그런 꿈이나 꾸는 어리석은 자를 못 본 척하면 그만이다. 그리고 소년이 어린아이처럼 그런 꿈을 지어내서 자신들을 조롱한 경우라면 그 대가로 얻어맞아야 마땅하다는 이야기도 덧붙였다.

덩치 큰 르우벤은 거짓말에는 매가 제격이라 제안한 셈이다. 그러나 어깨나 한번 들썩거리고 끝내버리라는 충고를 감안한다면 심한 매질을 의미한다고 보기는 어렵다. 어깨를 들썩거리면서 때려봤자 얼마나 때릴 수 있겠는가? 여하튼 르우벤이 매질이 가능하다고 생각했다는 것 자체가 주목을 끌 수도 있다. 그러나 그의 말을 자세히 들어보면, 이렇게 매를 운운해서 형제들로 하여금 거짓말이라는 가정에 머물게 하려고 노력한 흔적이 엿보인다. 주님께서 직접 보내신 꿈이라고 가정할 경우, 공손하게 따르기보다는, 단순한 매질보다 훨씬 심각한 짓을 저지를까봐 걱정이 앞섰던 것이다.

실제로 형제들은 르우벤이 보기에 공과 사를 구분하지 못했다. 아니 요셉과의 관계를 이렇게 구분해서 볼 자세가 되어 있지 않았다. 요셉이 순전히 교만해서 그런 꿈을 꾸었는지, 아니면 앞일을 밝혀 주시려는 주님께서 자신의 뜻을 그 꿈으로 보여준 것인지에 따라 요셉을 대하는 태도를 결정해야 할 텐데, 형제들은 그럴 의사가 없어 보였다. 형제들의 이야기만 봐서는 어느 경우에 요셉이 더 혐오스럽고 독사처럼 느껴질지 분명하게 알 수가 없었다. 어쩌면 두번째 경우일 확률이 높았다. 정말로 주님으로부터 비롯된 꿈이라면, 그래서 주님께서 요셉을 선택하셨다고 신호를 보내준 꿈이라면, 어떤 말로도 주님의 뜻을 거역할 수 없었다. 이는 요셉이라면 사족을 못 쓰는 근엄한 아버지 야곱의 뜻을 어길 수 없는 것과 마찬가지였다.

그랬다. 형제들은 이 생각을 하든, 저 생각을 하든 요셉으로 이어졌다. 만약 주님께서 자신들을 제쳐두고 요셉을 선택하시고 자신들의 곡식단으로 하여금 요셉의 곡식단 앞에서 치욕스럽게도 아양을 떨게 만드셨다면, 그건 아버지 야곱이 그랬듯이, 주님도 요셉에게 우롱당한 탓이라 생각했다. 형제들이 보기에 표리부동하고 위선적인 요셉은 아버지 옆에서 자신들을 짓밟는 데도 똑같은 방법을 사용했다. 주님은 위대하시고 거룩하시며 책임질 필요가 없는 분이셨다. 그러나 요셉은 독사였다.

이렇듯 다른 형제들이 생각하는 요셉과 주님의 관계는 (르우벤도 알고 있었지만) 요셉 자신이 품고 있는 생각과 아주 잘 맞아떨어졌다. 다른 형제들은 요셉의 주님과의 관계를 아버지와의 관계와 똑같은 시선으로 바라보았다. 그렇지 않고서야 이들에게서 어떻게 진짜 증오심이 나왔겠는가.

르우벤은 바로 이런 사고과정을 두려워했다. 그런 꿈을 꾸게 하신 건 주님일 수도 있다는 말로 요셉을 두둔하지 않은 것도 바로 그래서였다. 그리고는 모든 게 요셉의 허풍이니 악동을 혼내 주는 걸로 끝내자고 다른 형제들을 설득하려 한 것이다. 물론 어깨나 한번 들썩해 보이며 한 대 쥐어박는 정도로.

실은 다른 사람들이나 마찬가지로 르우벤 자신도 어깨를 들썩일 기분은 아니었다. 속이 뒤틀린다는 암시는 가드가 맨 처음 했었다. 이제 몸종들이 낳은 네 아들뿐 아니라 열 명 모두 같은 느낌이었다. 울분! 얼마나 가슴 깊이 박혀 있는지 타고난 울분이라고 해야 옳았다. 그래서 보통 때는 얌전히 제자리를 지키고 있다가도 조금만 들쑤셔도 울컥 치밀어 오르곤 했다. 그건 뒤바뀐 장자신분, 세상을 다스리기, 형제 섬기기 따위의 형제들의 관계에 관련된 전설과 예언에 대한 울분이었다. 르우벤이 특히 더 그랬을지도 모른다. 하지만 다른 형제들의 경우, 속이 뒤틀리는 울화는 그 원인을 제공한 자에 대한 형언하기 어려운 분노로 바뀌었지만 르우벤은 달랐다. 순진하게 죄다 재잘대는 선택받은 자를 보고 그는 역시 뭐라고 표현하기 어려운 감동을 느꼈고 이 놀라운 운명 앞에 숙연해졌다.

"그나마 '굴복한다'라고 안해서 다행이야."

이를 악물고 있던 가디엘이 한마디 뱉었다.

"'절을 한다'고 했지."

'뼈가 굵은 당나귀' 이싸갈이 말했다. 그에게는 편안한 게 제일이었다. 평안을 얻기 위해서라면 이런 것 저런 것

따지지 않고 태연하게 받아들이는 그였다. 그런 이싸갈이 지금은 흥분을 조금 덜어 줄 수 있을까 말까 한 아주 사소한 것까지 챙기고 있었다.

"그건 나도 알아. 꾀를 부리느라 일부러 그렇게 말했을 수도 있고, 아니면 그거나 이거나 똑같이 더러운 말일 수도 있어."

"그렇지 않아."

가드의 말에 단이 어느새 꼬투리를 잡았다. 꼬투리 잡기 하면 그를 떠올릴 만했다. 그 역시 사람들이 생각하는 자신의 상(像)에 이 특성이 속한다는 것을 잘 알고 있었던 터라, 이들의 믿음을 저버리지 않기 위해서라도 트집 잡기를 게을리 한 적이 없었다.

"절하기와 굴복하기는 같은 게 아냐. 우리끼리 하는 말이지만 절하는 게 조금 덜 심각한 거야."

"어째서!"

시므온과 레위가 소리쳤다. 적절한 때인지, 아닌지 따질 겨를도 없이, 지금 당장 자신들의 어리석음을 만천하에 드러내리라 단단히 결심한 것 같았다.

단과 다른 형제 몇은, 르우벤도 포함해서, '절하다'가 '굴복하다'보다 그 의미가 훨씬 약하다는 입장을 보였다. 이들의 의견에 따르면, 절을 한다는 말만 가지고는 가슴에서 우러나와서 하는 절인지, 아니면 별 의미 없는 겉치레인지 구별이 안 된다. '절'은 한번 혹은 이따금 할 수도 있다. 그렇지만 '굴복'은 늘 하는 것으로 가슴 안에서 지속적으로 일어나는 행위이며 여기에는 책임이 따른다.

따라서 '절'을 할 수밖에 없는 상황에서 절은 하지만 진정한 '굴복'은 하지 않을 수 있다. 또 '굴복'은 하면서 자존심이 너무 강해서 '절'은 못 할 수도 있다는 게 르우벤의 주장이었다. 그러나 여후다는 현실적으로 이런 구분이 불가능하다고 쐐기를 박았다. 지금의 문제는 꿈인데, 어차피 꿈에서 절은 르우벤이 '굴복'에만 해당된다고 주장하는 태도를 눈으로 볼 수 있는 행동으로 그려 준 것에 지나지 않는다. 꿈속의 곡식단이 자존심 때문에 '절'을 안 한다는 건 말도 안 된다. 그것을 묶은 자가 '굴복'할 운명이라면 제까짓 곡식단이 무슨 수로 절을 안 하고 버티겠나?

이 부분에 이르자 그중 제일 어린 즈불룬이 잔뜩 부어서 쏘아붙였다. 요셉의 뻔뻔스러운 이야기를 듣고 처음에는 콧방귀를 뀌는 척하더니 이제 와서 그 꿈 이야기로 열을 올리니, 꼴 좋다. 너나없이 수치스러운 꿈을 풀이하느라 아주 신이 났군. 그 한마디에 다들 분통이 터졌다. 시므온과 레위는 모두 거위새끼가 꽥꽥대는 소리이며 꾸며 낸 거짓말이라고 버럭 고함을 질렀다. 모욕적인 사실 앞에서는 굴복도 하지 않을 뿐더러 절도 안 하는 법이다. 거기에는 한 가지 처방밖에 없다. 시겜에서처럼 없애버리는 게 상책이다. 그 바람에 분도 못 삭이고, 결론도 얻지 못한 채 의논을 중단하고 말았다.

해와 달과 별들

그러면 요셉은? 열 명의 형들이 자기가 꾼 꿈 때문에 머리를 싸매고 있는 줄은 전혀 몰랐다. 형들이 자신의 말을 믿지 않으려 했다는 생각이 머리에서 떠나지 않았다. 어떻게 하면 믿게 만들 수 있을까? 온통 그 궁리였다. 자신이 실제로 꿈을 꾸었으며, 그 꿈이 진실을 말해 준다는 사실을 형들이 믿도록 하려면, 어떤 방법을 써야 하는가? 무엇이 최선책인가? 오로지 그 생각만 하던 요셉은 뒤늦게 놀라고 말았다. 그걸 몰랐다니! 대답은 제 발로 찾아오게 되어 있었던 것을. 혹은 스스로 대답을 내리면 그만이었을 것을. 요셉은 다시 한번 꿈을 꾼 것이다. 지난번과 똑같은 꿈인데, 이번에는 모든 게 더 화려한 모습으로 등장했다. 단순히 곡식단의 반복이 아니라, 그보다 훨씬 강력한 꿈이었다.

밤이었다. 드넓은 하늘에 별들이 초롱초롱했다. 당시 몇몇 형들과 다른 종들처럼 요셉은 타작이 덜 끝나 들판에 파놓은 구덩이에 채 옮기지 못한 곡식을 지키느라 타작마당에서 종종 밤을 새우곤 했다. 잠들기 전에 보았던 하늘의 별무리가 그의 꿈에 무늬를 짜넣었을 수도 있다. 그리고 요셉이 믿게 만들고 싶었던 형들 중 몇 명이 그와 가까운 곳에서 함께 잠을 잔 것이 꿈을 꾸는 기관에 은근히 강한 자극을 주었을 수도 있다. 그러나 이런 지적도 꿈의 원천을 설명할 수는 없다. 또 빼놓아서는 안 될 내용이 있다.

같은 날 요셉은 계시나무 아래에 앉아 엘리에젤과 함께 궁극적인 문제, 즉 세상의 심판과 축복의 시간에 관해 대화를 나누었다. 백성들이 오랫동안 향을 올리고 떠받들었던 모든 권세를 누르고 마침내 승리를 거두실 주님, 이방의 왕들과 별들의 권세와 12궁의 신들을 모두 굴복시켜 아랫세상에 가둬놓은 다음, 영광스럽게 홀로 세상을 다스리게 되실 구세주.

요셉은 바로 이 꿈을 꾸었다. 그러나 꿈은 아주 복잡했다. 어린아이처럼 사물을 혼동하여 종말의 주인공이신 주님과 꿈을 꾸는 자신을 동일시한 것이다. 그래서 요셉은 12궁을 가로지르는 우주순환계를 혼자서 다스리는 통치자가 되어 있는 자신을 바라보기도 했다. 아니 그렇게 느꼈다. 이 꿈은 그 특성상 이야기로 들려줄 수가 없었다. 따라서 꿈 이야기의 재현은 쉬운 문제가 아니었다. 요셉은 자신의 내면적 체험을 아주 간단하고 짤막하게 표현해야지, 하나의 과정으로 전개시키면, 오히려 듣는 사람들의 이해를 방해할 게 뻔하다고 생각했다.

처음에는 이처럼 지난번 꿈의 진실성을 강력하게 증명해

주는 꿈을 꾸었다는 사실에 기뻐하던 요셉도 막상 꿈 이야기를 전할 생각을 하니 막막해졌다. 게다가 형들이 과연 이꿈 이야기를 들어줄지도 의문이었다. 그럴 것 같지 않았다. 지난번에도 안 들어주려고 그렇게 뻗대던 형들이었다. 또그나마도 이야기를 듣다가는 서둘러 자리를 뜰 뻔하지 않았던가. 호기심을 부추겨 마지못해 듣게 만들었지만, 이야기를 듣고 나서도 그다지 편치 않아 보였다.

형들이 이야기를 안 듣겠다고 고집부리지 못하도록 사전에 막아야 했다. 이미 그날 밤 타작마당에서 요셉은 그 방법을 떠올렸다. 그는 날이 새자 습관대로 아버지를 찾아갔다. 야곱은 요셉이 새벽에 일어나는 대로 얼굴을 비춰 주기를 바랐다. 그러면 요셉과 눈을 맞추고 아들이 편한지 확인한 다음 그날 하루를 위해 축복하곤 했다. 요셉은 그날 아버지에게 이렇게 말했다.

"아주 상쾌한 아침이에요, 아빠! 보세요, 주님을 섬기는 영주님! 밤이 출산한 새날이 왔어요. 오늘은 날씨가 따뜻해질 것 같아요. 하루하루가 진주알로 목걸이를 엮듯 재미있어요. 요새는 이 아이도 사는 게 아주 즐거워요. 추수철이라 기분이 더 좋아요. 열심히 일을 하든, 아니면 잠시 쉬든 들판에 있으면 아주 좋아요. 그리고 땀을 흘리며 함께 일하다 보면 사람들은 사이도 좋아져요."

"흐뭇한 이야기구나. 밭과 타작마당에서는 주님 안에서 형들과 사이좋게 지내는 모양이구나. 그러냐?"

"예, 아주 사이좋게 지내요."

야곱의 물음에 요셉이 대답했다.

"사소한 불협화음만 빼고요. 어느 곳에나 있게 마련인 자잘한 것들을 제외하고는 모든 게 일사천리예요. 왜냐하면 정직한 말이 있으면, 다소 거칠어도 꼬였던 매듭이 풀려서 다시 조정되니까요. 아버지께서 한번 나와보셨으면 해요. 아직 한번도 안 오셨잖아요. 그 때문에 종종 안타까워해요."

"난 농사일을 좋아하지 않아."

"당연하죠, 당연해요. 그렇지만 일꾼들이 주인님을 보지 못하고 주인의 눈이 어떤 일들이 벌어지는지 관찰하지 않는다는 건 너무 안타까워요. 게다가 품삯을 주고 산 사람들은 더 그래요. 그들은 믿을 수가 없거든요. 여후다 형도 얼마 전에 그렇게 한탄했어요. 대부분 타작수레에 달린 작은 바퀴를 제대로 갈지 않아서 이삭을 자르는 게 아니라, 그냥 짓이기기만 한다고 말이에요. 주인님께서 안 나타나시니까 그런 일이 생기는 거죠."

"네 비난을 받아들여야겠구나."

"비난이라니요? 그럴 리가 있나요! 이건 열한 명의 이름으로 어린 가지가 감히 드리는 간청이에요. 저희처럼 힘든 일을 하시라는 게 아녜요. 누가 바알을 섬기는 흙일을 아버지께 강요할 수 있겠어요. 그저 우리가 편안하게 쉴 때 그 자리에 계셔주시면 돼요. 태양이 꼭대기에 이르면 한 아버지와 네 명의 어머니가 낳은 아들들이 그늘에 모여 앉아 빵을 먹으며 이야기꽃을 피우곤 해요. 그러면 아무나 자기가 아는 이야기를 한 자락씩 하는 거예요. 우스개 이야기도 좋고, 꿈 이야기도 상관없죠. 그렇게 빙 둘러 앉아 있을 때면 아버지도 함께 계시면 얼마나 좋을까 하고 팔꿈치로 옆 사람을 툭 치면 상대방도 고개를 끄덕이곤 해요."

"한번 가도록 하마."

"정말이세요! 그럼 오늘 당장 오세요, 오셔서 아들들을 영광스럽게 해주세요! 일은 벌써 다 끝나가요. 지체할 시간이 없어요. 오늘이에요. 아셨죠? 약속하신 거예요? 전 눈이 붉은 형들한테 아무 말도 하지 않겠어요. 몸종의 아들들에게도 재잘거리지 않을게요. 형들은 나중에 기뻐하기만 하면 돼요. 모두들 누구한테 감사해야 하는지, 그리고 영악한 머리로 이렇게 멋진 일을 꾸민 게 누군지 저 혼자만 알고 있겠어요."

그게 요셉의 계략이었다. 그리고 실제로 그날 정오, 야곱은 들판에 펴둔 천막 아래 아들들과 자리를 함께 했다. 그전에 먼저 곡식을 저장하는 구덩이들을 둘러보고 타작마당에서는 타작수레의 바퀴 날이 충분히 날카로운지 엄지손가락으로 만져보았다. 형제들이 얼마나 당황했겠는가. 꿈을 꾸는 자는 지난번에 그렇게 헤어진 이후 형들과 함께 쉰 적이 없었다. 그런데 오늘은 척 나타나서 아버지의 무릎에 머리를 베고 눕지 않는가. 바늘 가는데 실 간다고 아버지가 왔으니 요셉도 따라온 건 당연했다. 다만 노인이 느닷없이 이곳에 온 까닭을 알 길이 없었다. 형들은 말문을 닫은 채 돌부처처럼 굳었다. 그리고 야곱의 심기를 건드리지 않으려고 옷매무새도 단정히 했다.

놀란 건 야곱도 매일반이었다. 요셉의 말대로라면 그 시간은 아주 활발하고 화기애애한 분위기여야 했는데, 좀처럼 그런 기미가 보이지 않았다. 어쩌면 아버지가 어려워서 그런 건지도 몰랐다. 요셉까지도 말이 없는 걸 보면 그런 것 같았다. 요셉은 아버지의 무릎을 베고 아버지를 든든한 방패로 삼았지만, 그래도 선뜻 입을 열지는 못했다. 자신의 꿈 이야기가 어떤 결과를 가져올지 걱정스러웠다. 그걸 표현하는 건 단 한 문장이면 충분했다. 더 늘릴 수도 없었다. 가드가 이번에도 '그게 다야?'라고 물어온다면 그건 한 방 얻어맞는 꼴이었다. 말이 짧으면 누가 막기 전에 금방 끝낼 수 있어서 좋았다. 그러나 지나칠 정도로 짧아 뭔가 부족해 보일 수도 있으므로 감동을 낳는 데는 실패할 수도 있었다. 심장이 쿵쾅거렸다.

하마터면 계획이 수포로 돌아갈 뻔했다. 무료한 시간이 이어지자, 모두 서둘러 자리를 뜨려 했던 것이다. 그러나 실제로 그런 조짐을 보면서도 요셉은 계속 망설였다. 그래도 절호의 순간을 놓치지 않았던 데는 야곱의 힘이 컸다. 야곱은 마지막에 너그러운 음성으로 이렇게 물었던 것이다.

"이 시간이면 그늘에 앉아 시시한 농담이며 꿈 이야기를 서로 나눈다고 들었는데 그렇지 않으냐?"

당황한 형들은 침묵으로 응했다.

"그래요, 시시한 농담이며 꿈 이야기요!"

요셉이 흥분한 목소리로 외쳤다.

"다른 때는 입에서 그런 이야기가 줄줄 나오곤 했어요. 혹시 다른 사람이 모르는 이야기를 아는 사람 없어요?"

그가 주위를 둘러보며 겁없이 물었다.

형들은 멍하니 요셉을 쳐다볼 뿐, 여전히 꿀 먹은 벙어리였다.

"하지만 저는 아는 게 있어요."

아버지 무릎을 베고 있던 요셉이 고개를 들며 심각한 표정을 지었다.

"꿈 이야기예요. 타작마당에서 자다가 꾼 꿈인데 한번 들어보세요. 아버지도 형들도 아마 놀랄 거예요. 그건 이런 꿈이었어요."

문득 말이 막혔다. 사지가 뒤틀리고 목덜미와 어깨가 경기를 보이며 치켜 올라가고 팔이 꼬였다. 그는 고개를 숙였다. 그러나 입은 옅은 미소를 띠고 있었다. 마치 몸이 흉하게 일그러진 것을 만회하고 싶은 듯, 갑자기 눈이 뒤집혀 흰자위만 드러나게 되어 미안하다고 사과하는 것처럼 보였다.

"그건 이런 꿈이었어요."

요셉은 또다시 숨을 몰아쉬었다.

"꿈을 꾸는데…… 해와 달과 열한 개의 별들이 절 기다리고 있었어요. 그리고 제 앞으로 다가와 절을 했어요."

아무도 움직이지 않았다. 아버지 야곱은 준엄한 표정으로 시선을 아래로 고정시켰다. 사방이 고요했다. 그러나 정적 속에 행여 남이 알까 무서운, 그러나 결코 흘려들을 수 없는 소리가 고개를 쳐들었다. 그건 형들이 이빨을 가는 소리였다. 대부분은 입술을 꾹 다문 채 부드득거리는데, 유독 시므온과 레위는 이빨까지 드러났다.

야곱은 그 소리를 들었다. 요셉도 알아차렸을까? 여하튼 요셉은 여전히 미소를 짓고 있었다. 어깨 쪽으로 기울어진 얼굴은 겸손하고 평온한 표정이었다. 이제 내 할 말은 다 했다. 나머지는 이야기를 들은 사람들이 알아서 판단할 문제였다. 태양과 달, 그리고 별들이, 열한 개의 별들이 그를 기다리고 있었고 했으니, 이 정도면 그게 무슨 뜻인지 형들도 짐작하고 남으리라. 그게 요셉의 생각이었다.

야곱은 조심스럽게 주위를 둘러보았다. 예상대로였다. 야수처럼 변한 열 쌍의 눈들이 자신만 뚫어져라 쳐다보고 있었다. 그는 마음을 가다듬고 용기를 내었다. 이윽고 소년의 뒤에 앉아 있던 야곱의 입에서 자기 딴에는 최대한 역정을 낸 목소리가 터져 나왔다.

"여호세프! 그런 이상한 꿈이 어디 있느냐? 그리고 또 꿈을 꾸었으면 그만이지, 그런 하찮은 꿈 이야기를 우리한테 들려주는 건 또 뭐냐? 나하고 네 어머니가, 그리고 형들까지 너를 떠받들어야 한다는 거냐? 네 어머니는 돌아가셨다. 거기서부터 말도 안 되는 허튼소리가 시작되지 않느냐? 그리고 또 그것으로 끝나는 것도 아니고! 부끄러운 줄 알거라! 인간의 척도를 따르자면, 네가 한 이야기는 도무지 앞뒤가 맞지 않는다. 그건 '아울라사울라카카울라'라고 지껄인 거나 마찬가지야. 똑같이 그런 데나 쓰일 소리란 말이다. 참으로 실망이 크다. 열일곱 살이나 먹고도, 게다가 노복 엘리에젤한테 글과 사리분별도 배워서 정신이 좀 밝아졌나 했더니, 주님을 아는 이성이 그 정도밖에 안 되어서 아직까지 그런 명예롭지 못한 꿈을 꾸질 않나, 그것도 모자라 그런 걸 아버지와 형들 앞에서 주절대질 않나. 어쩜 그렇게 멍청하단 말이냐? 이렇게 야단치는 건 그 벌이다! 그나마 네 수다가 워낙 유치해서 이 정도 벌로 끝나는 줄이나 알아라. 안 그랬으면 이보다 훨씬 더 심한 벌을 받았을 거다. 그랬더라면 머리카락을 쥐어뜯어 몹시 아프게 했을 수도 있지. 성숙한 사람이라면 어린아이 같은 네 말에 이의를 제기하고 법에 호소해서라도 복수할 생각은 하지 않을 테니, 이 정도로 끝내는 거다. 자, 잘 있거라, 레아의 아들들아! 질바와 빌하의 아들들아!"

말을 마치자마자 그는 홀연히 자리를 떴다. 아들들의 시선에 못 이겨 마지못해 어린 아들을 나무랐지만, 그 정도 야단치는 데도 대단한 용기가 필요했다. 그저 자신의 힐책에 다른 자식들이 만족하기를 바랄 뿐이었다. 한편 야곱은 진짜 화가 나기도 했다. 자기한테만 털어놓지, 어리석게 형들까지 증인으로 삼을 게 뭐란 말인가? 아버지를 난처하게 만들려고 단단히 작정한 게 아닌가! 이따가 따로 불러 요셉에게 그 말도 할 참이었다. 물론 조금 전에야 이런 말을 할 처지가 아니었다. 야곱은 자신이 요셉과 형제들 사이에서 방패 역할을 했다는 사실을 알아차렸다.

집으로 돌아가는 동안 깜찍한 아들이 털어놓은 꿈 이야기를 생각하면서 야곱은 연신 수염을 쓰다듬어야 했다. 웃지 않으려고 애를 써도 가슴이 뭉클하고, 아니 황홀해서 자신도 모르는 사이에 미소가 지어졌던 것이다. 하지만 아이를 나무란 데에는 진짜 근심도 한몫했다. 툭 하면 꿈을 꾸고 온몸에 경련을 일으키는 아이의 영혼을 어떻게 구원하나, 여간 걱정스럽지 않았다.

하지만 근심과 걱정은 사소한 동요에 불과했다. 이 두 가지를 다 합쳐도 요셉의 교만한 꿈 이야기가 야곱에게 남긴 잔잔한 쾌감을 따를 수 없었다. 그건 거의 경건한 신앙심에 가까웠다. 야곱은 엉뚱하게도 이 순간 주님께 기도를 올렸다. 제발 그분이 주신 꿈이기를 바란다고. 만약 그분과 상관없는 꿈이었다면, 그럴 가능성도 많았지만, 이 기도가 억지 애원이 된다는 걸 모르지 않았다. 사랑하는 아들 생각에 당장이라도 감사의 눈물이 흘러내릴 것 같았다. 순진한 아들이 아무 계산도 없이 입 밖에 낸 미래에 관한 꿈이, 장차 크게 될 아들의 모습을 미리 맛보게 해준 꿈이며, 그것이 너무도 원대한 미래상이어서 꼭 꿈처럼 보여질 수도 있다고 생각하니 더 그랬다. 어리석은 아버지! 그는 자신과 다른 사람 모두가 아무 쓸모 없는 자에게 다가가 그를 떠받드는 장면을 상상하고 분노할 수도 있었다. 그러나 이런 말은 귀에 거슬릴 게 뻔했다. 아들을 떠받드는 일이라면 지금도 충분히 하고 있지 않은가?

형들은 어떻게 되었느냐고? 그들은 야곱이 자리를 뜨기 무섭게 남자답게 당당하게 자리에서 일어나 들판으로 몰려나갔다. 성큼성큼 스무 걸음쯤 옮긴 후, 그 자리에 멈춰 선 채 잠깐 동안 대책을 의논했다. 거구인 맏형 르우벤이 대표로 말했다. 대책은 하나뿐이다. 떠나는 것, 그랬다. 모두 아버지의 가축떼를 떠나 자유로운 유배지로 가자. 이건 이런 괘씸하고 분통 터지는 짓거리 앞에서 우리가 말할 수 있는 감동적이며 당당한 선포요, 유일한 대답이다. 르우벤은 요셉 곁을 떠나면 불행을 막을 수 있으리라 생각했다. 그러나 속말을 하지는 않았다. 오히려 그 조처를 불의에 저항하여 당당하게 벌을 주는 행위로 부각시켰다.

형제들은 그날 저녁 야곱 앞에 나아가 떠나겠다고 말했다. 이런 꿈이나 꾸고 그런 꿈 타령이 허락되는 곳이라면, 그리고 고작해야 머리카락이나 쥐어뜯는 벌 외에는 다른 어떤 제재도 받지 않는 그런 곳이라면 더 이상 머무를 생각이 없다. 여기서는 더 잃을 것도 없다. 추수는 힘센 자신들이 다 끝냈으니 이제 시켐으로 떠나겠다. 여섯뿐만 아니라 나머지 네 명까지 열 명 모두 간다. 비옥한 시켐 목초지에서 변함없이 신의를 다해, 물론 이렇게 신의를 다해도 고맙다는 인사 한번 제대로 듣지 못하지만, 여하튼 충성스러운 종으로 아버지의 가축떼를 돌보겠다. 하지만 헤브론 집은, 이렇게 모욕적인 꿈이나 꾸는 이곳은 다시는 안 볼 것이다. 공경하는 아버지께 작별 인사로 몸을 숙여 절을 하겠다(그리고 말만이 아니라 실제로 그렇게 했다). 자신들이 이렇게 떠나서 아버지가 가슴 아파 하거나, 또는 안타까워하면 어쩌나 그런 걱정은 안한다. 우리 주인님 야곱은 모두 알다시피 한 명을 얻기 위해서라면 열 명이라도 선뜻 내놓으실 분이니까.

야곱은 고개를 숙였다. 이제야 조금 두려워지기 시작한 걸까? 자신이 선택한 사람에게만 사랑을 쏟는 건 오로지 그분을 따라하는 것뿐이라고, 오히려 당당하게 자신의 감정에 취해 살다가, 문득 모범이 되는 그분이 이런 자신을 별로 달가워하지 않으시는 건 아닐까, 슬그머니 걱정스러웠을까?

Fünftes Hauptstück
Die Fahrt zu den Brüdern

5부

형제들을
찾아가는 여행

무리한 요구

한 맺힌 아들들이 아버지 곁을 떠나겠다고 선포하자, 야곱은 고개를 떨구었다 했다. 그 이후로 좀처럼 고개를 드는 법이 없었다. 태양이 곧 사라질 채비를 하느라 마지막 발악이라도 하듯 온 대지를 바싹 태우는 때였다. 정실부인 라헬이 요셉을 선사해 준 때도 이 절기, 즉 탐무즈 달이었으나, 만물이 석탄처럼 타들어가는 이 계절만 되면 야곱은 늘 적막해 하곤 했다. 지금 울적한 것은 이 절기 탓일 수도 있다.

그러나 이렇게 막막하고 답답한 진짜 이유는 따로 있었다. 한 목소리로 집을 떠나겠다고 선언한 아들들 때문이다. 그 선언이 이토록 큰 고통을 안겨 주었던가. 그건 아니었다. 마음으로야 '한 명을 얻기 위해서라면 열 명이라도 선뜻 내주고' 있었지만, 그걸 실제 행동으로 드러내는 것은 또 다른 문제다. 아들들이 자신과 함께 살지 않겠다고 한 선언을 기정사실로 인정하고, 나뭇잎이 다 떨어진 줄기처

럼 초라하게 열두 아들이 아니라 겨우 두 아들만 거느린 가
장 신세가 된다면, 그런 체면 깎이는 일이 없었다. 그뿐 아
니라 이로 말미암아 주님을 당황케 하고 근심을 끼쳐드려
송구스러웠다. 주님께서는 나름대로 계획을 가지고 계신
터인데, 이 일을 어쩌나 생각하니 절로 가슴이 무거워졌다.
야곱은 오로지 라헬의 태에서만 자식을 생산하고 싶었다.
그러나 이를 교묘하게 막은 것도 창창한 앞날을 계획하시
는 그분이 아니셨던가? 그래서 야곱은 원치 않았지만 라반
의 계략에 넘어가 사랑하지 않는 다른 아내들의 몸에서도
자식들을 얻었다. 하지만 따지고 보면 그 아들들도 모두 축
복의 결실이요 예측할 수 없는 미래를 짊어지고 나갈 자들
이 아닌가?

야곱은 자신이 사사로운 정에 이끌려 고집스럽게 요셉을
선택했음을 모르지 않았다. 그 선택의 결과가 먼 앞날을 예
비하시는 주님의 계획과 조금이라도 마찰을 일으키면, 그
때는 야곱의 선택이 처벌받아 마땅한 교만이었음이 여실히
증명될 것이다. 그런데 바로 그날이 다가오고 있었다.

어리석은 요셉이 분열의 직접적인 계기였으므로 마음이
아파도 일단 요셉을 나무라긴 했다. 그러나 주님과 인간 앞
에서 이러한 어리석음을 책임져야 할 사람은 다름 아닌 자
신임을 야곱은 부인하지 않았다. 그는 요셉을 원망하면서
동시에 자신을 원망했다. 재앙이 생겼다면, 소년 요셉은 그
저 중간에 끼어 있는 제삼자(第三者)일 뿐, 야곱의 사랑이
실제 원인이었다. 이 사실을 도대체 무엇으로 감출 수 있겠
는가? 주님은 다 알고 계셨다. 그리고 인간은 주님을 피해

숨을 길이 없었다. 진실을 인정한다는 것이 바로 아브람의 유산이었고, 이는 주님까지 아시는 일을 자신만 모르는 척, 스스로 속이지 않는다는 뜻이다.

야곱은 밀 수확이 끝나자, 이러한 양심의 소리에 이끌려 과감한 결단을 내렸다. 자신의 정 때문에, 사랑으로 말미암아 심각한 사태가 빚어졌으므로, 이제 애착을 버려야 한다고 생각했다. 자신이 응석받이로 애지중지 기른 아이가 중간에서 피해를 가져오게 되었으니, 이제 그 아이를 중간에서 피해를 보상해 주는 자(中保子)로 만들리라는 결심이었다. 그러기 위해서는 아이에게 어느 정도 무리한 요구를 해야 했다. 요셉의 잘못도 잘못이지만, 요셉에 대한 자신의 지나친 사랑과 애착을 뉘우친다는 의미에서 아이를 좀 심하게 다룰 생각이었다. 그래서 그는 저만치 서 있는 아이를 엄한 목소리로 불렀다.

"요셉!"

"예, 저 여기 있어요!"

아이는 단걸음에 아버지 쪽으로 달려왔다.

요셉은 모처럼 아버지가 불러 주자 무척 기뻤다. 형들이 떠난 후로 다정하게 이야기 한번 나눈 적이 없어서, 이 어리석은 아이는 가슴 한구석 불길한 예감에 사로잡혀 있었다.

"내 말을 듣거라."

야곱은 무슨 이유에서인지 생각이 딴 데 가 있는 사람처럼 두 눈을 깜박이며 수염을 쓰다듬었다.

"네 형들이 모두 세겜 골짜기에서 방목하고 있지 않으

냐?"

"네, 그렇게 말한 것 같은데요. 제 기억이 틀리지 않다면 형들은 모두 다 세겜으로 떠난다고 했어요. 거기 가서 아버지의 가축떼를 돌보겠다고 했죠. 거기에는 기름진 목초지가 있고 이 골짜기는 아버지의 가축떼를 다 감당할 수 없다고 말이에요."

요셉이 대답했다.

"그래, 맞다. 그래서 너를 불렀다. 아직까지 레아의 아들들 이야기는 물론 몸종의 자식들 소식도 듣지 못했다. 또 그곳 목초지는 어떤지 모르겠다. 내 양들이 이사악의 축복으로 여름 돌림병에 무사했는지, 혹시 마비되거나 배가 부어 몸에 탈이나 나지 않았는지, 내 자식들이자 네 형들인 그들이 어떻게 지내는지도 알 수 없고, 성주의 관할 구역 안에서 평화롭게 방목하고 있는지 어떤지도 모르겠구나. 내 기억으로 그곳은 예전에 심각한 일이 있었던 장소라 마음이 편치 않구나. 그래서 너를 형들에게 보낼까 한다. 네가 가서 형들이 잘 있는지 보고 오너라."

"예!"

요셉은 눈이 반짝 뜨였다. 하얀 치아가 드러나도록 활짝 웃으며 얼마나 신이 나는지 금방이라도 뛰어오를 듯 발을 굴렀다.

"생각해 보니 네 나이도 곧 열여덟 살이 되겠구나. 이제 널 좀 심하게 다루어 네가 남자 구실을 할 수 있는지 시험할 때가 왔다. 그래서 네게 조금 무리한 요구지만 형들한테 너를 심부름 보낼 결심을 했다. 내 곁을 떠나 형들에게 이르거든 내가 모르는 소식을 물어보거라. 그런 다음 주님의 도움으로 열흘이나 아니면 아흐레 후에 집으로 돌아와 네가 들은 소식을 들려다오."

"예, 그렇게 할게요!" 요셉은 황홀할 지경이었다.

"아, 아빠! 주인님께서는 어쩌면 이렇게 근사한 생각을 하셨어요! 육로를 따라 여행을 떠나 형들을 만나 세겜 골짜기에 모든 일이 다 잘 되고 있는지 보고 오라니, 생각만 해도 신나요! 제 소원을 말해 보라고 하셨더라도 바로 이걸 원했을 거예요!"

"너더러 형들을 찾아가서 모든 일이 잘 되고 있는지 보고 오라는 게 아니다. 그건 네 형들이 이미 다 알아서 하고 있다. 모두 그 정도는 할 수 있는 남자들이니 아이가 나설 필요는 없다. 또 내가 널 보내는 것은 그 때문이 아니다. 너는 모름지기 형들한테 공손히 예를 갖춰 절을 하고 '형님들이 잘 계신지 보려고 이렇게 며칠 길을 왔어요. 저도 오고 싶었고 또 아버지의 지시도 그리하여 아버지와 제 뜻이 서로 통했습니다'라고 말하거라."

"파로시를 타고 가게 해주세요! 다리도 길고 아주 순한데다 골격이 튼튼한 것이 꼭 이싸갈 형 같아요."

그 말에 야곱은 잠시 뜸을 들였다가 대답했다.

"심부름 가는 게 그렇게 기쁘고, 별로 무리한 요구로 생각하지 않는 걸 보니 너도 남자가 다 되었구나. 네가 지금 내 곁을 떠나면 초승달이 보름달로 변할 때까지, 내가 너를 한동안 못 볼 텐데, 그건 아무렇지 않은가 보구나. 하지만 형들에게는 꼭 '아버지가 원하신 일이에요'라고 해야 한다."

"그럼 파로시를 타고 가도 되나요?!"

"네 나이도 나이니 만큼 조금 힘든 일도 겪게 할 생각이다만, 아무리 그래도 당나귀 파로시는 줄 수 없다. 정력만 왕성하지 그 정력만큼 영리하지는 않기 때문이다. 그보다는 하얀 당나귀 훌다가 훨씬 나을 게다. 유순하고 조심성도 있으려니와, 나귀를 타고 행차하는 모습이 훨씬 보기 좋을 테니까. 하지만 내가 네게 무리한 요구를 한다는 사실을 너는 물론이고 형들도 알아야 하니까, 너를 세겜 골짜기까지 혼자 보낼 생각이다. 종도 딸려 보내지 않을 것이고 엘리에젤도 함께 가지 않을 것이다. 너 혼자 알아서 형들이 있는 곳으로 찾아가 '형들을 만나려고 이렇게 흰 나귀를 타고 혼자 왔어요. 아버지께서 그렇게 시키셨어요'라고 말하거라. 그러면 어쩌면 돌아올 때는 너 혼자가 아니라 형들도 같이 올지 모른다. 몇 명만이라도. 아니면 전부 다든. 여하튼 네게 이렇게 무리한 요구를 하게 된 것도 그런 계산 때문이다."

"염려 마세요. 그건 제가 다 알아서 할게요." 요셉이 약속했다.

"형들을 꼭 데려오겠어요. 장담할 수 있어요. 형들하고 같이 오면 모를까 혼자서는 절대로 안 돌아와요!"

그렇게 별 생각 없이 함부로 입을 놀린 요셉은 아버지를 붙잡고 빙그르르 돌았다. 혼자 여행을 떠나 세상 구경을 나가다니, 얼마나 감격스러운 일인가! 이러고 있을 때가 아니었다. 이 기쁜 소식을 벤야민과 엘리에젤에게 알려야 했다. 서둘러 그들 쪽으로 달려가는 요셉을 물끄러미 지켜보던 야곱은 고개를 끄덕였다.

무리한 요구라니, 그건 자신에게나 해당되는 말이었다. 이 일을 견디기가 힘이 드는 자는 다른 누구도 아닌 바로 자신이었다. 하지만 그 정도야 감수해야 하지 않겠는가? 요셉을 향한 자신의 애끓는 정을 담보로 내놓으려 했던 게 아닌가? 아이를 며칠 못 보는 것만으로도 자신이 저지른 잘못에 충분한 대가를 치르는 셈이라 여겼다. 땅이 아닌 저기 위쪽에 계신 분은 과연 '심한 대접'을 어떻게 이해하는지, 야곱은 그 점에 대해서는 꿈에도 짐작하지 못했고 완전히 깜깜했다.

요셉을 보낸 일이 실패해도, 기껏해야 형들 없이 요셉 혼자서 돌아오는 상황을 예상했을 뿐이다. 그와 정반대인, 그 끔찍한 경우는 그의 머릿속을 비집고 들어오지 못했다. 숙명이 자신을 지키기 위해 이를 막은 것이다. 만사는 사람들의 예상을 뒤엎고 일어나기 마련이다. 숙명적인 재난의 입장이 되어보자. 그에게는 두려운 눈으로 앞을 내다보는 인간이 머리에 떠올리는 일종의 주문 같은 생각이 여간 거추장스럽지 않다. 한마디로 그런 근심은 숙명의 길을 가로막는 걸림돌이다. 그래서 재난은 수심과 근심에 젖어 있는 인간의 상상력을 마비시켜, 다른 모든 것에는 생각이 미쳐서 이 구석 저 구석 샅샅이 훑는 인간의 상념이, 바로 그 재난만큼은 쏙 빼놓고 지나치도록 만든다. 그 때문에 막상 일이 닥쳤을 때는 인간의 생각이 미치지 않은 천연 그대로의 모습으로, 모든 것을 한꺼번에 박살내는 청천벽력으로 떨어지는 것이다.

요셉의 여행에 필요한 물건들을 이것저것 준비하면서 야곱은 깊은 사색에 잠겼다. 지난 세월 자신이 겪었던 운명의 날들이 떠올랐다. 어머니 리브가가 시킨 대로 축복을 바꿔 치기 한 후, 어머니는 지금의 자신처럼 아들의 짐을 꾸려 주셨다. 과거의 재현 앞에서 그는 또 한번 숙연해졌다. 두 상황을 이런 식으로 바라보는 야곱의 시각은 조금 지나친 면이 없지 않다.

생각해 보라. 야곱을 어떻게 리브가에 비길 수 있겠는가. 그녀는 상황을 바로잡는 차원에서 축복에 얽힌 사기극을 꾸밀 만큼 담대한 어머니요 한마디로 여걸이었다. 그리고 마침내 축복받은 아들을 멀리 떠나보낼 때, 그녀는 자신이 사랑하는 아들을 영영 못 볼지도 모른다는 사실을 알고 있었다.

이 테마의 변주곡이 요셉의 경우였다. 항상 푸대접만 받아온 형들과 요셉의 관계는 최악이었으니, 요셉도 어차피 집을 떠나야 했을 것이다. 하지만 형들의 노여움을 피해 도망간 게 아니었다. 야곱이 요셉을 의도적으로 에사오의 손에 넘긴 것이다. 그 배후에는 얍복 여울에서 자신의 형 에사오와 만났던 기억이 깔려 있었다. 야곱은 이 형과의 만남이 요셉의 경우에 조속히 재현되기를 바랐다.

대관절 형 에사오와의 재회가 어떤 만남이었기에? 그건 겉으로만 무릎을 꿇고 두루뭉실 넘어간 화해였다. 형 에사오가 입은 손해는 보상해 줄 수 있는 성격의 것이 아니었다. 그렇게 무엇으로도 메울 수 없는 그 틈새에 눈 가리고 아웅 하듯이 적당히 아스팔트를 처발라 땜질을 한 바로 그런 보상이, 근엄하면서도 명주 고름처럼 심약한 야곱이 원한 것이었다. 그러니 단호한 행동으로 그 결과까지 감수한 리브가와는 거리가 멀었다. 요셉을 형들이 있는 곳으로 보낼 결심을 하면서 야곱은 이전 상황으로 되돌아가길 원했을 뿐이다. 더 이상 지속될 수 없는 상황이라는 사실이 만천하에 드러났건만, 야곱의 눈에는 보이지 않았던 것일까? 설령 열 명의 아들들이 다시 집으로 돌아온다 해도 달라질 것은 없었을 것이다. 요셉이라면 어쩔 줄 모르는 야곱의 편애와 또 이에 눈먼 요셉의 교만, 그리고 이를 부드득 가는 형들의 무서운 분노는 예전과 마찬가지로 이렇게 꼬이고 저렇게 꼬여 결국 똑같은 결과를 낳을 게 뻔했다.

금지옥엽 아들이 형들과의 반목으로 길을 떠나는 것, 거기까지는 과거의 재현이었다. 그래서 야곱은 내친김에 다른 상황도 비슷하게 만들었다. 자신이 예전에 집을 떠났던 시간에 맞춰, 요셉의 출발 시간도 해 뜨기 전, 꼭두새벽으로 잡은 것이다. 그러나 아들을 떠나보내는 작별의 순간에 야곱은 아버지라기보다는 어머니였다. 그는 어머니 리브가가 자신에게 했듯이 떠나는 아들의 볼에 대고 한참 동안 축복해 주는 주문을 중얼거리고 자기 목에 걸려 있던 부적 하나를 벗어 아들에게 걸어준 후, 다시 한번 아들을 끌어안았다. 열이레 아니면 그보다 조금 더 걸릴 낯선 땅 나하라임으로 어머니 리브가가 자신을 보냈듯, 마치 기약할 수 없는 먼길로, 아니 어쩌면 영원히 돌아오지 못할 길로 요셉을 떠나 보내는 듯했다.

아들 요셉은 양식도 충분하고 그리 멀지도 않으며 길도

안전한 세겜으로 어서 달려가고 싶어 안달이 났지만, 아버지 야곱은 그와의 작별이 이처럼 힘들었다. 인간은 자신도 의식하지 못하는 가운데 엉뚱한 행동과 태도를 보이기도 한다. 그러나 이것은 숙명의 시각에서 보면 너무도 당연한 것이다. 훗날 인간의 의식을 가린 장막이 걷혀, 모든 게 어떤 의미였는지를 알게 되면 이러한 행동은 위로가 되기도 한다. 그러니 결코 가벼운 작별을 해서는 안 되는 법, 혹시라도 나중에 이렇게 말할 상황이 벌어질지 어떻게 아는가? 그래도 다행히 지난번 헤어질 때 꼭 끌어안아 주기는 했었어.

아들을 떠나보내는 새벽에, 짐을 잔뜩 싣고 울긋불긋한 볼블루메(양담배풀 속의 식물—옮긴이)와 유리구슬로 치장한 나귀 훌다 옆에서 벌어진 작별의식이 이게 전부였으리라 생각하는 사람은 없을 것이다. 포옹에 앞서 헤아릴 수 없을 만큼의 조언과 충고, 그리고 경고가 있었다. 소년에게 길을 알려 주고 중간에 묵을 지점들까지 하나하나 꼼꼼하게 일러주는 야곱의 모습은 정말 자상한 어머니였다. 그리고 더위와 감기를 조심하라는 말도 잊지 않았다.

가는 길목에 더러 있는 신앙이 같은 형제들의 이름도 일일이 열거하며 그들의 집에서는 하룻밤 묵어도 된다고 했다. 하지만 성지 우루살림에 이르러 바알의 신전에서 아쉐라 여신을 받드는 여사제들의 거처를 보게 되더라도, 그들과는 단 한마디도 주고받아서는 안 된다고 신신당부했다. 그리고 형들에게 특히 신경을 써서 공손하고 깍듯하게 굴어야 한다는 말은 귀에 못이 박힐 정도였다. 형들한테 공손하게 대하면 이로우면 이로웠지 해로울 건 전혀 없다. 그러니 기회가 있을 때마다 형들 앞에 나아가 일곱번 절하고 '주인님'이라고 불러라. 그러면 앞으로 요셉 너와 사이좋게 평생 함께 살 결심을 할 수도 있다.

그날 새벽, 마지막 작별 인사를 건네면서 야곱은, 아니 리브가는 이런 이야기들 중 몇 가지를 다시 한번 상기시키고 나서야 아들의 출발을 허락했다. 이제나저제나 출발 명령이 떨어지기만 기다리던 아들은 신이 나서 북쪽으로 나귀를 몰았다. 야곱은 그렇게 주의를 주고도 안심이 안 되었던지, 달리는 나귀 훌다를 따라가면서까지 이야기를 멈추지 않았다. 그러나 신선한 아침 기운에 생기가 넘치는 나귀를 어떻게 따라잡을 수 있겠는가, 야곱은 몇 걸음 못 가 멈추고 말았다. 그럴 것까지야 없는데 상황에 어울리지 않게 가슴이 너무 무거웠다. 아들이 뒤를 돌아보며 활짝 웃어 보였다. 밖으로 드러난 이빨의 마지막 반짝임을 보며 야곱은 손을 흔들었다. 길이 꺾이면서 아들의 모습이 사라졌다. 나귀를 타고 가는 요셉은 야곱의 눈에 더 이상 보이지 않았다.

세겜으로 향하는 요셉

  아버지의 시야에서 사라졌다 해서 요셉의 모습이 달라지는 건 아니다. 그는 나귀 엉덩이 뒤쪽에 걸터앉아 잘 빠진 갈색 다리를 앞으로 쭉 뻗었다. 상체는 최대한 뒤로 젖혀 한껏 멋을 부렸다. 감미로운 아침 햇살 아래 벤-라헴으로 가는 산길을 느긋하게 달리는 기분은 눈으로 볼 수 있는 현재 상황과는 맞아떨어졌다. 아버지가 좀 유난스럽게 작별을 하셨지만, 그것도 달갑게 받아들였다. 모든 게 자신에 대한 각별한 사랑 탓이었다. 처음으로 아들과 이별하면서 아버지는 아들을 염려하는 마음으로 온갖 배려를 아끼지 않았다. 그러나 이러한 아버지의 노력을 헛수고로 만든 요셉이었다. 하지만 양심의 가책 같은 건 느끼지 않았다.

  야곱은 아들에게 여행 중에 지켜야 할 사항과 조심해야 할 일들을 꼼꼼히 챙겨서 지시하고 경고했다. 그런데 하필이면 딱 한 가지만 빼놓았다. 다른 건 몰라도 꼭 일러줬어야 했을 이야기인데, 그런데 그걸 잊어버리다니, 반드시 배려했어야 할 그 일을, 다른 것은 다 고려했으면서 왜 하필이면 그 생각을 놓쳤을까, 그게 잘못이라면 잘못이었다. 마땅히 경고 대상이었어야 할 그 물건이 야곱의 눈앞에 몸서리치는 모습으로 등장하기 전까지, 유독 그 생각만은 머리 언저리에도 얼씬거리지 않았다.

케토넷 베일 옷! 그 화려한 옷은 집에 두고 가라고 시켰어야 하는데 그 말을 안했다. 아버지의 별다른 명령이 없는 틈을 노려 요셉은 시침 뚝 떼고 여행을 떠날 때 옷을 챙겼던 것이다. 그 옷을 입은 모습을 온 세상에 자랑할 생각을 하니 벌써부터 온몸이 달아올랐다. 아버지가 마지막 순간에 느닷없이 화려한 그림을 수놓은 이 옷을 떠올려 못 가지고 가게 하면 어쩌나 가슴이 두근거렸다. 아니, 설령 그랬더라도 요셉은 거룩한 베일 옷을 여행 짐 틈에 감춰두고도, 능청스럽게 궤짝 안에 잘 보관되어 있다고 아버지한테 거짓말을 했을 확률이 높다. 그를 태우고 갈 우윳빛 훌다는 세 살짜리로 아주 매혹적이고 영리하며 고분고분한 나귀였다. 악의 없는 장난을 좋아하는 게 흠이라면 흠이었지만, 짐승의 유머러스한 본성이 감춰져 있다가 이따금 모습을 드러낼 때면 감동을 자아내곤 했다. 나귀의 귀는 능변처럼 매끄럽고, 보드라운 우단 같았고, 눈 꼬리에는 항상 단골 손님 파리떼를 달고 다녔다. 또 커다란 눈에는 장난기가 어려 있고 양털처럼 부드러운 갈기도 익살스럽게 보였다. .

이 나귀 훌다의 양쪽 등허리에는 여행에 필요한 여러 가지 물건과 식량이 주렁주렁 매달려 있었다. 갈증을 식혀 줄

시큼한 묽은 우유가 담긴 염소가죽 부대, 거칠게 빻은 곡물과 과일로 만든 케이크, 소금에 절인 올리브 열매, 오이, 훈제 양파, 신선한 치즈 등이 담긴 뚜껑 달린 바구니와 항아리들이었다. 그뿐 아니라 다른 식량과 형들에게 줄 선물들까지 아버지는 하나도 빼놓지 않고 일일이 눈으로 확인했다. 그런데 유독 한 가지에는 눈길을 주지 않았다.

그건 오래 전부터 쓰여 왔던 흔한 여행 장비였다. 동그란 가죽의 가장자리에 금속고리가 달려 있는 이 물건의 원래 용도는 식탁보였고, 사막에 사는 베두인이 원조인 셈이었다. 이들은 여행할 때 금속고리에 끈을 넣어 이 식탁보를 주머니로 만든 다음 타고 갈 짐승의 등허리에 매달았다. 요셉도 그들을 따라했다. 그 식탁보 주머니 안에 화려한 베일 옷을 감추는 순간 도둑질이라도 하듯 묘한 쾌감에 몸을 떨기까지 했다.

유물을 상속받았으면 뭐 하는가? 여행길에 자랑도 할 수 없다면! 고향 근처에서는 길에서 만나는 사람들이 반갑게 이름을 불러 주었다. 그러나 몇 시간 후 집에서 좀 멀어지자, 모두가 모르는 사람들뿐이었다. 물론 나귀 등에 실린 풍성한 식량 보따리만 보더라도 그 나귀 주인이 귀한 집안의 지체 높은 사람임을 짐작할 수 있었다. 하지만 그것만으로 만족할 수 있는가. 이럴 때 화려한 자수 옷까지 입으면 금상첨화가 아닌가. 때마침 해도 떠올랐다. 요셉은 얼른 옷을 꺼내 마음껏 멋을 부릴 생각에 베일을 머리 위에 둘렀다. 그리고 평상시에 즐겨 쓰던 미르테 화환을 그 베일 위에 썼다.

이 몸치장은 한편으로는 성지를 찾아 갈 준비이기도 했다. 야곱은 감정에 북받쳐서 떨리는 목소리로 성지에 들르라고 지시했었다. 요셉은 그곳에 가서 제사를 지낼 생각이었지만, 첫날 도착하지는 못했다. 하지만 성지는 그날 밤묵은 벧-라헴에서 들길 하나만 가로지르면 닿는 곳이었다. 야곱의 친구이며 같은 주님을 섬기는 어떤 목수 집에서 하룻밤 묵고 다음 날 아침, 주인 내외와 주인 남자의 도제들과 작별인사를 나눈 요셉은 성지로 향했다.

성지에 도착한 요셉은 일단 홀다를 뽕나무 아래에 묶어 놓고, 신부가 썼던 베일 옷, 이제 자신의 물건이 된 그 유물을 두르고 예전에 길가에 세워진 돌 앞에서 기도를 드리고 제사를 지냈다. 그 돌은 주님께서 이곳에서 어떤 일을 행하셨는지 그분께 상기시켜 드리려고 야곱이 세웠던 기념비였다.

양쪽에 포도밭과 자갈밭을 낀 우루살림으로 가는 길은 아침의 정적이 내려앉아 인적도 없어 고요하기만 했다. 한 줄기 산들바람이 매끈한 나뭇잎을 희롱하며 지나갔다. 들판은 침묵했고, 야곱이 옛날 라반의 자식 라헬을 묻었던 성지 또한 그녀의 아들이 바치는 제물과 예식을 침묵으로 받아들였다. 요셉은 물과 건포도 빵을 올린 후, 바닥에 입을 맞췄다. 그 아래에 숨을 거둔 한 생명이 묻혀 있었다. 어떤 어려운 일이 닥쳐도 피하지 않고 당당하게 살려고 했던 그 생명은 지나간 과거의 사람이었다. 자리에서 일어난 요셉은 양손을 올려 과거의 인물을 꼭 빼닮은 눈과 입으로 하늘을 우러러보며 제문을 읊었다. 그러나 저 깊은 곳에서는 묵묵부답이었다. 과거의 존재는 침묵했다. 그는 무심(無心)에

사로잡혀 걱정을 하고 싶어도 그럴 능력이 없었다. 과거의 사람인 그녀가 첫날밤에 입었던 자신의 예복을 입고, 지금 자신의 눈으로 하늘을 바라보고 있는 아들, 그건 과거가 남 긴 현재였다. 그렇다면 과거에 그의 어머니였던 존재는 자 신의 피와 살로 지금 이 순간 생명을 누리는 아들을 나무라 고 경고할 수 없었던가? 그럴 수는 없었다. 응석받이로 길 러진 소년의 눈먼 어리석음이 그에게 마법을 걸었던 탓에 입을 열지 못한 것이다.

이윽고 요셉은 가뿐한 마음으로 산길과 대로를 따라 목 적지로 직행했다. 세상에 그보다 더 편안하고 만사형통인 여행은 없었다. 재수 없는 일이나 예기치 못한 일이 생겨서 행운에 재를 뿌리지도 않았다. 물론 누구처럼 앞쪽의 땅이 혼자 솟구쳐 여행시간을 단축시켜 주지는 않았지만, 요셉 앞에 펼쳐지는 노정은 하나같이 편안했다. 그리고 가는 곳 마다 사람들은 눈과 입으로 환영해 주었고 개인적으로 아 는 사람 하나 없었어도 대단한 인기를 얻을 수 있었다. 거 기엔 베일 옷 탓도 있었으리라. 여하튼 매혹적인 그의 외모 는 보는 사람들을 기쁘게 해주었다. 특히 여자들의 반응이 더했다.

동네 어귀에 들어서면 점토와 잡동사니를 섞어 구운 후 가운데에 구멍을 뚫은 벽돌로 만든 담에 기대앉아 아이에 게 젖을 물리는 여자들이 간혹 있었다. 그렇지 않아도 젖을 빨리고 있어서 시원하고 쾌적한데, 나귀를 타고 지나가는 이 멋지고 아름다운 자를 바라보면 그 느낌이 배가되는 것 이었다.

"몸조심하세요, 멋쟁이 도련님!"

"도련님 같은 아들을 낳다니 복도 많은 여인이군요!"

여인들이 그렇게 소리치면 요셉은 활짝 미소를 지으며 화답했다.

"전 아주 건강해요! 당신 아들은 많은 사람을 다스릴 겁니다!"

"어머나, 고마와라!"

"아스타로트께서 도련님을 지켜주실 거예요. 도련님은 그녀의 가젤 영양과 닮았어요."

여인들이 그의 뒤통수에 대고 아쉐라를 들먹인 것은, 요셉이 아름다운 외모를 가진 건 순전히 그 여신의 은혜라 생각했기 때문이다.

요셉이 두른 베일도 베일이지만, 풍부한 식량 때문에 신처럼 받들어 섬기려는 사람들도 있었다. 물론 순진한 시골 사람들의 이야기다. 성벽을 두른 도시에서는 당연히 달랐다. 벧-세메시 혹은 키럇-아인, 또는 케렘-바알라트나 이와 비슷하게 불리는 도시에 이르면, 요셉은 연못가나 성문 앞에서 사람들과 이야기를 나눴고, 그럴 때마다 곧 많은 사람들에게 둘러싸였다. 도시 사람들까지 탄복할 만한 교양 덕분이었다. 그는 숫자에 얽힌 주님의 기적이라든가, 영겁의 시간과 추의 비밀이며, 지구에 사는 종족들의 이야기를 들려주었다. 또 도시 사람들의 비위를 맞추느라, 어느 도시 여자 이야기를 꺼내기도 했다. 그건 숲 속에 살던 인간에게 예의를 가르친 성곽도시 우루크의 여자에 관한 이야기였다. 요셉의 입에서 나오는 말 한마디 한마디는 더없이 고상하고 교양이 넘쳐서, 사람들은 그를 어느 도시 영주나 위대한 왕을 보좌하는 신하 마츠키르로 여겼다.

요셉은 엘리에젤에게 배운 언어 지식을 백분 활용하여 성문 아래에서 하티 남자와는 그곳 언어인 히타이트어로 말하고, 북방 사람에게는 미디안 말을 건네고, 나일 강 하천의 삼각주 델타에서 온 가축장사와는 이집트 단어로 몇 마디 나누었다. 아는 단어라야 몇 개 되지 않았지만, 원래 영리한 자의 열 마디는 어리석은 자의 백 마디보다 나은 법이다. 대화를 나누는 상대방까지는 아니더라도, 적어도 구경꾼들에게는 여러 나라 말에 능통한 사람 같은 인상을 남기는 데는 문제가 없었다.

그리고 우물가에서는 무서운 꿈을 꾼 어떤 여인에게 해몽까지 해주었다. 세 살짜리 아들이 갑자기 꿈속에서 자신보다 훨씬 더 커 보였고 얼굴에 수염까지 있더라고 했다. 요셉의 눈동자가 잠깐 흰자위에 밀려나면서 꿈풀이가 나왔다. 곧 그녀의 품을 떠날 아들은 숱한 세월이 지난 후에야, 수염까지 생긴 어른이 되고 나서야 재회할 수 있을 거라고. 그 아낙네는 몹시 가난해서 아들을 노예로 팔아야 할지도 모를 형편이어서, 그 해몽은 어느 정도 맞아떨어졌고, 사람들은 아름다울 뿐만 아니라 지혜롭기까지 한 젊은 나그네에게 탄복할 뿐이었다.

가는 곳마다 자기 집에 며칠 묵어가라고 권하는 사람들이 늘어났다. 그러나 요셉은 예의에 어긋나지 않을 정도로만 그들의 친절을 받아들이고 가능하면 아버지의 지시를 따르려고 했다. 3박 4일의 여행 중 두번째 밤은 이름이 아비사이인 은세공업자 집에서 묵었다. 예전에 야곱을 방문한 적이 있는 그는 아브라함의 주님을 철저하게 믿는다거나 오로지 그분만을 섬긴다고 말할 수는 없지만, 그분에 대한 관심과 애정만큼은 남달랐다. 그러면서도 자신이 달의 금속인 은으로 우상들을 조각하는 직업을 가진 건 먹고 살아야 하니까 어쩔 수 없다고 변명했다. 사교적인 요셉은 자기도 충분히 이해한다고 말해 주고 편안하게 그의 집에서 하룻밤을 신세졌다.

그리고 밤이 짧은 세번째 밤은 무화과나무 아래 노천에서 보냈다. 대낮이 어찌나 뜨겁던지 중도에 쉬는 바람에 세번째 묵을 곳에 너무 늦게 도착한 탓이었다. 목적지에 거의 이르렀을 때에도 그랬다. 나흘째 되던 날, 그날 정오에도 못살게 구는 태양을 피하느라 하는 수 없이 나무 밑에서 휴식을 취하며 낮잠을 잤고, 저녁 무렵에야 다시 길을 재촉했다. 그래서 이윽고 좁다란 세겜 골짜기에 이르렀을 때는 하늘에 두번째 야경꾼(달─옮긴이)이 등장한 후였다. 그때까지 그의 여행은 흡사 마법에 걸린 듯 한군데도 걸리지 않고 모든 게 술술 풀리는 행운의 연속이었다.

그러나 이 길로 들어서면서부터, 하늘에 둥실 떠 있는 돛단배 아래로 도시의 성탑과 가리짐 언덕의 신전이 눈에 들어온 그 순간부터는 하나도 제대로 되는 것 없이 사사건건 엉키고 꼬여들었다. 솔직히 요셉은 운명의 이런 변덕을 그날 밤 세겜 골짜기 앞에서 만난 남자 탓으로 돌리고 싶었다. 그 남자는 모든 게 돌변하기 직전 요셉에게 동행을 자청한 자였다.

들판의 남자

요셉이 들판에서 길을 헤맸다고 되어 있다. '길을 헤매다' 니, 이게 무슨 뜻일까? 아버지의 심부름이 새파란 청년 요셉이 수행하기에는 역시 무리한 요구였고, 그래서 엉뚱한 길로 빠져 결국 길을 잃었다는 말인가? 결코 그렇지 않다. 여기저기 헤매는 것은 길을 잃는 것과는 다르다. 없는 것을 찾아다니는 자에게 길을 잃는다는 표현은 당치 않다. 세겜 골짜기는 몇 년 간 유년기를 그곳에서 보낸 요셉에게 하나부터 열까지 낯선 곳만은 아니었다. 그렇다고 대낮의 익숙함까지 운운할 수는 없고, 그저 꿈을 꾼 듯 어렴풋이 낯익어 보였다는 뜻이다. 게다가 때는 밤이었고 주변엔 가느다란 달빛만 고요했다. 그는 길을 잃은 게 아니었다. 그저 찾고 있었을 뿐이다. 다만 찾던 대상이 없었기 때문에 아무것도 없는 곳을 헤매는 꼴이 된 것이다. 요셉은 온 사방이 고요했던 그날 밤, 별빛을 받으며 나귀 고삐를 잡고 산 아래쪽, 목초지와 밭이 펼쳐진 구릉지를 이리저리 헤맸다. '형들은 대체 어디 있는 걸까?' 그러다 양떼와 마주치기도 했을 것이다. 하지만 울타리 안에 선 채로 잠을 자는 그 짐승들이 야곱의 양들인지는 확실하지 않았다. 그리고 사람이라고는 아예 없고 정적만이 감돌았다.

갑자기 웬 남자의 음성이 들려왔다. 다가오는 발자국 소리도 못 들었는데 그 남자는 어느새 요셉의 곁에 와 있었다. 맞은편에서 왔더라면 요셉이 먼저 그에게 물어보았으리라. 여하튼 이 남자는 질문 받는 것보다는 질문을 던지는 쪽을 택했다.

"누굴 찾니?"

그는 '뭘 찾니?'라고 묻지 않았다. 간단하게 '누굴 찾니?'라고 물었다. 이렇게 밑도 끝도 없이 자신만만하게 물은 탓에 요셉도 별 생각 없이 아이처럼 순진하게 대답한 건지도 모른다. 요셉은 머릿속이 무척 피곤했다. 무작정 헤매야 하는 저주스러운 밤에 사람을 만나니, 이보다 더 기쁜일이 없었다. 오로지 사람이라는 이유만으로 앞뒤 재보지 않고 순진하게도 그 남자를 무턱대고 믿고 따르기로 한 것이다. 그래서 튀어나온 게 이런 대답이었다.

"참 친절한 분이군요. 전 형들을 찾고 있어요. 그들이 어디서 양떼를 치고 있는지 말해 주세요!"

'친절한 분'은 이런 천진난만한 요청에 별로 불쾌해 하지도 않았다. 그리고 찾는 자의 말에 중요한 내용이 빠졌는데도 그런 것은 대수롭지 않다는 듯 이렇게 대답하는 것이었다.

"여기는 아니야. 그리고 이 근처도 아니고."

요셉은 난감해진 얼굴로 그를 바라보았다. 찬찬히 살펴보니 그 남자는 다 큰 어른이라고 하기에는 그렇고, 요셉보다 그저 몇 살 위일 듯 싶었다. 하지만 키는 컸다. 그랬다. 그 키다리는 여행 다니기에는 치렁거리는 긴 옷이 불편하다고 느꼈던지, 소매 없는 아마포 옷을 무릎이 드러나도록 위로 잡아당겨 허리띠로 묶고 있었다. 그리고 한쪽 어깨에는 망토를 둘렀다. 목은 약간 부어오른 듯하고, 두상은 유난히 작아 보였다. 그리고 갈색 머리카락은 눈썹까지 내려와 한쪽 이마를 비스듬히 가리고 있었다. 코는 반듯하고 곧게 뻗어 있었다. 그런데 코와 붉고 작은 입 사이의 간격이 있는 듯 없는 듯 했다. 또 입 아래 움푹 패인 곳은 부드러우면서도 단단해 보여서 그 밑으로 불거진 턱은 공처럼 둥근 열매를 연상시켰다.

남자가 거드름을 피우듯, 고개를 모로 꼬고 요셉을 내려다보았다. 예의 바른 것도 아니고, 그렇다고 전혀 예의 없다고도 할 수 없는, 한마디로 형식적인 예의를 보여주는 자세였다. 결코 못생겼다고 할 수 없는, 어쩌면 아름답다고 해야 할 두 눈은 절반쯤 열려 있고, 깜박이는 것도 귀찮은 듯 꼭 졸음에 취한 것처럼 보였다. 그리고 팔은 통통했지만 피부가 워낙 창백해서 힘이라고는 없어 보였다. 남자는 샌들을 신고 직접 다듬은 듯한 여행용 지팡이를 들었다.

"여기는 아니라고요?"

소년이 되물었다.

"그럴 수가? 형들은 분명 세겜으로 간다고 말했는데. 집을 떠나면서 그렇게 이야기했거든요. 그들을 아시나요?"

"대강은 알지."

그의 길동무가 대답했다.

"필요한 만큼. 물론 아주 친한 건 아니지. 그건 전혀 아냐. 그런데 왜 그들을 찾지?"

"아버지가 형들한테 인사를 하고 모든 일이 잘 되고 있는지 보고 오라고 했거든요."

"그러니까 심부름꾼이라는 말이군. 나도 그런데. 지팡이를 들고 심부름을 자주 다니거든. 하지만 길잡이도 하지."

"길잡이라고요?"

"그럼, 물론이지. 여행하는 사람들에게 길을 안내해 주는게 내 일이야. 그래서 네가 길을 헤매기에 말을 걸었지."

"우리 형들이 여기 없다는 걸 아는 것 같은데, 그럼 지금어디 있는지도 아나요?"

"안다고 할 수 있지."

"그럼 말해 주세요!"

"그렇게까지 형들한테 가고 싶어?"

"그럼요. 꼭 가고 싶어요. 그게 여행 온 목적인 걸요. 아버지가 형들을 찾아가라고 날 보냈으니까요."

"그렇다면 네가 가야할 목적지를 일러주마. 얼마 전에 심부름으로 이곳을 지나다 네 형들이 '양을 일부 데리고 도단으로 가자, 장소를 바꿔보자!' 그렇게 말하는 소리를 들었어."

"도단으로요?"

"왜? 도단에 가면 안 되나? 거기 가야겠다는 생각이 들어서 그렇게 한 것일 뿐이야. 도단 골짜기의 목초지는 풀도 좋고 그곳 언덕배기 사람들은 장사에도 관심이 많아. 끈으로 쓸 힘줄과 우유 그리고 양모를 사들이거든. 그러니 도단은 갈 만한 곳이지. 그런데 뭐가 놀라워?"

"놀랍다는 게 아니에요. 그런 건 기적이 아니니까. 하지만 운이 나쁘군요. 여기서 형들을 만날 줄 알았는데."

"모든 게 네 생각대로만 되는 게 아니라는 걸 잘 모르는구나. 보아하니 어머니가 응석받이로 기른 아들 같군."

"제겐 어머니가 없어요."

요셉이 퉁명스럽게 내뱉었다.

"나도 그래. 또 어찌 보면 아버지가 응석받이로 기른 아들처럼 보이기도 하는구나."

낯선 자가 말했다.

"그 이야긴 그만두고 이제 어떻게 해야 하는지나 일러줘요."

"그거야 간단하지. 도단으로 가면 돼."

"지금은 밤이에요. 게다가 우리는, 훌다하고 나는 아주 피곤해요. 옛날 기억이 틀리지 않는다면, 도단은 들판 하나를 가로질러서 닿을 수 있는 가까운 거리가 아니에요. 느긋하게 가면 한나절은 걸릴 걸요."

"아니면 하룻밤이거나. 낮에 나무 밑에서 잤으니까 밤에라도 목적지에 닿아야지."

"내가 나무 밑에서 잔 걸 어떻게 알았어요?"

"미안하지만 아까 봤어. 네가 누워 있는 걸 보고 지나갔는데 지금 여기서 널 다시 발견한 거야."

"난 도단 가는 길을 몰라요. 이런 밤중에는 더 그렇죠. 아버지도 그 길은 일러주지 않았어요."

요셉의 푸념이었다.

"그러니 내가 널 발견한 걸 다행으로 생각해. 난 길잡이니까, 원한다면 너를 그곳으로 데려다 줄 수도 있어. 도단으로 가는 오솔길을 아무 대가도 받지 않고 알려 주지. 어차피 그곳으로 심부름 가는 길이니까, 네가 원한다면 제일 빠른 지름길로 데려다 줄 수도 있어. 네 나귀를 번갈아 탈 수도 있을 테고. 아주 귀여운 짐승이군."

남자가 절반쯤 감긴 눈으로 훌다를 바라보며 말했다. 말과는 달리 훌다를 형편없는 나귀로 보는 눈빛이었다.

"너처럼 귀여워. 그런데 발목이 약한 게 흠이야."

"훌다는 이스라엘의 가축 중에서 파로시 다음가는 훌륭한 나귀예요. 훌다의 발목이 약하다니, 그렇게 생각한 사람은 아무도 없었어요."

요셉의 말에 낯선 자는 인상을 찌푸렸다.

"내 말에 토를 달지 않는 게 좋을 걸. 그건 여러모로 생각이 짧은 행동이야. 우선 네가 형들한테 갈 생각이라면 나를 의지해야 하고, 두번째 이유는 내가 그래도 너보다 나이가 많기 때문이야. 이 두 가지 이유면 충분하겠지. 내가 나귀의 발목이 부러지기 쉽다고 하면, 말 그대로 부러지기 쉬운 거야. 그리고 네가 나서서 나귀를 변호해 줄 이유도 없어. 네가 나귀를 만든 것도 아니니까. 기껏해야 나귀 앞에 서서 이름을 부를 수 있을 뿐이지. 이왕 이름 이야기가 나왔으니 말인데, 그 잘난 야곱을 내 앞에서는 '이스라엘'이라 부르지 마. 그건 어울리지도 않을 뿐더러, 그 소리를 들으면 화가 치미니까. 그러니 원래 타고난 이름으로 부르고 그 거만한 호칭은 생략해!"

썩 유쾌한 남자는 아니었다. 마지못해 예의를 차리고 있을 뿐, 바닥엔 멸시가 깔려 있어, 언제든지 버럭 신경질을 낼 자였다. 왜 그렇게 심통맞게 구는지 요셉으로서는 짐작이 가지 않았다. 여차하면 터질 것 같은 불편한 심기는 길을 헤매는 자를 도우려는 따뜻한 마음과는 전혀 어울리지 않았다. 그 바람에 이러한 친절도 자발적인 게 아니라, 꼭 누가 시켜서 억지로 하는 것처럼 보였다. 그게 아니라면 걸어가야 할 처지다보니 도단까지 나귀를 얻어 탈 생각에서 그런 것이 아니었을까? 실제로 두 사람이 도단으로 향했을 때, 나귀 등에 먼저 올라탄 것은 그였고, 요셉은 그 옆에서 걸어가야 했다. 요셉은 아버지를 이스라엘이라 부르지 말라는 말에 속이 상했다.

"하지만 그건 아버지가 얍복 여울에서 치른 힘든 싸움에서 승리한 후에 얻은 명예로운 호칭인걸요!"

그러자 상대방도 가만있지 않았다.

"승리라니 한마디로 우습군. 그런 말도 안 되는, 차마 입에 올릴 수도 없는 이야기를 하다니. 별 희한한 승리도 다 있군. 평생 동안 절룩거려야 하는 게 승리라니. 게다가 거기서 얻은 이름은 씨름 상대의 이름도 아닌데 뭘."

남자는 잠시 뜸을 들이는가 싶었다. 그러다 느닷없이 터져 나온 "하지만"이라는 말과 함께 남자의 이상한 눈 동작도 끝이 났다. 남자는 방금 전에 갑자기 두 눈을 번쩍 뜨더니 사팔뜨기 같은 곁눈질로 사방을 잽싸게 두리번거렸던 것이다.

"굳이 네 아버지를 이스라엘이라 부르고 싶다면 그렇게 해. 봐줄 테니까. 그게 틀린 건 아니니까. 내가 이의를 단 건 문득 그런 생각이 들어서일 뿐이야. 그리고 또."

그는 다시 한번 눈동자를 빙 돌려 뜸을 들인 후 말했다.

"지금은 내가 나귀를 타고 가지만, 네가 원한다면 내릴 수도 있어. 네가 타고 갈 수 있도록 말야."

참으로 묘한 남자였다. 그는 자신의 불친절한 언동을 후회하는 듯했다. 그러나 진심에서 우러나온 후회 같지는 않았다. 요셉을 도와주겠다고 나선 친절도 그랬듯이 진짜와는 거리가 멀었다. 하지만 워낙 타고난 성격이 상냥하고 친절한 요셉은 이처럼 묘한 경우에는 오히려 더 친절하게 대해야 한다는 원칙을 지켰다. 요셉의 대답이 이를 잘 보여준다.

"절 형들이 있는 곳으로 안내해 주는 고마운 분이잖아요. 그러니 계속 타고 가세요. 나중에 바꿔 타요! 저는 나귀를 타고 다녔지만 당신은 하루종일 걸어다녔으니까요."

"아주 고맙군."

청년이 대답했다.

"예의를 차리는 말에 불과하지만, 여하튼 아주 고맙다. 나는 원래 아주 편하게 다니는데, 당분간 그 편안함을 빼앗겼거든."

그렇게 한마디 덧붙인 그는 계속해서 물었다.

"심부름이 즐겁니?"

"아버지가 심부름을 보내시려고 절 부르셨을 때, 아주 좋았어요."

요셉이 대답했다.

"그런데 당신은 누가 심부름을 보냈나요?"

"아, 이 나라에 동쪽과 남쪽에 있는 큰 지배자들 사이를 왔다갔다하는 심부름꾼들이 얼마나 많은데! 한둘이 아니라서 수를 셀 수도 없어." 젊은 남자의 대꾸였다.

"그러니 누가 보냈는지 몰라. 여러 입을 거쳐 주문받았으니까 그 근원지까지 캐고 들어가는 건 별 도움이 안 되지. 어쨌든 무조건 길 떠날 채비만 하면 되는 거야. 지금은 편지를 한 통 갖다주러 도단에 가는 길이야. 편지는 여기 이 허리춤에 끼워뒀지. 그런데 아마도 머지않아 파수꾼 노릇도 해야 할 것 같군."

"파수꾼이요?"

"그래, 예컨대 우물이나 혹은 어떤 중요한 성지를 지키라는 주문을 받지 말란 법이 없거든. 심부름꾼에 길잡이, 그리고 파수꾼, 그게 뭐든 주문하는 사람이 시키는 대로 하는 거야. 그게 자신에게 꼭 맞는 일이라 생각하고 즐겁게 일하는지는 다른 문제니까 그 이야기는 그만두자. 그리고 또 이런 주문들이 맨 먼저 시작된 곳에서 처음 세운 계획을 자신이 이해하고 있는가 하는 물음도 여기서는 관두자. 하지만 우리끼리 하는 말이지만, 여기에는 이해하기 어려운 여러 가지가 얽혀 있어. 넌 인간을 사랑하니?"

느닷없는 질문이었지만 요셉은 별로 놀라지 않았다. 길잡이의 무뚝뚝하고 불쾌한 어투에 이미 인간에 대한 불만

이 깔려 있지 않은가. 이 교만한 자는 인간을 싫어하면서도 피치 못해 인간들 사이를 오가며 일을 해야 하는 것이 못마땅한 게 틀림없었다.

"대부분의 인간과는 미소를 주고받는 사이죠."

요셉이 대답했다.

"그래, 그건 다 알다시피 네가 귀엽고 아름답기 때문이지. 그래서 그들이 네게 미소를 짓는 거고, 너는 또 그들의 넋을 빼놓으려고 미소로 답하는 거야. 넌 차라리 험악한 표정으로 그들에게 이렇게 말해야 해. '왜 그렇게 미소를 짓는 거야? 이 머리카락은 나중에 다 빠져서 처량한 몰골이 될 텐데. 이 하얀 이빨도 그렇고. 또 이 눈들도 피와 물을 섞은 혼합물에 불과해서 나중에 다 흘러 가버릴 거야. 그리고 이 육신의 우아함도 헛된 것이어서, 다 쪼그라들어 흉한 모습으로 사라지고 말 텐데, 미소는 무슨 놈의 미소야?' 라고. 실은 그들도 이 사실을 잘 알고 있어. 단지 사랑에 봉사하는 미소를 보는 순간 깜박했을 뿐이지. 그러니 네가 그들에게 그 사실을 상기시켜 주는 게 더 옳은 행동이야. 너 같은 피조물이야말로, 육신이라는 껍데기를 벗기면 그 속이 얼마나 더럽고 혐오스러운지, 몸이 오싹할 정도라는 사실을 잠깐 눈가림하는 속임수일 뿐이야. 숨구멍과 가느다란 털이 붙은 이 살갗과 껍데기만은 그런 대로 구미가 당긴다고? 흥, 웬 걸! 틈새가 조금이라도 갈라져 봐, 어느새 방정맞은 몰골로 짭짤하고 시뻘건 죽이 흘러나오지. 어디 그뿐이야? 속으로 깊이 들어가면 더 혐오스러워. 꾸불꾸불 뒤감긴 것들과 고약한 냄새가 진동하니까. 진정 귀엽고 아름답다면 처음부터 끝까지 철저하게 귀엽고 아름다워야 해. 잡동사니와 아교 반죽을 채워 넣은 것 말고 단단하고 고상한 질료로 만들어졌어야 한다는 거지."

"그렇다면 여자들이 푸른 숲에 숨겨놓은 후, 애처롭게 찾아다니다가 나중에 동굴에 안치하는 아름다운 신상을 좋아하겠군요. 그는 처음부터 끝까지 귀여워요. 올리브 나무로 만들었으니 단단한데다, 피도 흘리지 않고 땀도 안 흘려요. 그런데 사람들은 그 신상의 표면이 단단하지 않고, 멧돼지의 이빨에 물어뜯겨서 피를 흘리고 있는 것처럼 보이게 하려고 그의 몸에 빨간 상처를 그려놓고 눈속임을 하죠. 그리고는 마치 살아 있는 신을 대하듯 슬피 울죠. 자, 보세요. 이 경우처럼 생명이 눈속임이거나, 아니면 아름다움이 눈속임이거나 둘 중의 하나인 거예요. 당신이 아무리 눈을 씻고 봐도 이 두 가지가 동시에 진실인 경우는 못 찾을 걸요."

"흥!"

길잡이는 열매처럼 동그란 턱을 움찔거리며 콧방귀를 뀌었다. 그리고 나귀에 올라앉은 채로 절반쯤 감은 눈으로 옆에서 걸어가고 있는 요셉을 어깨너머로 내려다보았다. 그리고는 잠시 뜸을 들인 후 말을 이었다.

"그래, 못 찾는다. 그렇지만 네가 무슨 말을 해도 인간들이란 구역질 나는 종자야. 옳지 않은 일을 물을 들이키듯 해대니 이미 오래 전에 다시 한번 홍수를 겪어야 했어. 이번에는 구원의 방주도 없이."

"옳지 않은 일 이야기는 당신 말이 옳아요."

요셉이 나섰다.

"하지만 이 세상엔 모든 게 두 개라는 걸 생각해 봐요. 하나가 있으면 거기에 반대되는 게 있죠. 그래야 두 개를 서로 구별할 수 있으니까요. 그 하나 옆에 다른 게 없다면, 둘 다 아무것도 아니죠. 생명이 없다면 죽음도 없고, 부유함이 없다면 가난도 없어요. 그리고 어리석음이 없어진다면, 어떻게 지혜를 말할 수 있겠어요? 순결과 불결도 마찬가지예요. 그건 분명해요. 불결한 가축이 순결한 가축에게 이렇게 말해요. '날 잊지 말아라. 내가 없다면 네가 순결한지 어떻게 알고 누가 널 순결하다고 불러 주겠느냐?' 그리고 또 의롭지 못한 자는 의로운 자에게 이렇게 말하죠. '내 발밑에 무릎을 꿇어라. 내가 없다면 네 장점을 누가 알겠느냐?'"

그러자 낯선 자가 대꾸했다.

"내 말이 그 말이야. 그래서 인간들은 아예 질색이야. 두 가지로 된 세상이 싫어. 순결도 온전한 순결이 아니고, 항상 다른 것과 비교해서 순결을 말해야 하는 그런 종자가 인간인데, 어째서 이런 종자를 두고 굉장한 일을 계획하고 이것저것 그들의 미래를 예비하려는지 도무지 이해가 안 돼. 지금 내가 네 목적지에 당도하도록 길을 안내해 주는 것도 다 그 뜻에서 나온 일이지. 에이, 지겨워!"

'까탈스럽기는! 그렇게 귀찮으면 그만두지, 무엇 때문에 길을 안내해 주겠다는 거야?'

요셉은 문득 그런 생각을 했다.

'처음에는 흡족한 듯이 가만있다가 뒤에 가서 입을 삐죽이는 어리석은 일을 왜 할까? 아니, 어쩌면 나귀를 얻어 탈 심산일 수도 있어. 번갈아 타기로 했으니까 언젠가는 내려

오겠지. 그리고 말을 들어보면 이 자도 역시 인간은 인간이야.'

자신과 같은 부류를 헐뜯으면서 자신은 쏙 빼놓는, 마치 자신은 인간이 아니기라도 한 듯 다른 인간들 위에 군림하고 앉아서 이러쿵저러쿵 판단하는 인간의 습성을 은근히 비웃고 있던 탓에 요셉의 입에서 나온 말은 이러했다.

"그래요. 당신은 인간 종자를 평가하면서 인간이 얼마나 나쁜 질료로 만들어졌는지에 초점을 맞추는군요. 하지만 인간이 그렇게까지 나쁜 질료로 만들어지지 않았다고 여긴 시절도 과거에는 있었어요. 그때는 주님의 자녀들까지도 그렇게 생각했지요. 그래서 인간의 딸들과 동침해서 거인과 힘센 장사를 낳았으니까요."

길잡이는 거만하게 꼬고 있던 머리를 돌려 어깨너머로 요셉을 쳐다보았다.

"별 이야기를 다 아네!"

킥킥대던 그가 대답했다.

"나이답지 않게 옛날 이야기를 꽤 많이 알고 있군. 그건 인정해 주마. 하지만 내가 보기에 그런 이야기는 한낱 소문에 지나지 않아. 만에 하나 그게 진실이라 하더라도 그 빛의 자녀들이 카인의 딸들에게 눈길을 보낸 이유는 따로 있었어. 그게 뭔지 알아? 그건 엄청난 멸시에서 비롯된 거야. 아무렴. 카인의 딸들이 얼마나 타락했는지는 알고 있니? 그들은 치부를 드러내놓고 싸돌아다녔어. 남자 여자 할 것 없이 모두가 짐승 같았지. 이들의 간음이 온 세상을 조롱하여 거기 물들지 않고는 그냥 두고 볼 수가 없을 정도였어.

네가 이 말을 이해할 수 있을지 모르겠군. 그 도를 지나쳐서 너나없이 옷을 땅바닥에 내던지고 벌거벗은 몸으로 장터에 나갔지. 수치를 모르는 자들이었다면 그건 별 일이 아닐 수도 있었어. 그랬더라면 그들의 모습이 빛의 자녀들에게 그런 전율을 일으키지 않았을 거야. 하지만 그들은 수치를 분명히 알고 있었어. 주님 때문에라도 무엇이 수치인지 아주 잘 알고 있었어. 바로 그 수치심을 짓밟는다는 데서 그들은 쾌락을 느꼈던 거야. 그러니 이런 걸 어떻게 그냥 두고 볼 수 있었겠어? 남자는 어머니와 딸, 그리고 자기 형수와 길거리에서 정사를 나눴어. 그들의 머리에는 오로지 한 가지 생각밖에 없었지. 수치심을 짓밟고 혐오스러울 정도로 즐기고 탐닉하는 것. 그러니 주님의 자녀들까지 전율하지 않았겠어? 그들은 인간들을 멸시했기 때문에 유혹당한 거야. 그걸 이해 못하겠니? 인간이 대체 뭐야? 주님의 자녀들만으로는 이 세상이 충분치 않기라도 한 듯 주님은 인간 종자를 만드셨어. 그래서 주님의 자녀들은 높은 분의 뜻에 따라 인간 종자를 어쨌든 존중해 줘야 했지만, 이제 그 존경심의 마지막 한 자락까지도 사라진 거야. 그러니 주님의 자녀들은 인간이란 오로지 음탕함을 위해 존재하는 것으로 여길 수밖에. 그래서 이러한 멸시가 그들과의 사랑놀음으로 나타난 거야. 이걸 이해 못한다면 넌 바보야."

"간신히 이해할 수 있을 것 같군요. 그런데 그 이야기를 어떻게 아시죠?"

요셉이 물었다.

"엘리에젤이 뭘 가르쳐 주면 그에게도 그걸 어떻게 아느냐고 묻니? 나도 엘리에젤과 마찬가지야. 직접 겪기도 하고 또 들어서 아는 것도 있어. 심부름꾼, 길잡이, 또 파수꾼 일을 하다보면 세상을 두루 돌아다니게 되니까 여러 가지 일을 알게 되지. 대홍수가 터진 것도 하늘의 자녀들이 인간을 워낙 멸시하여 인간과 사랑 놀음을 벌였기 때문이야. 장담하는데, 바로 이게 제일 중요한 계기였지. 만약 그 일이 없었다면 대홍수는 일어나지 않았을지도 몰라. 그러나 빛의 자녀들은 어떻게든 대홍수가 터지게 할 작정이었거든. 그런데 멸종한 줄 알았더니, 안타깝게도 구원의 방주 바람에 뒷문으로 도망간 인간이 또다시 슬그머니 얼굴을 들이민 거야."

"얼마나 다행이에요? 안 그랬더라면 우리가 여기서 이렇게 잡담을 나눌 수도 없었을 것 아녜요. 도단으로 가면서 나귀를 번갈아 타기로 약속을 하고 말이에요."

요셉이 말했다.

"참, 그렇지!"

상대방은 얼른 그렇게 대꾸하며 다시 한번 눈동자를 한 바퀴 굴렸다.

"수다 떠느라 잊어버렸군. 네 형들을 만날 수 있도록 길을 안내하고 널 지켜주는 게 내 임무지. 그런데 말야. 여기서 누가 더 중요한 거지? 지켜주는 사람? 아니면 그 대상? 씁쓸하지만 그 대상이 더 중요하다고 대답할 수밖에 없군. 그를 위해 파수꾼이 존재하니까. 그 반대가 아니고 말야. 그러니 이제 내릴 테니까 네가 나귀를 타고 가. 나는 먼지 구덩이를 밟으며 옆에서 걸어갈 테니."

요셉은 나귀 등에 올라타면서 이렇게 말했다.

"그래도 되겠군요. 당신이 가끔씩이나마 나귀를 탈 수 있어서 처음부터 끝까지 먼지 구덩이를 밟지 않아도 되는 건 순전히 우연한 결과이니까요."

그렇게 둘은 별이 총총한 밤하늘에서 비춰 주는 엷은 달빛을 받으며 세겜에서 도단을 향해 북쪽으로 걸음을 재촉하여, 좁은 골짜기와 넓은 골짜기를 지나고, 삼나무와 아카시아 숲이 우거진 산길과 잠들어 있는 마을들을 지나갔다. 길잡이가 먼지를 가르며 걸어갈 때면 나귀 등에 올라탄 요셉은 한두 시간씩 잠이 들었다. 한번은 그렇게 잠을 자던 요셉이 문득 눈을 떠보니 벌써 아침이 밝아오고 있었다. 그때였다. 나귀 등에 매달아 놓은 짐 보따리 중에서 건과와 훈제 양파가 들어 있던 작은 바구니가 한 개씩 없어진 게 눈에 띄었다. 그러고 보니 길잡이의 허리춤이 그 바구니 부피만큼 불룩해 있었다. 그 남자가 훔친 것이다. 이럴 수가! 참으로 민망한 발견이었다. 그런 주제에 자기는 인간이 아닌 것처럼 쏙 빼놓고 인간 종자가 어쩌고저쩌고 헐뜯다니, 한심하기 짝이 없었다.

요셉은 그러나 아무 말도 하지 않았다. 남자에게 자기 입으로 옳지 않은 일도 있어야 한다고 하지 않았던가, 물론 그건 옳지 않음의 반대인 옳음을 위해서였다. 게다가 그 남자는 길잡이였다. 이 남자 말고 또 어떤 길잡이가 있던가? 세상의 절반인 아랫세상으로 인도하는 주인님, 우주 순환의 서쪽지점을 지배하는 나부도 길잡이였다. 그러면 나부는 또 누구던가? 그는 도적의 신이 아니던가. 이 낯선 남자가 요셉 자신을 지켜주기는커녕 오히려 잠자는 틈을 타 물건을 훔친 것도, 어쩌면 나부를 섬기는 종으로서 그 신이 도적의 신이기도 한 사실을 염두에 두고, 나부에게 경의를 표하려고 한 상징적인 행위일 가능성이 컸다. 그래서 요셉은 그 사실을 알고서도 아무 내색도 하지 않고, 오히려 그 남자의 정직하지 못함을 존중해 주었다. 그게 일종의 경건함일 수도 있다는 전제 하에서였다. 그러나 길잡이가 자신의 물건을 훔친 건 사실이었으므로 민망한 것은 어쩔 수 없었다. 그리고 이것은 이 낯선 자가 길 안내를 어떻게 하는지, 어디로 데려가는지, 그 목적지에 대해 무언가 암시하는 듯하여 기분이 찜찜하고 가슴까지 답답해졌다.

그러다 얼마 지나지 않아 도둑질보다 훨씬 심각한 사태가 벌어졌다. 들판과 숲 너머로 해가 솟아오르자, 오른쪽으로 마침내 도단의 초록빛 언덕이 시야에 들어왔다. 고삐는 길잡이에게 맡기고 나귀를 타고 가던 요셉이 막 그곳을 바라보는 중이었다. 바로 그때였다. 한순간 멈칫하더니 앞으로 푹 꼬꾸라졌다. 훌다의 앞발이 구덩이에 빠져 삐끗하더니, 나귀는 더 이상 일어나지 못했다. 발목이 부러진 것이다.

"부러졌어!"

잠깐 동안 둘이 함께 살펴본 후에 길잡이가 한 말이었다.

"그것 봐! 내가 그랬잖아, 발목이 너무 가늘다고!"

"당신 말이 옳았다 하더라도 이런 불행 앞에서 어떻게 기뻐할 수가 있어요? 게다가 지금 이 순간에는 더더욱 그래서는 안 되죠. 훌다의 고삐를 잡은 건 당신이에요. 당신이 조심하지 않아서 구덩이에 빠진 거예요."

"내가 조심을 안 했다고 지금 날 책망하는 거야? 이거야 말로 영락없이 인간들이 보여주는 작태지. 뭐가 잘못되면 꼭 책임을 떠넘길 대상을 찾아야 직성이 풀리거든. 그렇게 될 줄 뻔히 알고 예언까지 했는데도 엉뚱하게 책임을 전가한다니까!"

"자기가 불행을 예언했다고 쓸데없이 의기양양해 하는 것도 영락없이 인간이나 보여주는 작태죠. 그게 무슨 이득이 된다고. 단순히 부주의만을 탓한 것을 다행으로 생각하세요. 다른 할 말이 없는 게 아니니까요. 당신이 밤에 길을 떠나자고 권하지 않았더라면 훌다도 지치지 않았을 거고, 그랬더라면 이 영리한 나귀가 발을 헛디디지도 않았을 거예요."

"그렇게 원망을 늘어놓으면 나귀의 발목이 나을 거라고 생각하는 거니?"

"아뇨. 그건 아니에요. 어쩔 수 없이 또다시 물어야겠군요. 이젠 어떻게 하죠? 나귀를 이렇게 내버려 둔 채 혼자 갈 수는 없어요. 식량과 형들에게 야곱의 이름으로 선사해야 할 선물들까지 매달아 놓고 그냥 갈 수는 없어요. 양식은 지금까지 내가 일부 먹기도 했고 또 다른 식으로 없어지기도 했지만, 어쨌든 적지 않은 양이거든요. 내 귀한 음식을 들짐승들이 먹어 치우는 동안 훌다가 여기 맥없이 드러누운 채 죽어가게 내버려둬야 하나요? 화가 나서 눈물이 날 지경이에요."

"이번에도 대책을 아는 건 바로 나지." 낯선 자가 말했다.

263

"내가 기회가 오면 파수꾼 노릇도 한다고 하지 않았어? 자, 지금이 그때야! 내가 여기 앉아서 나귀를 지켜주지. 새와 도적들로부터 양식도 지켜주겠어. 이런 일이 원래 내 적성에 맞는 일인가 하는 건 다른 문제니까, 그 이야기는 그만두기로 하고. 자, 이제부터 내가 파수꾼이 되어 나귀를 지켜줄 테니 형들을 찾아서 이리로 함께 오든지, 아니면 종이라도 몇 명 데리고 와. 그런 다음 귀한 물건들을 가져가고 이 짐승을 고칠 수 있는지 아니면 죽여야 할지 살펴보면 될 것 아냐."

"고마워요. 그렇게 하기로 하죠. 당신은 역시 인간이군요. 좋은 면도 있으니까요. 당신의 다른 면에 대해서는 이야기를 꺼내지 않기로 해요. 제가 얼른 가서 사람들을 데리고 올게요." 요셉이 말했다.

"그 말을 믿지. 길을 잘못 들래야 잘못 들 수도 없으니까. 저기 언덕을 돌아 계곡 뒤쪽으로 덤불과 토끼풀 사이로 오백 걸음만 가면 네 형들이 있을 거야. 물이 없는 우물에서 그리 멀지 않은 곳이지. 나귀 등에 실은 짐 중에서 뭐 가져갈 게 있으면 잘 생각해 봐. 솟아오른 태양의 화살을 막을 머릿수건 같은 거라도 가져가야 하지 않겠어?"

"맞아요! 사고 때문에 아무 생각도 못 했군요. 이건 여기 두고 갈 수가 없죠!"

그 말과 함께 요셉은 고리가 달린 가죽 가방 안에서 케토넷 베일 옷을 꺼냈다.

"당신이 아무리 훌륭한 면을 지닌 인간이라 하더라도 이 것만은 당신한테 맡길 수가 없어요. 이건 도단 골짜기로 가져 갈 거예요. 아버지 야곱이 원했던 것처럼 흰 나귀 홀다를 타고 가지는 못하지만 이걸 두르면 그래도 당당해 보일 테니까요. 지금 여기서 당장 입어 보죠, 뭐. 자, 이렇게 하고 또 요렇게 하면……. 자, 어때요? 마음에 드나요? 내 옷을 입으니 알록달록한 양치기 새처럼 보이나요? 마미, 엄마가 입었던 베일 옷인데 아들이 입으니 어때요? 잘 어울리나요?"

라멕과 멍

그 무렵 레아와 몸종들이 낳은 아들 열 명은 모두 한자리에 있었다. 언덕 너머 아래 골짜기에 모닥불을 피워 아침 수프를 끓여 먹은 이들은 지금 멀거니 재를 쳐다보는 중이었다. 저쪽 덤불 사이로 그들이 세워둔 줄무늬 장막이 보였다. 모두 일찌감치 하루를 시작했다. 똑같이 일어나지는 않았지만, 하나같이 이른 시각이었고 해가 뜨기도 전에 장막 밖으로 나온 형제도 몇 있었다. 너나없이 잠을 푹 잘 수 있는 기분이 아니었다. 헤브론을 떠나온 이후, 그들 중 누구도 잠을 즐길 수 없었다. 분위기도 바꿀 겸 세겜 목초지에서 도단으로 옮겨 보았지만 별 도움이 되지 않았다. 다른 곳에 가면 혹시 잠이 잘 올까 기대했지만 그건 헛된 꿈이었다.

형제들은 다들 얼굴이 잔뜩 부어 있었고, 사지도 뻣뻣하게 굳어 생기라고는 전혀 없었다. 이들은 이따금 땅 위로 뒤엉킨 고리 모양의 뿌리를 드러낸 금작화 덩굴에 발을 채여 가며 우물가로 가곤 했다. 들판을 뒤덮은 양떼곁에 있는 그 우물은, 이맘 때가 되면 물이 말라버리는 이쪽과는 달리 항상 물이 떨어지지 않았다.

오늘도 거기서 그들은 물을 마시고 몸도 씻고, 기도를 올린 다음 어린 양들을 살펴본 후, 이 그늘에 모여 함께 식사를 했다. 붉은 둥치에 굵은 가지들을 자랑하는 소나무들이 꽤 넓은 그늘을 선사해 주는 이곳은 앞이 시원하게 트여 있었다. 덤불과 군데군데 나무 몇 그루가 서 있는 평야 저편으로 도단 골짜기와 마을이 보이고, 저 멀리 양들이 서성대는 모습과 그 뒤로 아득한 곳에 있는 완만한 산등성이까지 눈에 들어왔다. 태양은 벌써 꽤 높이 떠올라 있었다. 더위에 열을 받은 풀 내음이 느껴지고, 회향과 백리향 그리고 양들이 좋아하는 또 다른 들판 향기가 풍겨왔다.

야곱의 아들들은 쪼그린 자세로 빙 둘러앉아 있었다. 한가운데 아직도 타고 있는 덤불 위에 솥이 걸려 있다. 모두들 하릴없이 벌게진 눈으로 앞만 멀거니 쳐다보고 있었다. 식사는 끝난 지 오래였다. 그러나 육신의 굶주림은 채워졌어도, 영혼은 굶주림과 갈증으로 바싹바싹 타고 있었다. 뭐라고 꼬집어 말할 수는 없지만 도통 잠을 이룰 수 없고 아침 요기를 했어도 힘이 나지 않게 만드는 무언가가 있었다.

그랬다. 저마다 살 속에 가시가 하나씩 박혀 있었다. 뽑을래야 뽑을 수도 없는 가시가 주변의 살까지 파먹어 들어가 곪는 통에 얼마나 아픈지 말도 못했다. 그러니 기운이 어디서 솟겠는가. 그리고 대부분 두통에 시달렸다. 주먹을 불끈 쥐려고 해봐도 잘 되지 않았다. 과거 여동생 디나의 복수를 한다고 세겜을 피바다로 만들었던 당사자들도 예외는 아니었다. 지금도 그럴 수 있을까 자문해 보면 고개를 가로저어야 했다. 이들은 뻗치는 혈기를 누르지 못해 고민이었던 예전의 사나이들이 아니었다. 원통함, 벌레, 주변의 살까지 곪게 만드는 가시, 속을 쓰리게 하는 굶주림이 이들로부터 남자로서의 기개마저 앗아간 것이다. 사나운 쌍둥이 형제 시므온과 레위에게 이보다 더 수치스러운 상황이 있겠는가!

레위는 목자들이 쓰는 지팡이로 모닥불에 남은 마지막 불씨를 뒤적거리고 있었다. 시므온이 침묵을 깨고 어깨를 양쪽으로 흔들며 나지막하게 노래를 불렀다. 그러자 하나둘 따라 부르기 시작했다. 모두들 잘 아는 옛날 노래였다. 기억 저편으로 사라져버린, 아주 먼 옛날의 담시(譚詩), 혹은 영웅 서사시로 절반은 닳아 없어져서 온전한 형태가 아닌 파편으로 전해진 그 노래는 이러했다.

"영웅 라멕이 두 아내를 취하였으니,
하나의 이름은 아다요 하나의 이름은 씰라라네
'아다와 씰라여, 내 노래를 들어라
라멕의 아내들이여, 내 말을 들어라!
나를 속상케 한 남자를 내가 때려죽였다,
나를 멍들게 한 청년을 때려눕혔다.
카인을 해치는 자는 그 벌이 일곱 배이며
라멕을 해치는 자는 그 벌이 일흔일곱 배이다!'"

그들은 이 소절 앞에 어떤 내용이 있는지, 그리고 그 뒤에 어떤 가사가 이어지는지 알지 못했으므로 모두들 입을 다물었다. 그러나 저마다 뚝 끊긴 음절의 여운을 되새기며 영웅 라멕의 모습을 그려보았다. 그 일을 끝내고 무기를 흔들며 당당하게 걸어가 자기 앞에 머리를 조아리는 아내들에게 자랑스럽게, 자신은 신나게 원풀이를 했다고 선언하는 그 영웅을. 그리고 그의 손에 희생되어 풀밭을 피로 물들인 채 뻗어 있는 자도 떠올려 보았다. 그는 대수롭지 않은 일로 사납고 예민한 라멕의 자존심을 건드린 죄로 희생된 제물일 뿐이었다.

　건장한 사내를 떠올리게 해주는 노래 속의 '남자' 라는 단어는 그 다음 소절의 청년이라는 낱말이 풍기는 생기발랄함 때문에 혹시 동정심을 느낄 수도 있는 마음 약한 사람들을 생각하고 특별히 고른 낱말이다. 그러나 기껏해야 아다와 씰라 같은 여자들이나 느낄 수 있을까 말까 한 동정심이라는 것도 이 노래에서는 살짝 맛을 더해 주는 양념에 지나지 않았다. 오래 된 이 노래가 강철처럼 단단한 목소리로 들려주려고 한 바는 틀림없이 라멕의 남성다움, 살인도 불사하는 철두철미한 그의 복수심에 대한 숭배였다.

　"이름이 라멕이었어."

　레아의 아들 레위가 지팡이 끝으로 덤불을 휘적거려가며 다 타버린 재를 부수며 한마디 툭 던졌다.

　"어때? 마음에 들어, 이 남자? 나는 아주 괜찮아 보이는데, 다들 어떻게 생각해? 사자 같은 심장을 가진 아주 멋진 사나이잖아. 진짜 강철 같은 자였어. 그런 자는 이제 더 이상 없어. 노래에나 남아 있지. 그래서 사람들은 노래를 부르며 기운을 차리고 과거 시절을 더듬는 거야. 라멕은 마음에 담아 두는 법 없이 분풀이를 실컷 하고 아내들 앞에 당당하게 나설 수 있었어. 그리고 아내들을 차례로 찾아가 자신의 힘을 자랑할 때면, 그 여자들은 쾌락으로 온몸을 떨었지. 자기들이 누구를 받아들이는지, 그가 얼마나 힘센 남자인지 느꼈으니까. 유다, 수아의 딸 앞에 갈 때 너는 어때, 너도 라멕처럼 그래? 그리고 단, 너는 어때? 모압 여자를 찾아갈 때 그래? 자, 다들 말들 좀 해봐! 라멕이 살던 그 시절 이후로 인간 종자가 어떻게 된 거야? 이제는 영리한 척하는 자나 경건한 척하는 자들이나 생산해 낼까 도무지 남자라고는 없잖아!"

그러자 르우벤이 대답했다.

"내가 말하지. 남자의 손에서 복수를 빼앗아, 우리를 영웅 라멕과는 다르게 만든 건 바벨의 법과 주님의 열성이야. 이 두 가지는 복수가 자기 몫이라고 말해. 왠지 알아? 남자로부터 복수를 빼앗지 않으면 복수는, 욕정이 넘치는 타락의 수렁처럼 미친 듯이 또 다른 복수를 생산해서 결국 세상은 피바다가 되니까. 라멕의 숙명이 어땠지? 노래가 더 이상 말해 주지 않으니 그건 너도 모르지. 하지만 라멕이 때려눕힌 청년에게는 형이나 아들이 있어서 그의 손에 라멕도 죽었어. 대지는 라멕의 피도 빨아들인 거지. 그러자 라멕의 자손도 복수를 하려고 라멕을 죽인 살인자를 또 죽였어. 이렇게 복수가 복수를 낳아 라멕의 핏줄 중에서도, 그리고 라멕의 손에 처음 죽은 자의 후손 중에서도 살아남은 자가 없게 된 거야. 대지 또한 그동안 너무 많은 피를 마셔서 이젠 질려서 입을 다물고 싶어졌어. 이건 좋을 게 없지. 복수는 타락의 수렁이 그렇듯 일정한 규칙도 없이 끝없이 또 다른 복수를 생산해. 그래서 카인이 아벨을 때려죽였을 때, 주님께서는 그에게 징표를 주시며 카인이 자신의 것이므로 누구든 카인을 죽이는 자는 벌을 일곱 배나 받는다 하셨지. 그리고 바벨은 바벨대로 재판을 열어 그 남자가 피를 흘린 대가로 법의 판결을 받도록 하여 사사로운 복수가 복수를 낳지 못하도록 한 거야."

그러자 질바의 아들 가드가 성격대로 거침없이 말을 받았다.

"그래, 르우벤 형이 무슨 말을 하는지 알겠어. 육중한 체격답지 않게 목소리는 왜 그렇게 가는지, 참 희한하다니까. 하지만 내 몸집이 형만 하다면 난 형처럼 말하지 않을 거야. 그리고 영웅들한테서 남성다움을 빼앗아가고 세상에서 사자의 심장을 앗아간 그런 세태를 변호하지는 않을 거야. 그렇게 웅장한 체격을 가졌으면서 자부심은 대체 어디 갔어? 그렇게 가는 목소리로 주님과 피를 대신 흘리게 해주는 법률의 심판에 복수의 권한을 넘겨주려 하다니, 라멕을 생각하면 부끄럽지도 않아? 그는 이렇게 말했어. '이 복수는 셋의 문제다. 나와 내 마음을 상하게 한 자, 그리고 대지, 이렇게 우리 셋의 문제다'라고. 그리고 또 카인은 아벨에게 이렇게 말했지. '사랑스럽고 달콤한 우리 누이 나에마가 네 소산만 받고 네게만 미소를 보내는 걸 보고 상심한 나를 주님께서 위로해 주시겠느냐? 아니면 그녀를 누가 차지해야 할지 법이 판결을 내려야겠느냐? 나는 내가 장자이니 그녀가 내 것이라 하며, 너는 네가 그녀의 쌍둥이 형제이니 네 것이라 한다. 이렇게 이 일은 주님도 어쩌지 못하고 님로드의 재판도 어쩌지 못하니, 들판으로 나가 우리끼리 해결하자!' 그렇게 해서 그는 결판을 본 거야. 질바가 레아의 품에서 낳은 나 가디엘은 카인 편이야."

"내 입장을 말하자면, 난 사람들이 날 가리켜 어린 사자라고 부르는 게 싫었어." 여후다가 말했다.

"그렇다고 내가 카인 편이 아니라는 건 아냐. 그리고 라멕의 편이 아니라는 건 더더욱 아니고. 라멕은 자신만만해. 그는 자존심을 별것 아닌 것으로 낮춰 생각하지도 않았어. '일곱 배라고?' 그는 말했지. '흥! 내가 누군데, 난 라멕이야. 나를 죽인 자는 그 벌이 일흔일곱 배는 되어야 해! 그리고 이 멋만 부리는 놈은 날 멍들게 했으니 이렇게 뻗은 거야!'"

그러자 뼈마디 굵은 당나귀 이싸갈이 물었다.

"도대체 무슨 멍이었을까? 그 불쌍한 청년이 라멕에게 무슨 잘못을 저질렀을까? 뭐 때문에 그 영웅호걸이 주님이나 님로드에게 복수를 맡기지 않고 자기 식으로 직접 복수했을까?"

대답은 이복형제로 빌하의 아들 납달리에게서 나왔다.

"지금 사람들이 그걸 어떻게 알아. 그 청년의 뻔뻔스러움에 대해서는 알려진 게 없어. 라멕이 무슨 일 때문에 그의 피를 흘리게 했는지는 세상의 기억 너머로 사라졌어. 그런데 사람들 이야기를 들어보면 요즘 남자들은 라멕이 참았던 것보다 훨씬 더 구역질나는 수치스러운 일들을 묵묵히 삭히고 있다는 거야. 이 남자들은 그걸 꿀꺽 삼켜버린다고 해. 이 겁쟁이들이 말야. 그리고는 그 자리를 떠서 다른 곳으로 가는 거야. 그리고 거기 가서 죽치고 앉았는데 가슴 안에 집어삼킨 수치심이 부글부글 끓어올라 먹지도 못하고 잠도 못 잔다는 거지. 고작 한다는 게 라멕한테 감탄하는 거야. 하지만 라멕이 봤더라면 냅다 엉덩이나 걷어찼을 걸. 이자들은 그런 대접을 받아도 싸지, 싸!"

그는 얼굴을 잔뜩 찌푸리고 거침없이 악담을 퍼부었다. 쌍둥이 형제는 끄응 신음소리를 내며 두 주먹을 불끈 쥐려 했지만 그나마도 마음대로 되지 않았다. 이때 즈불룬이 입을 열었다.

"아다와 씰라가 있었잖아. 라멕의 아내들 말야. 모든 게 아다 때문이야. 그녀가 야발을 낳았으니까. 야발은 장막에 거하면서 가축을 기르는 목자들의 조상이야. 바로 아브라함과 이사악, 그리고 심약하고 섬세한 우리 아버지 야곱의 조상이지. 우리가 남자가 아니고, 레위 형이 말했던 것처럼 영리한 척하는 자와 경건한 척하는 위선자들이 된 건, 이렇게 썩어빠진 신세가 되고 낫으로 거기가 잘려나간 자들처럼 요 모양 요 꼴이 된 건, 모두 야발 때문이야! 그래, 우리가 사냥꾼이나 뱃사람이었더라면 문제는 달랐을 거야. 하지만 야발, 바로 아다의 아들과 함께 장막에 거하는 경건함이 세상에 등장했어. 그래서 우리 모두 양을 치며 주님을 생각하는 아브람의 사색에 기가 꺾여서, 근엄한 아버지한테 상처를 드릴까봐 벌벌 떨게 된 거야. 몸이 거인 같은 르우벤 형까지 '복수는 주님의 것'이라고 하는 것도 다 그런 이유에서야. 그렇지만 과연 주님을 믿을 수가 있어? 그분이 의롭기는 한 거야? 주님은 공정하지도 않아. 정작 싸움이 나자 아무짝에도 쓸데없는 청년 편을 들고 그 자식이 뻔뻔스럽게 그런 끔찍한 꿈을 꾸도록 허락했잖아? 그렇지만 꿈한테야 어쩌겠어."

냅다 소리를 질러 나머지 말은 쇳소리로 변했다.

"그게 정말 주님으로부터 온 꿈이고, 우리가 절을 할 운명이라면!"

그러자 마찬가지로 고통스러운 쇳소리가 가드의 입에서 터져 나왔다.

"하지만 꿈을 꾼 자한테는 손을 쓸 수도 있잖아!"

이에 아셀도 한마디 보탰다.

"주인을 잃으면 꿈들이 어떻게 현실이 되겠어!"

그러자 르우벤이 대답했다.

"그것 역시 주님을 거역하는 걸 뜻했을 거야. 꿈을 꾼 자에게 대적하는 건 주님께 대적하는 거나 마찬가지니까. 만약 그 꿈이 주님으로부터 나온 거라면 말야."

르우벤은 '뜻하는 거야'라고 현재형으로 말하지 않고 과거형으로 이야기했다. 더 이상 왈가왈부할 필요가 없다는 이야기였다.

여기서 르우벤의 말을 받은 형제는 단이었다.

"내 말을 들어봐. 내 이야기 좀 들어봐. 내 별명이 공연히 뱀이요, 살무사겠어. 재치와 꾀를 봐서라도 내가 판관이 되는 게 제격이야. 그래 맞아. 르우벤 형 말도 옳아. 꿈을 꾼 자를 물에 빠뜨려 죽이면, 꿈들이 주인을 잃고 아무 힘도 못 쓰겠지만, 그건 뭐든지 자기 뜻대로만 하는 자들의 분노를 사게 될 거야. 그렇게 해서 공평하지 않은 자들의 복수를 끌어들인다는 점은 누구도 부인 못해. 하지만 이제, 나 단은 이렇게 말하겠어. 그래도 이 방법밖에 없다고. 왜냐고? 더 나빠질 건 없으니까. 생각을 해봐. 그 꿈들이 실현되는 것보다야 그게 더 낫지 않겠어? 자기 마음대로 하는 자들이 원했던 꿈이 실현되지 못하도록 막아버리면 그들은 당연히 분노하고 격분하겠지. 하지만 꿈들이 아무리 꿈을 꾼 자를 찾아다녀도 헛수고일 것 아냐. 이렇게 모든 일을 끝난 상황으로 만들어야 해. 이미 벌어진 사건의 교훈이 바로 이거야. 우리 아버지 야곱도 축복에 얽힌 속임수 때문에 얼마나 많은 고통을 겪어야 했어. 라반 집에서 종살이할 때도 그랬어. 에사오가 흘린 피눈물에 대가를 치르느라 웃을 일이 없으셨지, 안 그래? 하지만 어쨌든 아버지는 모든 고통을 견뎌냈어. 진짜 중요한 소득인 축복은 안전하게 한쪽으로 치워 둔 상태였지. 그 어떤 신도, 아무리 노력해도 그것만은 건드릴 수 없었을 거야. 선한 뜻을 위해서라면 눈물과 복수를 견뎌내야 해. 안전하게 한쪽으로 치워둔 것은 다시는 나오지 않으니까."

재치 있게 시작된 말은 이 부분에서 당황하고 있었다. 여기에 응수하는 르우벤의 표정 또한 예사롭지 않았다. 튼튼한 거목 같은 남자 얼굴이 하얗게 질려 있지 않은가.

"단, 네 할 말은 다한 것 같으니 이제 그만해라. 우리 모두 아버지가 계신 곳을 떠나왔다. 우리한테 화를 돋궜던 것은 지금 저 멀리 안전한 곳에 있고, 우리 역시 안전한 곳에, 거기서 닷새나 걸리는 이 도단 골짜기에 앉아 있다. 이게 바로 다 끝난 상황이다."

그 소리에 모두 고개를 푹 숙였다. 애초부터 쪼그린 자세여서 각자 세워둔 무릎 사이로 머리가 처박히자, 그렇게 잔뜩 웅크리고 잿더미 주위에 앉아 있는 모습이 슬퍼서 고개를 떨군 열 개의 곡식단처럼 보였다.

우물에 던져지는 요셉

그러다 한순간 질바의 아들 아셀은 괴로워하면서도 호기심에 이끌려 무릎 너머로 평원 쪽을 흘깃 쳐다보았다. 그때였다. 저 멀리 뭔가 은색 번개처럼 번쩍하는 게 보였다. 그광채는 사라졌다가는 금방 다시 반짝거렸다. 자세히 바라보니 번쩍이는 것은 두 개, 아니 그보다 훨씬 더 많았다. 산발적으로 번쩍거렸다가 또 조금 있다가는 한꺼번에 빛을 반사하는데, 제각각의 광점들은 한군데 밀착되어 있었다.

아셀이 옆에 앉아 있던 친형제 가드의 옆구리를 찔렀다. 그리고 손가락으로 그 아리송한 빛을 가리켰다. 그의 눈은 저게 뭔지 알겠느냐고 묻고 있었다. 두 사람이 자세히 보기 위해 눈 위에 손을 얹고 서로 표정으로 의견을 주고받는 행동이 다른 형제들의 눈에도 띄었고, 다들 이들의 눈길이 가는 방향으로 눈을 돌렸다. 그래서 평원을 등지고 앉아 있던 형제들까지 뒤를 돌아보았다. 그리고 다른 사람의 눈길을

따라 같은 쪽으로 시선을 던졌다. 이제 형제들은 모두 고개
를 쳐들고 똑같은 방향을 바라보게 되었다. 그리고 그들의
눈길은 이쪽으로 흔들거리며 다가오는, 광채에 휩싸인 한
형체에 쏠렸다.

"남자 하나가 오고 있는데 광채가 나네."

유다가 말했다. 그러나 잠시 후, 모두들 그쪽만 뚫어져라
쳐다보면서 그 형체가 다가오도록 기다리고 있는데, 문득
단이 말했다.

"아니 청년 같은데."

바로 그때였다. 저마다 갈색 얼굴이 조금 전 르우벤의 얼
굴이 그랬던 것처럼 새하얗게 질렸다. 심장이 미친 듯이 일
정한 박자로 쿵쾅거리기 시작했다. 모두 숨을 죽인 정적 가
운데 가슴에서는 둔중한 북소리가 울려 퍼지고 있었다.

평원을 가로질러 이쪽으로 다가오는 사람은 바로 요셉이
었다. 화려한 베일 옷을 모자처럼 머리에 두르고 그 위에
화환까지 쓴 모습이었다.

그들은 믿지 않았다. 다들 쪼그리고 앉아 무릎에 팔꿈치
를 괴고는 엄지손가락으로 볼을 누르고 나머지 손가락으로
는 입을 가리고 있었다. 이들은 번쩍거리며 다가오는 형상
을 부어오른 두 눈으로 뚫어져라 응시했다. 모두들 이게 꿈
이기를 바랐다. 겁이 덜컥 났다. 그러나 이쪽으로 오던 자
가 바짝 다가와 미소를 지어보이는 데야, 더 이상 의심할
여지가 없어졌다. 그런데 이때까지도 대부분의 형제들은
두려움과 희망을 떨치지 못한 채, 이를 현실로 받아들이려
하지 않았다.

"네, 맞아요, 저예요. 안녕하세요!"

이렇게 인사하는 건 분명 요셉의 목소리였다. 요셉은 그들 앞으로 다가서며 말을 이었다.

"여러분의 눈을 믿으세요! 아버지가 시켜서 암나귀 홀다를 타고 왔어요. 모든 일이 잘 되고 있는지 살펴보고, 그리고……."

요셉은 당황한 나머지 말을 멈췄다. 한마디 말도 없이 그 자리에 얼어붙은 듯이 자신을 노려보기만 하는 형들의 모습이 마법에 걸린 무서운 무리로 보였다. 게다가 형들의 얼굴은 일출이나 일몰이 반사된 것도 아닌데, 등 뒤에 서 있는 휘어진 나무 둥치처럼 하나같이 새빨갰다. 그 빨간 색은 사막과 하늘의 별처럼 검붉었다. 소스라친 요셉이 흠칫 뒤로 물러났다. 바로 그때, 귀청이 터질 듯한 파이프 소리가 터져 나왔다.

내장을 뒤흔드는 쌍둥이 형제의 황소울음, 오랫동안 삭혀야 했던 그 고통의 비명소리, 마침내 통로를 찾아 목구멍을 비집고 기다랗게 늘어지는 분노와 증오, 그 해방의 환성, 우와!

그 소리와 함께 누가 먼저라고 할 것 없이 열 명 모두 동시에 미친 듯이 그에게 달려들었다.

그리고 그를 덮쳤다. 굶주린 늑대 무리가 먹이를 덮치듯이. 피에 눈이 멀어, 그 탐욕에 제동을 걸고 다시 한번 생각하고 말 겨를도 없었다. 달려드는 기세로 보아 요셉의 몸뚱이를 갈기갈기 찢어, 적어도 열네 조각으로 요절을 내야 직성이 풀릴 것 같았다. 잡아뜯고 갈기갈기 찢고 찢어발기고.

아, 얼마나 간절히 원했던 일이었던가!

"벗겨, 벗겨, 벗겨버려!"

그들은 헐떡거리며 그렇게 외쳤다. 케토넷 베일 옷, 그림을 수놓은 그 화려한 예복을 당장 벗겨야 했다. 그런데 이 아수라장에서 그건 간단한 일이 아니었다. 옷이 머리와 어깨에 칭칭 감겨 있었기 때문이다. 게다가 모두 이 한 가지 일에 달려들었으니, 사람이 너무 많았다. 그러다 보니 서로 걸려 엎어지고 넘어지면서 요셉을 때리려고 휘두른 주먹에 엉뚱한 사람이 얻어맞기도 했다. 그래도 정확히 목표물을 강타한 주먹은 충분히 많아서 요셉은 어느새 코피를 흘렸다. 그리고 시퍼렇게 멍이 든 한쪽 눈은 퉁퉁 부어올라 제대로 뜰 수도 없었다.

그렇게 엎치락뒤치락 하는 틈을 교묘히 이용한 사람이 있었다. 그건 르우벤이었다. 거대한 몸집만으로도 다른 형제들을 압도한 그 역시 "벗겨, 벗겨!"라고 외쳤다. 그리고 다른 늑대들과 함께 울부짖기도 했다. 그러나 고삐 풀린 무리들과 동조해서 겉으로는 열심히 나쁜 짓을 거드는 척하는 르우벤의 행동은, 예나 지금이나 더 나쁜 일이 생기지 않도록 막으려는 사람이 취하는 행동이었다.

르우벤은 다른 사람한테 떠밀리는 척하면서 의도적으로 상대방을 밀쳐내어, 주먹으로 때리려거나 옷을 잡아찢으려는 형제들의 손에서 어떻게든 요셉을 지키려고 애를 썼다. 특히 레위가 가장 주의해야 할 경계 대상이었다. 레위는 목자에게 무기나 다름없는 지팡이를 휘두르고 있었다. 그래서 집중적으로 레위를 걸고 넘어졌다. 아무리 르우벤이 꾀를 부렸어도 그의 보호는 큰 소득이 없었다.

겁에 질린 요셉의 고통은 말이 아니었다. 그건 꿈에서도 상상할 수 없는 곤욕이었다. 그는 정신없이 비틀거렸다. 어깨에 머리를 묻고 주먹 세례를 피할까 하고 팔꿈치를 올렸다. 그러나 맑은 하늘에서 떨어지는 우박처럼 무작정 요셉의 머리 위로 쏟아지는 소름 끼치는 폭력 세례, 그 청천벽력에 그의 믿음은 산산조각이 났다. 그의 세계관이었으며 자연법칙처럼 확고했던 신념, 모든 사람들은 자기들보다 요셉 자신을 더 사랑할 수밖에 없다는 그 철석같은 믿음이.

"형님들!"

갈라진 입술로 요셉이 더듬거렸다. 입술에서 터져 나온 피가 코피와 만나 턱 위로 흘러내렸다.

"이게 무슨 짓……."

르우벤이 미처 막아내지 못한 주먹이 요셉의 머리를 한 방 갈기면서 말을 끊어버렸다. 그리고 걸리는 곳 없이 속시원하게 내갈긴 또 다른 주먹에 갈빗대 사이 명치를 강타 당한 요셉은 아래로 고꾸라지면서 사람들 밑에 깔려버렸다. 여기서 부인할 수 없는, 아니 오히려 강조해야 할 사실은 야곱 아들들의 입장에서는 정당했을지 몰라도, 이들의 소행은 수치스럽기 그지없는 행동이었다는 점이다.

아니, 이런 행동은 뒷걸음질이라고 해야 할 것이다. 그들은 인간 이하로 내려가 짐승처럼 이빨을 사용하지 않았던가. 피를 흘리며 거의 정신을 잃은 자에게서 어머니로부터 물려받은 옷을 벗기긴 해야겠는데, 안타깝게도 손은 다른 할 일이 많으니 이빨이라도 사용하려 한 것이다. 그런다고 계속 입을 다물고 있지도 않았다.

"벗겨, 벗겨!"

그들이 이런 소리만 외친 것은 아니었다. 남자들 여럿이 함께 힘쓰는 일을 할 때면 힘든 걸 잊기 위해 한 목소리로 이영차, 이영차 외치곤 한다. 형제들도 그랬다. 이들은 계속 분노를 유지하고, 혹시 스며들지도 모를 이성을 멀찌감치 쫓아내기 위해 가슴속 깊은 곳, 회한과 상심 속에 파묻어 두었던 파편을 밖으로 끄집어 올려 박자를 맞췄다.

"절을 해요, 절을 해요!"

"잘 되고 있는지 보거라!"

"살에 박힌 가시!"

"은근 슬쩍 못된 짓이나 하는 놈!"

"옛다, 네 꿈!"

그럼 가련한 자는 이 상황을 어떻게 받아들였을까?

다른 건 몰라도 케토넷 베일 옷이 당하는 수모가 제일 이해되지 않았다. 그건 정말 끔찍했다. 마구 날아들어와 혹을 만드는 부당한 주먹다짐보다 그게 더욱 가슴 아프고 무섭게 느껴졌다. 요셉은 옷을 빼앗기지 않으려고 기를 썼다. 이미 여기저기 찢겨나가 너덜너덜해진 조각이지만 끝까지 걸치고 있으려고 몇 번이고 소리를 질렀다.

"내 옷!"

그리고 처녀처럼 발발 떨면서 애걸했다.

"제발 찢지 말아요!"

벌거벗은 몸이 되어서도 그렇게 애원했다. 베일 옷 하나 벗기는 데 힘이 너무 많이 들어가다 보니, 찢겨 나가는 건 그뿐만이 아니었다. 셔츠와 잠방이의 헝겊 조각들이 부서진 화환 부스러기와 베일 조각들과 한데 엉켜 너저분하게 바닥에 깔려 있었다. 팔로 얼굴만 간신히 가린 요셉의 맨살 위로 양 사방에서 사정없이 주먹이 날아들었다.

"절을 해요! 절을 해요!"

"옛다, 네 꿈!"

그 주먹 세례는 혼자서나마 어떻게든 막아보려고 안간힘을 쓰는 덩치 큰 르우벤 덕택에 조금 강도가 약해지기도 했다. 르우벤은 여전히 다른 사람한테 밀리는 척하면서 옆 사람들을 요셉으로부터 밀쳐내고 있었다. 그 모습은 신나게 분풀이를 하려고 요셉에게 한 방 날리려는데 옆 사람한테 걸려 넘어지는 것처럼 보였다. 그리고 자기도 "살에 박힌 가시!", "은근 슬쩍 못된 짓이나 하는 놈!"이라고 외쳤다. 그러다 기회다 싶으면 다른 말도 외쳤다. 그렇게 다들 듣게 큰소리로, 여러 번 반복해서 소리 지른 것은 무작정 두들겨 패기만 하는 형제들의 행동을 다른 방향으로 유도하기 위해서였다.

"묶어, 아이를 묶어!"

"손발을 묶어!"

그건 새로운 구호였다. 어떻게든 상황을 호전시킬 궁리를 하면서 다급하게 생각해 낸 것이었다. 이대로 뒀단 무슨 일이 생길지 몰랐다. 일단 중단시켜 시간을 버는 게 상책이었다. 실제로 요셉을 묶다보면 더 이상 때리지는 못할 것이다. 그리고 일단 묶어놓고 나면, 그 다음 일은 한걸음 뒤로 물러나 생각하게 되겠지. 이것이 르우벤의 계산이었다. 그래서 핏대를 세워가며 새 구호를 외쳤다. 지금 할 수 있는 합리적이고 이성적인 행동은 그것뿐이며, 말을 안 듣는 자는 바보 멍청이라는 식으로 이렇게…….

"옛다, 네 꿈!"

"묶어, 묶어!"

"이 멍청이들아!"

"이걸 앙갚음이라고 하다니, 이 바보들!"

"날 밀지 말고 차라리 아이를 묶어!"

"어디 밧줄 없어?"

그는 다시 한번 목청을 높였다.

밧줄은 있었다. 가령 가드에게는 몸에 지니고 다니는 밧줄이 있었다. 그가 밧줄을 풀었다. 르우벤의 이런 구호가 다른 형제들의 머릿속으로 들어갈 수 있었던 것은, 거기에 워낙 빈 자리가 많아서, 아니 아예 텅 비어 있었기 때문이리라. 벌거벗은 아이를 밧줄 하나로 팔과 다리를 꽁꽁 묶었다. 아이의 입에서 신음소리가 그치지 않았다. 르우벤이 이일에 제일 열심이었다. 일이 끝나자 그는 뒤로 물러나 한숨을 내쉬고 땀을 닦았다. 마치 자기가 이 모든 일에 앞장섰던 사람 같았다.

다른 형제들도 숨을 헐떡이며 그의 곁으로 섰다. 주먹다짐에서 손을 떼니 한순간 갑자기 할 일을 잃어 막막한 기분이었다. 앞에는 라헬의 아들이 비참한 몰골로 쓰러져 있었다. 등 뒤로 묶인 팔, 잡초에 수직으로 처박힌 뒤통수, 가슴으로 바짝 잡아당긴 무릎, 위로 솟구친 갈빗대. 여긴 움푹 파이고, 저긴 혹이 튀어나오고, 한마디로 꼴이 말이 아니었다. 형제들의 분노로 더럽혀진 몸이었다. 이끼와 먼지범벅인 이 육신으로부터 뱀 꼬리같이 구불구불한 붉은 액즙이 흘러내렸다. 아름다운 껍데기에 상처를 내면 줄줄 새나오게 마련인 액즙이었다. 다행히 얻어맞지 않은 한쪽 눈은 겁에 질린 채 살인자를 찾다가 또다시 폭력이 날아올까봐 반사적으로 얼른 감기곤 했다.

참혹한 일을 저지른 자들은 씩씩거리며 몹시 지친 시늉을 했다. 정신을 차려보니 난감해서 자신들의 당황스러움을 애써 감추려는 것이었다. 이들이 르우벤을 따라 손등으로 땀을 닦고 입술을 모아 휴우 한숨을 토하는 표정이, 정당한 복수를 한 사람들처럼 당당해 보여, 마치 이렇게 말하는 것 같았다.

'일이 어찌 되었던 간에 누가 감히 우리를 비난하겠어?'

그리고 이들은 비단 표정만이 아니라 말로도 표현했다. 형제들이 서로 합리화하고, 또 자기들의 행동에 동의하지 않을 가능성이 있는 다른 이들의 판단을 염두에 두고 자신들을 변호하느라 내뱉은 말들은 이런 것들이었다.

"이 멋만 부리는 놈!"

"이 가시 같은 놈!"

"본때를 보여줬어!"

"기를 팍 꺾어줬어!"

"뭐가 어째?"

"여기가 어디라고 와!"

"여기가 어디라고 감히 우리 앞에 나타나!"

"베일 옷까지 입고!"

"어디라고 우리 눈앞에 척 나타나!"

"모든 일이 잘 되고 있는지 보러 왔다고!"

"그건 우리가 벌써 다 알아서 했어!"

"그거나 알아둬!"

그러나 겉으로는 이렇게 내뱉었지만, 가슴 저 깊은 곳에서는 너나없이 거의 동시에 공포가 고개를 쳐들었다. 따지고 보면 그렇게 이 소리 저 소리 토해 낸 것도 이 섬뜩한 공포를 잠재우기 위해서였다. 그리고 이 끔찍스러운 공포를 가까이 들여다보면 그 안에는 야곱이 있었다.

맙소사, 아버지의 어린양에게 이 무슨 몹쓸 짓을 저질렀단 말인가? 처녀의 순결을 상징하는 라헬의 유물, 그 화려한 예복이 결딴난 건 둘째치고! 야곱이 만약 이 꼴을 보거나 이 소식을 알게 된다면, 그 예민한 아버지의 표정이 어떻게 변할까? 아버지 앞에 어떻게 서나? 앞으로 우리 운명은 어떻게 될까?

르우벤은 빌하를 떠올렸고, 시므온과 레위는 세겜에서 영웅답게 복수를 끝내고 돌아왔을 때, 자신들에게 퍼부어졌던 야곱의 분노를 떠올렸다. 그 와중에 위안거리를 찾은 형제도 있었다. 납달리는 야곱이 이곳이 아니라, 여기서 닷새나 걸리는 먼 곳에 있어서 아직은 깜깜무소식이라는 사실에 일단 안심했다. 그랬다. 이쪽과 저쪽을 갈라놓고 무지의 상태로 방치하는 공간의 거리가 납달리에게 크나큰 축복으로 여겨진 것은 이번이 처음이었다. 그러나 다들 알다시피, 이러한 공간의 위력도 한없이 유지되지는 않는다. 얼마 안 있으면 야곱은 모든 사실을 알게 되리라. 요셉이 그의 눈앞에 다시 나타난다면…….

그러면 떨리는 목소리로 저주를 퍼부을 아버지였다. 벽력 같은 호통과 함께 폭발할 아버지의 감정을 어떻게 감당한단 말인가! 형제들은 아이처럼 두려움에 몸서리쳤다. 다 큰 사내들이었지만 저주를 들어야 한다는 사실 자체가 두려웠고, 또 저주의 의미와 결과가 두려웠다. 아버지의 어린 양에게 손을 댔으니 저주를 받을 건 뻔했다. 그렇게 되면 저 위선자는 이번에야말로 보란 듯이, 명명백백하게 상속자로 결정되어 자신들 위로 올라설 게 아닌가!

그 수치스러운 꿈을 우리 손으로 실현시키다니! 주님이 그 꿈을 이루지 못하게 모든 상황을 종결시키려 했건만, 이 꼴이 뭔가! 형제들은 서서히 눈치 채고 있었다. 덩치 큰 르우벤이 새로운 구호로 자신들을 바보로 만든 게 틀림없었다. 자신들 앞에 축복을 훔친 도둑이 쓰러져 있다. 어지간히 당해서 몰골이 말이 아니고 밧줄에 묶여 있다고는 하지만, 이걸 종결된 상황이라 할 수 있나? 아니었다, 이것 말고 뭔가 다른 것이어야 했다.

요셉이 노인의 눈앞에 영영 나타나지 않는 것, 그래서 노인으로 하여금 이제 완전히 끝난 상황임을, 더 이상은 달라질 게 없다는 사실을 알게 하는 것이었다. 물론 이 경우, 노인이 얼마나 절망하고 비통해 할지, 그 끔찍한 모습은 상상이 되고도 남았다. 하지만 최소한 한 가지는 얻는 게 있었다. 아버지가 퍼부을 저주의 화살을 피하는 것이었다. 그 일에서 자신들은 절반만 책임지면 되었다. 모든 책임을 떠안을 필요는 없었다.

죽 늘어선 형제들의 머리에는 똑같이 그런 생각이 떠올랐다. 르우벤도 예외는 아니었다. 그 역시 이 점은 인정하지 않을 수 없었다. 형제들의 행동에 제동을 걸려고 기지를 발휘한 그였고, 그건 물론 가슴에서 우러나온 행동이었다. 그의 이성은 일어나서는 안 될 일이, 정도를 벗어나 너무 많이 일어났다고 일러주었다. 그러나 이 정도를 벗어나는 부분에 속하는 일은 일어날 수밖에 없었다는 사실과, 그럼에도 불구하고 그 일은 주님을 봐서도, 또 다른 무슨 이유에서든 결코 일어나서는 안 되는 일이었다는 사실이 그의 정신을 뒤죽박죽으로 만들었다. 난감해진 거구 르우벤의 얼굴은 그 어느 때보다도 깊은 원망으로 일그러졌다.

얼마나 무서운지 가슴이 두근거렸다. 지금 당장이라도 그 소리가 귓전을 때릴 것 같았다. 안 나오는 게 오히려 이상할 정도로 당연히 나오게 되어 있는 이야기였다. 그 이야기가 일단 나오면 그로서도 마땅히 대답할 말이 없었다. 그때였다. 마침내 그 이야기가 소리가 되어 그의 귀에 들려왔다. 누구 입에서 나온 소리인지는 중요하지 않았다. 르우벤은 소리가 난 쪽으로 고개를 돌리지도 않았다. 형제들 모두 같은 생각을 하고 있었으니까.

"저 아이는 사라져야 해."

"사라져야 한다."

고개를 끄덕이며 르우벤이 되뇌었다. 그리고 무뚝뚝하게 쏘아붙였다.

"그래. 그런데 어디로 사라져야 하는지도 말하지 그래."

"어디가 됐든 하여간 사라져야 해."

목소리가 대답했다.

"구덩이에 파묻어야 해. 없애버려야 해. 이미 오래 전에 없어졌어야 했어. 이제는 정말로 없어져야 해."

그러자 르우벤이 쓸쓸한 말투로 빈정거렸다.

"나도 동감이야! 그리고 나서 저 아이도 없이 아버지 야곱 앞에 나서자는 거지. 아버지가 '아이는 어디 있느냐?'라고 물으면 '그 아이는 없습니다.' 그렇게 대답하면 되겠구나. 그럼 아버지가 '왜 없다는 거냐?' 라고 물으면 이렇게 대답해야겠네. '우리가 죽였으니까요.'"

침묵이 흘렀다.

"아니."

단이 말했다.

"그렇게 하는 게 아니지. 형제들, 내 말을 들어봐. 내 별명이 공연히 뱀이요 살무사겠어. 기지와 재치가 있으니까 그런 별명을 얻었지. 자, 이렇게 하는 거야. 저 아이를 구덩이에 파묻는 거야. 구덩이에 던지는 거지. 여기 근처에 바닥이 마른 우물이 있잖아, 절반쯤 파묻힌 채 물도 없는 그 우물에 던져버리는 거야. 그러면 아이는 안전한 곳에 치워 놓은 셈이 되고, 자기가 꾼 꿈이 뭔지 알게 되겠지. 하지만 야곱 앞에서는 시침 뚝 떼고 거짓말을 하는 거야. '우리는 아이를 못 봤습니다. 그 아이가 어디 있는지, 아니면 완전히 없어진 건지 우리는 모릅니다. 만약 없어졌다면, 맹수한테 잡아먹힌 겁니다. 아, 이런 슬픈 일이 생기다니!' '아, 이런 슬픈 일이 생기다니!'를 꼭 끝에 붙여야 해. 그래야 거짓말처럼 안 들리거든."

"쉿!"

납달리가 말했다.

"저기 누워서 이야기를 듣고 있잖아!"

"그럼 어때?"

단의 응수였다.

"아무한테도 못 일러바칠 텐데 뭘. 우리 이야기를 듣고 있다는 사실이 저 아이가 이곳을 떠나서는 안 되는 또 다른 이유가 되는 거야. 하지만 그전에도, 이런 이야기를 안 들었을 때에도, 떠나보낼 수는 없었어. 이렇게 모든 게 하나로 직결되는 거야. 그러니 지금은 마음놓고 저 아이 앞에서 이야기해도 괜찮아. 죽은 거나 마찬가진데 뭘."

요셉 쪽에서 애원하는 소리가 들려왔다. 밧줄에 묶여 활처럼 당겨진 가슴에서 새어나오는 소리였다. 가슴의 보드라운 빨간 별들, 어머니의 별이 보였다. 그는 울고 있었다.

"저 소리 좀 들어봐. 불쌍하지도 않아?"

르우벤이 물었다.

"르우벤 형, 그게 대체 무슨 말이야?"

유다가 나섰다.

"불쌍하다니, 누가 불쌍하다는 거야. 설령 우리들 중에서 형처럼 불쌍하다는 생각이 드는 사람이 있다 하더라도, 지금 와서 그런 이야기가 왜 나와? 저 밉상이 지금까지 하늘 높은 줄 모르고 기고만장해서 얼마나 뻔뻔스럽게 굴었어? 또 아버지 앞에 가서 위선을 떨면서 우리를 짓밟은 건 어쩌고? 지금 와서 운다고 그게 다 씻겨져? 그저 불쌍하다고 꼭 하지 않으면 안 될 일을 저버리고, 저 아이를 떠나보내서 또다시 모든 걸 일러바치게 하자는 거야? 설사 불쌍한 생각이 든다 해도 이제 와서 그런 이야기를 하면 무슨 소용이야. 저 아이는 벌써 우리가 야곱한테 거짓말을 하겠다는 이야기도 들었잖아? 그 이야기를 들은 것만 가지고도 그의 목숨은 끝난 거야. 우리가 불쌍하게 여기거나 말거나, 단의 말처럼 저 아이는 이미 죽은 거나 마찬가지야."

"그래, 너희들 말이 맞다. 구덩이에 던지자."

르우벤이 말했다.

요셉은 또다시 애처롭게 울음을 터뜨렸다.

"아직도 울잖아."

누군가 그렇게 상기시켰다.

그러자 르우벤이 버럭 소리를 질렀다.

"울지도 못하냐? 울든 말든 구덩이에 던지면 될 것 아냐. 그러면 됐지, 뭘 더 바라는 거야!"

그 다음에 나온 이야기들을 이 자리에 그대로 옮기지는 않겠다. 예민한 현대인들이 깜짝 놀라, 형제들 전부는 아니라도 일부를 지나치게 좋지 않은 눈으로 볼까봐 여기서는 간접화법으로 들려줄 생각이다. 우선 시므온과 레위, 그리고 거침없고 우악스러운 가드가 포박된 자를 간단히 해치우겠다고 나섰던 건 사실이다. 시므온과 레위는 카인이 그랬듯이, 양팔로 지팡이를 번쩍 쳐들어 올린 후 단번에 머리를 내려쳐서 숨을 끊어 놓겠다고 했다. 가드는 그 방법 말고 야곱의 방식을 고집했다. 야곱이 축복을 바꿔치기 하면서 걸치고 갔던 털가죽은 염소새끼 가죽이었다. 그 염소를 잡을 때 야곱이 했던 방법대로 멱을 따겠다는 것이었다. 이런 제안이 나온 건 부인할 수 없는 사실이다. 그렇지만 독자가 야곱 아들들로부터 완전히 등을 돌려 영원히 그들을 용서하지 않게 되면 곤란하다. 이런 불상사는 막아야 하므로 이 자리에서는 이런 제안들을 형제들이 직접 이야기하는 형태로 소개할 생각이 없다. 그들의 이야기는 필연적으로 나오게 되어 있던 것들이었다. 우리 식으로 표현하자면 일의 순서가 그랬다. 그리고 그 말을 입에 올리는 일을 자청한 게 다름 아닌 그들이었던 것도 당연했다. 이 땅에서 그 역할에 그들보다 잘 어울릴 사람이 어디 있었겠는가? 즉 사나운 쌍둥이 형제와 거침없고 우악스러운 가드가 이처럼 자신들의 신화에 묵묵히 순종한 걸 두고 기이하게 여길 이유가 어디 있는가.

그러나 르우벤은 이를 허락하지 않았다. 다 알다시피 그는 이들의 제안에 반대했다. 요셉을 아벨이나 염소새끼 신세로 만들고 싶진 않았다.

"그건 안 돼. 난 반대다. 그건 내가 용납 못 해."

르우벤은 레아의 맏이라는 장자 신분을 내세웠다. 실족해서 저주를 받긴 했지만, 그래도 장자는 장자다. 소년은 이미 죽은 거나 다름없다고 말하지 않았던가. 아이가 계속 울고 있긴 하지만, 우는 게 뭐 어떠냐. 다른 짓은 하지 않느냐. 그러니 구덩이에 던지면 충분하다. 그 아이가 여전히 예전의 그 꿈을 꾸는 자인지는 너희들도 지금 봐서 알지 않느냐. 이 일로 꿈을 꾸는 자의 행색은 찾아볼 수 없게 되었다. 르우벤 자신도 이 일에 직접 동참했다. 양 사방에서 밀치지만 않았으면 더 열성적으로 했을 거다. 이미 일은 벌어졌다. 그러나 그건 형제들에 의해 벌어진 일이긴 하지만, 적극적인 행동이라고는 할 수 없다. 그저 형제들과 함께 벌어진 사건일 뿐이다. 그런데 지금은 멀쩡한 정신으로 아이를 해칠 계획까지 세워가며 끔찍한 짓을 저지르려 한다. 그렇게 해서 아버지의 피를 흘리게 할 생각이라니. 지금까지는 그저 피가 흘렀을 뿐이다. 물론 형제들에 의해서이긴 했다. 그러나 의도적으로 피를 흘리게 하는 것과 피가 흐르는 것은, 어쩌다 보니 벌어진 사건과 적극적인 행동이 다르듯이 거기엔 명백한 차이가 있다. 이 두 가지를 구별하지 않는다면 그건 너희들의 머리가 모자란 탓이다. 너희들이 피의 심판관으로 나설 작정이냐, 르우벤은 그렇게 물었다. 너희가 판관이라도 된 듯이 피를 흘리게 하자고 판결을 내리고, 직접 판결대로 실행할 테냐? 안 된다. 피를 흘리게 하는 것, 그건 용납할 수 없다. 이왕 일이 벌어졌으니 이제 할 수 있는 일은 아이를 구덩이에 던져 넣고 나머지는 그 다음에 벌어질 일에 맡겨야 한다.

거인 르우벤이 한 말은 대략 그러했다. 그러나 지금까지 어느 누구도 르우벤이 착각한 나머지 그런 말을 했다고 믿은 사람은 없다. 적극적인 행동과 어쩌다 벌어진 사건의 차이에 얼마나 미련스럽게 집착했으면, 소년을 구덩이에 던져 넣어 거기서 끝장나게 하는 것은 소년을 해치는 게 아니라고 했을까? 착각도 유분수지. 이렇게 생각한 사람은 지금껏 아무도 없었다. 나중에 유다는 동생을 질식시켜 그의 피를 숨긴들 무슨 소용이 있느냐고 묻기도 했지만, 그 질문도 르우벤에게 새로운 사실을 가르친 게 아니었다.

이미 오래 전에 인류는 르우벤의 속내를 간파했다. 르우벤은 시간을 벌려는 일념으로 그런 말을 한 것이다. 구체적으로 뭘 위한 시간? 그건 그도 명확히 몰랐을지 모른다. 하지만 어떻게든 요셉을 구해 아버지께 돌려보낼 수 있는 시간, 그렇게 희망을 간직할 수 있는 시간, 그 시간을 벌려 했다. 르우벤이 남몰래 이런 생각을 갖도록 충동질한 건 다름 아닌 야곱에 대한 두려움과 증오의 대상 요셉을 향한 사랑이었다. 사랑이라고? 그랬다, 속상하지만 그는 요셉을 사랑했다. 그래서 다른 형제들을 배신—이것 말고 달리 어떤 이름으로 불릴 수 있겠는가—할 궁리를 한 것이다.

그러나 아무 데나 쏴대는 물, 터져 나오는 물줄기, 걷잡을 수 없는 홍수 르우벤, 그래서 아버지의 애첩 빌하와 못된 짓을 저지른 그는 야곱에게 갚아야 할 빚이 많았다. 그러니 지금 여기서 요셉을 야곱에게 되돌려보내 준다면, 혹시 옛날 일에 대한 충분한 보상이 되고도 남는다고 생각한 건 아닐까? 그렇게 되면 예전의 저주도 떨쳐내고 장자신분을 다시 회복할 수 있지는 않을까? 르우벤이 뭘 얻기 위해 노심초사했는지, 확실하게 아는 척할 생각은 없다. 그리고 그의 행동 동기를 축소시키고 싶지도 않다. 그런데 만약 속으로는 은근히, 라헬의 아이를 구하는 동시에 그 아이를 누르고 자신이 승리하기를 바랐을 수도 있다고 가정한다면, 이 또한 행동 동기를 비하시키는 게 될까?

한편 적극적인 행동은 피하고 모든 걸 앞으로 벌어질 일에 맡기자는 르우벤의 요구에 다른 형제들도 별 다른 저항을 보이지 않았다. 그들 모두 자신들의 행동이 돌발적인 성격을 띠었던 그순간 차라리 눈먼 가운데 목적을 달성했더라면 얼마나 좋았을까 생각한 것은 사실이다. 그러나 일단 한숨 돌리고, 막상 생각을 가다듬다 보니, 이제 와서 멀쩡한 정신으로 피를 보자는 결정을 내리고 돌발 사건이 아니라 의도적인 차원에서 행동하고 싶은 사람은 아무도 없었던 것이다. 사나운 쌍둥이 형제도 그럴 기분은 아니었다. 그리고 그렇게 거침없고 우악스러운 가드도 예외는 아니었다. 사실 이들은 동생의 머리와 목에 관련된 주문이 자신들한테 떨어지지 않은 게 기쁘기만 했다. 대신 장자 신분을 내세우는 르우벤의 권위가 힘을 얻어, 앞에서 묶으라는 요구가 그랬듯이, 이번에는 우물로 던지라는 구호가 설득력을 갖게 되자 여간 다행스럽지 않았다.

"구덩이로 가!"

이 구호에 따라 형제들은 이쪽저쪽에서 밧줄을 움켜잡고 묶여 있는 가련한 아이를 질질 끌고 들판을 가로질러 외딴 목초지에 있는 텅 빈 저수통 쪽으로 향했다. 앞에서 잡아끌고, 옆에서 당겨 주기도 하고, 또 몇은 잰 걸음으로 뒤따라갔다. 르우벤은 잰 걸음이 아니라 덩치답게 성큼성큼 내딛으며 운반에 동참했다. 그러다 고약한 덩굴 뿌리나 딱딱한 덤불이 있으면 질질 끌려가는 아이를 번쩍 들어 올려 쓸데없는 고통을 면하도록 배려해 주었다.

다 함께 요셉을 구덩이로 나르면서 영차, 영차 박자를 맞추다보니 공연히 들뜬 형제들은 문득 재미있다는 생각도 들어 웃기도 하면서 농담도 주고받았다. 예를 들면 자기들이 질질 끌고 가는 건 바로 곡식단이고, 잘 묶은 이 곡식단이 몸을 숙여 절을 하려니, 그 깊은 우물 구덩이에 빠져야 한다고. 이렇게 홀가분한 마음으로 웃고 떠들었던 것은 아벨이나 염소새끼의 전례를 따르지 않아도 되었기 때문이고, 또 그렇게 해야 요셉의 애원과 호소를 못 들은 척할 수 있었다. 요셉은 다 갈라진 입술로 쉬지 않고 애원했다.

"형님들! 제가 불쌍하지도 않나요! 왜들 이러세요! 멈추세요! 아, 제게 왜들 이러시나요!"

그래봤자 아무 소용없었다. 사람들은 잰 걸음으로 평원의 풀과 덤불을 한참 지나 이끼 낀 비탈로 그를 끌고 가고 있었다. 거기서부터는 내리막이었고 바닥에 이르자 서늘해졌다. 거의 폐벽에 가까운 돌담 사이로 떡갈나무와 무화과 덤불이 있었고 바닥돌은 여기저기 깨어진 상태였다. 파손된 가파른 계단 몇 개가 아래쪽으로 이어졌다. 형들은 그곳으로 요셉을 끌고 갔다. 요셉은 묶인 중에도 양팔을 버둥거리며 필사적으로 저항하기 시작했다. 앞의 우물을 보니 겁이 덜컥 났기 때문이다. 우물의 입구가, 특히 그 옆에 돌바닥 위에 놓인 돌이 무서웠다. 이끼가 끼어 있고 형체가 온전하지 않은 그 돌은 우물 입구를 덮는 돌뚜껑이었다. 그러나 아무리 뻗대본들, 성한 한쪽 눈으로 그 시커멓고 둥근 돌을 바라보며 공포에 질려 울음을 터뜨린들, 아무 소용이 없었다. 우물 가장자리에 이른 형들이 영차 하면서 휙 던져버리자 요셉은 균형을 잃고 아래로 떨어졌다. 깊이를 알 수 없는 곳으로.

물론 끝없는 심연, 바닥이 없는 나락은 아니었지만, 요셉에게는 충분히 깊은 곳이었다. 이런 우물의 깊이는 대부분

30미터나 아니면 그보다 조금 웃도는 게 보통이다. 그러나 이 우물은 사용하지 않은 지 오래라, 흙과 부서진 돌멩이로 반쯤 채워진 상태였다. 어쩌면 예전부터 주변을 떠도는 부랑자들이 이용하지 못하게 일부러 그랬는지도 모른다.

요셉이 아래로 떨어진 길이가 다섯 발(1발은 대략 180cm—옮긴이)이나 여섯 발쯤 되었다쳐도 그건 충분히 깊었고, 사지가 묶인 채 다시 올라오기에는 너무 깊은 곳이었다. 떨어지는 와중에도 그는 살기 위해 정신을 바짝 차렸다. 그래서 곧바로 추락하지 않으려고 발과 팔꿈치로 우물벽을 쳐가며 미끄러진 덕에 부러지거나 탈골 없이 그럭저럭 잡동사니 위에 떨어질 수 있었다. 그 순간 우물 안에 있던 딱정벌레를 비롯한 음지의 온갖 벌레들이 뜻밖의 손님에 혼비백산했음은 말할 것도 없다.

그나마 무사히 바닥에 닿다니, 얼마나 다행인가. 그러나 요셉이 안도하는 사이, 위쪽의 형들은 힘센 남자답게 팔에 힘을 주려고 기합을 넣고 있었다. 요셉이 머무는 집에 돌지붕을 덮어주려는데, 남자 한 명이 굴리기에는 너무 무거워서 함께 달라붙었다. 또 이끼가 잔뜩 끼고 지름이 대략 5피트쯤 되는 돌뚜껑은 둘로 쪼개져 있어서 일을 분담해야 했다. 그런데 막상 한쪽씩 우물 입구 위에 옮겨 놓으니 이가 맞지 않아 입이 쩍 벌어졌다. 한쪽은 좁고, 한쪽은 넓은 틈새로 한 줌의 햇살이 우물 안으로 비집고 들어왔다. 그 햇살을 요셉은 성한 한쪽 눈으로 바라보았다. 둥그렇게 깊은 곳에 쓰러진 듯 누워 있는 그는 벌거벗은 맨몸이었다.

구덩이에서 비명을 지르는 요셉

일을 끝낸 형들은 우물터에 있는 계단에 앉아 잠시 쉬기로 했다. 몇몇은 허리춤에 찬 주머니에서 빵과 치즈를 꺼내 먹었다. 아무리 거칠어도 신앙심은 깊은 레위가 피 앞에서 식사를 하는 건 옳지 않다고 유감을 표했지만, 그들은 피가 어디 있느냐고 대꾸했다. 이 방법의 장점이 바로 피가 흐르지도, 또 피를 흘리지도 않았다는 데 있는 것 아니냐고. 그 말에 레위도 함께 식사했다.

빵을 씹으면서도 이들은 눈을 깜빡거리면서 뭔가 골똘히 생각하고 있었다. 그러나 이 사색의 화살은 부차적인 일에 쏠려 있었다. 그 순간 더 의미심장해 보인 그것은 다른 게 아니고, 요셉을 매장할 때 사용한 손과 팔에 남아 있는 요셉의 맨살에 대한 기억이었다. 역설 같지만 참으로 부드럽지 못한 접촉이 남긴 그 부드러움은 각자의 가슴을 뭉클하게 했다. 물론 그게 무엇인지 정확하게 이해한 사람도, 또 그 이야기를 꺼낸 사람도 없었다. 입으로 나눈 이야기는 요셉이 그가 꾼 꿈들과 함께 안전하게 한쪽에 치워졌다며 서로 안심시켜 주는 내용이었다.

"이제 아이는 없어졌어."

"야, 이제야말로 발 뻗고 편안하게 잘 수 있겠군."

발 뻗고 편안하게 잘 수 있다는 말을 특히 더 강조하느라 몇 번이고 반복했다. 그건 확신이 없어서였다. 꿈을 꾸는 자도 제거되었고, 더 이상 아버지한테 일러바칠 수 없게 되었으니, 편안하게 잠을 잘 수 있을 듯했다. 그러나 마음을 달래 주는 이 생각 안에도 벌써 아버지에 대한 생각이 깔려 있었다. 아버지는 영영 돌아올 수 없는 요셉이 돌아오기를 넋 나간 사람처럼 기다릴 게 뻔했다. 그건 의심의 여지가 없었다. 이 확실한 사실에 생각이 미치면 잠이 오다가도 저만치 달아났다. 거기엔 단 한 사람의 예외도 없었다. 사나운 쌍둥이 형제까지 포함해서 열 명의 형제 모두가 그 생각만 하면 몸서리가 쳐졌다.

이들은 하나같이 어린아이처럼 아버지를 어려워하고 두려워했다. 특히 부드러우면서도 강력한 힘을 가진 아버지의 영혼이 가장 두려웠다. 요셉을 더 이상 말을 못 하게 만들었다는 것은 바로 아버지의 영혼이 가장 아끼고 사랑하는 대상을 공격한 것이므로 결국은 아버지를 친 것이나 마찬가지였다. 생각이 이에 미치자 온몸이 오싹해졌다.

자신들이 동생에게 한 행동은 질투에서 비롯되었다. 하지만 질투가 어떤 감정의 왜곡인지 모르는 사람이 있던가. 기름으로 번질거리는 시므온과 레위의 사나운 성격을 떠올리면 이 감정을 연관시키는 게 엉뚱해 보일지도 모른다. 바로 그렇기 때문에 여기서는 절반짜리 단어가 필요하다. 이렇게 절반짜리 단어로만 표현되는 것도 있게 마련이다.

입을 우물거리며 빵을 씹는 중에도 이들은 눈을 깜빡이며 골똘히 생각에 잠겨 있었다. 요셉의 살갗이 자신들의 손과 팔에 남긴 부드러운 느낌을 되새기느라 다들 마음이 무거운데, 가슴을 더 무겁게 만들어 그들의 사색을 방해하는 것이 있었다. 그건 구덩이 밑에서 아득하게 들려오는 소리였다. 바닥에 던져진 아이가 울면서 애걸하고 있었다.

바닥에 떨어진 후 요셉은 어느 정도 정신을 수습하자, 이러고 있을 때가 아니라고 생각했다. 그는 애원하기 시작했다.

"형님들! 어디 있나요? 아, 제발 가지 말아요! 절 이 무덤 속에 혼자 두고 가지 마세요, 너무 퀴퀴하고 무서워요! 형님들! 제발 절 불쌍하게 여기고, 어두운 밤 같은 구덩이에서 파멸하지 않도록 절 구해 주세요! 전 형님들의 동생 요셉이에요! 형님들, 귀를 막지 마시고 제발 탄식과 비명을 들어주세요! 형님들은 지금 잘못 알고 이러시는 거예요! 르우벤 형, 어디 계세요? 르우벤 형, 제가 구덩이에서 형님 이름을 부르고 있어요! 오해한 거예요! 아, 형님들은 오해를 하셨어요! 그러니 절 도와주세요, 절 살려 주세요! 저는 아버지가 시키셔서 닷새 걸리는 여행길에 올라 훌다를 타고 형님들께 왔어요. 선물을 드리려고요. 과일케이크도 가져 왔어요. 아, 그런데 이렇게 모든 게 뒤틀려 버렸어요! 모두 그 남자 탓이에요, 그 길잡이! 야곱을 같은 아버지로 모시는 형님들, 제 말을 듣고 절 이해해 주세요. 전 모든 일이 잘 되고 있는지 보려고 형님들께 온 게 아녜요. 그 일이라면 형님들께 저 같은 아이가 필요없죠! 전 형님들한테 공손히 예를 갖춰 절을 올린 후 안부를 여쭈려고 왔어요. 그래서 형님들이 아버지가 계신 집으로 돌아오게 하려고요! 형님들, 그 꿈들은—형들한테 그런 꿈 이야기를 한 게 그렇게 버릇없어 보였나요? 제 말을 믿어주세요. 제가 형님들한테 들려준 꿈들은 그중에서도 아주 사소한 것에 불과했어요. 그런 것 말고—아, 이 말을 하려고 한 게 아닌데! 아, 아, 뼈와 힘줄이, 오른쪽과 왼쪽, 온 사지가 아파요! 목이 말라요! 형님들, 아이가 목이 말라요. 한 가지 오해 때문에 아이는 많은 피를 흘렸어요. 아직 거기들 있나요? 아니면 전 이제 완전히 혼자인가요? 르우벤! 형님의 음성을 듣게 해주세요! 그들에게 말해 주세요, 절 구해 주면 아무것도 일러바치지 않겠다고요! 형님들, 형님들이 지금 무슨 생각을 하는지 저도 알아요. 절 구덩이에 내던진 건, 안 그러면 제가 다 일러바칠 거라고 생각해서죠. 아브라함과 이사악 그리고 야곱의 주님께 맹세할게요. 그리고 형님들 어머니의 머리를 두고, 그리고 라헬, 제 엄마의 머리를 두고 맹세해요. 절대로 고자질 같은 건 안할게요. 앞으로 영원히, 이번에 딱 한번만 이 구덩이에서 구해 주면 절대로 안 그럴게요, 이게 마지막이에요! 딱 한번만 구해 주세요!"

"분명히 고자질할 거야. 오늘이 아니면 내일이라도."

유다가 이빨 사이로 중얼거렸다. 그의 장담에 동의하지 않을 형제는 한 명도 없었다. 르우벤도 예외는 아니었다.

물론 가슴 한구석 요셉을 구할 수 있기를 바랐고, 또 나름대로 계획까지 세워보고 있었지만, 그럴수록 이 사실을 다른 형제들이 모르도록 감춰야 했고 더 강하게 부인해야 했다. 그래서 그는 입 가장자리에 양손을 모으고 이렇게 소리쳤다.

"조용히 해! 안 그러면 돌을 던져 당장 끝내버릴 거야. 네 이야기는 더 이상 듣고 싶지 않아. 넌 이미 없어졌어!"

그 소리가, 그 음성이 다름 아닌 르우벤의 목소리라는 것을 안 요셉은 소스라치게 놀라 입을 다물고 말았다. 덕분에 형들은 더 이상 방해받지 않고 눈을 깜빡이며 생각에 잠길 수 있었다. 그리고 아버지를 생각하며 가슴을 졸였다. 헤브론에 있는 아버지 야곱은 아들이 돌아올 날만 손꼽아 기다리리라. 그리고 서서히 파고드는 의심에 감정을 주체하지 못하고 에이는 가슴에 괴로워할 게 틀림없었다. 자신들이 유배지로 택한 이곳에 끝까지 남아 아버지와 영영 화해할 의사가 없다면, 그것은 이들이 상관할 바가 아니었다. 그러나 지금은 그 반대 경우였다.

요셉을 저 나락으로 가라앉힌 목적은 단 한 가지, 자신들과 아버지를 가로막는 장애물을 제거하는 것이었다. 어린 시절부터 얼마나 아버지의 정이 그리웠던가. 그런데 이들을 혼란스럽게 만든 문제는, 부드러우면서도 힘이 넘치는 아버지의 감정을 자신들에게 쏠리게 하기 위해서 바로 아버지의 가슴에 치명타를 날릴 수밖에 없었다는 점이다. 실제로 형제들은 모두 다 그런 식으로 문제를 바라보고 있었다. 뻔뻔스러운 놈을 혼내주고 복수를 한다는 차원이 아니었다. 그놈이 꾸었다는 그 고약한 꿈을 망가뜨리려는 게 일차적인 목적은 아니었다. 그들 모두는 분명하게 느끼고 있었다. 자신들의 간절한 소원은, 자신들이 아버지의 사랑을 얻지 못하도록 가로막고 있는 장애물을 제거하여 아버지에게 좀더 가까이 다가가는 것이라는 사실을.

이제 그 길이 활짝 열렸다. 마침내 아버지한테 돌아가게 될 것이다. 물론 아버지를 떠나올 때처럼 요셉 없이 가리라. 그럼 요셉이 어디 있냐고 물으면? 그놈이 꼴 보기 싫어서 집을 떠나겠다고 선언한 자신들에게 아버지가 뒤따라 보낸 요셉 없이 그냥 돌아간다면 어딘지 미심쩍어 보일 게 뻔하다. 생각만 해도 소름 끼치지만 왜 뒤에 딸려 보낸 사람 없이 혼자 오냐고 물을 게 당연했다. 전혀 대답할 말이 없는 건 아니었다. 어깨를 으쓱 들어 올리며 우리가 동생을 지키는 목자라도 된단 말입니까?라고 할 수도 있을 것이다. 아니다. 그걸로는 질문에 대한 충분한 답이 못 된다. 아버지의 질문은 눈을 부릅뜨고 계속 노려볼 것이며, 그 눈초리 아래 자신들은 아버지의 고통스러운 기다림을 지켜보는 증인이 될 게 뻔했다. 아무리 기다려도 돌아올 수 없다는 사실을 누구보다도 잘 알면서, 결국은 찾아들기 마련인 의심과 회의가 아버지의 가슴을 서서히 갉아먹는 무서운 광경을 지켜봐야 하다니! 그것이 자신들에게 주어진 회개의 모습이라 생각하니 모두 가슴이 철렁 내려앉고 온몸이 오싹해졌다.

그렇다고 하염없는 기다림이 요셉은 영원히 돌아오지 않는다는 인식으로 바뀔 때까지, 집으로 돌아가지 않고 계속 이곳에 머물러야 할 것인가? 그러려면 많은 시간이 필요했다. 하염없는 기다림은 워낙 질긴 법이니까. 또 그사이 질문이 직접 답을 찾아 그들 모두에게 저주로 돌변할 수도 있었다. 따라서 어떻게 해서든 소년이 영원히 돌아오지 못한다는 사실을 지금 당장 확실하게 알려 주는 것이 급선무였다. 그것이 자신들의 혐의를 깨끗이 씻어주는 방법이어야 함은 물론이다. 각자의 머릿속을 열심히 휘젓는 생각도 바로 이것이었다.

그리고 이 생각은 뱀이요, 살모사라 불린 단의 머리에서는 하나의 결실을 얻게 되었고, 마침내 그의 입을 통해 제안으로 나오게 되었다. 앞에서 이미 단은 노인에게 맹수가 소년을 해쳤다고 말하면 될 거라는 생각을 했었다. 단은 이 생각을 기본으로 하고, 여기에 가드의 이야기에서 얻은 자극과 야곱이 축복을 바꿔치기 하면서 제물로 올린 새끼염소에 대한 자신의 기억을 보태서 다음과 같이 제안했다.

"내 말을 들어봐, 형제들. 난 역시 판관 자격이 있어. 이렇게 하면 돼! 가축떼 중에서 한 마리를 골라 목을 따는 거야. 그러면 피가 흐르지. 그 짐승 피에 애물단지, 베일 옷을 적시는 거야. 넝마조각처럼 갈기갈기 찢긴 라헬의 신부복 말야. 그걸 야곱한테 가지고 가서 이렇게 말하는 거야. '풀밭에서 이렇게 찢어진 채 피가 흥건한 이 물건을 찾았습니다. 이게 아버지 아들의 옷이 아닙니까?' 그러면 그 옷을 보고 알아서 결론을 내리겠지. 이건 목동이 주인에게 사자가 뜯어먹다 남긴 양의 찌꺼기를 보여주는 거나 마찬가지야. 그러면 목동은 자신의 무죄를 맹세할 필요도 없이 혐의를 벗지."

"입 다물어!"

민망해진 유다가 낮은 소리로 투덜거렸다.

"아이가 돌 밑에서 다 듣잖아. 우리가 어떻게 할지 다 알
면 어쩌려고 그래?"

그러자 단이 응수했다.

"그게 어때서? 저 아이 때문에 소리를 낮춰 속삭여야 된
단 말이야? 저 아이의 목숨은 이미 끝났어. 그리고 이건 우
리 일이지 더 이상 저 아이의 일이 아냐. 저 아이는 죽은 거
나 진배없다는 걸 유다 형은 잊고 있을 뿐이야. 아이는 이
미 없어졌어. 저 아이가 내 말을 알아듣고, 또 지금 내가 하
나도 꾸미지 않고 솔직하게 이야기하는 걸 알아듣는다면,
그건 오히려 잘된 일이야. 아이는 이 이야기를 잘 간직할
테니까. 저 아이가 우리 곁에 있을 때, 언제 한번이라도 서
로 자유롭고 허심탄회하게 이야기한 적이 있었어? 아버지
한테 고자질해서 또 혼날지 모른다는 생각에 늘 전전긍긍
했지. 그러니 오늘은 저 아이를 진짜 형제처럼 우리 옆에
있게 해주는 것도 좋아. 이번에는 믿을 수 있으니까 아무
이야기나 다 들으라고 해. 그 생각을 하면 기특해서 손에
입맞춤이라도 담아 구덩이로 내려보내고 싶은 걸. 그건 그
렇고, 자, 어때, 내 제안이?"

형제들은 함께 의논하려고 했지만, 요셉 때문에 여의치
않았다. 요셉이 다시 애타게 울부짖으며 제발 그러지 말라
고 애걸하기 시작했던 것이다.

"형님들, 제발 그것만은 참으세요! 짐승하고 옷, 그것만

은 하지 마세요! 아버지께 그러지 마세요. 아버지는 감당 못하세요! 아, 저 때문에 이렇게 애걸하는 게 아녜요. 저는 이미 몸과 마음이 다 부서진 채 무덤에 누워 있어요. 하지만 아버지는 제발 봐주세요, 피묻은 옷을 보여주지 마세요. 그건 죽음의 옷이에요! 아, 아버지가 얼마나 두려워하셨는데요! 한밤중에 혼자 있는 저를 보고 사자 생각을 하고 그렇게 꾸중하셨는데, 정말로 사자한테 잡아먹힌 꼴이 되어야 하다니! 형님들이 절 떠나보낼 때 온갖 주의를 주면서 가슴 졸이던 아버지의 모습을 봤더라면! 그런데도 나는 그걸 아무렇지 않게 여겼죠! 아, 이렇게 형님들 앞에서 아버지가 이 아이를 얼마나 사랑하는지 이야기하다니, 이건 현명하지 않은 행동이겠죠. 하지만 사랑하는 형님들, 제가 뭘 어떻게 해야 형님들의 마음을 상하지 않게 할 수 있나요? 어째서 제 목숨은 아버지의 목숨과 하나로 엉켜서, 제가 아버지를 다치지 않게 해달라고 형님들한테 애원하는 것이 날 다치지 않게 해달라는 것과 같아질 수밖에 없나요? 아, 사랑하는 형님들, 제 통곡을 들으시고 아버지가 느낄 공포를 생각해 주세요. 아버지께 피묻은 옷을 보여주는 끔찍한 일은 제발 말아주세요. 아버지는 마음이 여려서 그 일을 감당 못해요. 뒤로 나자빠지실 거예요!"

그러자 르우벤이 입을 열었다.

"흠, 더는 못 듣겠군. 못 참겠어."

그리고 자리에서 일어났다.

"어떠냐, 다른 데로 가는 게? 저기 멀리 다른 곳으로 가자. 아이가 계속 저렇게 애걸하니 이야기도 못하겠고, 깊은 곳에서 비명을 질러대니 생각도 제대로 못하겠잖아. 자, 움막으로 가자!"

울퉁불퉁 튀어나온 근육에 어울리지 않게 얼굴색은 하얗게 질려 있었다. 그 창백함이 분노 때문인 척 짐짓 화난 목소리로 말했었지만 얼굴색이 변한 진짜 이유는 따로 있었다. 아버지를 염려하는 소년의 짐작이 하나도 틀리지 않았기 때문이다. 르우벤 자신의 눈앞에도 아버지가 옷을 보고 말 그대로 뒤로 나자빠지는 모습이 선명하게 그려졌다.

그리고 이외에도 르우벤의 마음을 찡하게 울린 것이 또하나 있었다. 요셉이 그런 곤경에 처해서도 아버지를 생각하고 아버지의 마음이 여리니 제발 아버지를 다치게 하지 말라고 애원하고 있다는 점이었다. 요셉에게 자신보다는 아버지가 먼저였고, 자신을 구해 달라는 부탁도 아버지를 위해서라는 사실에 르우벤은 감동했다. 혹시 자기가 살고 싶어 아버지를 앞세운 것은 아닐까? 옛날 습관대로 속셈은 따로 있는 게 아니고? 아니었다. 이번에는 정말 달랐다. 돌뚜껑 밑에서 절규하는 요셉은 예전의 요셉이 아니었다.

언젠가 자신이 그 어리석은 교만에서 깨어나게 하려고 어깨를 잡고 마구 흔들었던 그 요셉이 아니었다. 당시에는 자신이 그렇게 요셉의 어깨를 흔들었어도 아무 소득이 없었지만, 아마도 이번에 구덩이로의 추락은 달랐던 것 같았다. 요셉은 교만에서 깨어났다. 그는 아버지의 여린 마음을 생각하며 애원하고 있었다. 자신을 총애하는 아버지의 마음을 더 이상 비웃지 않았다. 오히려 그걸 후회하고 아버지가 마음에 상처를 입을까 걱정하고 있었다. 그래서 거구 르우벤은 어떻게든 요셉을 구해야 한다고 또 한번 마음을 다졌다. 하지만 구체적인 묘안이 없던 탓에 막막함 역시 곱절로 늘어났다.

르우벤의 얼굴이 창백한 이유는 거기에 있었다. 그는 자리에서 일어나 다른 형제들에게 요셉을 숨겨둔 그곳을 떠나자고 말했다. 형제들은 그의 말에 따르기로 하고 요셉을 두들겨 팼던 자리에서 찢어진 베일 조각들을 주워 장막으로 향했다. 거기서 단의 제안을 놓고 의논할 생각이었다. 결국 요셉만 동그마니 남았다.

굴 안에서

어두컴컴한 굴에 홀로 남겨진다는 생각에 요셉은 몸서리 쳤다. 그는 오래도록 형들의 등에다 대고 자기를 버리고 가지 말라고 울며 애원했다. 그러나 정작 뭐라고 소리를 지르는지는 자신도 몰랐다. 애원과 호소는 거의 기계처럼 무의식적으로 반복되고 있었을 뿐, 그의 진짜 생각은 그곳, 즉 애원하고 한탄이 나오는 표면에 머무른 것이 아니라 그 아랫부분에 내려가 있었기 때문이다. 그리고 이보다 더 깊이 내려가면 이 진짜 생각보다 더 진짜인 심연의 생각이 자리 잡고 있었다. 한마디로 이 심연에 흐르는 생각의 강물은, 전체 생각을 하나의 음악이라고 한다면 거기서 가장 낮은 음이라 할 수 있으며 이렇게 베이스와 중간음과 고음을 이루는 생각들이 한데 어우러져 감동적인 음악을 낳았던 것이다. 그의 정신은 이 수직 구성에서 상부와 중간 그리고 하부를 동시에 지휘해야 했다. 그러다 보니 애원을 한다는 게, 형들한테 들려준 꿈은 실은 다른 꿈들에 비하면 사소한 것에 지나지 않는다는 그런 미련한 소리도 나온 것이다. 자기가 무슨 말을 하는지를 온전히 의식하는 사람이라면, 이런 이야기가 정상 참작이 될 이야기라고 생각하는 실수를 범할 리 만무하다. 요셉처럼 생각이 여러 갈래로 나뉜 경우라면 혹시 몰라도.

그의 머릿속에는 많은 생각들이 교차하고 있었다. 형들이 느닷없이 늑대로 돌변하여 자신을 덮친 무서운 순간부터였다. 그때 아직은 형들의 주먹 세례를 받지 않아 온전한 상태였던 두 눈은 분노와 원한에 사무친 형들의 표정을 보았다. 손톱과 이빨로 그림을 수놓은 화려한 베일 옷을 잡아 뜯느라 형들의 얼굴은 무서울 정도로 바짝 다가와 있었다. 그 표정에서 요셉은 고통스러운 증오를 읽었다. 봉변을 당하면서 느낀 공포감의 대부분은 이 때문에 비롯되었다. 두렵기도 하고 주먹에 얻어맞아 아프기도 해서 울음을 터뜨리긴 했다. 그러나 두려움과 아픔은, 형들이 번갈아 코앞에 들이댄, 땀으로 얼룩진 면상에서 읽어낸 고통스러운 증오에 대한 동정심으로 젖어 있었다.

이러한 동정심이, 형들을 이렇게 만든 장본인이 바로 자신이라는 사실을 인정할 수밖에 없는 곤혹스러움과 만나게 되면 회한과 비슷한 감정이 된다. 이번에는 요셉이 제대로 흔들려서 눈을 뜨게 된 것이라 여겼던 르우벤의 판단은 옳았다. 요셉은 이제서야 자신이 지금까지 무슨 짓을 했는지 보게 되었고, 바로 이런 일을 초래한 장본인이 자신이라는 사실을 깨달았다. 노기를 뿜는 형들의 주먹에 몸이 이리저리 튕겨지고, 옷을 뺏기고 밧줄에 묶여 바닥에 쓰러져 있을 때나, 우물로 옮겨질 때나, 그의 생각은 공포에 짓눌려 거의 마비된 상태에서도 쉬지 않고 움직였다. 그 생각들은 단순히 끔찍한 현재에 머무르지 않고, 황급히 날개를 달고 과거로 날아갔다. 거기엔 타인에 대한 맹목적인 신뢰를 방패 삼아 무의식적으로, 또 일부는 뻔뻔스럽게도 절반쯤 의식하기도 하면서 이런 일이 터지도록 준비한 자신이 있었다.

맙소사! 형님들! 제가 어쩌다 형님들을 이 지경으로 만들었나요? 형들을 그렇게 만든 건 바로 자신이었다. 여러 가지 크고 작은 실수 때문이었다. 누구든 자신보다 요셉 자신을 더 사랑할 수밖에 없다는 전제에서 나온 실수였다. 그 전제를 믿었다고 할 수도 있고, 반대로 철석같이 믿은 건 아니라고도 할 수도 있겠지만, 여하튼 그 전제가 기본적인 생활신조였던 건 분명했다. 바로 그것이 자신을 구덩이에 떨어지게 만들었다. 땀을 뻘뻘 흘리는 형들의 일그러진 얼굴을 보면서 그는 성한 한쪽 눈으로 분명히 읽을 수 있었다. 인간이 할 수 있는 한계를 넘어서는 이런 전제로(어느 인간이 자신보다 이웃을 더 사랑할 수 있단 말인가?—옮긴이) 자신은 형들의 영혼에 너무도 오랫동안 극도의 긴장과 크나큰 고통을 안겨 주었고, 결국은 더 이상 버티지 못하고 요셉 자신뿐 아니라 형들에게도 끔찍하기는 매일반인 지금의 결과로 이어진 것이다.

불쌍한 형들! 더 이상은 참지 못하고 아버지의 어린양을 덮쳐 구덩이에 매장하기까지, 형들은 얼마나 많은 고통을 삭여야 했을까! 자신의 처지도 희망이라고는 없는 절망 그 자체로 전율만 남았지만, 형들의 처지는 또 얼마나 난감하고 절망적인가. 아버지에게 돌려보내 주면 입을 다물고 아무것도 일러바치지 않겠다고 맹세한 자신이었다. 하지만 어떻게 형들로 하여금 그걸 믿게 할 수 있겠는가. 그건 믿기 어려운 일이었다. 요셉 자신도 쉽게 믿어지지 않는 일이 아닌가. 그러니 형들은 그를 구덩이에 매장시켜 그 안에서 종말을 맞게 하는 수밖에 없었다. 다른 방법이 없었다. 요셉은 그걸 인정했다.

자신의 운명에 대한 두려움과 공포에 마음을 뺏기고도, 살인자들의 운명을 동정할 마음의 공간이 남아 있다는 게 이상해 보일지도 모른다. 그렇지만 이것은 증명된 사실이다. 요셉은 잘 알게 되었다. 그리고 우물 바닥에 앉아 정말로 솔직하게 시인했다. 그 뻔뻔스러운 '전제'가, 그렇게 철저하게 믿지도 않았고, 또 그럴 수도 없었지만, 생활의 기본 신조였던 그 전제가 하나의 유희였다는 사실을. 그리고 여기서 굳이 그 이야기를 하자면, 형들에게 꿈 이야기는 결코 들려주지 않았어야 했다는 것을. 그건 사실 있을 수도 없는 일이었고, 어떤 면에서든 눈치 없고 생각이 모자란 처사였다는 점을 인정했다. 그것이 분별없는 행동이라는 것을, 지금 생각해 보면 속으로는 항상 알고 있었다. 그리고 그렇게 분별없이 행동한 순간에도 분명히 알고 있었다.

그런데도 자신은 그런 행동을 하고 말았다. 왜? 그렇게 하고 싶어서 안달이 났으니까. 이렇게 말할 수밖에 없었다. 자신을 그렇게 만드신 건 주님이시니까. 주님은 요셉 자신에 대한 어떤 계획이 있었다. 한마디로 말해, 그분은 자신이 구덩이에 빠질 수밖에 없도록, 그랬다, 더 정확히 말해서 구덩이에 빠지게 만들었다. 왜? 그건 요셉도 알 수 없었다. 지금 상황으로 봐서는 죽게 만들려는 것 같았지만, 가슴 깊숙한 곳에서까지 요셉이 그렇게 믿은 건 아니다. 가슴 깊이, 저 밑바닥에는 확신이 있었다. 주님께서는 구덩이 너머 훨씬 더 먼 곳까지 내다보시며, 그분이 항상 그렇듯, 저 멀리 있는 앞날의 목표를 실현하기 위해, 요셉으로 하여금 형들을 극단적인 상황까지 몰고 가게 하신 게 틀림없었다.

형들은 따지고 보면 미래를 위해 희생된 제물이었다. 그들을 생각하면 가슴이 아팠다. 자신도 나을 게 없는 상황이지만, 형들은 형들대로 불쌍했다. 형들은 아버지께 옷을 보낼 것이다. 아, 불쌍한 형들. 요셉 자신의 피인 양 새끼 염소 피에 옷을 적셔서 말이다. 그걸 보면 야곱은 뒤로 나자빠질 것이다. 아, 아버지가 그런 무서운 꼴을 당하게 내버려 둘 수는 없다. 그 생각에 요셉은 벌떡 일어났다. 그러나 포박된 몸이 아니었던가. 그는 벌레한테 물린 듯 따끔한 통증과 함께 우물 벽에 나뒹굴었다. 또다시 눈물이 쏟아졌다.

그에겐 끔찍한 여유 시간이 주어졌다. 그동안 마음껏 눈물을 흘리고 두려움과 회한과 동정에 젖고, 죽음의 절망을 맛보고, 다른 한편으로는 저 가슴속 은밀한 곳에서 자신의 구원과 주님이 예비하신 앞날을 믿었다. 여유 시간이라니, 잔혹한 말로 들리겠지만, 이 감옥에서 그는 사흘이나 있어야 했다. 벌거벗은 몸으로 밧줄에 묶여 곰팡이와 먼지가 가득한 우물 바닥에 앉아, 바스락거리는 곤충들과 벌레들 틈에서 먹지도 마시지도 못하고 위로 받을 곳도 없고, 이성적으로 생각해 봐서는 도무지 다시는 빛을 볼 수 없을 것 같은 절망적인 상황에서, 그렇게 사흘 낮과 사흘 밤을 보냈다.

아버지의 사랑만 받고 자란 응석받이 아들에게, 이런 혹독한 일을 겪으리라고는 꿈에도 상상 못한 그에게, 이 일이 무엇을 의미했을지, 오싹하는 전율과 함께 독자들이 제대로 상상해 주기를 바랄 뿐이다. 상상해 보라, 그에게 시간들이 얼마나 고통스럽게 지나갔을지. 돌뚜껑의 틈새로 옹색하게나마 스며들던 몇 가닥의 일광이 소멸하고, 대신 동정심 많은 별이 다이아몬드의 광채를 무덤으로 내려보낼 때까지, 그리고 상공에서 또 다른 빛이 두번 반짝 깨어나 초라한 모습으로 묵묵히 있다 결국 사라질 때까지 얼마나 고통스러운 시간이 이어졌을까.

또 생각해 보라. 날이 밝아 둥근 우물 벽에 기대앉아 위쪽을 바라보며 혹시라도 파손된 우물 벽과 돌 틈에 자라난 풀들을 붙들고 가면 위로 올라갈 수도 있지 않을까 궁리해 보는 요셉을. 그러다 우물을 덮고 있는 돌뚜껑과 자신을 묶고 있는 밧줄에 생각이 이르면, 따로따로 생각해도 아득했지만, 두 가지를 한꺼번에 떠올리고는 아예 희망을 가져볼 엄두도 내지 못하는 그의 모습을. 그뿐인가, 어떻게 하면 좀 덜 아프고 편안할까 해서 밧줄에 묶인 몸을 이리저리 뒤척이다, 막상 자세를 바꾸자 종전보다 더 곤혹스러워진 그를.

그리고 또 갈증과 굶주림은 어땠겠는가. 속이 비어 등까지 타는 듯 아프고, 자기 배설물로 몸을 더럽히는 양들처럼 몸까지 축축해져 재채기와 오한에 이빨을 달달거리는 요셉의 고통이 어떠했을지, 상상이 가는가. 하나부터 열까지 편한 것이라고는 없는 이런 곤욕을 독자 모두 생생한 현실로 상상해 주기를 바라는 것도 중요할 것이다. 하지만 이러한 상상력이 지나쳐서 공허한 감상으로 빠지지 않도록—생생한 삶과 현실을 고려해야 하니까—여기서 어느 정도 제동을 거는 것도 중요한 일이다.

현실은 냉정하다. 현실이라는 것의 특성이 그러하다. 현실은 부인할 수 없는 객관적 사실과 함께 우리 자신을 어느새 적응이라는 것으로 몰고 가 현실의 욕구에 맞추게 만든다. 우리는 곧잘 어떤 상황을 묘사하면서 도저히 견딜 수 없는 상황이라는 표현을 쓰고 싶은 충동을 느낀다. 이는 선의에서 비롯된 것으로 고통받는 자를 동정하며 그가 처한 힘든 상황에 화를 내고 이의 제기를 하는 셈인데, 그러나 바로 이 '도저히 견딜 수 없는' 현실 앞에서 우스운 꼴이 되기 쉬운 것도 우리 자신이다.

동정하고 분개하는 사람이 마주한 이 현실은 자신의 현실이 아니다. 이 현실과 그가 맺는 관계는 감정만 풍부한 비현실적인 관계이다. 그는 다른 사람의 처지가 되어보려고 하지만, 그러나 이것은 상상력이 빚어낸 실수이다. 다른 사람의 처지는 어차피 그의 처지가 아니므로, 다른 사람의 처지가 되는 것은 불가능하기 때문이다. 그리고 '견딜 수 없다'는 건 또 무슨 뜻인가? 인간에게 의식이 있는 한, 어차피 견뎌야 하고, 견딜 수밖에 다른 방도가 없는데.

그러나 청년 요셉은 이미 오래 전에 온전한 의식 상태가 아니었다. 형들이 눈앞에서 늑대로 돌변한 순간부터 그랬다. 그를 덮친 것들이 머리를 마비시켜 '견딜 수 없는 것'의 강도를 절감하여 견딜 수 있도록 만들었다. 형들로부터 얻어맞은 매도 일종의 마취제였고, 우물 구덩이로 던져진 믿을 수 없는 사실도 그러했다. 이후 고통스럽고 절망적인 상황을 맞았지만, 공포의 사건은 이것으로 일단락되어 최소한 휴지기를 맞았으므로 일종의 안정감을 얻은 셈이었다.

그의 처지는 누가 뭐라던, 안전하다는 이점이 있었다. 땅의 품속에 안전하게 머물게 되었으니, 또 다른 폭행을 두려워할 필요없이 생각할 수 있는 여유가 생긴 것이다. 생각은 때때로 육체의 고달픔을 의식 밖으로 쫓아내 주곤 했다. 그리고 이 안전(아마도 찾아올, 아니 거의 찾아오게 되어 있는 죽음을 앞에 두고 안전이라는 단어를 사용하는 것이 허락된다면—하지만 우리는 모두 언젠가는 찾아올 죽음을 앞두고도 안전하다고 느끼지 않는가)하다는 느낌은 잠을 불렀다. 모든 상황이 진저리치도록 불편했지만, 요셉은 그걸 느낄 겨를도 없이 피곤해서 잠에 빠져들었다.

그 덕에 한참 동안 자신에게 무슨 일이 일어났는지 전혀, 또는 조금밖에 의식하지 못했다. 그러다 문득 깨어나면, 음식과 물 없이 잠만 자고 나도 몸이 가뿐해진 것이—양분과 수면은 한동안 서로를 대신할 수 있는 법이다—놀랍고, 한편으로는 여전히 절망적인 상황이라는 사실에—물론 잠을 자는 사이 그걸 까마득하게 잊은 건 아니다—경악했다. 다행이라면, 이제 그 혹독함의 강도가 조금이나마 줄어들었다는 점이었다.

아무리 바짝 잡아당겨 꽁꽁 묶었다 해도 시간이 지나면 느슨해져서 움직일 수 있는 공간이 조금은 생기는 법이다. 요셉을 묶은 밧줄을 생각해 보자. 얽어맨 모양새와 매듭이 이튿날과 사흘째 되는 날에도 처음의 팽팽함을 유지했을 리는 만무하다. 몇 개는 느슨해져서 가련한 사지의 욕구를 충족시킬 수 있도록 해주었다. 이런 이야기를 하는 것도 냉정한 현실을 고려하여 동정심에 제동을 걸고 균형을 잡기 위해서이다. 여기서 요셉이 점점 기력을 잃었다는 말을 덧붙이는 것은, 동정심을 다시 상기시켜 그에 대한 근심이 사라지지 않도록 하려는 배려인 동시에, 이렇게 기력이 줄어들어서 그의 고통도 줄어들었다는 사실을 부각시키는 이야기도 된다. 그에게는 이런 상황이 오래 지속되면 될수록 상태가 호전되는 것처럼 보였다. 기력도 없는데 얼마나 고통스러운 상황인지 어떻게 의식하겠는가.

그러나 육신의 삶은 어찌 되어가는지 거의 잊어버린 중에도 생각만큼은 여전히 활발하게 움직였다. 앞에서 생각들로 이루어진 음악 이야기를 했었다. 제일 밑바닥에 있는 '그림자와 낮은 음'은 요셉이 꿈을 꾸듯 기력이 쇠진해진 틈을 타서 한결 강해졌고 마침내는 상부의 고음을 완전히 압도하게 되었다. 위쪽을 지배한 생각은 형제들이 근처에 있을 때 간절한 애원과 하소연으로 흘러나온 죽음에 대한 두려움이었다. 열 명의 형들이 자리를 뜨자, 왜 그 두려움은 입을 다물고 말았을까? 형들이 없어도 누군가 들어주기를 바라면서 무턱대고 구해 달라고, 살려 달라고 소리를 지를 수도 있었는데, 구덩이에서 이런 소리가 울려 나오지 않은 까닭은 무엇일까? 이는 앞서 암시했던 다른 생각이 워낙 강렬하게 밀치고 나오는 바람에 까마득하게 잊혀진 탓이다. 그건 과거에 대한 생각이었다. 그렇게 아래로 뚝 떨어지게 만든 원인이기도 한 과거였다. 그리고 과거에 저지른 실수들, 어쩌면 주님이 원했을 수도 있지만, 여하튼 심각하고 중대한 실수였음이 분명한 그런 잘못들을 되새긴 것이다.

형들이 손으로 찢어발기고, 일부는 무섭게도 이빨까지 동원하여 물어뜯은 옷이 제일 큰 문제였다. 형들 앞에 그 옷을 입고 자랑하다니, 그들에게 요셉 자신의 소유품을 보라고 강요하다니, 그것도 바로 이곳에서! 그건 절대로 해서는 안 되는 일이었다. 아! 밧줄에 묶이지만 않았다면 손으로 이마를 치고 싶을 정도였다. 그러나 생각으로는 머리를 치면서도, 그것이 부질없을 뿐 아니라 일종의 자기기만에 지나지 않음을 인정했다. 몰라서가 아니라 늘 알고 있으면서도 그렇게 행동한 자신이 아니던가.

요셉은 자신의 빗나간 태도 뒤에 자리잡은 교만을 바라보며 어이없어 했다. 자신을 망치는 교만, 이 수수께끼를 그의 이해력으로는 풀 수 없었다. 아니, 그건 누구도 풀지 못할 문제였다. 거기엔 예측 불가능한 것, 비합리적인 것, 그리고 어쩌면 성스러운 것까지 너무 많은 것이 얽혀 있었기 때문이다. 요셉은 아버지 야곱이 식탁보 주머니에서 베일 옷을 찾아내면 어쩌나 조마조마해서 떨었고, 들키지 않고 무사히 그 옷을 가져올 수 있게 되었을 때는, 좋아서 또 떨지 않았던가!

아버지의 기억력이 흐려진 점을 이용해 아버지 몰래 유물을 챙겨 넣었지만, 그 베일 옷이 형들에게 어떤 반응을 가져올지는 아버지와 의견이 다르진 않았다. 그는 아버지와 생각이 똑같았다. 그런데도 이 옷을 챙겨 넣었다. 과연 이 수수께끼를 풀 수 있었을까?

그러나 요셉이 잊어버리지도 않고 차근차근 스스로 망할 준비를 했다고 치자, 그렇다면 왜 야곱마저 잊어버려서 미리 막지 못했을까? 이것도 하나의 수수께끼였다. 그 화려한 옷을 꼭 가져가려는 요셉의 욕망이 컸다면, 아들을 사랑하고 염려하는 아버지는 무슨 일이 있어도 그 옷을 집에 두고 가게 했어야 했다. 그런데도 아버지의 사랑과 염려는 어째서 이처럼 중요한 일을 떠올리지 못하고 아들의 잘못된 욕망을 제때에 막지 못했단 말인가? 요셉이 장막 안에서 화려한 베일 옷을 노인으로부터 간신히 받아낼 수 있었던 것은, 그들이 당시 '놀이'를 하던 중이었고 요셉이 그 옷을 얻고 싶어 안달하는 것만큼이나 야곱도 아들에게 주고 싶었기 때문이다. 그리고 이 일은 어느새 쓰일 데가 생기지 않았던가. 결국 요셉과 아버지는 함께 어린양을 구덩이로 몰고 간 셈이었다. 아, 이제 야곱은 뒤로 자빠지리라.

아마도 그런 다음에는 지금 이 아래에 있는 요셉과 마찬가지로 과거에 함께 저질렀던 크나큰 실수들을 곱씹어 볼 것이다. 형들한테 이번 한번만 아버지한테 되돌려보내 준다면, 다시는 아버지한테 고자질하는 일이 없을 거라 맹세한 것도 마찬가지였다. 그 맹세는 자신과 아버지가 어떻게 될까봐 두려워서 겉으로만 한 맹세였다. 요셉은 이 자리에서 솔직히 시인했다. 만일 형들이 자신의 맹세를 믿어주어 실제로 구덩이 사건이 있기 전으로 돌아간다면—물론 마음 한구석으로는 요셉도 이것을 간절히 바라고 있었다—자신은 두말할 것도 없이 또다시 모든 사실을 일러바쳐 형들을 저주받게 할 터였다. 어차피 이전으로 되돌아갈 가능성도 없었지만, 설령 있었다 해도 요셉이 이를 원치 않은 것은 그래서였다. 그 점에서는 형들과 의견이 같았다.

그랬다. 단 형은 입맞춤한 손을 구덩이로 보내고 싶다 했던가. 이제 그 답례로 자신도 입맞춤을 실어보내고 싶었다. 단은 이렇게 말했었다. 요셉이 같은 형제 입장에서 그들 옆에 있는 건 이번이 처음이며, 지금은 무슨 이야기든 다 들어도 된다고. 요셉의 피를 대신할 새끼 염소의 피에 대한 이야기도 못 들을 이유가 없다고 했다. 요셉은 이미 죽은 목숨이므로 설사 그런 이야기를 들었다해도 어차피 무덤 속에서 안전하게 간직할 수밖에 없을 거라고.

요셉 앞에서 무슨 말이든 해도 된다, 한마디 한마디가 요셉이 결코 돌아갈 수 없음을 재확인시켜 주고, 또 그렇게 몰고 가기 때문이다. 그를 죽은 사람 취급하는 이야기가 특히 더 좋다. 그렇게 하면 죽은 자의 무서운 혼령처럼 아랫세상에 꽉 붙들어 둘 수 있다. 단의 말은 대략 그런 내용이었다. 요셉은 이 이야기에서 강한 인상을 받았다. 이것은 요셉이 지금껏 살아오면서 기본 신조로 삼았던 전제, 즉 자신은 다른 사람을 전혀 배려하지 않아도 된다는—어차피 다른 사람은 자신보다 요셉을 더 사랑하니까—그런 가정에 반대되는, 한마디로 동전의 뒷면이었다. 이번에는 다른 사람들이 요셉을 더 이상 배려할 필요가 없어졌다. 바로 이러한 경험이, 그의 생각들로 이루어진 멜로디에서 상부의 높은 음과 중간 음 밑에 흐르는 그림자와 낮은 음을 장악한 것이었다. 이 그림자와 낮은 음은 요셉의 기력이 떨어지면 그만큼 더 강하게 되살아나 상부의 높은 음들을 누르고 선명하게 자신의 음색을 드러냈다.

그러나 이 저변의 생각들은 이미 그 전에 다른 생각들과 함께 시작되었었다. 뜻밖의 공격이 현실로 나타난 그 순간부터였다. 머리를 쥐어박히고, 코를 얻어맞으면서 형들 사이에서 이리저리 튕겨지고, 형들의 손톱과 이빨에 수가 놓인 화려한 옷이 찢겨나가던 그때부터 이미 시작되었다. 온몸이 바들바들 떨리는 공포에 사로잡혀서도 요셉은 처음부터 그 그림자와 낮은 음을 이루는 생각들에 귀를 기울였다. 죽을지도 모르는 긴박한 상황이니 요셉도 어지간하면 놀이와 꿈꾸기를—이런 상황에서도 여전히 놀이와 꿈꾸기라 불릴 수 있다면—그만두었으리라 생각한다면, 그건 옳지 않은 짐작이다.

요셉은 진정 야곱의 아들이었다. 사색하는 자, 위엄이 넘치는 자, 신화적 교양이 풍부한 자, 자신에게 무슨 일이 일어나는지 항상 알고 있던 자, 이 세상을 나그네처럼 거니는 동안 별들을 바라보고 자신의 삶을 거룩한 것과 연결시킬 줄 알던 바로 그 야곱의 아들이었다. 물론 이렇게 위와 연결시킴으로써, 자신의 삶에 정당성과 현실성을 부여하는 요셉의 방식이 아버지 야곱의 그것과 완전히 일치하지는 않았다. 아버지의 방식보다는 조금 덜 감정적이고, 익살스러운 계산의 색채가 짙다는 것이 그 차이점이다. 위쪽에 있는 보다 높은 현실로부터 진실임을 증명 받지 못하고, 잘 알려진 거룩한 것에 뿌리를 두지도, 거기에 기대지도 않으며 거룩한 것에 자신이 반영되지도 않고, 또 그 안에서 자신을 재발견하지도 못하는 것이라면, 그런 건 삶도 아니고 사건이라 할 수도 없다는 확신, 아래에서 어떤 일이 일어날 때는 분명히 별들의 세계에 이 사건의 모범이 되는 원형과 전례가 있다는 확신은 요셉에게도 야곱과 마찬가지로 털끝만큼의 흔들림이 없는 철저한 신념이었다. 그리고 두 개의 일원성, 돌고 도는 현존, 위와 아래가 서로 교체될 수 있는 가능성, 즉 하나가 다른 것으로 변할 수 있어 신들이 인간이 되고 인간도 신들이 될 수 있다는 것은 요셉의 삶에서도 확고부동한 사실로 자리잡고 있었다.

또 요셉이 공연히 엘리에젤의 제자였겠는가. 그 노인은 엘리에젤이라는 이름을 가진 또 다른 자신의 이야기를 할 때면 사색에 잠긴 눈빛이 흐려지면서 대담하게도 아무 거리낌 없이 '나'라고 말하지 않았던가. 존재의 투명성, 원형의 재현에 지나지 않는 존재, 이 기본 신념은 요셉에게도 살과 피였고, 그에게 모든 정신적 품위와 의미는 그러한 자의식과 연관된 것으로 보여졌다. 이것까지는 괜찮았다. 그러나 괜찮지 않은 게 있었다. 품위와 의미로부터 장난이라도 치듯, 약간 벗어나는 취향이 문제였다. 그는 보편적인 사고체계를 자신에게 유리하도록 적용하여 다른 사람들을 눈멀게 하는 경향이 있었던 것이다.

요셉은 처음부터 주의깊게 바라보았다. 믿거나 말거나,

그는 광란의 기습 현장에서, 극도의 불안과 죽음의 벼랑 끝에 몰린 급박한 상황에 몸서리를 치면서도, 정신의 눈을 부릅뜨고 '진짜로' 벌어지는 일이 무엇인지 바라보았다. 그렇다해서 불안과 급박함이 줄어든 것은 물론 아니다. 그러나 여기에 일종의 기쁨이 더해졌다. 그랬다. 여기에 더해진 웃음과 지적 상쾌함이 공포를 환하게 밝혀 준 것이다.

"내 옷!"

요셉은 그렇게 소리를 질렀었다. 그리고 공포에 질려 애원했었다.

"제발 찢지 말아요!"

그랬다. 형들은 옷을 찢고 그에게서 옷을 벗겼었다. 그건 어머니의 것이자 아들의 것이기도 했다. 그렇게 어머니와 아들이 서로 바꿔 입어, 신과 여신을 하나로 만들어주었던 베일 옷. 미친 듯이 날뛰는 자들은 그에게서 무자비하게 이 베일을 벗겼었다. 첫날밤 침상에서 사랑이 신부의 베일을 벗긴다면, 여기서는 분노가 그의 베일을 벗기고 그의 벌거 벗은 몸을 보았다. 그리하여 죽을 듯한 수치스러움에 몸서리치게 만들었다.

요셉의 정신세계에서 '베일 벗기기'는 '죽음'이라는 생각과 아주 가까이 있었다. 불안에 떨면서 한 조각이라도 몸에 걸치고 있으려고 "제발 찢지 말아요!"라고 애원하면서도, 동시에 분별력이 주는 기쁨을 느낀 것도 그래서였다. 지금 눈앞에 벌어지는 사건은 베일 벗기기와 죽음의 연관을 사실로 증명해 주지 않는가! 그게 기뻤다. 그 어떤 육체적, 심적 괴로움도 주의력을 기울여 여러 가지 암시를 발견

323

하고 그것들을 하나하나 더해 가는 그의 정신을 죽일 수는 없었다.

그 암시들은 지금 벌어지는 사건이 보다 높은 현실로서 투명한 원형이며, 돌고 도는 현존, 한마디로 별들의 세상에서 일어나는 일임을 나타내 주었다. 그의 정신이 보여준 이러한 집중력은 자연스러운 것이었다. 왜냐하면 암시가 주목한 대상은 '나'에 대한 통찰, 바로 나라는 존재, 자신의 정체성이었기 때문이다. 요셉은 얼마 전 덩치 큰 르우벤에게 자신을 조금 열어보여 그를 아연케 했다. 지금 벌어지는 일들을 통해 이러한 자기 계시가 더욱 선명해지고 있었다. 르우벤이 요셉을 구덩이에 던지자는 데 동의했을 때, 요셉은 큰소리로 서럽게 울었었다. 그러나 그 순간 그의 이성은 농담을 들을 때처럼 웃고 있었다. 그때 사용된 낱말도 암시로 가득했기 때문이다.

형들은 그때 그들의 언어로 '뵈르(Bôr)'라 했었다. 이 낱말은 우물이라는 개념과 함께 감옥의 뜻도 지니고 있었다. 그리고 감옥이라는 개념은 또 아랫세상, 사자(死者)의 나라와 밀접한 관계가 있었다. 그러므로 감옥과 아랫세상은 똑같은 사고를 표현하는 두 개의 단어로서, 서로 상대방을 대신하는 낱말이었다. 그리고 우물이라는 것도 원래 아랫세상으로 내려가는 입구이며, 우물을 덮는 둥근 돌이 벌써 죽음을 의미했다. 왜냐하면 돌은 마치 그림자가 달을 가려 안 보이게 하듯이 둥근 우물을 덮기 때문이다. 지금 벌어지는 사건에서 요셉은 별의 죽음, 그 원형을 보았다. 즉 죽어버린 달, 그것이었다. 다시 부드러운 모습으로 부활하기까지,

사흘 동안 볼 수 없는 죽어버린 달. 얼마 동안 아랫세상에 갇혀 있어야 하는 빛의 신들의 죽음.

끔찍한 것이 현실이 된 순간, 형들의 손에 끌려 둥근 우물 구덩이의 가장자리로 끌려가, 일광을 등지고 어두운 곳으로 추락하고, 다행히 기지를 발휘하여 크게 다치지 않고 바닥에 닿았을 때, 바짝 정신을 차리고 있던 그의 익살과 재치는 분명한 암시를 읽을 수 있었다. 그것은 저녁에는 여자, 아침이면 남자로 심연의 우물에 가라앉는 저녁별 금성을 가리키고 있었다.

어머니와 함께 있으며 그녀와 함께 옷을 바꿔 입는 진정한 아들이 내려가는 곳이 바로 이 심연이었다. 그곳은 땅 밑에 있는 양우리, 에투라, 사자(死者)의 나라였다. 거기서 아들은 주인이 된다. 목자, 인내하는 자, 제물, 찢겨진 신. 찢겨졌다고? 그들은 단지 그의 입술과 살갗을 군데군데 찢어놓았을 뿐이다. 하지만 옷은 잡아뜯고 손톱과 이빨로 찢었다. 그 붉은 살인자들, 공모자들, 그의 형들이 그랬다.

이제 형들은 그 옷을 요셉의 피인 양 염소 피에 적셔 아버지한테 가지고 가리라. 주님께서 아버지에게, 그 심약한 자에게 아들을 제물로 바치라고 요구하신 적이 있었다. 그러자 아버지는 몸서리치면서 고백했다. '그럴 능력이 없습니다'라고. 가련한 사람, 이제 아버지는 스스로 없다고 인정했던 그 능력을 어쩔 수 없이 발휘해야 하리라. 그리고 지금까지 인간이 자신의 한계를 어디까지라고 생각하는지에 별로 신경을 쓰지 않았다는 점에서 아버지는 주님을 꼭 닮았다.

이 부분에 이르러, 요셉은 이성 아래 투명하게 드러난 자신의 고난 앞에서 눈물을 흘렸다. 그리고 가련한 야곱을 생각하고 울었다. 어쩔 수 없이 아들을 제물로 바치게 된 야곱 생각에, 또 형들은 자신이 죽었다고 철석같이 믿는다는 생각에 울고 또 울었다. 힘이 없어서, 그리고 우물의 희뿌연 김 때문에라도 울었다. 그러나 밑에서 보낸 72시간 동안, 상태가 비참해지면 비참해질수록, 생각 맨 아래쪽에 있는 목소리는 더 강하게 터져 나왔다. 그의 현재는 거룩한 원형을 보여주었고, 거기에 홀린 나머지 어디가 위고 아래인지 구분도 못한 채, 죽음의 허영을 꿈꾸듯, 두 가지의 일원성만 보고 있었다.

이것을 요셉으로 하여금 견딜 수 없는 것을 견딜 수 있도록 도와주려는 자연의 배려로 이해해도 될 것이다. 극단적인 상황에서도 끝까지 살려고 하는 희망은, 이 자연스러운 희망은 이성적인 합리화를 필요로 한다. 그것을 요셉은 바로 이러한 혼돈에서 찾았다. 물론 이것으로 완전히 멸망하지 않고 어떤 식으로든 다시 구덩이에서 구원되길 바라는 희망은 생존여부를 벗어난 희망이었다. 그 역시 자신을 죽은 것으로 여겼기 때문이다. 형들도 그렇게 믿었고, 야곱이 받아 보게 될 피묻은 옷도 그의 죽음을 말해 줄 것이다.

구덩이는 깊었다. 누군가 구해 줘서 이 깊숙한 곳으로 떨어지기 이전의 삶으로 되돌아갈 수 있으리라는 생각은 엄두도 내지 못했다. 요셉은 그저 금성이 심연에 빠졌다가 되돌아오고, 검은 달이 그림자가 걷히자 온전한 모습을 드러낸다는, 사실 생각이라고 말할 수도 없는 그런 생각을 했을 뿐이다. 그러나 별의 죽음, 어두워짐, 아랫세상으로 가라앉아 그곳을 자기 집으로 삼는 아들은 다시 빛을 발함, 신월(新月), 부활 같은 표상과 연결되었다. 살고 싶다는 요셉의 자연스러운 희망은 바로 이러한 표상 안에서 믿음이 된 것이다.

구덩이에서 나와 이전에 있던 곳으로 돌아가기를 원한 건 아니다. 그러나 살고 싶다는 희망 안에서 구덩이를 이긴 것이었다. 요셉이 그런 희망을 품은 건 오로지 자신만을 위해서가 아니었다. 집에 있는 가련한 노인, 자신과 함께 자신을 구덩이로 몰고 갔고, 이제 뒤로 나자빠질 그 노인을 대신해서였다. 야곱이 피묻은 옷을 받는 것은 아들의 생명을 넘어서는, 그것과는 무관한 일이다. 그러나 아버지가 아들의 죽음을 넘어서 그 옛날의 무리한 요구를 믿기만 한다면, 그렇게만 된다면—요셉은 무덤에서 그런 생각을 했다—그 옛날에 그랬듯이 짐승의 피가 아들의 피로 받아들여질 수 있으리라고.

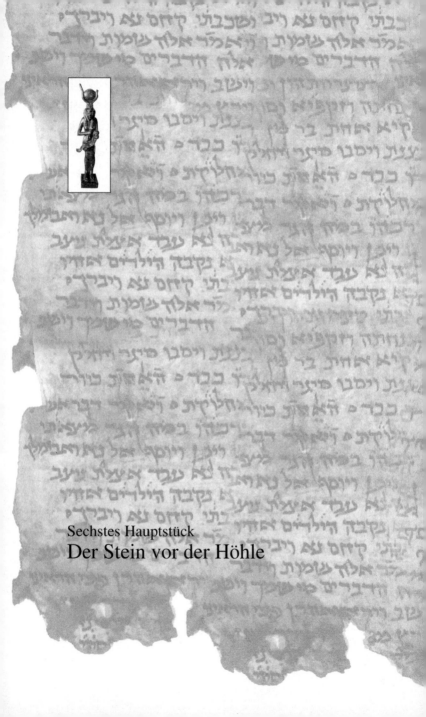

Sechstes Hauptstück
Der Stein vor der Höhle

6부

굴 앞의 돌

이스마엘 사람들

　강 건너 동쪽, 길르앗에서 낙타를 탄 남자 네댓 명이 흔들거리며 오고 있었다. 사람은 태우지 않고 짐만 실은 낙타들 몇 마리와, 고삐를 잡은 사내아이, 그리고 품삯을 주고 산 노예 인부들까지 합치면 전체 일행의 숫자는 낙타를 탄 사람의 곱절이 될 듯싶었다. 그들은 이곳저곳 낙타를 타고 돌아다니며 물건을 사고파는 대상(隊商)으로 이곳 사람들이 아니고, 또 저쪽 길르앗 출신도 아니었다. 까무잡잡한 갈색 얼굴과 손, 머릿수건 위에 두른 둥근 고리, 사막에서 입는 가로줄 무늬의 망토, 사방을 주의 깊게 둘러보는 눈이 이 이방인 남자들의 특색이었다.

　선두에 선 사람은 하얀 수염을 짧게 기른 점잖은 노인이었다. 바로 옆에, 꾸깃꾸깃해진 하얀 무명옷 차림에 입술이 툭 불거진 사내아이가 모자를 푹 눌러 쓰고 기다란 고삐를 잡고 가는 동안, 그 주인은 높다란 안장에 올라 편안히 손을 파묻고 고개를 모로 꼰 채 생각에 잠겨 있었다. 그가 일행의 우두머리였다. 다른 사람들은 그의 조카와 사위, 그리고 아들들이었다.

그러면 이들은 대체 어떤 사람들이었을까? 여기에 대해서는 더 자세하게, 또 더 일반적으로 말할 수 있다. 그들의 고향은 에돔—세일 땅이 있는 남쪽, 아라비아 사막의 가장자리, 이집트 바로 앞쪽이었다. 그리고 사람들이 이집트를 가리킬 때 말하는 '미스라임'도 그들의 영역으로 일컬어졌다. 말하자면 이들의 구역은 진흙땅으로 통하는 길목이었다. 미스라임은 그밖에도, 아니 원래는 '무스리'로 불렸던 곳이다. 또는 다른 방언으로 '모사르', 혹은 아브람과 케투라의 아들 이름을 따서 '미디안'이라고도 일컬어졌던 그곳은 저 아래 남쪽에, 유향의 나라로부터 멀지 않은 곳에 살던 마인 사람들의 이주지이기도 했다. 이 마인 사람들은 아라비아와 짐승과 사자(死者)의 나라, 그리고 가나안 사람들이 사는 서쪽 땅과 메소포타미아를 왕래하며 물물교환을 했고, 물건보관소가 있는 무스리에서는 미디안 사람이라는 이름으로 여러 민족들과 거래했다. 그리고 이 무역상들의 우두머리들은 여러 나라를 오가며 왕과 국가의 대상 노릇도 했다.

그러니까 이 여행자들은 마인, 혹은 미네아의 마온 사람들로서 미디안 사람들이라 불리기도 했다. 크투라가 아브라함에게 낳아준 서자들인 므단과 미디안을 기억해 보자. 이 사막의 아들들의 이름은 거의 같은 명칭으로 쓰였고, 서로를 대신하는 이름이었으므로, 미디안 족속을 '므단' 족속이라 불러도 상관없었다. 그런 일로 불쾌해 할 그들이 아니었다. 사실이 그랬다. 사람들이 자신들을 가리켜 간단하게, 아주 일반화시켜서, 광야와 초원에 관계된 족속들을 지칭하는 이스마엘 족속이라 해도 아무렇지 않게 받아들였다. 이스마엘 족속이라고? 그렇다. 크투라가 아니라 사막의 또 다른 여인, 즉 이집트 여인 하갈을 자신들의 조상 할머니로 간주해도 그들은 전혀 개의치 않았다. 사람들이 자신들을 뭐라 부르든, 그리고 그들이 누구든, 그런 건 별로 중요하지 않았다. 중요한 것은 자신들이 이 세상에 있고, 이리저리 교통로(交通路)를 따라다니며 장사를 할 수 있다는 사실이었다. 그리고 또 이 노인과 그의 일행을 이스마엘 족속이라 불렀다 하여 트집 잡을 이유는 전혀 없다. 왜냐하면 이들은 무스리의 남자들로서 절반은 이집트 사람이었기 때문이다. 이스마엘, 이 불 같고 멋진 남자에게도 이집트의 피가 절반 섞여 있지 않았던가. 그러니 이 남자들을 이스마엘의 후손이라 말해도 하등 문제될 게 없다.

동쪽에서 이곳으로 오고 있는 이 남자들은 어떤 왕이나 국가를 등에 업은 대상은 아니고, 개인 자격으로 그저 발길 닿는 대로 떠도는 상인들이었다. 이들은 요르단 저편의 평원에서 봉납제를 앞두고 큰 장이 열렸을 때, 여러 종류의 이집트산 아마포와 예쁜 유리 제품들을 넘기는 대신 향고로 된 발한제, 트라간트 고무, 유향, 향료용 라다늄 수지 등을 받아 꽤 짭짤한 수익을 올리기도 했다. 이제 강 이쪽에서는 약간의 꿀과 겨자, 그리고 낙타 한 마리에 실을 수 있을 만큼의 피스타찌아와 만델을 괜찮은 가격으로 사들일 생각이었다. 다만 정확히 어느 길로 갈지는 아직 결정되지 않은 상태였다. 북쪽과 남쪽을 연결하는 길을 따라서, 산등성이를 올라가 우루살림과 헤브론을 지나 바닷가의 가자로 갈까, 아니면 일단 북동쪽으로 방향을 잡고 메기도 평원을 가로질러 곧장 해안가로 갈까를 망설이는 중이었다. 거기서 아래로 내려가면 이집트의 진입로인 그들의 고향 땅이 있었다.

일단 그들은 정오를 넘긴 무렵, 도단 사람들이 혹시 장을 열었으면 맞바꿀 것들이 있나 살펴볼 요량으로 이 골짜기로 들어선 것이었다. 노인이 선두에 서고 다른 자들은 뒤에 일렬로 늘어서서 지금 막 들어선 길의 왼쪽은 이끼가 많은 비탈이었다. 항상 사방을 주의 깊게 둘러보는 눈 덕택에 아래쪽의 덤불 속에서 허물어진 계단과 돌담을 곧 발견했다. 그걸 제일 먼저 본 것은 노인이었다. 그는 머리를 비스듬하게 젖힌 채, 눈짓으로 일행의 걸음을 멈추게 한 다음, 그곳을 살펴보고 오라고 모자 쓴 사내아이를 아래로 내려보냈다. 여행자는 타고난 탐험가로 원래 호기심이 많아서 뭐든지 샅샅이 냄새를 맡아봐야 직성이 풀리는 법이다.

사내아이는 사람들을 오래 기다리게 하지 않았다. 단숨에 뛰어 내려갔다가 후딱 올라와 불거진 입으로 뚜껑이 닫힌 우물 하나가 있다고 보고했다.

그러자 노인의 지혜가 발동했다.

"뚜껑까지 닫아 숨겨 놓은 우물이라면 뚜껑을 열어볼 필요가 있지. 이곳 사람들의 시샘과 욕심이 느껴지는구나. 아마 보통 물이 아니고, 무척 시원하고 맛있는 귀한 물이 있을지도 모른다. 그렇다면 우리도 요긴하게 사용할 수 있지. 물통에도 채워 넣고 말이다. 보아하니 주위에 말릴 사람도 없는 것 같은데, 이런 기회에 시샘을 피해 은근 슬쩍 도적 같은 면모를 보여주지 않는다면, 사람들이 어찌 우리를 이스마엘 사람이라고 부르겠느냐? 자, 가죽 부대 하나와 물병을 여러 개 챙겨 아래로 내려가 보자!"

다들 그 말에 따랐다. 하나부터 열까지 노인의 머리에서 나오는 생각대로 이루어졌기 때문이다. 낙타들을 앉히고, 그릇을 풀어낸 후 그들은 우물이 있는 곳으로 내려갔다. 숙부와 조카, 사위와 아들들 외에 인부 몇 명도 따라갔다. 그러나 눈을 씻고 둘러봐도 주변에는 두레박은커녕 물을 뜰 만한 바가지 비슷한 것도 없었다. 하지만 상관없었다. 가죽 부대를 밑으로 내려보내 사람들이 그렇게 탐내는 귀한 물을 그득 담아 올리면 그만이었다. 노인은 돌담에서 떨어져 나간 돌 위에 자리를 잡고 앉았다. 그리고 옷매무새를 가다듬은 후, 짙은 갈색 손으로 지시를 내려 우물의 돌뚜껑을 치우게 했다. 뚜껑은 둘로 쪼개져 있었다.

그걸 보고 노인이 입을 열었다.

"뚜껑을 덮어 감춰 놓았지만 지저분한 우물이구나. 이곳 사람들은 시샘만 많고 조심성은 전혀 없구나. 하지만 성급하게 물맛이 별것 아닐 거라고 의심할 생각은 없다. 잘했다. 뚜껑 반쪽을 치웠으니, 이제 다른 반쪽도 마저 치우도록 하거라. 너희는 젊으니 그 튼실한 팔 힘으로 번쩍 들어다 저기 바닥돌 위에 먼저 치운 초록빛이 감도는 자매(ihrer grünlichen Schwester) 곁에 내려놓아라! 자, 어떠냐? 둥근 물이 맑은 미소를 짓느냐? 깨끗한 거울이 보이느냐?"

그들은 우물에 빙 둘러 놓여진 야트막한 계단에 올라서서 우물 아래로 몸을 숙였다.

"물이 다 말랐는데요."

노인 쪽으로 고개도 돌리지 않고 여전히 아래쪽만 들여다보며 사위가 말했다. 바로 그때였다. 모두들 귀가 번쩍 뜨였다. 깊은 곳에서 신음소리가 들려왔던 것이다.

그러자 노인이 말했다.

"우물 안에서 신음소리가 들릴 리가 있나. 내 귀를 믿을 수가 없구나. 다들 움직이지 말고 잠자코 있거라. 그래도 또 신음소리가 들리는지 들어보자!"

또다시 신음소리가 들려왔다.

"아니, 이렇게 되면 내 귀를 믿을 수밖에 없구나."

노인은 자리에서 일어나 양팔로 앞을 가로막은 사람들을 옆으로 밀쳐내며 둥근 계단에 올라섰다. 그리고 직접 구덩이 안을 들여다보았다.

다른 이들은 예의를 갖추느라 노인이 먼저 뭐라고 말할 때까지 기다렸다. 그러나 나이 탓에 침침해진 그의 눈은 아무것도 보지 못했다.

"여보게, 사위 밉삼, 자네는 뭐가 보이는가?"

사위는 그제야 대답할 수 있었다.

"바닥에 뭔가 허연 게 보입니다. 꼼지락거리는 게 사지가 달린 살아 있는 물건 같습니다."

노인의 아들들인 케다르와 케드마도 그렇다고 했다.

"희한한 일이구나!" 노인이 말했다.

"너희의 예리한 시력을 믿기로 하고, 어디 내가 한번 불러봐야겠구나, 혹시 대답이 있는지. 어이!"

잔뜩 긴장된 노인의 음성이 우물 아래로 내려갔다.

"누가, 혹은 무엇이 우물 안에서 신음소리를 내느냐? 그 자리가 네가 원래부터 있던 자리냐? 아니면 차라리 벗어나고 싶은 곳이냐?"

그들은 귀를 기울였다. 잠깐의 시간이 흘렀다. 이윽고 기어들어 가는 듯한 아득한 소리가 들려왔다.

"어머니! 아들을 구해 주세요!"

그 소리에 모두들 흥분에 휩싸였다.

"어서 끌어 올려라! 망설이지 말고 당장!" 노인이 외쳤다.

"밧줄을 가져오너라! 밧줄을 내려 보내서 끌어 올리자. 지금 있는 곳이 원래 제 집은 아닌 것 같구나. 여기 어머니는 없다!" 노인이 다시 우물 쪽에 대고 소리를 질렀다.

"하지만 경건한 사람들이 위에 있으니 원한다면 널 구해 주마!"

그리고 이번에는 일행을 향해 말했다.

"자, 보거라. 여행을 하다보면 이렇게 온갖 일을 다 겪게 된다. 지금까지 강물을 건너다니며 이것저것 안 겪은 일이 없다만, 이번 일은 그중에서도 가장 희한한 일이다. 다들 인정하겠지만, 뚜껑을 덮어 감춰둔 이 우물을 조사해 보기로 한 게 얼마나 잘한 일이냐. 그리고 제일 먼저 운을 뗀 게 바로 나라는 것도 잊지 않았으리라 믿는다. 겁쟁이라면 여기서 망설이거나 도망칠지도 모른다. 표정을 보니 너희도 그런 별종들과 완전히 다른 것 같지는 않구나. 물론 나도 인정한다. 심연에서 누가 말을 걸어오는데, 그게 폐허로 방치된 우물 속의 누구든, 혹은 심연의 또 다른 혼령이든, 이렇게 느닷없이 말을 하는데 무섭지 않을 사람이 어디 있겠느냐? 하지만 이런 문제는 현실적으로 바라봐야 한다. 그리고 우리들의 행동을 요구한다면 당연히 거기에 응해야 한다. 지금 경우가 바로 그렇다. 신음소리가 기운이 하나도 없는 것이 누군가 도와주지 않으면 안 될 것처럼 들리지 않느냐. 자, 밧줄은 어디 있느냐?"

그리고 그는 다시 우물에 대고 외쳤다.

"밧줄을 잡을 수 있겠느냐? 밧줄로 네 몸을 묶거라, 그러면 끌어 올려주마. 어떠냐, 할 수 있겠느냐?"

대답이 들릴 때까지 또다시 잠깐 기다려야 했다. 이윽고 낮은 소리가 올라왔다.

"전 묶여 있어요."

잘 들으려고 손을 귀에 대고 있었으나, 노인은 듣지 못했다. 요셉이 다시 되풀이하자 그제야 알아들었다.

"자, 다들 들었겠지! 묶여 있다는구나. 이렇게 되면 우리 일이 더 힘들어지지만, 그 때문에라도 우리가 나서야 한다. 너희들 중에 한 명이 아래로 내려가야겠다. 가서 상황을 본 다음, 저 아래에 있는 생명을 구하도록 해라. 밧줄은 어디 있느냐? 여기 있구나. 여보게 사위, 밉삼, 자네가 내려가지. 자네를 안전하게 묶어서 내려보내도록 내가 꼼꼼하게 지시하겠네. 몸을 일자로 하여 곧장 저 깊은 곳으로 내려

보낸 다음, 저 아래에 있는 어획물과 함께 낚아 올리겠네. 자네가 저 아래에 있는 것을 안전하게 손 안에 넣거든 '당겨!'라고 외치게. 그러면 우리 모두 힘을 합쳐서 자네와 그 포획물을 끌어 올리겠네."

노인의 사위 밉삼은 시큰둥한 표정이었지만, 마다할 수 없었다. 청년은 얼굴이 짧고, 코는 길지만 납작코였다. 눈은 앞으로 튀어나왔는데, 흰자위가 검은 면상 탓에 유달리 하얗게 보였다. 그는 곱슬머리에 두른 머릿수건을 벗고 먼지를 푹 뒤집어쓴 망토도 벗은 다음 팔을 올렸다. 밧줄로 묶기 위해서였다. 그 밧줄이 얼마나 튼튼한지는 그도 잘 알고 있었다. 삼실로 꼰 보통 밧줄이 아니라, 이집트의 파피루스 줄이었다. 수도 없이 두들겨서 놀라울 정도로 부드러워 몸에 착 달라붙을 뿐만 아니라, 쉽게 끊어지지 않는 물건이었다. 남자들은 두루마리에서 몇 바퀴 풀어낸 그 밧줄로 청년의 몸을 동여맸다.

잠시 후 사위는 밧줄에 매달려 아래로 내려갈 준비가 끝났다. 밧줄로 동여매는 일에는 노인의 조카 에퍼와 아들들은 물론 인부들까지 거들었다. 밉삼은 이윽고 우물 턱을 딛고 올라서더니 밧줄을 잡고 물이 마른 우물 안으로 몸을 날렸다. 그사이 밧줄을 잡고 있는 사람들은 미끄러지지 않으려고 발로 땅바닥을 있는 힘을 다해 누르며 손에 잡은 밧줄을 조금씩 풀어 내렸다. 그러기를 잠깐, 밉삼이 곧 바닥에 닿자, 밧줄을 잡고 있던 사람들도 몸의 긴장을 풀고, 밉삼을 보기 위해 우물 쪽으로 걸어갔다. 밉삼이 우물 안에 있는 무엇인가에게 뭐라고 하는 소리가 먹먹하게 들려왔다.

그리고 헐떡거리며 그 무엇인가를 묶는 소리도 들렸다. 마침내 밉삼은 시킨 대로 '당겨!'라고 외쳤다. 위의 구경꾼들이 나설 차례였다. 그들은 무게가 곱절로 늘어난 짐을 끌어 올리느라, 영차, 영차 구령을 외쳤다. 노인은 걱정스러운 손짓으로 옆에서 지시를 내렸다. 사위가 먼저 휘청 하며 올라왔다. 팔에는 우물의 체류자가 들려 있었다.

세상에! 포박된 소년의 모습에 상인들은 기가 찼다. 그들의 눈과 손이 하늘로 향했다. 그리고 고개를 설레설레 내젓고 쯧쯧 혀차는 소리가 들렸다. 이어 양손을 무릎 위에 올려놓고 포획물을 찬찬히 뜯어보았다. 우물에 기대어 둥근 계단 위에 걸쳐놓은 묶여 있는 자는 고개를 축 늘어뜨린 채 곰팡이 냄새만 풍겼다. 목에는 구릿빛 끈에 매단 부적 하나가 걸려 있고 손가락에는 반지를 끼고 있었다. 그것이 그가 지닌 전부였다. 상처는 밑에 있는 동안 딱지가 앉아 그럭저럭 아문 상태였다. 그리고 퉁퉁 부었던 부기가 가라앉아서 이제는 눈을 뜰 수 있었다. 그래서 이따금 눈을 떠보기도 했다. 하지만 대부분은 눈을 감은 채 가만히 있었다. 그러다 어쩌다 한번 힘없이 속눈썹을 비스듬히 들어 올려 자신을 구해 준 사람들을 바라보기도 했다. 애처로운 표정이었지만 그 눈에는 호기심이 어려 있었다. 그뿐 아니라 아연해하는 그들에게 미소까지 지어 보였다.

노인이 마침내 입을 열었다.

"오, 자비로운 신들의 어머니! 저 깊은 곳에서 우리가 뭘 낚았는지 다들 보거라! 물이 바짝 말라 초췌하고 처량한 모습으로 변한 우물의 혼령처럼 보이지 않느냐? 여하튼 어서 현실적으로 필요한 조처를 취하도록 하자. 이 땅에 속하는 존재라고 한다면, 점잖은 집안의 세련된 소년처럼 보이지 않느냐. 최고 수준이라 할 수는 없지만 여하튼 세련되고 우아한 이 소년이 무슨 곡절인지는 몰라도 불행한 일을 겪은 것 같구나. 이 속눈썹을 좀 보거라. 그리고 밑에 있다보니 몸은 더러워지고 악취가 진동하지만 골격을 좀 보거라, 얼마나 멋지게 균형이 잡혔는지! 케다르, 그리고 케드마, 너희들이 코를 막는 것은 점잖지 못한 행동이다. 소년이 눈꺼풀을 들어 너희를 쳐다보지 않느냐. 그리고 어서 밧줄을 풀어 주거라. 밧줄을 자르거라. 옳지, 잘했다. 그리고 우유를 가져와 목을 축여 주거라! 애야, 혀는 움직일 수 있겠느냐? 네가 누구인지 말해 주겠느냐?"

당장이라도 쓰러질 듯, 기력이라곤 없었지만 생각만 있었다면 충분히 말할 수 있었을 것이다. 그러나 요셉은 이스마엘 사람들에게 자신의 집안 이야기를 들려주고 싶은 생각은 추호도 없었다. 그들과는 아무 상관 없는 일이 아닌가. 그래서 다 죽어가는 눈빛으로 노인에게 엷은 미소만 지으며 밧줄에서 풀려나 자유로워진 한쪽 손을 입술 앞으로 가져가 말을 못하겠다는 시늉을 했다. 그는 우유를 마셨다. 오랫동안 묶여 있느라 팔이 굳어서 우유 항아리는 노예가 받쳐주었다. 얼마나 정신없이 마시는지 들이키자마자 일부는 도로 주르르 흘러나왔다. 그 모습이 갓 태어난 아기 같았다. 노인이 그걸 보고 우물에 얼마나 있었느냐고 묻자, 그는 사흘 있었다는 뜻으로 손가락 세 개를 들어보였다. 그것은 미네아 사람들에게 의미심장하게 느껴졌다. 신월이 아랫세상에 머무는 날도 사흘이었기 때문이다. 그런데 어쩌다가 구덩이에 빠지게 되었는지, 다른 말로 하자면 도대체 누가 거기에 빠뜨렸는지, 그걸 알려고 하자 그는 이마로 위쪽을 가리키는 간단한 동작으로 대답을 대신했다. 그러나 사람이 그랬다는 건지, 하늘의 권세라는 건지 애매했다. 사람들이 재차 너는 누구냐고 묻자 그는 이렇게 속삭였다.

"여러분들의 종입니다!"

그 말만 남기고 쓰러지자 사람들은 더 이상 알 길이 없었다.

"우리들의 종이라!" 노인은 그 말을 곱씹었다.

"그래, 맞는 말이구나. 우리가 찾았고, 우리가 아니었더라면 더 이상 숨도 쉴 수 없었을 테니까. 너희들은 어떤 생각을 하는지 모르겠다만, 보아하니 여기엔 무슨 비밀이 있는 것 같다. 세상에는 이런저런 비밀이 떠다니는 법, 여행을 하다보면 놀랍게도 그 비밀의 발자취와 만나게 되지. 이제 우리가 할 수 있는 일은 이 소년을 데리고 가는 것뿐이다. 여기다 그냥 두고 갈 수도 없고, 그렇다고 아이가 기력을 차릴 때까지 여기 장막을 치고 머무를 수도 없지 않으냐. 우물에서 건져 올린 이 소년에게 왠지 마음이 끌리고 이 아이를 거두고 싶은 생각이 드는구나. 이유는 나도 모르겠다. 꼭 동정심만도 아니고 이 아이한테 얽혀 있는 비밀 때문도 아니다. 그게 아니고, 그의 몸을 두른 둥근 고리 때문이다. 원래 어떤 사람이든 몸에 둥근 고리를 하나씩 두르고 있는 법이다. 그 사람의 신체의 일부분은 아니지만, 여하튼 그의 성분임에는 분명한 이것은 밝기도 하고 어둡기도 하지. 노련한 안목을 가진 노인이라면 보긴 보되 꿰뚫어 보지 못하는 어리석은 젊은이들보다 그 고리를 잘 볼 수 있다. 이 포획물을 응시하는 동안 줄곧 고리에서 유난히 환한 빛이 나온 걸로 보아, 이 습득물은 주웠다가 다시 버려도 되는 습득물이 아닌 듯하다."

"전 석판도 읽을 수 있고 쐐기글씨도 쓸 수 있어요." 요셉이 몸을 약간 일으켜 세우며 말했다. 그리고는 또다시 옆으로 픽 쓰러졌다.

"들었느냐?"

노인이 그의 말을 되뇌게 한 후, 일행에게 물었다.

"글도 알고 교육까지 받은 아이가 아니냐. 이건 귀한 습득물이다. 내가 방금 말하지 않더냐. 그냥 버리고 갈 성질의 것이 아니라고. 그러니 이 아이를 데리고 가자. 내가 이 우물을 조사하게 한 덕분에 우리 모두 이 아이의 습득자가 되었으니 이 아이를 데리고 가도 괜찮다. 우리더러 도적이라 할 사람이 있으면 나와 보라고 하거라. 우리는 습득자의 권리를 행사하는 것이다. 다만 누가 버렸는지, 혹은 부주의로 잃어버렸는지 이리저리 수소문하지 않았을 뿐이다. 만에 하나 이들이 나선다면 우리는 포상금과 몸값을 요구할 권리가 있다. 그러니 이 경우든, 저 경우든 우리한테는 다득이 된다. 자, 이 아이에게 이 망토를 덮어 주거라. 아이가 벌거벗지 않았느냐. 이렇게 더럽혀져 벌거벗은 모습으로, 어머니의 몸 같은 깊은 곳에서 나왔으니 두번 태어난 아이로구나."

노인이 가리킨 망토는 사위의 것이었다. 낡긴 했지만 원래 주인은 우물에서 건져 올린 소년이 자기 옷을 온통 더럽히는 게 싫어서 뭐라고 투덜거렸다. 그러나 아무 소용도 없었다. 모든 건 노인의 머리에 떠오르는 생각대로 되어야 했다. 그리고 노예들이 망토를 입은 소년을 위로 날라, 노인의 두 아들 중 하나인 케드마의 낙타 위에 앉혔다. 하얀 머릿수건에 검은 고리를 두른 청년 케드마는 얼굴 선이 고르고 평온한 표정이었다. 점잖게 고개를 반듯이 세운 그는 눈을 절반쯤 내리깔고 아래쪽을 바라보고 있다가 노인이 시키는 대로 자기 앞에 소년을 앉혔다. 그들은 대열을 정비한 다음 혹시 장이 열렸을까 하고 다시 도단으로 향했다.

르우벤의 계획

　며칠 동안 야곱의 아들들은 기분이 썩 좋지 않았다. 아니, 실은 기분이 엉망이었다. 그전보다 더 형편없었다. 치욕스러운 일을 겪고도 분풀이를 하지 못하고 꿀꺽 삼켜버린 것이 살 속에 박힌 가시처럼 욱신거리는 가슴을 안고 금작화 덩굴에 채여 가며 우물가로 가곤 하던 그때보다 나아진 게 전혀 없었다. 이제 그 가시는 뽑혔다. 그러나 가시가 꽂혀 있던 상처 주변이 문제였다. 그 뾰족한 가시에 독이라도 있었듯, 살은 여전히 곪고 있었다. 분풀이를 했더니 속이 후련한 게 전보다 잠이 잘 온다, 이렇게 주장했더라면 그건 거짓말이었을 것이다. 그러나 형제들 중 누구도 그런 이야기를 꺼낸 사람이 없고 모두 침묵을 지켰다.

　얼마 전부터 그들은 아예 입을 닫고 있는 일이 많았다. 어쩌다 꼭 해야 할 말이 있을 경우에야 마지못해 입을 열었다. 아니, 입이 아니라 간신히 입술만 달싹거려 이빨 사이

로 말을 하는 정도였다. 그리고 상대방의 눈을 쳐다보는 일
도 꺼렸다. 말을 주고받을 때에도 얼굴을 쳐다보지 않으려
고 딴 곳을 쳐다보았다. 그러다 보니 막상 어떤 문제를 놓
고 이야기를 해놓고 나서도 그 결정이 자신들 사이에 유효
한 것인지 미심쩍었다. 입으로만 말하고 눈으로 의사를 타
진하지 않은 것을 유효한 결정이라고 보기는 어렵지 않은
가. 그리고 또 제대로 결정이 되었든 않았든, 그런 건 별 의
미도 없어 보였다. 또 고작해야 '좋아', '응, 괜찮네', '별
거 아니네!' 같은 말만 뱉었으니 의미를 운운할 처지도 아
니었다. 이런 말들은 입 밖으로 나온 이야기의 배후에 깔려
있는 진짜 중요한 문제를 가리키는 막연한 암시들이었다.
그 대상은 깨끗하게 처리되지 않는 한, 그 값어치가 계속
떨어져 메스꺼울 정도였다.

　그러나 이것은 혼자 알아서 깨끗하게 처리되어야 했다.
그런데 이 과정 또한 메스껍기는 마찬가지였다. 단숨에 끝
나지 않고 질질 끌며 저 깊은 곳에서 서서히 기력을 잃어가
며 말라죽는 비참한 과정이 언제 끝날지, 그건 아무도 몰랐
다. 그 과정을 은근히 가속화시키고 싶으면서도, 다른 한편
으로는 지연되어, 그보다는 조금 덜 흉측한 모양새로 처리
될 수 있는 길이 열렸으면 했다. 물론 그럴 가능성이 있어
보이지도 않았지만.

　아니 어쩜 이렇게 냉혹한 청년들인가, 야곱의 아들들은
눈곱만큼도 동정할 가치가 없는 자들이다, 제발 이런 생각
은 말아 달라. 무턱대고 요셉만 편들려 하는 사람도—몇 천
년 동안 이어진 이 편애로부터 자유로워지기 위해서라도

이 자리에서는 객관적으로 서술하려 한다—이런 식의 편협한 입장은 피해야 마땅하다. 요셉부터 생각이 달랐다. 형들은 어쩌다 보니 그런 상황에 휩쓸리게 되었을 뿐, 결코 이런 상황을 원한 것은 아니었다. 정말이다. 이것만은 믿어도 좋다. 이들이 이 곤혹스러운 날들 동안, 차라리 손을 한번 더 대서라도 일을 깨끗하게, 완전히 정리를 했더라면 좋았을 텐데, 그런 생각도 물론 안 한 게 아니다. 그래서 일을 망친 르우벤을 원망하기도 했다. 그러나 이 암담함은 발을 빼도 박도 못하는 난처한 처지에서 나온 것이다. 돌파구 없이 갇힌 상황은 인생의 곳곳에 널려 있다. 말이 오도가도 못하고 갇혀 있는 체스 게임을 떠올려 보라. 형들이 궁지에 몰려 있는 장면도 이와 다를 바 없다.

라헬의 아이를 구덩이에서 구하고 싶었던 건 우람한 체격의 르우벤만이 아니었다. 가만히 있다가도 한번씩 안절부절못하고 엉덩이를 들썩이지 않은 사람은 하나도 없었다는 것이 옳은 표현이리라. 하지만 요셉을 구하는 것이 가능했겠는가? 안타깝게도 아니었다. 성급한 결심은 준엄한 이성의 삿대질 앞에서 고개를 숙일 수밖에 없었다. 다 죽어가는 마당에 꿈을 꾸는 자를 끌어 올려, 대체 뭘 어쩌자는 것인가? 그것은 앞을 가로막는 장벽일 뿐, 돌파구가 아니었다. 그러니 아이는 우물에 남아 있어야 했다.

단순히 우물에 던져 넣기만 한 게 아니었다. 그들은 온갖 방법을 동원해서 아이를 무덤에 붙들어 매고 아예 소생하지 못하도록 막아버리지 않았던가. 아이는 논리적으로 이미 죽은 목숨이었다. 그러니 실제로도 그렇게 되도록 양손

놓고 기다려야 했다. 그것처럼 신경을 야금야금 갉아먹는 과제도 없었다. 게다가 언제까지 기다려야 하는지 경계선도 분명하지 않았다. 이 불쌍한 남자들에게는 그 기간이 '사흘'은 아니었기 때문이다. 사흘이라는 기간에 대해서는 아무것도 몰랐다. 그들이 아는 건 이레가 고작이었다. 아니, 식량과 물 없이 7일이 넘도록, 혹은 7일 하고도 또 7일을 사막에서 버티다가 죽은 사람들 이야기를 들은 적이 있었다. 이 사실을 아는 것은 다행이었다. 왜냐하면 그건 희망의 여지를 남겨 주었기 때문이다. 하지만 한편으로 이 사실을 아는 것은 구역질나는 일이었다. 그 희망은 말도 안되는 자가당착의 희망이었으니까. 오도가도 못하는 이러한 난국은 참으로 드물다. 그런데도 여기서 오로지 요셉의 고난만 생각한다면, 그건 요셉에 대한 지나친 호의이다.

이날 오후, 가슴이 바싹바싹 타는 형들은 붉은 나무 아래에 앉아 있었다. 동생을 마구 두들겨 패췄던 그 자리에서 자신들은 얼마 전 옛 영웅 라멕 이야기를 나누며 스스로 부끄러워했었다. 차라리 그러지 않았더라면!

지금 여기 있는 형제들은 모두 여덟이었다. 둘이 비었다. 달변가이며 동분서주하는 자, 납달리는 그 근처를 배회하고 있었다. 혹시 새로운 소식이 있으면 여기저기 그 지식을 심어 주러 분주하게 움직일 생각에서였다. 그리고 르우벤은 일찍부터 자리를 비웠다. 이빨만 간신히 내비치며 우물우물거린 그의 설명에 따르면, 볼일 때문에 도단에 가고 없었다. 목축에서 나온 산물들을 빵을 만들 곡식과 포도주에 향료를 섞은 약초술 몇 병과 바꿔오겠다고 했다. 그의 말을 믿자면 그렇다는 뜻이다. 그리고 형제들이 르우벤의 출타에 순순히 동의한 것은 바로 그 포도주 때문이었다. 요사이 형제들은 전 같지 않게 너도나도 도단산 미르라 향료를 섞은 몰약 포도주를 마시고 싶다고 했다. 이 독주는 정신을 몽롱하게 만들어 생각을 지워버리는 술이었다.

하지만 사실은, 우리끼리 하는 말이지만, 르우벤이 형제들 곁을 떠난 것은 다른 꿍꿍이속에서였다. 몰약 포도주 이야기를 꺼낸 건 그래야 형제들이 군침이 생겨 자신을 순순히 보내 주리라 믿었기 때문이다. 전날 밤, 우람한 체격의 거인 르우벤은 밤새 뒤척이느라 한잠도 못 잤다. 그리고 바로 이날 밤, 다른 형제들을 속이고 요셉을 구하겠다는 결심이 마침내 여물었다. 자신의 생각이 틀리지 않는다면, 그는 야곱의 어린양이 우물에서 죽어가는 줄 뻔히 알면서 사흘을 버텼다. 이제 그 정도면 충분했다. 제발, 아직 늦지 않았기를! 다른 형제들 몰래 살짝 빠져나가 우물에 가라앉힌 자를 직접 구해 내리라. 그리고 아버지께 데려가 이렇게 말하리라. "저는 아무 데나 쏴대는 물, 터져 나오는 물줄기라 늘 죄와 가까이 있습니다. 하지만 보십시오. 이번에는 좋은 곳으로 흘러가, 그들이 찢으려 했던 아버지의 어린양을 이렇게 데려왔습니다. 이것이 속죄가 되겠습니까? 그러면 저를 다시 장자로 받아주시겠습니까?"

그때 르우벤은 더 이상 뒤척이지 않았다. 날이 새도록 꼼짝 않고 드러누워 두 눈을 똑바로 뜨고 요셉을 구해 낸 후 도주할 계획을 하나하나 짚어나갔다. 그건 간단한 문제가 아니었다. 소년은 묶인 데다 힘도 없었다. 르우벤이 밧줄을 던져 준다 해도 잡지 못할 것이다. 그러니 보통 밧줄은 안 되고 아주 튼튼한 갈고리가 붙어 있는 것이어야 했다. 묶여 있는 포승줄을 낚아채서 포획물을 끌어 올리려면 그래야 했다. 아니 밧줄을 얽어맨 망이 더 나을지도 몰랐다. 그러니까 물고기를 잡듯 낚아 올릴 수 있는 그물망이면 될 듯싶었다. 그네처럼 밧줄 사이에 판자를 매달아 몸도 못 가누는 아이를 걸터앉게 해서 위로 잡아당기면 되리라. 르우벤은 그렇게 도구 하나하나와 거기에 필요한 사전 조처를 세밀하게 따져나갔다. 그리고 벌거벗은 아이에게 줄 자기 옷도 생각해놓았다. 또 머릿속으로 힘센 나귀도 한 마리 골라놓았다. 그 나귀에 도단으로 가져갈 양모와 치즈를 싣고 가는 척하다가, 밤이 되면 소년을 앞에 앉히고 닷새 걸리는 헤브론으로, 아버지가 계신 곳으로 직행할 생각이었다. 이 결단에 이른 덩치 큰 르우벤은 얼마나 기쁘던지 가슴이 쿵쾅거렸다. 요셉이 무사히 버텨줘야 하는데, 날이 어두워질 때까지 제발 잘 버텨줘야 하는데, 이런 근심이 그 기쁨에 엷은 그늘을 드리웠을 뿐, 오늘 아침 다른 형제들과 헤어지는 르우벤의 마음은 여전히 기쁨으로 들떠 있었다. 요사이 습관이 되다시피한 퉁명스러운 말투로 이야기를 하는 게 힘들 정도였으니까.

팔아치우기

여덟 명의 형제들이 가지가 무성한 소나무 그늘에 앉아 칙칙한 눈을 껌벅이면서 저 먼 곳을 바라보고 있었다. 번쩍 하는 섬광, 춤추는 도깨비불이 다가왔던 곳이 바로 거기였다. 자신들을 홀려 이 저주받을 궁지에 처넣은 그 도깨비불이 보였던 곳에 지금은 납달리가 보였다. 풀섶 오른쪽에서 빌하의 아들이 힘줄이 불거진 다리로 껑충껑충 뛰듯이 빠른 걸음으로 오는 것으로 보아 또 새로운 소식 한 가지를 들고 오는 게 분명했다. 그러나 형제들은 별 호기심이 일지 않았다.

"형제들, 이봐, 친구들!" 납달리가 단숨에 쏟아놓기 시작했다.

"소식이 있어, 좀 들어봐. 길르앗 쪽에서 이스마엘 사람들이 오고 있어. 코를 이쪽으로 돌리고 말야. 곧 당도해서 이곳을 지나갈 거야. 지금 앉은 자리에서 돌팔매질 세번이면 닿을 만큼 그렇게 바짝 다가올 거라니까! 온순한 사람들처럼 보여. 팔 물건들을 싣고 있어. 불러 세우면 그 사람들하고 거래를 할 수도 있을 거야!"

그들은 이야기를 들은 후 피곤한 듯 고개를 돌렸다.

그러자 누군가 말했다.

"응, 괜찮네. 좋아, 납달리, 소식 전해 줘서 고마워."

그러자 다른 형제가 한숨을 내쉬며 한마디 보탰다.

"뭐 별거 아니네!"

그리고 모두들 고민스러운 표정으로 입을 다물어버렸다. 거래 같은 건 생각에도 없었던 것이다.

그러나 잠시 후 동요가 일어났다. 몸들이 여기저기서 씰룩이고 눈동자가 구르기 시작했다. 그러다 여후다가 입을 열었다. 그랬다, 그건 분명 여후다였다. 그가 형제들을 부르자, 모두들 한순간 움찔 하면서 동시에 그를 쳐다보았다.

"말해 봐, 유다, 무슨 말인지 들어보자."

그러자 유다는 다음과 같이 말했다.

"야곱의 아들들, 너희들에게 물어볼 게 있어. 우리가 동생을 죽여 그의 피를 숨긴들, 우리한테 무슨 이득이 있겠어? 내가 우리 모두를 대신해서 대답하지. 그건 아무 이득도 없어. 동생을 구덩이에 던지고는 그래도 피를 본 건 아니라고 위안하면서 우물가에서 음식까지 먹은 건 어리석은 일이야. 아니 구역질나는 일이라고 해도 좋아. 우리가 왜 그랬을까? 그건 우리 모두 그의 피를 흘리고 싶지 않았기 때문이야. 그러기에는 너무 소심했던 거지. 그렇다고 소심함을 탓하는 거냐? 아냐. 내가 탓하는 건 우리들이 자신을

속인다는 사실이야. '행동'과 '벌어지는 일'이 서로 다르다
며 그 차이를 만들고 그 뒤에 숨는 것, 그걸 탓하는 거야.
거기 숨어 있으면 뭣해. 그래도 벌거벗은 몸이 그대로 드러
나는 걸. 왜냐고? 그 차이라는 것은 바람처럼 실체가 없으
니까. 우리는 노래에 나오는 라멕처럼 청년을 때려죽이고
싶었지. 하지만 이제 봐, 옛날 노래대로, 그 영웅을 따라하
려니까 어떻게 되는지. 오늘날은 옛날과는 세태가 다르니
우리는 조금 후퇴해야 했어. 그래서 죽이는 대신 죽게 내버
려둔 거지. 우리 꼬락서니가 이게 뭐야! 비열하기 짝이 없
어. 노래를 따라한다면서 세태에 조금 맞추다보니 이것도
아니고 저것도 아닌 꼴이잖아! 그래서 하는 말인데, 어차피
라멕을 그대로 모방할 수 없어서 세태에 조금 맞춰야 한다
면, 이번에는 아예 솔직하게 세태대로 하는 거야. 어떻게냐
고? 팔아치우는 거야!"

　모두 속이 후련해졌다. 납달리가 전해 준 소식을 듣고 속
으로 궁리를 시작하며 실눈을 껌벅이고 있었다면, 이제 모
두의 생각을 시원스럽게 대변해 준 유다의 말에 그 실눈이
번쩍 뜨였다. 바로 그거였다. 이 난국을 벗어날 돌파구는
간단하고 분명했다. 납달리가 말해 준 이스마엘 사람들이
그 길을 보여주고 있었다. 어디서 왔는지 알 수 없고, 이곳
을 지나 아직 거리를 측량해 보지도 못한 저 머나먼 곳으
로, 안개 자욱한 낯선 곳으로 이어지는 것이 그들의 길이었
다. 그 먼 곳에서 다시 돌아온다는 기약은 거의 없었다. 구
덩이에서 돌아올 수 없는 것처럼! 조금 전까지만 해도 소년
을 우물에서 꺼내주고 싶은 마음이 아무리 굴뚝 같았다 하

더라도 그렇게 할 수가 없었다. 그런데 이제는 달라졌다. 떠돌이 상인들에게 넘겨주려면 아이부터 꺼내야 했다. 그러면 아이는 상인들을 따라 시야에서 완전히 사라질 것이다. 흔적도 없이 사라져버리는 별똥처럼! 시므온과 레위라면 옛날 영웅을 따르려던 계획이 수포로 돌아가는데 대해 불만을 표할 법도 한데 전혀 그렇지 않았다.

그래서 동시 다발로 터져 나온 목소리는 맞장구를 치는데 급급했다.

"그래, 그래, 그래, 맞아, 맞아, 유다, 네 말이 맞아. 말 한 번 잘했어! 이스마엘 사람들한테 파는 거야. 그래, 그러면 간단할 걸. 이제야 됐군, 그렇게 아이를 없애는 거야! 어서 요셉을 데려오자. 빛이 있는 세상으로 끌어 올리는 거야. 그리고 나서 그 사람들이 오면…… 아직은 살아 있겠지. 열이틀이나 열나흘 정도는 살 수 있다고들 하던데. 어서 몇 명은 우물로 가고 다른 사람들은……."

그러나 아뿔싸, 저기 이스마엘 사람들이 벌써 오고 있지 않은가. 선두가 모습을 드러냈다. 팔매질 세번에 닿을 거리였다. 노인이었다. 양손을 망토 안에 넣고 키가 훌쩍 큰 짐승 등에 올라탄 채, 고삐는 사내아이에게 맡겨 놓았다. 그 뒤에 일렬로 늘어선 다른 사람들이 보였다. 이들은 짐승을 타고 있었고, 짐을 실은 짐승들을 몰고 가는 몰이꾼들도 있었다. 그다지 큰 행차는 아닌 게 그렇게 부유한 상인들은 아닌 듯 했다. 게다가 두 명이 올라탄 낙타도 한 마리 있었다. 그 일행은 도단 골짜기 쪽으로 시선을 고정시키고 유유히 앞으로 나아가고 있었다.

너무 늦었다. 요셉을 데려오기에는 너무 늦었다. 하지만 여후다의 결심은 단호했다. 다른 형제들도 다를 바 없었다. 이 기회를 놓칠 생각은 추호도 없었다. 어떻게든 이스마엘 사람들에게 소년을 넘겨야 했다. 아이가 완전히 시야에서 사라지도록 저들이 멀리 데려가 줘야 자신들도 구원을 얻을 수 있었다. 그러지 않고서는 더 이상은 이대로 견딜 수가 없었다. 지금 낙타를 타고 오는 저들의 조상은, 아브라함이 하갈과 함께 광야로 쫓아보낸 아들이 아니었던가? 정실부인의 아들 이사악과 아랫세상에서나 할 법한 못된 짓거리(이스마엘과의 동성애를 뜻함—옮긴이)를 했다는 이유로 말이다. 이제 요셉은 이스마엘의 아들들과 함께 사막으로, 광야로 추방당해야 한다. 그렇게 보면 이것은 뿌리가 없는 일이 아니라 과거의 재현이었다. 굳이 새롭고 독창적인 점을 들라고 한다면, 그건 '판다'는 생각이었다.

사람들은 수천 년 동안 형제들의 이 생각을 지나치게 높은 가격으로 책정하여 이들의 채무기록에 올려놓았다. 사람을 팔아치워? 그것도 형제를! 하지만 지나치게 예민한 반응은 바람직하지 않다. 이를 무조건 혐오할 것이 아니라, 인생이 대관절 어떤 것인지 공정하게 살펴볼 필요가 있다. 냉정한 관습에 더 많이 좌우되는 것이 인생이 아니던가? 그렇게 본다면 형제들의 이 끔찍한 생각도 독창적이었다고는 할 수 없다. 당시 사람들은 곤경에 처하면 자기 아들들을 팔았고—요셉의 형제들도 궁지에 빠졌으니, 곤경에 처한 것만은 틀림없지 않은가—또 딸들도 팔았다. 생각해 보라, 아홉 명의 남자들이 어떻게 여기 앉아 있을 수 있는지.

만일 야곱이 라반에게 14년 동안의 종살이로 그들의 어머니를 사지 않았더라면, 그들은 아예 태어나지도 못했을 것 아닌가.

팔 물건이 그 자리에 없고 구덩이 안에 보관되어 있다는 게 조금 난처하긴 했다. 그러나 언제든 가져올 수 있으니, 당장은 이 낯선 이들과 안면을 트고 그들에게 살 의사가 있는지 속을 떠봐야 했다.

그래서 아홉 명은 손나팔을 만들어 큰소리로 외쳤다.

"여보시오! 어디서 오시오? 어디로 가시오? 여기 나무 그늘에서 잠시 쉬어 가시오! 여기 대화할 만한 사람들도 있소!"

소리는 저 편으로 건너가 그곳 사람들의 귓전에 닿았다.

그들은 도단 골짜기를 바라보던 시선을 돌려 소리를 지르는 사람들 쪽을 쳐다보았다. 우두머리가 고갯짓으로 방향을 틀게 했다. 이쪽 사람들은 자리에서 일어나 나그네들에게 인사를 보냈다. 손님이 반갑다는 뜻으로 손가락을 눈 밑에 갖다대고, 이어 이마와 가슴을 쓰다듬었다. 이 동작은 머리로나 마음으로나 손님을 맞을 만반의 준비가 되어 있다는 표시였다. 저쪽의 종들이 주먹을 휘두르며 짐승들 사이로 뛰어다니면서 딸꾹질 같은 소리를 지르자 낙타들이 바닥에 무릎을 꿇었다. 이어 낙타를 타고 있던 사람들도 땅으로 내려와 예를 갖춘 후, 서로 마주 보고 앉았다.

형제들은 원래 자리, 그리고 낯선 이들은 그 앞에 앉았다. 노인이 가운데 자리잡고 좌우로 그의 가족들, 즉 사위와 조카 그리고 아들들이 앉았다. 짐과 함께 몰이꾼을 비롯한 종들은 뒤로 멀찌감치 물러났다. 그러나 이 종들과 주인들 사이, 이 낯선 상인들의 바로 등 뒤, 정확히는 노인과 그의 아들 중간에 또 한 사람이 앉아 있었다. 머리끝까지 망토를 끌어 올려 얼굴은 보이지 않고 이마 부분에 있는 망토의 주름 하나가 이 가면의 숨구멍이었다.

두번째 줄에 망토를 뒤집어쓰고 있는 이 자를, 손님들과 이야기를 나누던 형들이 계속 힐금거린 건 왜였을까? 이런 건 사실 하나마나 한 질문이다. 말없이 앉아 있는 그 묘한 사람은 형들의 시선을 끌 수밖에 없었다. 다른 사람들에게도 예외는 아니었으리라. 누가 이렇게 뜨거운 날씨에 머리까지 칭칭 싸매고 있단 말인가? 모래 폭풍이 불어온다면 혹시 몰라도.

상인들과 이야기를 나누는 형제들은 다소 불안하고 산만했다. 그 유별난 인물 때문만은 아니었다. 빛이 싫어 얼굴을 가리는 이유가 뭐든, 그건 그자 마음이었다. 하지만 팔 물건을 가져오기 위해서는 그들 중 몇 명이, 최소한 두서너명은 지금 일어나야 했다. 그리고 보관용기에서 물건을 꺼내 조금 떨어진 곳으로 데리고 가, 상대방이 사고 싶은 생각이 들도록 물건을 깨끗하게 씻고 꾸며 줘야 했다.

이스마엘 사람들을 이쪽으로 오게 하는 건, 다급하게 주고받은 몇 마디로 금방 의견을 모을 수 있었는데, 이번에는 왜 그렇게 되지 않았던 걸까? 갈 사람이 정해져 있지 않아서? 아니 정하고 말고 할 필요없이 알아서 갈 수도 있었을 것이다. 하지만 예의 없는 행동처럼 보일까봐 두려워서 안 그랬을 수도 있다. 아니다. 그게 문제였다면 단이나 즈불룬, 이싸갈 같은 형제들이 핑곗거리를 대고 양해를 구할 수도 있었을 것이다. 그런데도 이들까지 그 자리에 얼어붙은 듯 자리를 뜰 줄 모르고 상인과 그 아들의 뒤에 앉은 형체를 산만한 눈빛으로 흘깃거린 이유는 무엇일까?

양측의 자기소개는 한마디로 자기비하와 자화자찬의 절묘한 조합이었다. 여후다와 그의 형제들은 자신들은 그저 가축을 치는 자들로 자신들 앞에 앉아 있는 주인님들에 비하면 똥 같은 인간 말종이다. 그리고 자신들은 남쪽에 있는 갑부의 아들이며, 아버지는 엄청난 가축떼를 거느린 왕이며, 주님을 섬기는 영주이다. 그분의 헤아릴 수 없는 재산 중에서 아주 적은 일부를, 그렇다고 그 수를 완전히 무시할 수는 없는 가축들을 자신들이 이 골짜기에서 방목하고 있다. 왜냐하면 저기 아래쪽 땅이 이것들을 다 거두지 못하기 때문이다. 이렇게 별 볼일 없는 자신들이 아무 노력도 기울이지 않고 운 좋게 마주 앉게 된 그대들은 도대체 누구신지?

이에 대한 노인의 응수는 이러했다. 이렇게 대단한 광채를 발하는 그대들로부터 눈을 돌려 자신과 일행들을 바라보면, 볼 게 아무것도 없다. 그 이유는 첫째, 그쪽의 광채 때문에 눈이 부셔서이다. 그리고 둘째, 사실 볼 것도 없어서이다. 자신들은 아라비아의 강대국 마온의 아들들로 모사르 또는 미디안 땅에 산다. 그러니까 미디안 사람들이다. 주님의 이름으로 메단 사람이라고 불러도 좋고, 아니면 간단하게 이스마엘 사람이라고 해도 좋다. 어차피 아무것도 아닌 자들에게 어떤 호칭을 붙인들, 달라질 게 뭐 있겠느냐! 자신들은 낙타를 타고 다니며 장사를 하는 상인으로, 벌써 한번 이상 이 세상의 끝까지 돌아다녔고, 이 나라 저 나라를 왕래하면서 보물들을 거래해왔다. 오피르의 황금과 푼트의 향유 같은 것을 탐낸 왕들도 꽤 있었다. 왕들에게는 그들에게 걸맞은 값을 받지만 친구 사이에는 싸게 넘겨준다. 지금 낙타가 신고 있는 짐에는 우유처럼 뽀얀 트라간트 고무가 있다. 이 골짜기에서 이렇게 예쁜 걸 본 사람은 아무도 없을 것이다. 그리고 신들도 유혹을 떨치지 못해 코를 들이댈 유향도 갖고 있다. 이 향기를 한번 맡아 본 사람이라면 두번 다시 다른 향을 쓰려고 하지 않는다. 아무것도 아닌 손님에 대한 신상 이야기는 대강 이 정도만 하겠다.

형제들은 손가락 끝에 입을 맞췄고, 고갯짓으로 땅들이 서로 연결되어 있음을 암시했다.

모사르 땅, 또는 마온 땅이라는 곳이 이 세상 저 끝에 있다는 말인데, 그곳은 정말로 안개의 나라, 저 먼 곳인가? 유다는 그것이 알고 싶다고 했다.

"공간적으로 아주 먼 곳이지요. 시간적으로도 당연히 그렇고." 노인이 그렇게 확인시켜 주었다.

"열이레나 가야 되는 거리입니까?" 유다가 물었다.

"열이레씩 일곱번!" 노인이 대꾸했다. 그것도 거기가 얼마나 먼지 대략 상상이 갈 정도로 표현한 것일 뿐, 거기까지 가려면 걸을 때나 아니면 쉴 때나—쉬는 것도 여행에 포함되니까—전혀 초조해 하지 말고, 모든 걸 시간에 맡겨야 하며, 시간(Zeit)이 공간(Raum)을 이겨내도록(über-winden) 그렇게 느긋하게 맡겨두면 언젠가는, 생각지도 않았는데 거기에 닿게 된다고 했다.

　그러면 그 지방과 목적지가 시야에서 완전히 벗어난 곳, 거리도 재보지 못할 정도로 먼 곳이라고 해도 되겠느냐? 그렇게 유다가 물었다.

　그러자 노인은 그렇게 표현해도 된다고 했다. 그대들이 그곳까지의 거리를 아직 재어 보지 않았고, 시간이 공간을 이겨내도록 느긋하게 시간에 맡겨두는 데 익숙하지 않아서, 시간을 이용하여 공간을 이겨낼 뜻이 없다면, 그렇게 표현해도 상관없다. 하지만 그 먼 곳이 자신의 고향인 경우에는 형제들과는 다르게 조금 더 냉정하게 생각한다는 말도 잊지 않았다.

　그러자 유다는 자신과 자기 형제들은 목자이지 장사를 하면서 먼길을 다니는 사람은 아니라고 말했다. 그러나 감히 한 말씀 아뢰자면, 시간과 동맹을 맺고 묵묵히 공간을 이겨내는 일이라면, 꼭 먼길을 다니는 사람만 하는 게 아니다. 목자들 역시 얼마나 자주 방목지와 우물을 바꿔야 하는지 아느냐. 그렇게 떠돈다는 면에서는 먼길을 다니시는 주인님과 다를 바 없다. 들판에서 일하는 농부들, 즉 땅에 안주하는 바알의 아들들과 자기들은 다르다. 자신들의 아버지, 목축 왕은 아까도 말했지만 이곳에서 남쪽으로 닷새 거리에 살고 계신다. 그리고 이 닷새 거리의 공간은, 열이레씩 일곱 번이나 가야 하는 거리에 비한다면 아무것도 아니겠지만, 여하튼 이 거리는 자신들이 이미 자주 재어 보았다. 그래서 그 중간에 있는 경계석이며 우물 그리고 나무 하나하나까지 죄다 줄줄 꿰고 있어서 눈감고도 알아맞출 수 있다. 공간 극복과 유랑? 안개처럼 먼 곳에서 오신 상인 어르신들께야 비할 수 없겠지만, 이미 어린 시절에 자신들은 저 멀리 동쪽, 강물들 사이에 있는 메소포타미아에서—그곳은 아버지가 처음 재산을 모았던 곳이기도 했다—이 땅으로 옮겨와 세겜 골짜기에서 산 적이 있다. 여기서 아버지는 직접 우물을 하나 팠다. 깊이가 14엘레이며 폭도 아주 넓었다. 그리고 주변에 울타리를 쳤다. 도시 사람들이 그 물을 많이 탐냈기 때문이다.

"그런 자들은 4대손까지 혼을 내줘야 하오!"

노인은 골짜기 사람들이 샘이 나서 아버지의 우물에 독을 풀거나 물이 마르게 우물을 매장하지 않은 게 천만다행이라는 말도 덧붙였다.

그런 계획은 세울 엄두도 못 내도록 미리 손을 봐줬지 그걸 그냥 당하고만 있었겠느냐고, 아홉 명의 형제들이 말했다. 나중에 다른 일로 손을 좀 봐준 적도 있었죠, 하하하!

그러자 노인이 물었다. 일단 결심했다 하면 단호하고 굽힐 줄 모르는 가혹한 영웅들이신지?

그 말에 형제들은 자신들은 목자라고 대답했다. 그러니까 방어는 할 줄 아는 사람들이다. 위급하면 응당 사자나 도적과 싸워야 하고, 방목지와 우물 문제로 다툴 일이 생기면 남자다움을 보이는 데 익숙하다.

노인이 이들의 사내다움에 경의를 표하자, 유다가 다시 말을 이었다. 하지만 공간을 이겨내려면, 여행을 떠날 용기가 있어야 한다. 그것이라면 자신들의 조상은 나그네의 피를 타고난 사람이다. 원래 갈대아의 우르에서 태어났으나,

이 골짜기로 옮겨와 사방으로 거리를 재보았다. 한군데 정착할 생각이 없었던 그가 여기저기 다닌 여행거리를 전부 합친다면 아마도 70일씩 일곱번은 될 것이다. 그런데 그는 기적처럼 고령의 나이에 아들을 얻었고, 그 아들의 신붓감을 고르기 위해 나이가 제일 많은 종을 열 마리의 낙타와 함께 나하라임, 저기 시날 땅으로 보냈다. 그리고 그 종은 아주 날렵하게 세상을 여행한 자였다. 조금 과장을 하자면, 앞쪽의 땅이 솟구쳐 올라와 어느새 그의 발밑으로 사라졌을 정도였다. 그리고 어느 들판의 우물에 이르러 그는 신붓감을 발견했다. 그에게 항아리를 기울여 물을 마시게 하고, 열 마리의 낙타들에게도 물을 먹이는 것을 보고 그녀가 바로 자신이 찾는 신붓감인 줄 알아보았다. 이렇듯 집안에서는 여행과 공간 정복이 숱하게 이루어졌다. 자신들의 주인님인 아버지는 두말할 것도 없다. 아버지도 청년 시절 갑작스럽게 집을 떠났다. 역시 갈대아 쪽으로 간 것인데 열이레하고도 며칠 더 걸렸을 것이다. 거기서 그는 한 우물에 이르러……

"용서하시오!" 노인이 손을 옷 밖으로 내밀며 이야기를 가로막았다.

"용서하시오, 친구, 친애하는 목자 양반, 그대의 이야기에 이 늙은 종이 한마디 하고 싶소. 그대의 말에 귀를 기울여 그대의 집안에 얽힌 이야기들을 들으니, 그 이야기에는 길을 떠나는 나그네의 경험과 마찬가지로 우물이 아주 의미심장하고 중요한 역할을 하는 것 같소."

"아니, 어떻게 그런 생각을?" 유다가 흠칫하며 등을 곧추

세웠다. 다른 형제들도 똑같이 자세를 바로 했다.

그러자 노인이 말했다.

"별게 아니고 그대의 이야기에 '우물'이라는 단어가 매 순간 내 귓전을 때려서 그렇다오. 그대들은 방목지와 우물들을 바꾼다고 하지 않았소. 그리고 이곳에 있는 우물들은 흰히 꿰고 있다고 했소. 그대들의 아버지는 우물을 하나 팠고, 그것도 아주 깊고 폭이 넓은 우물을 말이오. 그리고 그대들의 할아버지가 데리고 있던 큰종은 우물가에서 신붓감을 만났소. 그렇다면 그대들의 아버지도 그랬을 것 같소. 지금도 내 귀에는 그대가 말한 우물이라는 단어가 윙윙거린다오."

긴장해서 허리에 힘이 들어간 유다가 대답했다.

"어르신 말씀은 제가 너무 이야기를 단조롭게 들려줬다는 거군요. 그렇게 귀에 윙윙거리게 했다니 죄송합니다. 저희 형제들은 목자들로서 우물가에서, 아니, 그러니까— 한마디로 저희는 시장 바닥에 앉아 동화나 지어내고 거짓말이나 들려주는 그런 사람들이 아닙니다. 그네들은 자기들이 배운 재주로 대가를 받지만, 우리들은 아무 꾸밈 없이 그저 주둥이가 생긴 대로 이야기하고 말합니다. 저 역시 사람의 인생살이를 들려주는 법을 알고 싶습니다. 목자들의 생활도 그렇고, 여행 이야기까지도 들려주는 방법을 알면 좋겠습니다. 우물 이야기는 빼고 말입니다. 하지만 어디서나 우물 없이는 되는 일이 없는 법이라……."

"그건 그렇소." 노인이 끼어들었다.

"친구, 목축 왕의 아들이여, 그건 틀림없는 말이오. 인간이 살아가는 데 우물만큼 특별한 역할을 하는 게 또 어디 있겠소. 그리고 그대의 종인 이 늙은이 역시 우물에 이르면 온갖 잡다한 이야기들과 또 그럴듯한 생각들이 떠오르곤 하오. 그게 살아 있는 물을 간직한 우물이든, 아니면 그런 물을 모아놓은 저수통이든, 그것도 아니고 매장되어 물이 다 마른 우물이든 상관없이 말이오. 내 말을 믿어주시오. 내 귀는 다소 지치고 세월 탓에 굳어 있다오. 그런 내 귀가 우물이라는 단어에 그렇게 예민하게 깨어 있었던 것은 방금 전에, 바로 이번 여행에서 묘한 일을 겪었기 때문이오. 기억을 더듬어봐도 이번처럼 희한한 일은 처음인 것 같소. 어떻소? 그대들이 내 이야기를 듣고 충고도 해주고 설명을 해주면 좋겠는데."

그러자 형제들은 또 한번 흠칫 놀랐다. 등을 어찌나 뻣뻣하게 세웠던지 허리 뒤쪽이 쑥 들어가고, 눈도 더 이상 깜박거리지 않았다.

노인이 물었다.

"그대들이 양을 치고 있는 이 근방에서 혹시 사람의 자식이 한 명 없어지지는 않았소? 누가 훔쳐갔다거나, 유괴해 갔거나, 그것도 아니면 사흘 동안 돌아오지 않아서 사자나 다른 맹수한테 잡혀 먹힌 줄 알고 슬퍼하는 가족이 없소?"

"없습니다." 형제들이 대답했다. 자신들은 모른다고 했다.

"그럼 이 사람은 누구요?"

노인은 뒤쪽으로 손을 뻗어 요셉이 덮고 있는 망토를 머리에서 벗겼다. 거기 남자들 뒤쪽의 틈 사이에 후줄그레한 망토 차림의 요셉이 앉아 있었다. 두 눈은 다소곳이 내리깐 채였다. 들녘에서 아버지를 방패 삼아 뻔뻔스러운 별 꿈을 들려주던 때의 표정과 조금 비슷해 보였다. 적어도 형들한 테는 그때의 모습을 상기시켰다.

그를 알아보고 벌떡 일어난 형들도 더러 있었다. 그러나 이들은 어깨를 으쓱 들어 올리고는 다시 자리에 앉았다.

"저 놈을 말씀하신 겁니까?" 단이 나섰다. 이번 기회에 자신이 영리한 뱀이며, 살무사라는 사실을 증명할 참이었다.

"우물이며 없어진 사람의 자식이라는 게, 저 놈을 두고 한 말씀이셨습니까? 다른 사람이 아니고? 그렇다면 문제될 게 하나 없습니다. 저 아이는 노예입니다. 뉘 집 자식인지도 모르는 가장 비천한 노예 아이로 개자식이죠. 도둑질을 해서 벌을 좀 줬습니다. 그뿐 아니라 거짓말에 중상모략에, 툭하면 싸움질이나 하고 고집까지 세고 오입질에 풍기 문란까지, 새파랗게 어린 나이에 온갖 죄악으로 똘똘 뭉친 놈입니다. 그래서 교화할 생각으로 묶어서 구덩이에 넣었는데, 여러분들이 발견하고 꺼내신 겁니까? 우리보다 한발 빠르셨군요. 이만하면 벌을 끝내도 될 것 같아서, 우리도 지금 막 목숨을 구해 주려던 참이었습니다. 징계가 효과가 있었는지 보려고 말입니다."

이것이 빌하의 아들이 보여준 순발력과 재치였다. 사실 그건 말도 안 되는 뻔뻔스러운 소리였다. 게다가 요셉이 거기 앉아 있고, 원하기만 한다면 입을 열 수도 있었다. 그러나 그동안 구덩이에 갇혀 있었는데 설마 그럴 수 있겠나,

형들은 그렇게 믿고 싶었다. 그리고 그 믿음은 다행히 깨지지 않았다. 요셉은 실제로 아무 말도 하지 않고 아래로 다소곳이 눈을 내리깐 채 여전히 가만히 있었다. 털을 깎는 사람 앞에서 입을 다물어버리는 어린양처럼.

"아니, 아니, 이럴 수가, 이럴 수가!"

미디안 사람은 고개를 아래위로 끄덕이며 못된 짓을 한 종과 엄한 주인님들을 번갈아 바라보았다. 그러나 고개의 상하동작은 서서히 좌우동작으로 바뀌어 고개를 설레설레 내젓고 있었다. 뭔가 앞뒤가 맞지 않았던 것이다. 자신의 포획물에게 그게 사실이냐고 묻고 싶었지만, 참는 게 좋을 것 같아 목구멍까지 올라온 질문을 지그시 눌러버렸다. 그리고 대신 이렇게 말했다.

"저런, 저런. 우리가 기껏 불쌍하게 생각하고 마지막 순간에 구덩이에서 살려 준 자가 그런 망나니라니. 그렇긴 해도 벌이 너무 심했던 것 같소. 우리가 발견했을 때는 이미 기력을 잃은 상태였소. 우유를 췄더니 제대로 마시지도 못하고 죄다 밖으로 흘릴 정도였소. 그리고 몸값을 생각했더라면 빨리 구해 주지 않고 그렇게 머뭇거려서는 안 되었을 거요. 물론 못된 행실을, 그거야 의심의 여지가 없으니까, 그 점을 생각한다면 뭐, 몸값을 운운할 처지도 아니겠지만. 이처럼 혹독한 벌을 준 걸로 봐서, 이만저만 못된 일을 저지른 게 아닌 것 같으니까 말이오."

그러자 단은 입술을 깨물었다. 아차 싶었다. 말을 너무 많이 했던 것이다. 요셉이 계속 입을 다물고 있어줄지, 그렇게 믿어도 될지, 그 문제는 고사하고 조심성 없이 덤벙거린 게 탈이었다. 유다가 화가 나서 옆구리를 찌른 것도 그 때문이었다. 단은 그저 이스마엘 사람에게 자신들이 요셉을 그렇게 가혹하게 다룬 이유를 설명하느라 급급했지만, 유다는 요셉을 팔 생각을 하고 있었다. 이 두 가지를 한꺼번에 고려하는 건 간단한 문제가 아니었다. 그런데 상거래의 기본을 무시하는 중대한 실수를 범한 것이다. 물건을 살지도 모르는 사람 앞에서 그 물건이 얼마나 형편없는지 떠들어대다니! 이런 일은 지금껏 야곱의 아들들에게 단 한번도 일어난 적이 없었다. 그런데 이런 바보 같은 짓을 하다니, 그저 부끄럽기만 했다. 요셉 때문에 또 막다른 골목에 이른 것이다. 간신히 벗어났나 했는데 또 이 지경이니 이번에야말로 빠져 나오기는 글렀다 싶었다.

이 곤경에서 벗어나 상인으로서의 명예를 되찾을 용사는 유다였다.

"예, 그렇습니다. 진실을 말하자면 못된 짓에 비해 처벌이 조금 지나쳤던 건 사실입니다. 그래서 그게 물건값에 혼돈을 가져올 수도 있습니다. 그건 인정합니다. 우리 목축왕의 아들들은 성질이 다소 급하고 발끈하는 주인들입니다. 특히 풍기 문란에 대해서는 가혹할 정도로 엄격합니다. 그리고 아까도 인정했듯이, 일단 결정을 내리면 단호하고 굽힐 줄 모릅니다. 이 아이의 잘못들을 하나하나 따지자면, 뭐 그렇게 대단한 것들은 아닙니다. 다만 자꾸 똑같은 잘못이 반복되기에, 심한 벌을 주기로 결정했던 겁니다. 처벌의 정도를 보고 노예의 몸값이 형편없어서 그런 것이 아닌가 생각하실 수도 있겠지만, 거꾸로 가치가 없는 아이라면 저희는 처벌도 하지 않았을 겁니다. 이 아이의 머리와 재치는 내세울 만합니다. 그리고 우리한테 벌까지 받았으니, 앞으로 미풍양속을 해치는 일은 전혀 없을 겁니다. 그러므로 이 아이는 두말할 것 없이 쓸모 있는 재산입니다. 이것은 제가 진실을 위하여 드리는 솔직한 말입니다."

유다가 말을 마쳤다. 경솔한 말로 일을 망칠 뻔했다 싶어 부끄러웠던 단은 레아의 아들 유다가 이렇게 지혜롭게 궁지에서 벗어나자 기뻤다.

"음, 음." 노인은 말은 그렇게 하면서도 요셉과 형들을 번갈아보며 여전히 고개를 가로저었다.

"그러니까 재치 있는 망나니라는 건데, 허 참! 그건 그렇고 이 못된 아이의 이름은 뭡니까?"

"이름 같은 건 없습니다." 단이 응수했다.

"어떻게 이름이 있겠습니까? 지금까지 이름이 없었습니다. 아까도 말했지만 뉘 집 자식인지도 모르는 놈이니까요. 점잖지 못하게 갈대밭에서 태어난 사생아로 갈대 숲에서 자란 아이입니다. 혈통도 없고. 우리는 저 아이를 가리켜 '야', '너'라고 부르거나, 아니면 그냥 휘파람을 부릅니다. 그게 우리가 저 아이를 부르는 이름입니다."

"음, 음. 갈대밭의 진흙에서 아무렇게나 자란 아이라. 참 희한하오, 희한해! 이런 놀라운 진실이 있다니! 이성적으로나, 예의를 따져서라도 이런 말을 하는 건 옳지 않지만, 그래도 이상하다고 말할 수밖에 없소. 우리가 감옥에서 꺼내 주자 저 갈대밭의 아들은 자기가 글씨를 읽을 수도 있고, 직접 쓸 수도 있다고 했단 말이오. 그것도 저 아이가 거짓말을 한 거요?"

그러자 유다가 대답했다.

"새빨간 거짓말을 한 건 아닙니다. 아까도 말했듯이 아이의 머리는 가치가 충분합니다. 그리고 흔히 볼 수 없는 재치까지 지녔습니다. 기름 항아리와 양모 꾸러미가 몇 개 있는지 목록을 작성하고 장부를 기록할 수도 있을 겁니다. 더이상 이야기를 안한 것은 거짓말을 안하려고 그런 겁니다."

"늘 그랬으면 좋겠소. 진실은 신이요, 왕이기 때문이라오. 넵-마-레가 진실의 이름이요, 사람은 누구나 진실 앞에 머리를 숙여야 하오. 진실이 좀 이상해 보이더라도 말이오. 그런데 나와 갈대밭 소년의 주인님이신 그대들은 글씨를 읽을 줄 알고 쓸 줄 아시는지?"

노인이 게슴츠레하게 실눈을 뜨고 물었다.

"우린 그런 건 노예나 할 일이라고 생각합니다."

유다가 짤막하게 대꾸했다.

"때로는 그렇기도 하오." 노인도 인정했다.

"하지만 신들도 왕들의 이름을 나무에 쓴다오. 그리고 토트는 위대하오. 아마 토트가 이 진흙에서 태어난 소년에게 갈대밭의 골풀을 깎아 글씨를 가르쳤는지도 모르겠소. 머리 모양이 따오기 새인 신이시여! 제 농담을 장부에 올리지 마소서! 하지만 사실이오. 어떤 계급의 인간이든 지배를 받소. 하지만 책이 있는 집에서 글씨를 쓰는 사람은 남이 아닌 자신의 지배를 받으며 땀 흘릴 필요가 없다오. 골풀로 글씨를 쓰는 이 소년이 여러분들보다 더 위에 올려지고, 여러분들의 땀보다 더 귀하게 여겨지는 나라들이 있다고 생각을 해보시오. 나는 상상이 되는구려. 아직까지 내 상상력은 그래도 쓸 만해서, 물론 농담이지만, 장난 삼아 이런 경우도 가정할 수 있을 것 같소. 이 아이가 여러분의 주인이고, 여러분이 이 아이의 종인 그런 경우 말이오. 보다시피 난 장사꾼이오."

그리고 노인은 말을 이었다.

"그것도 아주 노련한 상인이오. 이건 믿어도 좋소. 물건 값을 쳐주고 깎고 그 물건이 좋은 건지, 아니면 형편없는 건지 짐작하는 일로 세월을 다 보내왔으니까. 그러니 누구도 물건값에 있어서 만큼은 나를 바보 취급할 수는 없다오. 그 물건이 얼마나 가치가 있는지, 직물이 거친지, 아니면 정교하게 짜여진 세련된 건지, 혹은 중간급인지 손가락으로 만져보면 금방 알기 때문이오. 그만큼 감각이 있고, 또 머리는 값을 따지는 오랜 습관으로 늘 비스듬하게 기울어 있소. 그러니 누구도 아무 가치 없는 것을 가치 있는 것이라고 나를 속일 수는 없소. 자, 보시오. 이 청년은 짜임새와 무늬가 세련되었소. 물론 혹독한 벌로 황폐해지긴 했지만 말이오. 머리를 비스듬하게 기울이고 이렇게 손가락으로 만져보는 감각으로 내린 결론이 그렇소. 지금 재치나 머리라든가 글씨를 쓸 줄 안다는 등, 그런 이야기를 하는 게 아니오. 나는 지금 소재를 말하는 거요. 옷감 말이오. 이것에 관한 한, 난 전문가라오. 그래서 감히 농담도 했던 거요. 여기 있는 '야'가 주인이고, 여러분이 그의 종이라 해도 내 이성은 전혀 놀라지 않을 거라고. 하지만 여기서는 그와 반대라는 것 아니오?"

"그럼요!" 형제들이 또 한번 허리를 꼿꼿이 세웠다

노인은 입을 다물었다. 잠시 후 다시 실눈을 뜨고 말을 이었다.

"그럼, 저 아이가 여러분의 노예라면 나한테 파시오!"

그저 한번 떠본 소리였다. 무슨 뾰족한 생각이 있어서가 아니고, 그냥 먼저 제안을 해서 반응을 볼 참이었다.

"선물로 드리겠습니다." 유다가 기계적으로 중얼거렸다.

이 의례적인 미사여구를 미디안 남자가 머리와 가슴으로 받아들이겠노라고 하자 유다가 다시 말을 이었다.

"우리가 이 아이로 말미암아 골치를 썩었다 해서 아이가 염가라는 뜻은 아닙니다. 지금은 우리가 아이를 가르쳐 미풍양속을 해치는 못된 습관도 떨치게 했으니 어르신은 그 결실까지 얻는 겁니다. 하지만 아이를 원하는 건 어르신이니, 값도 직접 정하십시오!"

"아니, 당신이 값을 정하시오! 다른 식으로는 않겠소."

노인은 그렇게 말했다.

요셉의 몸값을 둘러싼 흥정은 그때부터 무려 다섯 시간이나 계속되었다. 거래가 성사된 것은 늦은 오후도 지나 해가 저물 무렵이었다. 유다는 형제들의 이름으로 은 30을 요구했다. 그러나 미네아 남자는 지금 농담하느냐고 대꾸했다. 그런 농담으로 한동안 웃을 수야 있겠지만, 그걸로는 아무것도 시작할 수 없다. 그저 '야'라고 부르고 갈대밭에서 태어난 못된 놈을, 심각한 성격적 결함이 있다는 게 증명도 되었고, 또 인정도 했으면서, 그런 아이를 달의 금속으로 무게를 달 수 있다는 것이냐?

우물에 가두어 벌을 준 이유를 설명하는 데만 급급했던 단이 물건값을 완전히 깎아내린 게 실수였다. 노인은 그 일을 빌미로 값을 완전히 도매금으로 깎으려 했다. 그러나 그 역시 속마음을 노출시켰다는 약점이 있었다. 자신의 손가락 감각을 자랑하느라 물건의 짜임새와 무늬의 가치를 인정함으로써 구매자의 입장이 불리해졌던 것이다. 여후다는 바로 그 말꼬리를 잡아 전문가인 당신도 인정했다시피 이 아이는 참으로 세련된 물건이라며 과대 광고라도 하듯 열을 올렸다. 그건 자신은 물론이거니와 다른 형제들도 아이의 세련됨 때문에 울화통을 터뜨린 적은 단 한번도 없었던 사람 같은 행동이었다. 자기들이 아이를 구덩이에 던져 넣고도, 언제 그랬느냐는 식이었다. 그렇게 흥정에만 열이 올라 모두들 수치심을 잊었던 것이다. 그랬다. 유다는 아무렇지도 않은 듯 이렇게 소리를 지르기도 했다. 자신들의 주인일 수도 있고, 자기들이 그의 종일 수 있을 정도로 그렇게 세련된 소년을 어떻게 은 30세겔도 안 받고 헐값으로 팔 수 있겠느냐? 그러면서 그 물건에 푹 빠져 있는 사람처럼 굴었다. 은 25세겔까지 얻어내자 그는 내친김에 자리에서 일어나더니 얌전히 앉아 눈을 깜빡이는 요셉의 볼에 입을 맞췄다. 그리고 소리를 질렀다. 은 50을 준다 해도 이렇게 영리하고 사랑스러운 보물단지와 헤어질 수는 없다고, 아니 그러고 싶지 않다고!

그러나 입맞춤에도 노인은 까딱하지 않았다. 그는 여전히 강자의 위치에 있었다. 형제들이 흥정을 중단하는 척해도 실은 무슨 일이 있어도, 값이야 얼마가 되었든, 소년을 털어버리고 싶어하는 걸 그는 단번에 눈치 챘다. 노인은 은 15세겔을 주되 무게가 좀 가벼운 바빌로니아 중량으로 하겠다고 제안했다. 이에 형제들이 그의 약점을 미끼로 삼아 페니키아 무게로 따져서 20세겔로 올리자 노인은 흥정을 멈추고 더는 값을 올리지 못하게 했다. 그리고 자기 생각을 이야기했다.

다 죽어가는 소년을 발견한 건 바로 나다. 그러니 간단히 습득자의 권리를 주장해서 사례금을 달라고 할 수도 있다. 그런데도 그 금액은 셈에도 안 넣고, 몸값에서 제하지도 않고 페니키아 세겔로 따져서 은 20을 고스란히 주겠다는 것은, 내가 그만큼 친절한 상인이기 때문이다. 그 점을 인정해 주지 않겠다면 흥정이고 뭐고 그만두자. 그 악동에 대한 이야기는, 골풀로 글을 쓸 줄 아는 소년인지 뭔지에 대해서는 더 이상 듣고 싶지도 않다.

이렇게 해서 마침내 은 20에 낙찰이 되었다. 형제들은 나무 밑에 앉아 어린양을 한 마리 잡았다. 손님들에게 경의를 표하기 위해서였다. 그리고 양의 피를 흐르게 하고 불을 피워 고기를 구웠다. 사람들은 의식에 따라 거래가 성사되었음을 확인하는 의미에서 함께 손으로 고기를 뜯어먹었다. 요셉도 미네아 노인으로부터 조금 얻어먹었다. 하지만 요셉은 그 자리에서 또 다른 무언가를 봐야 했다. 형제들이 이스마엘 사람들의 눈을 피해 다 찢어진 옷 조각들을 짐승 피에 슬쩍 담가 온통 피 칠을 하는 것을. 그것도 그가 보는 앞에서, 아무 거리낌 없이. 형들은 그가 입을 열지 않으리라고 철석같이 믿고 있었던 것이다. 그리고 요셉이 먹은 것은 또 무엇이었던가. 바로 자신의 피로 여겨질 그 양고기가 아니었던가.

손님들과 함께 식사를 하고 원기를 보충한 것은 적절한 조처였다. 몸값을 정하는 큰 틀의 거래만 성사되었을 뿐, 진짜 거래가 남아 있었던 것이다. 이윽고 식사를 마친 후, 확정된 몸값을 물건으로 지불하는 작은 거래들이 시작되었다. 이 점에 관한 경건한 설화의 여러 가지 묘사가 확산시킨 고정관념은 바로잡아야 마땅하다. 형제들이 요셉을 판 몸값을 이스마엘 사람들의 돈주머니에 들어 있던 짤랑거리는 은화로 받았다고 하는 것이 그 잘못된 견해이다.

노인은 은으로 지불할 생각이 전혀 없었다. 하물며 '주화'로 지불하다니, 그건 어불성설이었다. 도대체 누가 그 무거운 금속들을 짊어지고 여행을 다닌단 말인가. 그리고 또 장사하는 사람 치고 물건을 살 때 자신이 지불해야 하는 금액을 물건으로 지불하고 싶지 않은 사람이 어디 있겠는가? 사들이는 물건값으로 지불하게 될 물건 하나하나를 놓고 값을 매길 때, 그가 다시 파는 사람의 입장이 되는 것이므로 이 기회에 장삿속을 채울 수 있는데, 누가 마다하겠는가.

미네아 사람은 허리춤에 차고 있던 작은 저울에 은을 $1\frac{1}{2}$ 세겔을 달아 목자들에게 건네주었다. 그리고 나머지는 낙타가 싣고 있던 물건에서 값을 치를 요량으로 낙타 짐을 풀어 풀밭에 죽 늘어놓았다. 유향, 강 저편에서 건너 온 예쁘게 주름 잡힌 수지, 그리고 사람들이 사용하며 즐거워할 수 있는 온갖 물건들이 펼쳐졌다. 면도칼, 구리칼, 부싯돌, 램프, 연고를 뜨는 숟가락, 무늬를 새겨 넣은 산책용 지팡이, 파란 유리구슬, 피마자 기름, 샌들 등등. 그 자리는 곧 장터로 변했고 구매자는 그중에서 은 $18\frac{1}{2}$세겔에 해당하는 물건들을 고를 수 있었다. 물론 그 과정에서 물건 하나하나의 가격을 놓고 매번 열띤 흥정이 벌어졌다. 결국 해가 저물어서야 거래가 완전히 끝났다. 형제들이 요셉을 넘기고 받은 몸값은 소량의 은과 다량의 칼과 향고와 램프, 그리고 지팡이였다.

이스마엘 사람들은 다시 물건을 꾸려 그곳을 떠났다. 생각지도 않은 일에는 한껏 여유를 부리며 시간을 아끼지 않았던 그들이지만 일단 거래가 끝나자, 공간을 이겨내는 데 시간을 투자하려 했던 것이다. 그래서 날은 저물었지만 조금 더 가서 장막을 치고 야영을 할 생각이었다. 형제들은 그들을 막지 않았다. 그저 행로에 관해 어떤 길로 꺾는 게 좋을지 그런 것에 관해서만 몇 마디 조언해 주었다.

"내륙 안쪽으로는 가지 마십시오. 물이 갈라지는 저기 꼭대기로 가면 헤브론에 이르는데, 친구로서 충고하는 것이니, 거기로는 가지 마십시오. 길이 험해서 짐승들이 돌부리에 걸려 넘어지고 온 사방에는 무뢰한들이 도사리고 있습니다. 차라리 여기서 이 평원으로 죽 가서 대로로 들어가십시오. 과수원 발치에 있는 언덕을 지나 나라의 끝으로 인도하는 그 길은 안심해도 좋습니다. 그 길을 따라 좋은 모래를 밟으며 계속 바다 쪽으로 내려가, 열이레씩 일곱번 가야 하는, 아니면 더 오래 걸리는 곳으로 그렇게 가는 것이 좋을 겁니다. 바다를 끼고 여행한다는 건 얼마나 멋진 일입니까? 지루하지도 않을 테니, 현명한 방법은 그 길뿐입니다!"

상인들은 그러겠노라고 약속하고 작별 인사를 했다. 낙타들이 몸을 일으켰다. 그리고 형들이 팔아넘긴 요셉은 노인의 아들 케드마의 낙타 위에 앉았다. 요셉은 눈썹을 아래로 내리깔고 있었다. 줄곧 그런 자세였다. 양고기를 먹을 때에도 그랬다. 그리고 형들도 눈을 내리깔고 서 있었다. 나그네들의 행렬이 삽시간에 주변을 덮은 황혼 속으로 사라져 갔다. 비로소 형제들은 안도의 한숨을 내쉬었다.

"드디어 없어졌어!"

굴을 찾아간 르우벤

그러나 바로 그 황혼 속, 큰 별들이 하늘을 수놓기 시작하는 저녁 무렵, 살랑이는 바람을 맞으며 레아의 아들 르우벤은 나귀를 끌고 가고 있었다. 도단에서 필요한 물건들을 구해 나귀 등에 싣고 우회로를 택해 요셉이 있는 무덤으로 가는 중이었다. 전날 밤 불안과 사랑으로 다졌던 결심대로 할 작정이었다.

그처럼 넓고 탄탄한 가슴인데도, 안에서는 심장이 마구 뛰었다. 힘은 세었지만 마음은 여리고 흥분도 잘 하는 성격 탓이었다. 다른 형제들에게 발각되어 행여 일을 그르칠까 두려웠다. 동생을 구하면 자신의 죄를 씻고 다시 원래 자리로 올라설 희망이 있었다. 혹시라도 들킬까봐 겁에 질려 우락부락한 얼굴은 어둠 속에서도 파리해 보였고, 허리띠를 두른 기둥처럼 육중한 두 다리는 살금살금 바닥을 내딛고 있었다. 소리내어 나귀를 재촉하는 법 없이 입술을 꽉 다물고 어쩌다 한번 심통맞게 지팡이 끝으로 무심한 나귀 뒷다리를 쿡 찔러 앞으로 몰 뿐이었다.

르우벤은 우물이 죽음의 정적에 잠겨버렸으면 어쩌나, 그게 제일 두려웠다. 자신이 우물에 당도해서 나지막하게 요셉의 이름을 부를 텐데, 그때 요셉의 대답이 들리지 않으면? 이미 오래 전에 죽어버렸으면? 그러면 자신이 준비했던 모든 물건들도 헛수고였다. 특히 도단에서 자기가 보는 앞에서 밧줄 파는 사람이 묶어 주었던 사다리도 소용없게 될 판이었다.

요셉을 구해 낼 도구로 르우벤이 최종 결정을 내린 바로 그 물건이었다. 그것은 여러 경우에 쓸 수 있었다. 힘이 남아 있다면 요셉이 타고 올라오면 되고, 만약 그게 불가능하다면 사다리 디딤판에 앉게 한 후, 르우벤의 탄탄한 팔 힘으로 끌어 올릴 수 있었다. 언젠가 빌하를 안는데 썼던 팔이지만 이번에는 야곱을 위해, 어린양을 깊은 곳에서 끌어 올리는데도 쓰일 수 있으리라. 벌거벗은 아이를 덮어줄 옷도 준비해왔다. 그리고 나귀의 옆구리에는 형제들을 피해 닷새 동안 도망가면서 먹을 식량도 매달려 있었다. 이건 다른 형제들은 저주받도록 배반하는 행동이었다. 밤을 틈타 무덤으로 살금살금 다가가면서 르우벤은 머리를 숙인 채 그 사실을 인정했다.

그렇다면 우람한 체격의 르우벤이 선(善)을 행하는 가운데 악(惡)을 저질렀다는 것인가? 요셉을 구하는 게 선이며 불가피하다는 것, 거기에 대한 확신이 르우벤에게는 있었다. 그런데 거기에 악과 자신의 이기심까지 섞여 있을 경우, 그것은 감수할 수밖에 없었다. 어차피 그렇게 뒤섞인 게 인생이지 않은가. 르우벤 역시 악을 선으로 바꾸려고 했다. 그렇게 할 수 있으리라 믿었다. 다시 아버지 앞에 바로 서게 되어 장자 신분을 되찾는다면, 형제들을 곤궁에서 구해 낼 생각이었다. 다시 장자가 되면 마땅히 발언권이 세어질 것이므로, 그것을 이용해서 형제들을 용서해 주고 그 책임을 모두에게 공평하게 나눠 줄 생각이었다. 거기에는 아버지도 포함되었다. 그렇게 되면 서로 이해하고 용서하는 의로운 상태가 영원히 이어지리라.

이런 생각으로 두근거리는 가슴을 진정시킨 르우벤은, 이윽고 비탈길을 내려가 돌담에 이르러 누가 보는 사람이 없나 사방을 한번 두리번거린 후, 사다리와 옷을 들고 발꿈치를 들고 살금살금 무화과 새싹들로 막혀진 옹색한 계단을 지나 우물로 내려갔다.

깨진 바닥돌 위로 빛을 보내는 별들이 있었다. 그러나 달은 아니었다. 르우벤은 발을 헛디디지 않으려고 앞을 유심히 살폈다. 벌써부터 갑갑해지는 가슴으로 숨을 들이킨 그는 행여 남이 들을세라 낮고 다급한 목소리로 불렀다. "요셉! 너 살아 있니?"

동생의 대답을 바라는 가슴 벅찬 기쁨과 대답이 없을지도 모른다는 가슴 철렁한 불안이 교차했다. 바로 그때였다. 혼비백산한 탓에 마음속의 외침이 외마디 비명소리로 터져 나왔다. 아래에는 자기 혼자만 있는 게 아니었다. 거기에는 별빛에 하얗게 어른거리는 누군가가 앉아 있었다.

아니 어쨌다고? 정말로 누군가 우물 옆에 앉아 있었다.

그리고 우물 뚜껑이 열려 있었다. 반으로 두 동강이 난 뚜껑이 바닥돌 위에 포개져 있었다. 바로 그 위에 어떤 자가 망토를 걸치고 지팡이에 몸무게를 실은 채, 르우벤을 물끄러미 지켜보고 있었다. 잠에 취한 듯 잔뜩 졸린 눈으로.

걷다가 우뚝 걸음을 멈춰, 사지가 묘하게 굳어버린 르우벤은 그 형체를 뚫어져라 쳐다보았다. 처음에는 당황한 나머지 요셉인가 했다. 죽은 요셉의 혼령이 무덤 옆에 앉아 있는 줄 착각한 것이다. 그러나 지금 눈앞에 보이는 무뚝뚝한 자는 라헬의 아들과는 전혀 닮지 않았다. 아무리 죽은 자의 혼령이라 하더라도 그렇게 키다리일 수도 없을 것 같고, 사람치고는 유난히 갑상선이 부은 듯한 목에 머리는 또 왜 그렇게 작은지, 여하튼 이상했다. 그건 그렇고, 우물 뚜껑은 어째서 옆으로 치워져 있는 걸까? 르우벤은 영문을 알 수 없었다. 이윽고 그가 더듬거리며 말했다.

"누구냐?"

"여럿 중의 하나지."

앉아 있는 자가 차갑게 말했다. 앙증맞은 작은 입 밑에 튀어나온 턱이 말랑해 보였다.

"난 별로 특별한 존재가 아냐. 그러니 놀랄 필요없어. 그런데 누굴 찾지?"

"누굴 찾느냐고?"

되묻는 르우벤은 뜻밖의 물음에 화가 치밀었다.

"너야말로 여기서 뭘 찾는데!"

"그게 궁금해? 여기에 뭔가 찾을 게 있다고 착각하지 않을 자가 바로 나야. 난 이 우물을 지키라는 심부름으로 여기 앉아 있을 뿐이야. 내가 뭐 이러고 싶어서, 이 일이 대단히 재미있어서 이 먼지 구덩이에 앉아 있는 걸로 생각한다면 그건 오산이야. 그저 의무라서 시키는 대로 할 뿐이야. 하려고 들면 따져 묻고 싶은 씁쓸한 질문도 많지만, 그런 것 다 제쳐두고 그저 시키는 대로 하고 있다 이 말씀이야."

이상하게도 그 말에 르우벤은 화가 누그러졌다. 누군가 여기 앉아 있는 건, 그가 바란 바도 아니며 부아가 치밀 일이지만 좋아서 여기 앉아 있는 게 아니라는 낯선 자의 말을 들으니 과히 기분이 나쁘지 않았던 것이다. 그건 둘 사이에 일종의 동질감을 갖게 해주었다.

"그럼 누가 시켰는데? 이 근방 출신이야?" 조금 누그러진 목소리로 르우벤이 물었다.

"이곳 출신이냐고? 그래. 누가 이 일을 주문했는지, 그건 그냥 모른 척해 줘. 이런 일은 여러 입을 거치는 게 보통인데, 근원지를 추적하는 게 무슨 소용이 있겠어. 여하튼 주문을 받은 자는 자기 자리에 앉으면 그뿐이야."

"텅 빈 우물 옆이 그 자리군!"

르우벤이 목소리를 누르며 말했다.

"그래, 텅 빈 건 사실이야."

파수꾼이 대꾸했다.

"뚜껑이 열렸잖아!"

르우벤이 흥분을 감추지 못하고 떨리는 손가락으로 우물 구멍을 가리켰다.

"누가 돌뚜껑을 치웠어? 네가 그랬어?"

남자는 미소를 지으며 자신의 하체를 힐긋 내려다보았

다. 아마포로 만든 옷은 소매가 없어서 통통하지만 힘이라고는 없어 보이는 팔이 그대로 드러났다. 아니었다. 그건 우물 뚜껑을 들어 올려 옆으로 치우거나 덮을 수 있는 남자의 팔이 아니었다.

"덮은 적도, 치운 적도 없어."

낯선 자가 미소와 함께 고개를 가로저으며 말을 이었다.

"전자는 네가 더 잘 알 테고, 후자는 네가 보면 알지. 다른 사람들이 고생깨나 했겠군 그래. 만약 내가 지금 깔고 앉아 있는 돌뚜껑이 원래 그 자리에 있었더라면, 내가 여기서 굳이 파수꾼 노릇을 할 필요도 없었을 테지. 그런데 누가 너한테 말해 줬어? 이 돌뚜껑이 있어야 할 원래 자리가 어딘지? 어떤 때는 구멍 위에 놓이지만, 우물에서 청량제를 얻으려면 뚜껑을 치워야 하는 것 아냐?"

그러자 초조해진 르우벤이 소리를 버럭 질렀다.

"지금 무슨 말을 하는 거야? 웬 쓸데없는 소리가 그렇게 많아? 시시껄렁한 수다로 남의 귀한 시간을 뺏고 있잖아! 다 말라붙은 우물에서 무슨 청량제를 얻는다고, 우물 안에는 먼지하고 곰팡이뿐이야!"

그러자 작은 머리를 모로 꼰 채 느긋하게 앉은 자의 입술이 꼼지락거렸다.

"그전에 먼지 속으로 뭘 가라앉혔는가가 중요하지. 그게 생명이었다면 생명이 되어 수백 가지 청량제로 다시 나오게 되는 거야. 예를 들면 밀의 씨앗은……."

"이것 봐."

르우벤이 떨리는 음성으로 그의 말을 막았다. 그리고 손에 들고 있던 밧줄 사다리를 흔들었다. 팔에는 요셉에게 입힐 옷이 걸려 있었다.

"거기 앉아 태초의 땅바닥 이야기를 늘어놓는 건 도저히 못 참아주겠어. 그건 어머니 무릎에서 다 배웠어. 그러니 어린애라도 줄줄 꿰는 그런 이야기는 그만둬."

그러자 낯선 자는 이렇게 대꾸했다.

"성질 한번 급하네. 이런 비유를 해도 괜찮다면, 아무 데나 쏴대는 물, 터져 나오는 물줄기 같군. 하지만 너는 참고 기다리는 걸 배워야 해. 태초의 땅바닥에도 기다림이 있었고, 만물의 이치가 기다림이야. 그러니 기다리지 않고 어느새 밖으로 흘러버리면, 여기서든 다른 데서든 아무것도 찾을 수 없어. 왜냐하면 기다렸던 일은 서서히 실현되거든. 여기저기 시험 삼아 뿌려 놓은 씨앗에서 싹이 트기도 하여 하늘과 땅에서 임시로 현실이 되기도 하지만, 그건 진정한 실현이 아니고 하나의 시도이며 언약일 뿐이야. 진정한 실현은 힘들게 한 발짝 한 발짝 굴려진 이 돌뚜껑과 같아. 보아하니 이곳을 다녀간 사람들은 무거운 돌을 굴려서 치우느라고 고생깨나 한 것 같군. 하지만 돌을 구멍에서 완전히 치우려면 돌을 아직도 한참 더 굴려야 해. 그리고 나 역시 임시로 시험 삼아 여기 앉아 있는 것뿐이야."

그러자 르우벤이 냅다 소리를 질렀다.

"더 이상은 앉아 있지마! 내 말 알아들어? 어서 꺼져, 네 갈 길이나 가! 우물 옆에 혼자 있고 싶으니까. 너하고는 별 상관없는 우물이지만, 나한테는 달라. 당장 안 사라지면 번쩍 들어서 던져버릴 거야! 그것도 팔이라고! 힘이라고는 하나도 없게 생겼구먼! 그러니 다른 사람들한테 돌을 굴리게 하고 네 놈은 그저 돌 위에 앉아서 하품밖에 더 해? 네 눈엔 주님이 내 팔에 얼마나 큰 힘을 주셨는지 안 보여? 곰 같은 팔도 팔이지만, 손에 들고 있는 밧줄도 안 보여? 이건 여러모로 쓸 수 있지. 자, 일어나서 썩 꺼져. 아니면 목이라도 한 대 갈겨주랴?"

"나한테 손대지 마!"

무섭게 화를 내는 르우벤 쪽으로 낯선 자가 얼른 팔을 뻗었다. 통통하고 긴 팔이었다. 그리고 말을 이었다.

"내가 이곳 출신이라는 걸 잊지 마. 만일 나한테 손을 댔다가는 이곳 전체를 상대하게 될 테니! 내가 여기 있는 건 심부름 때문이라고 하지 않았어? 사라지는 건 문제가 아냐. 그건 간단해. 하지만 만에 하나 네 말에 넘어가 시험 삼아 여기 앉아서 지키라는 내 임무를 게을리 하게 하면, 그때는 나는 끝장이야. 그건 그렇고 네 모습이 지금 얼마나 우스꽝스러운지 모르지? 옷에 밧줄 꾸러미까지 들고 텅 빈 우물로 걸어오고 있는 꼴이라니. 네 입으로도 그랬지, 텅 빈 우물이라고."

그 말에 르우벤이 버럭 고함을 질렀다.

"물이 없어서 텅 비었다고 그랬어!"

"다른 것도 없어. 정말 텅 비었어. 너희들이 오면, 구덩이는 비어 있지." 파수꾼이 말했다.

르우벤은 더는 참지 못하고 우물 쪽으로 달렸다. 그리고 몸을 구부려 깊은 곳을 내려다보며 숨죽여 애절하게 불렀다.

"애야, 쉿! 살아 있니? 아직 기력이 있니?"

그러나 돌 위에 앉은 자는 비시시 웃으며 고개를 가로저었다. 그리고 동정이라도 하듯 혀를 찼다. 거기다 한술 더떠서 "애야, 쉿!" 하고 르우벤을 흉내내더니 다시 쯧쯧, 혀를 찼다.

"기껏 빈 구멍하고 이야기하려고 왔군! 멍청하기는. 아이같은 건 없어. 이 근처에는 없어. 여기 있었다 해도 이 장소가 아이를 붙잡지 못한 거야. 제발 바보 같은 짓 그만해! 장비를 잔뜩 들고 와서 아무것도 없는 빈 곳에 대고 무슨 이야기를 해!"

르우벤은 여전히 몸을 수그린 채 우물 바닥에서 눈을 떼지 않았다. 하지만 아무 소리도 들리지 않았다.

"아이고, 이를 어쩌나!" 그는 탄식하기 시작했다.

"아이가 죽은 거야. 아니면 사라졌든지. 이제 어쩌지? 르우벤. 이제 넌 어쩔 셈이냐?"

가슴이 찢어지는 아픔과 실망, 그리고 불안이 한꺼번에터져 나왔다.

"요셉!"

그리고 절망적으로 외쳤다.

"널 구하러 왔어. 이 탄탄한 팔로 구덩이에서 꺼내 주려고! 여기 사다리도 있어. 널 입혀 줄 옷도 있고! 그런데 어디 갔어? 네가 있던 곳에 문이 열렸어! 넌 끝이야! 나도 끝이야! 누가 훔쳐갔는지, 죽었는지, 네가 사라졌으니 이제나는 어쩌지?…… 이봐, 자네 이곳 출신이라고 했지!"

다급해진 르우벤은 이것저것 가릴 겨를이 없었다.

"치워 놓은 돌 위에 도둑처럼 앉아 있지만 말고, 내가 뭘 어떻게 해야 되는지 충고 좀 해봐! 여기 사내아이가 하나 있었어. 요셉이라고 내 동생이야, 라헬의 아들이지. 그 애 형들이 나하고 같이 아이를 사흘 전에 여기 내려놓았어. 교만하게 굴어서 벌을 줬지. 하지만 아버지가 눈 빠지게 그를 기다리고 계셔. 아버지 마음이 어떨지, 상상도 못해. 만일 사자가 어린양을 찢었다고 하면 뒤로 나자빠질 거야. 그래서 내가 밧줄과 옷을 가지고 왔어. 우물에서 아이를 꺼내 아버지한테 돌려보내려고. 아버지는 그 아이가 없으면 안 돼! 내가 큰아들인데 아이가 돌아오지 않으면 무슨 낯으로 아버지를 보겠어? 그러니 이제 난 어쩌지? 제발 좀 도와줘. 누가 돌을 치웠어? 그리고 요셉은 어떻게 된 거야?"

그러자 낯선 자가 말했다.

"나, 참! 처음에는 돌 위에 앉아 있다고 화를 내더니 이제는 위로를 해달라고? 그리고 충고도 하라니 어이가 없네. 아냐, 아냐. 어쩌면 내가 여기 구덩이 옆에 앉아 있어야 하는 이유가 너 때문인지도 모르겠군. 네 머리에 이런저런 씨앗을 심어줘서 싹을 틔우라고 말야. 사내아이는 여기 없어. 너도 봐서 알잖아. 그의 집은 열렸어. 더 이상 붙잡을 재간이 없었거든. 너희는 그를 더 이상 보지 못할거야. 하지만 한 사람은 기다림의 씨앗을 품고 있어야 해. 동생을 구하러 온 게 너니까, 바로 네가 그 사람이 되어야 해."

"뭘 기다리라는 거야? 요셉은 이미 사라졌는데! 누군가 훔쳐가서 죽였는데!"

"'죽는 것'과 '사는 것'을 네가 어떻게 이해하는지 모르겠군. 아까 태초의 땅바닥에 대한 유치한 이야기 같은 건 듣기 싫다고 했는데, 그러지 말고 땅에 떨어진 밀알을 한번 생각해 봐. 그렇게 떨어져서 죽어야 수많은 열매를 맺는다는 뜻 아냐? 그게 아니라면 여기서 '죽는다'는 것과 '산다'는 것은 그저 말일 뿐이야."

"그저 말, 말뿐이야." 르우벤이 소리를 지르며 손을 비볐다.

"네 이야기는 지금 말뿐이잖아! 그래서 요셉이 죽었다는 거야? 아니면 살았다는 거야? 내가 알고 싶은 건 그거라니까!"

그러자 파수꾼이 대답했다.

"글쎄, 죽었다고 해야겠지. 그렇게 보이니까. 너희들이 아이를 싸서 안에 묻었다면서? 그랬는데 누가 훔쳐갔든지, 아니면 맹수한테 찢겼든지 한 거라면, 이 경우 너희들이 할 일은 아버지가 딴 생각 않게 확실하게 알려 주는 것뿐이야. 그래야 아버지도 이 상황에 익숙해질 것 아냐. 그렇지만 여기에 이중적인 게 하나 남아 있어. 이건 이 상황에 익숙해지는 게 아니고, 기다림의 싹을 숨기고 있는 거야. 인간들은 비밀에 다가가기 위해 많은 일을 하지. 축제도 그런 노력이야. 난 화환을 쓰고 화려한 예복을 차려입은 청년 하나가 무덤으로 내려가는 것을 보았어. 그러자 그들은 가축떼에서 짐승을 한 마리 잡아 그 피를 청년의 머리 위에 쏟아 부었어. 젊은이는 그 피를 몸과 마음으로 받아들였지. 그리고 위로 솟아올라 거룩해졌고 생명을 얻었어. 얼마 동안은 그랬어. 그러다 그는 다시 무덤으로 가야 했어. 인간의 생명은 몇 번이고 돌고 돌아 또다시 무덤에 갔다가 탄생을 맞거든. 자신이 되기 위해서 인간은 이런 과정을 그렇게 몇 번이고 되풀이해야 해."

그러자 르우벤은 양손에 얼굴을 파묻으며 애통해 했다.

"아, 화환과 화려한 예복, 그건 찢긴 채 바닥에 던져졌어. 아이가 무덤에 빠졌을 때는 벌거벗은 몸이었어!"

그 말에 파수꾼이 끼어들었다.

"알아, 그래서 네가 옷을 가지고 왔잖아. 옷을 입혀 주려고 말야. 하지만 그건 주님도 할 수 있어. 그분도 발가벗김을 당한 자에게 새 옷을 입힐 수 있어. 아마 너보다 더 잘하실 걸. 그러니까 집으로 돌아가. 네 옷도 가져가고! 발가벗김을 당하지 않은 자에게 덧옷을 입히기도 하는 분이 주님이야. 또 너희들이 말하는 그 청년이 제대로 발가벗김을 당하려면 아직 멀었어. 네가 허락한다면, 네 머리에 생각의 씨앗을 하나 심어주고 싶어. 그게 어떤 생각이냐고? 자, 내 말을 들어 봐. 피가 철철 흘러넘쳤던 젊은이의 이야기와 마찬가지로 지금 이 이야기도 하나의 유희며 축제일 뿐이야. 그리고 모든 건 실현을 시도하는 것에 지나지 않아. 그러니 지금의 상황을 그렇게 심각하게 받아들이지 않아도 되지. 그래서 그저 농담과 암시로 받아들여서 실실 웃어가며 손뼉을 치면 돼. 이 구덩이는 작은 순환 과정의 무덤일 뿐이야. 너희 동생은 여전히 성장 단계에 있어서 뭔가가 되려면 아직 더 있어야 하는 건지도 몰라. 우선 이 이야기 자체도 이미 끝난 게 아니라 전개 과정에 있잖아? 이 생각의 씨앗을 네 머릿속에 받아들여 봐. 그렇게 해서 그 안에서 편안하게 죽어 싹을 틔우게 해봐. 거기서 열매가 나오면 원기를 얻게 아버지한테도 갖다드려!"

그 말에 르우벤은 다시 북받쳤다.

"아버지, 아버지! 아버지 이야기는 하지 마! 아이 없이 아버지를 어떻게 봐?"

"고개를 들어봐!" 파수꾼이 말했다. 우물터가 밝아졌다. 달이 막 떠오른 것이었다. 어두워진 반쪽이 보일 듯 말 듯 했다. 그러나 감춰졌다 뿐 거기 있는 것은 분명했다.

"저길 봐. 저기 저 달도 어른거리며 형제들의 길을 열어주고 있잖아! 하늘과 땅에서는 쉴새없이 암시를 보여줘. 그걸 읽을 줄 아는 자라면 기다릴 수 있어. 자, 밤도 제 갈 길을 재촉하는 마당에, 여기서 계속 파수꾼 노릇을 할 필요는 없지. 이럴 땐 잠이나 자는 게 상책이야. 옷으로 몸을 가리고 편안하게 무릎을 끌어당겨 한숨 폭 자고 내일 아침에 다시 일어나는 거지. 그러니 친구, 어서 가봐! 여기 있어봤자 찾을 것도 없잖아. 그리고 나도 네 명령이 아니더라도 이제는 사라져야겠어."

그 말에 르우벤은 고개를 내저으며 마지못해 돌아섰다. 그리고 계단을 지나 비탈길을 올라 자기가 끌고 온 짐승이 있는 곳으로 향했다. 거기서 형제들이 있는 장막에 닿을 때까지 쉬지 않고 머리를 좌우로 흔들었다. 머리가 멍했다. 절망 반, 기막힌 상황을 맞아 갈팡질팡하는 생각 반이었다. 실은 두 가지가 서로 정확하게 구별되지 않았지만, 여하튼 그의 고갯짓은 계속되었다.

맹세

장막에 당도한 르우벤은 아홉 형제들을 몰아세웠다. 부르르 떠는 그의 목소리에 가물가물 선잠에 취해 있던 형제들의 눈이 번쩍 뜨였다.

"아이가 사라졌어. 이제 난 어쩌지?"

"르우벤 형?" 그들이 물었다.

"어째 말이 이상하네. 형만 그 아이의 형이야? 우리도 그 애의 형이야. 말을 하자면 '우리 모두 어쩌지'라고 해야지. 그런데 '사라졌다니' 그건 무슨 말이야?"

"누가 훔쳐갔어, 실종됐어, 찢겨 죽었다는 뜻이지!" 르우벤이 외쳤다.

"아버지가 아이를 잃었단 말야! 구덩이가 비었어."

"구덩이에 가봤단 말이야?" 그들이 물었다.

"무슨 목적으로?"

"살펴보려고 갔다 왜?"

르우벤이 오히려 윽박질렀다.

"장자로서 그 정도도 못해? 그런 짓을 했는데 마음이 편하냐? 그러니 이리저리 방황할 수밖에 더 있어? 물론 아이가 잘 있나 볼 생각이었어. 그래서 지금 너희한테 그 결과를 말하고 있잖아. 아이가 사라졌다고, 그러니 이제 우리가 어떻게 해야 하느냐고 묻는 것 아냐!"

"형 입으로 장자를 들먹이다니, 대단한 배짱이네. 빌하라는 이름만 대면 그 소리는 쑥 들어갈 텐데. 그래서 혹시라도 장자 직분이 꿈을 꾸는 아이한테 갈까봐 우리 모두 노심초사한 것 아냐. 하지만 이제는 쌍둥이 형제 차례야. 혹시 단도 기대해 볼 수 있을지 모르지. 레위와 같은 해에 태어났으니까."

그들은 나귀에 실린 사다리와 옷을 보았다. 르우벤은 그 물건들을 숨길 생각도 없었다. 그걸 보고 다른 형제들은 쉽게 전후사정을 파악할 수 있었다. 응, 그랬었군. 덩치 큰 르우벤이 우리를 속이고 요셉을 슬쩍 빼돌리려고 했군. 자기는 올라서고 우리는 저주를 받게 할 생각이었다, 그 말이지. 참 대단하군. 그들은 눈짓으로 그런 뜻을 서로 주고받았다. 그렇다면—여기서도 말없이 합의가 이루어졌다—우리도 그사이 무슨 일을 했는지, 자세히 설명할 필요도 없겠다. 이에는 이라 했다. 저쪽이 우릴 배신했으니 이쪽도 배신으로 나가자. 이스마엘 사람들 이야기를 르우벤이 꼭 알아야 할 필요는 없다. 그리고 자신들이 요셉을 시야에서 완전히 사라지게 할 생각이었다는 것도 알 필요가 없다. 르우벤이 뒤쫓아갈 염려도 있었다. 그래서 그들은 입을 꾹 다물고 어깨만 들썩일 뿐 태연했다.

"사라진 건 사라진 거지 뭐. 사라진다는 게 무슨 의미든 그건 마찬가지야. 누가 훔쳐갔든, 아니면 실종되었든, 찢겼든, 배신당했든, 팔아치워졌든, 그건 우리하고는 상관없는 일이야. 우리 모두 그 아이가 없어지길 간절히 바라지 않았어? 그리고 그건 정당한 요구였잖아? 이제 구덩이가 비었다니까, 소원이 이루어졌네 뭐."

형제들이 무서운 소식을 이렇게 냉정하게 받아들이다니 뭔가 이상했다. 르우벤은 그들을 노려보며 머리를 가로저었다. 그리고 느닷없이 양팔을 흔들며 버럭 소리를 질렀다.

"그러면 아버지는?"

"그건 이미 결정했잖아." 그들의 대답이었다.

"단이 내놓은 영리한 꾀를 따르자고 했잖아. 아버지가 쓸데없이 기다리느라 절망과 회의에 빠지지 않도록, 두무지는 없어졌고 그 어리광쟁이는 영원히 사라졌다는 사실을 실감하게끔 단단히 일러주자고 말야. 아버지 앞에 어떻게 설까 걱정 안해도 돼. 우리는 깨끗하니까. 증거가 여기 있거든. 자, 이것 봐. 형이 딴 짓 하는 동안, 우리가 뭘 준비했는지!"

그들은 베일 옷 조각을 꺼내 보였다. 피가 절반쯤 굳어 있었다.

"아이의 피야?"

육중한 몸에서 자지러질 듯 고음을 내지르며 르우벤이 몸서리를 쳤다. 자기보다 구덩이에 먼저 도착해서 요셉을 죽였구나, 순간적으로 그렇게 생각한 탓이다.

형제들은 서로 미소를 주고받았다.

"무슨 뚱딴지 같은 소리를 하는 거야! 약속대로 한 건데. 요셉이 죽었다는 표시로 짐승 한 마리가 대신 흘린 피지. 이걸 아버지 앞에 갖다주고 알아서 그 뜻을 헤아리게 하는 거야. 그러면 들판에서 요셉을 덮친 사자가 아이를 찢어버렸다고 생각할 수밖에 없을 테니까."

르우벤은 쪼그리고 앉아 우람한 무릎을 세우고 주먹으로 눈을 비비며 탄식했다.

"한심하다, 한심해! 나나 너희들이나 불쌍하기는 마찬가지다! 아직 안 보이니 알 수도 없는 앞일이라고 말 한번 쉽게들 하는구나. 지금은 멀리 있어서 흐릿하고 불확실해 보이지. 그렇지만 그걸 가까이 끌어당겨서 나중에 분명해질 모습을 한순간만이라도 실감해 봐. 하기야 너희 머리에는 그럴 힘이 없지. 그걸 실감한다면 어떻게 그런 말을 하겠냐, 온몸이 오싹해질 텐데. 차라리 번개를 맞거나 목에 맷돌을 짊어지고 깊은 물에 빠지는 게 더 낫다는 생각이 들면 들었지, 이렇게 느긋하게 빵 조각을 수프에 찍어먹지는 못할 거야. 하지만 나는 너희와 달라. 전에 잘못을 저지른 탓에 아버지 앞에 엎드린 적이 있어. 아버지는 내게 저주를 퍼부었지. 아버지가 불 같은 분노를 터뜨리면 그게 어떤 건지, 그 폭발이 어떤 건지 나는 잘 알아. 그리고 아버지의 영혼이 탄식하면 어떤 끔찍한 모습으로 나타날지, 난 그게 보여. 벌써 현실로 다가온 것처럼 느껴져. 그런데, 뭐? 이걸 아버지한테 갖다주고 알아서 그 뜻을 헤아리게 하자구, 이 수다쟁이들아! 그래, 아버지가 알아서 그 의미를 헤아릴 테지! 그렇지만 그 모습을 지켜본다고 생각해 봐. 아버지의 감정 폭발을 감당할 수 있겠어! 주님은 아버지에게 여리면서도 강한 영혼을 주셨어. 그래서 감정이 밖으로 나올 때는 그 위력이 그렇게 엄청난 거야. 너희는 그게 아직 나오지 않은 것이라 보지도 못하고 상상도 못하지. 구체적으로 겪은 적이 없어서 그렇게 천연덕스럽게, 겁도 없이 앞일을 운운하는 거야. 하지만 난 두려워!"

곰같이 힘센 남자가 그렇게 외쳤다. 탑처럼 우뚝 서서 양팔을 벌린 채였다.

"아버지가 그 의미를 헤아릴 때 난 어쩌지?"

아홉 형제들도 모두 당황했다. 제각기 풀이 죽어 무릎만 내려다보았다.

그때 유다가 낮은 목소리로 말을 꺼냈다.

"됐어. 형이 두려워한다고 침 뱉을 사람은 아무도 없어. 형하고 나는 어머니가 같은 친형제야. 형처럼 자신의 두려움을 솔직히 시인하는 건 용기 있는 일이야. 우리라고 뻔뻔스럽게 속 편할 거라고 생각해? 우리가 아버지를 전혀 두려워하지 않는다고 생각한다면, 그건 형의 착각이야. 하지만 이왕 벌어진 일을 저주한들 무슨 소용이 있어? 어차피 해야 할 일이라면 안 하려고 용을 쓴들 무슨 소용이 있겠어? 요셉은 세상에서 없어졌어. 이 피묻은 옷이 그 증거야. 물증은 말보다 부드러우니까 아버지께 이 물증만 갖다주고 말은 안하면 돼."

그러자 질바의 아들 아셀이 습관처럼 입술을 핥으며 물었다.

"이왕 갖다준다는 이야기가 나왔으니 말인데, 꼭 우리가 한꺼번에 다 가야 하는 거야? 아버지한테 증거물을 갖다주러 다 가야 하는 거냐고? 아버지가 그 증거물의 의미를 해석하는 모습을 모두 함께 지켜봐야 돼? 한 사람이 먼저 가서 옷을 건네주고, 다른 사람들은 잠자코 있다가 아버지의 해석이 끝나면 그때 가는 게 어때? 그게 낫지 않겠어? 내 생각에는 잘 달리는 우리 납달리가 적임자일 것 같은데, 납달리한테 옷을 가지고 가라고 하는 게 어때? 아니면 제비 뽑기를 해서 정하든가."

"제비를 뽑아!" 납달리가 얼른 말을 받았다.

"제비뽑기가 좋겠어. 상상해 보지 않고 앞일에 대해 이러쿵저러쿵 말하고 싶지도 않고, 또 용기 있게 고백하자면, 나도 두려워!"

그러자 단이 나섰다.

"내 말 좀 들어봐! 내가 문제를 해결해서 너희 모두를 구해 주겠어. 이 계획을 처음 내놓은 게 바로 나였으니까. 계획이라는 게 뭐 별건가? 축축한 점토로 질그릇을 만들 듯이 적당히 주물럭거려서 마음에 안 들면 더 근사한 모양으로 고치면 되는 거지. 어떻게 하느냐 하면, 야곱한테 우리가 직접 옷을 갖다주지 않으면 돼. 한 명도, 한꺼번에 다 갈 필요도 없어. 그 일은 딴 사람한테 맡기는 거야. 이 근방에서 말귀를 잘 알아들을 만한 사람들을 물색해서 양모랑 진한 우유를 주고 아버지한테 가서 할 말을 일러주면 돼. '이러저러해서 도단 근처 들판에 이르렀는데, 우연히 광야에서 이걸 발견했습니다. 한번 자세히 보십시오. 혹시 이것이 주인님 아들의 옷이 아닌지요!' 이런 식으로 말야. 그 말만 하고 자리를 뜨라고 하는 거야. 그러면 우리는 며칠 더 지체했다가 집으로 가면 돼. 물증이 말하는 진실이 뭔지 해석을 마친 아버지가 한 명을 잃은 대신 열 명을 얻었다는 사실을 알게 되면, 그때 가는 거야. 자, 어때, 내 계획이?"

"좋아. 아니, 그럴싸해. 그렇게 하기로 하자. 이 경우 그럴듯해야 좋은 계획이라고 할 수 있어."

모두 찬성이었다. 르우벤도 마찬가지였다. 하지만 아버지가 한 명을 잃은 대신 열 명을 얻는다며, 열 명을 운운하는 단의 말에 그는 쓴웃음을 뱉었다. 별빛 아래 장막 앞에 앉아 의논에 들어간 형제들은 영영 자리에서 일어날 줄 몰랐다. 모두 하나로 뭉칠 수 있는지 확신이 서지 않아서였다. 서로 상대방을 믿을 수 없었던 것이다. 아홉 명은 르우벤이 겁났다. 우물에 가라앉혔던 아이를 슬쩍 빼돌려 자신들을 배신하려 하지 않았던가. 한편 르우벤은 르우벤대로 아홉 명이 미심쩍기는 마찬가지였다. 구덩이가 비었다는 소식에 그렇게 태연할 수 있다니 아무래도 수상했다.

이때 거칠긴 해도 경건한 성격을 가진 거룩한 형식을 좋아하고 또 거기에 나름대로 일가견이 있는 레위가 말을 꺼냈다.

"무섭고 흉칙한 맹세가 필요해. 아버지든지 또는 다른 사람한테 여기서 일어난 일을, 우리가 꿈을 꾸는 자를 어떻게 했는지, 그 일에 대해서 한마디도 뻥긋하지 않겠다고 다같이 맹세해야 해. 이 이야기를 두고 눈을 깜박이거나 질끈 감거나 찡그려서 암시하는 것도 안 돼. 그런 건 절대로 안

하겠다고 맹세해야 해, 죽을 때까지!"

아셀도 맞장구쳤다.

"이왕 말이 나왔으니 따라야지 뭐. 그리고 이 맹세가 우리 열 명을 하나로 묶어야 해. 그렇게 되면 제각각 떨어져 있는 열 명이 아니라, 한 몸이고 하나의 침묵이 되는 거야. 죽어도 입을 열어선 안 돼. 죽는 날까지도 입술을 악물고 끝까지 비밀을 지켜야 해. 그렇게 하면 일어난 사건도 침묵에 숨이 막혀 질식하는 법이야. 바윗돌을 굴려서 구멍을 막듯이, 침묵으로 그 일을 덮어버리는 거야. 그렇게 되면 공기와 빛이 모자라 숨이 막혀, 일어난 일도 더 이상 사건이 못 되는 거야. 정말이야. 그런 식으로 죽어가는 일들은 많아. 침묵이 꼼짝달싹하지 않고 위에 버티고 있으면 그렇게 돼. 말의 숨결이 없으면 아무것도 살지 못하니까. 우리 모두가 마치 한 남자인 것처럼 침묵하면 이 이야기는 끝난 거야. 레위의 무서운 맹세가 우리를 하나로 묶어줘야 해!"

그건 좋은 생각이었다. 혼자서 침묵에 머물고 싶은 사람은 하나도 없었다. 합치면 그만큼 힘이 강해질 터, 각자의 결함을 걸머지고 깨질 수 없는 침묵에 동참하여 안전하게 숨고 싶었다. 이윽고 레아의 아들 레위는 맹세에 사용할 섬뜩한 문구를 생각해냈다. 형제들은 코가 닿아 호흡이 뒤섞일 정도로 바짝 다가서서 손을 가운데 모으고 한 목소리로 지고하신 분, 엘 엘리온, 즉 아브라함과 이사악과 야곱의 주님 이름을 불렀다. 이어 자신들이 알고 있는 그 나라의 다른 바알 이름들도 빠뜨리지 않았다. 예컨대 우루크의 아누, 니푸르의 엘릴, 벨 하란, 즉 달의 신 신(Sin)이 그 맹세의 증인이 되었다. 여차하면 입술까지 닿을 정도로 몸을 밀착시킨 형제들은 한 목소리로 다음과 같이 서약했다. '그 일'에 대해 침묵하지 못하는 자는 누구든, 아니 한쪽 눈을 질끈 감거나 또는 깜박이거나 흘긋 보면서 암시만 하는 자라 하더라도 그 즉시 창녀가 되리라. 그는 달의 신 신(Sin)의 딸, 여자들의 여신(생식과 풍요의 여신 이쉬타르—옮긴이)에게 자신의 화살, 즉 남성을 빼앗겨 잡종 노새처럼 되어, 아니, 더 정확하게 말하자면 골목길에서 그 짓을 하는 창녀가 되어 이 나라 저 나라로 쫓겨다니며 머리를 누일 자리가 없게 되리라. 그리하여 살지도, 죽지도 못하고 삶과 죽음이 그를 보고 구역질을 하며 영겁의 세월 동안 침을 뱉게 되리라.

그것이 맹세의 내용이었다. 맹세가 끝나자 홀가분해지고 가슴 한구석이 든든해졌다. 무서운 확인 덕분이었다. 그러나 그렇게 하나로 뭉쳤다가 막상 각자 흩어져 잠자리로 향하게 되었을 때, 한 형제가 다른 형제에게 이런 말을 했다. (이는 이싸갈이 즈불룬에게 한 말이었다.)

"부러운 사람이 하나 있어. 투르투라, 집에 있는 막내 꼬마 벤야민 말야. 그 애는 아무것도 모르잖아. 이번 일과는 아무 상관도 없고 이 동맹에도 안 끼었으니, 얼마나 좋아. 그래서 부럽다는 거야. 넌 안 그래?"

"나도 그래." 즈불룬이 시인했다.

르우벤은 그러나 우물 뚜껑 위에 앉아 있던 성가신 청년의 말을 곱씹어 보고 있었다. 하지만 기억해 내는 것도 간단하지 않았다. 이것저것 뒤엉킨 데다, 애매모호하기도 하고, 요상한 잡설이 더 많아서였다. 그런데도 그 이야기는 르우벤의 머리 깊숙이에 씨앗 하나를 뿌려 놓았다. 그 씨앗은 자기가 무슨 씨앗인지도 몰랐다. 어머니의 모태 안에 있는 생명의 씨앗이 자신에 대해 모르는 것처럼. 하지만 어머니는 알고 있다. 르우벤이 품고 있는 것은 기대와 기다림의 씨앗이었다. 그리고 살아가면서 잠을 자거나, 깨어 있는 순간들을 통해 자신도 모르는 사이에 그 씨앗을 키워나갔다. 얼마 동안? 오랜 세월이 흘러 머리가 희끗희끗해진 남자가 될 때까지, 야곱이 라반, 그 악마 집에서 종살이를 했던 것만큼이나 오랜 세월 동안.

Siebentes Hauptstück
Der Zerrissene

7부

갈기갈기 찢긴 자

요셉을 잃고 통곡하는 야곱

물증이 과연 말보다 부드러운가? 이 점에 대해서는 의견
이 분분하다. 유다는 충격을 전하는 입장에서 말을 할 필요
가 없다는 이유로 증거물을 선호했다. 그러나 받는 사람의
입장은? 말은 단번에 물리칠 수도 있다. 여기선 모르는 게
약인 셈이다. 그런 거짓말이 어디 있느냐, 끔찍한 헛소리는
집어치우라는 식으로 들은 척도 않고 짓밟으면 된다. 그리
고 너털웃음을 터뜨릴 만큼 확신이 있는 한, 그 말은 허튼
소리들이 모여 있는 저승으로 유배 보낼 수 있다. 지옥이
아니라 응당 빛의 세상에 가야 할 말이라는 사실이 그 가련
한 자의 머리에 떠오르기 전까지는 그렇다. 말은 천천히 파
고든다. 이해가 안 되는 말일 때는 더욱 그렇다.

의미를 모르겠고 실감이 안 나는 말을 들었을 경우, 당신
에게는 잠깐 동안의 자유가 주어진다. 이때 당신은 그 말이
당신의 머리와 가슴을 어지럽히지 못하도록 일단 밀쳐 내

고 차라리 그 사실을 모르는 상태에 남음으로써 당신의 목숨을 연장시킬 수 있다. 그리고 오히려 모든 걸 이야기를 전한 사람에게 떠넘겨 그를 미친 사람으로 취급하는 것이다.

"자네, 지금 무슨 말을 하는 건가? 어디 불편한가? 이리 오게나, 내가 돌봐줄 테니. 마실 거라도 가져와야겠군. 물이라도 마신 다음에, 다시 이야기를 해봐. 이야기를 해도 뭐 그럴싸한 이야기를 해야지!"

당신이 이렇게 말하면, 상대방은 물론 속이 상할 것이다. 그러나 그는 당신의 처지를 봐서—그는 당신의 처지를 잘 알고 있으니까—너그럽게 봐줄 것이다. 그리고 안됐다는 표정으로 당신을 묵묵히 지켜 볼 것이다. 자비심이 담긴 그 이성적인 눈빛에 마침내 당신은 서서히 흔들리기 시작할 것이며, 더 이상은 눈빛을 견딜 수 없게 된다. 살아남으려고 역할을 바꿔보려 하지만 그건 불가능하며, 오히려 물을 얻어 마셔야 할 사람은 상대방이 아니라 당신 자신이라는 것을 깨닫는 것이다.

말은 진실을 선뜻 받아들이지 않으려는 이러한 몸부림을 그래도 허락해 준다. 그러나 물증을 들이밀 때는, 이마저 불가능하다. 물증은 잔인함의 결정체여서, 단 1초도 여유를 주지 않는다. 물증은 오해할 수도, 실감하고말고 할 필요도 없다. 그것 자체가 바로 현실이기 때문이다. 이렇게 구체적인 파악이 가능한 물증은 너그럽게 아량을 베풀 마음이 전혀 없다. 이것은 옆으로 비껴 나갈 잠깐의 틈도 주지 않는다. 이 경우 당신은 말로 들었더라면 미친 소리라고 일축해버렸을 이야기를 당신 스스로 머릿속에 떠올려 자신이 미쳤다고 생각하든지, 아니면 그것을 진실로 받아들이든지 둘 중의 하나를 선택한다.

간접성과 직접성이 얽힌 방식은 말과 물증의 경우가 각기 다르다. 그리고 직접성이 어디서 더 잔인한 효과를 낳는지 저울질이 쉽지 않을 수도 있다. 물증은 말이 없다. 그러나 너그러워서가 아니라 '이해되기' 위해 굳이 말할 필요가 없기 때문이다. 그래서 물증은 침묵으로 당신을 뒤로 나자빠지게 한다.

다들 예측했듯이, 야곱은 옷을 보고 뒤로 나자빠졌다. 그건 사실이었고 다들 그렇게 장담했다. 하지만 그 일을 직접 본 목격자는 한 명도 없다. 양모와 진한 우유를 받고 넉살좋게 옷을 주운 습득자 행세를 했던 도단 남자들은 형제들이 세뇌시킨 거짓말을 뱉고는 곧장 내뺐기 때문이다.

그 초라한 행색의 남정네들은 주님의 남자 야곱에게 피가 엉겨붙은 찢어진 베일 조각을 손에 들려주었다. 그리고 야곱을 털로 짠 장막 앞에 혼자 세워둔 채, 얼른 몸을 돌려 처음에는 성큼성큼 몇 발자국을 옮겨놓다가, 나중에는 걸음아 나 살려라 하고 줄행랑쳤다. 그래서 야곱이 얼마 동안 그렇게 선 채로 요셉이 이 세상에 남긴 얼마 안 되는 유품을—그로서는 그렇게 이해할 수밖에 없었다—내려다보았는지는 아무도 모른다. 그리고 나서 그는 여하튼 뒤로 나자빠졌다.

땅바닥에 쓰러진 야곱을 처음 발견한 사람들은 그곳을 지나던 여인들로 그의 아들들의 아내들, 즉 며느리들이었다. 시므온의 아내인 시겜 여자 부나와 이른바 에바의 손녀라는 레위의 아내, 이 두 여인이 기겁을 하고 그를 장막 안으로 옮겼다. 그의 손에 들려 있는 것만 보고도 쓰러진 이유를 알 수 있었다.

그러나 야곱이 쓰러진 상태는 평범한 기절이 아니었다. 근육과 살점 하나하나가 돌덩이처럼 굳어버려서, 억지로 움직이려 하면 부서질 것 같았다. 이건 보기 드문 현상임에는 틀림없었다. 그러나 도저히 받아들일 수 없는 운명 앞에서 느끼는 절망과 끝까지 이 운명을 받아들이지 않으려고 발버둥치는 고집이 화석처럼 굳어버리는 경우, 이러한 경직 현상을 낳는다. 이러한 상태는 느리긴 하지만, 최소한 몇 시간이면 다 풀린다. 그리고 이렇게 되면 눈앞에 닥쳐온, 돌이킬 수 없는 고통스러운 진실 앞에서 무릎을 꿇고, 진실을 받아들이지 않을 수 없게 된다.

사방에서 달려오고, 또 불려온 집안의 남녀들이 소금 기둥으로 변한 야곱을 지켜보는 목격자가 되었다. 소금 기둥은 서서히 긴장이 풀리면서 기어이 고난과 수난에 문을 열어주고 비탄에 잠겨 탄식하는 남자로 변해갔다. 벌써 자리를 뜬 지 오래인, 물증을 가져온 남자들에게 했어야 할 대답이 이제서야 목구멍 밖으로 나오는데, 그건 아직 소리가 아니었다.

"그래, 이건 내 아들의 옷이다!"

그러나 뒤이어 무서운 음성이 터져 나왔고, 그것은 절망에 사로잡혀 찢어지는 쇳소리였다.

"나쁜 짐승이 잡아먹었어, 맹수가 요셉을 찢었어!"

이 '찢다'라는 단어가 자신이 할 일을 가르쳐 주기라도 한 것처럼 야곱은 옷을 찢기 시작했다.

때는 한여름이라 가벼운 옷차림이었으므로 크게 저항할 만한 옷은 없었다. 그러나 슬픔을 표시하는 이 행위는 거기에 들인 힘에 비하면 아주 느리게 진행되었다. 보기에 무서울 정도로 말 한마디 없이 끝까지 옷을 찢었던 탓이다. 놀란 주위 사람들이 말려도 소용없었다. 그는 웃옷을 찢는 것에 만족하지 않고—그것이 정상인데—대부분 사람들의 예상과는 달리, 주체할 수 없는 격렬한 충동에 이끌려 나머지 옷까지 모조리 찢었다. 그렇게 한 조각 한 조각 찢어 던지고 나니 실오라기 하나 걸치지 않은 벌거숭이가 되었다. 수치심을 아는 남자가, 다른 사람도 아니고, 종류를 불문하고 육신의 벌거벗음이라면 무조건 혐오하여 다른 사람들의 존경을 받아오던 바로 그 남자가 이런 행동을 하다니, 참으로 부자연스럽고 굴욕적인 모습이 아닐 수 없었다. 차마 눈뜨고 보지 못할 그 광경에 집안 사람들은 얼굴을 외면한 채 제발 그만두라고 한탄하면서 밖으로 나가버렸다.

이들을 밖으로 몰고 간 것은 '수치심'이었다. 이렇게 표현할 수 있으려면 수치심이라는 단어를, 지금은 잊혀진 원뜻으로 이해한다는 전제가 필요하다. 과연 이 낱말의 원래 뜻이 무엇이길래? 태초의 것이 풍습이라는 껍질을 뚫고 튀어나올 때 느끼는 끔찍스러운 혐오감, 그것이 바로 수치심이다. 태초의 것은 풍습의 표면에서는 그저 엷은 암시와 비유로만 작용한다. 큰 슬픔을 겪었을 때, 겉옷을 잡아찢는 행위는 풍습을 등에 업은 암시이며, 이는 옷이란 옷은 모조리 찢어 벗어던지는 원래 풍습, 혹은 풍습 이전의 풍습이 간소화되고 완화된 형태이다. 말하자면 슬픔과 비탄으로 말미암아 인간의 존엄성과 품위가 파괴되고 짓밟혔으므로 그 표식인 껍데기와 장신구를 멸시하고 벌거벗은 몸을 그 대로 드러내어 자신을 낮추는 것이 원래 풍습인 것이다.

야곱의 행동이 바로 이것이었다. 그는 너무도 슬프고 고 통스러워서 풍습의 맨 밑바닥으로 내려간 것이다. 이렇게 상징의 차원을 떠나 아무 꾸밈도 없는 거칠고 원시적인 원 래 모습으로 내려간 그의 행동은 '사람들이 더 이상은 하지 않는 것'이었다. 이것이야말로 모든 혐오감의 원천이다. 이 때는 가장 밑바닥에 있던 것이 밖으로 솟구친다. 설령 야곱 이 자신의 고통을 더욱 적나라하게 드러내려고 숫염소처럼 기이한 괴성을 내질렀다 하더라도 이보다 더 심한 구역질 을 느끼게 하지는 않았을 것이다.

여하튼 집안 사람들은 수치심을 느끼며 도망갔다. 가련 한 노인이 바로 그걸 원했는지, 아니면 혐오감을 불러일으 킬 생각은 추호도 없었는데, 자신의 비통함과 고난을 워낙 과격하게 드러내다 보니 혼자 남게 된 것인지, 그것은 확실 치 않다. 혼자였다고? 그렇다. 그럼에도 불구하고 그는 혼 자가 아니었다. 그리고 자신의 고통과 비통함을 드러낼 때, 그 행동의 본질이자 목적인 혐오감 유발에 굳이 인간을 증 인으로 삼을 필요는 없었다. 그것이 과연 누구에게 보여주 는 시위인지, 더 정확하게 표현하자면, 도대체 누구의 혐오 감을 불러일으키려 했는지, 퇴보라도 하듯 광야에나 어울 림직한, 태초의 자연 상태에서나 가능한 그런 강렬한 표현으로 되돌아가는 행위가 겨냥한 상대가 누구였는지 야곱은, 그 절망한 아버지는 너무도 잘 알고 있었다. 그리고 그의 가솔들도 나중에는 차차 그 사실을 알게 되었다. 엘리에젤도 그랬다. 당시 야곱 집에 있던 노인 엘리에젤, '아브라함의 가장 나이 많은 종'은 독특한 방식으로 '나'를 말하는 사람이었으며, 발 앞의 땅이 솟아나 어느새 자신의 발 밑으로 사라진 덕분에 먼길을 신속하게 다녀온 경험이 있었다.

그 또한 야곱의 정부인의 아들이며 자신에게는 아름답고 지혜로운 제자인 요셉이 여행 중 사고를 당해 맹수의 제물이 되었다는 끔찍한 소식에, 물증까지 있는 그 소식에 가슴이 무너져 내렸다. 그러나 지금의 자신에 함몰되지 않고 현재의 '나'를 뛰어넘는, 어떻게 말하면 비개인적인 참으로 독특한 자의식 덕분에 이러한 타격에도 어느 정도 냉정할 수 있었다. 게다가 지금은 자신의 근심을 돌아볼 겨를이 없었다. 비탄에 빠진 야곱을 보살피는 일이 더 급했다. 주인님에게 식사를 갖다주는 것도 엘리에젤의 일이었다. 하지만 야곱은 며칠 동안 음식을 거부했다. 밤이 되면 억지로라도 야곱을 장막 안으로 데리고 들어가 그의 침상을 지킨 것도 바로 엘리에젤이었다. 하지만 낮이면 야곱은 그늘이라고는 하나 없는 촌락의 후미진 구석으로 나갔다. 그리고 재와 깨진 항아리 조각들을 쌓아 놓은 쓰레기 더미에 벌거벗은 몸으로 주저앉는 것이었다. 손에는 여전히 베일 옷 조각이 들려있고, 머리와 수염 그리고 어깨는 재를 뒤집어쓴 형상이었다. 야곱은 이따금 몸에 종기라도 난 것처럼 깨진 항아리 파편으로 북북 긁기도 했다. 그러나 이 문둥병 환자 같은 행동은 이곳이 아니라, 저기 다른 곳에서 일어났던 시위를(구약성서 욥기에 등장하는 욥의 행동을 뜻함—옮긴이) 상징하는 것에 지나지 않았다.

몸에 실제로 불결한 종기가 난 것도 아니었지만 벌거벗은 채 재를 뒤집어쓰고 있는 그의 가련한 몸뚱이는 참으로 애처로워 보여서 사람들로 하여금 동정심을 느끼게 만들었다. 노복 엘리에젤을 제외한 다른 사람들은 야곱이 있는 곳을 모두 피해 다녔다. 감히 볼 엄두가 나지 않아서였을 뿐만 아니라, 한편으로는 야곱을 경외하는 마음에서였다. 야곱의 육신은 더 이상 젊은 남자의 보드랍고 건장한 육체가 아니었다. 그런 시절은 이미 오래 전에 끝났다. 지금은 얍복 여울에서 쓰러질 줄 모르고 소 눈을 가진 낯선 자와 씨름하던 그때의 몸이 아니었다. 또 진짜가 아닌 가짜 부인과 함께 바람 불던 첫날밤을 보냈던 그 몸도 아니었고, 훗날 진짜 정실부인과 함께 요셉을 생산해 낸 그 몸도 더 이상 아니었다. 그로부터 세월은 흘러—얼마나 흘렀는지 손으로 꼽아본 적은 없지만, 틀림없이 그 효력을 발휘하는 세월이 흐르면서—바야흐로 일흔 줄에 접어들었다. 세월이 노인의 몸에 남긴 뒤틀림과 일그러짐은 한편 감동을 낳기도 하지만 보는 사람들에게 거부감을 주기도 하는 것이 사실이다. 그런데 알몸 시위라니! 청춘은 기꺼이 자신을 보이고 싶어, 거침없이 벌거벗은 몸을 드러낸다. 청춘은 자신의 아름다움에 대해 양심에 거리낌이 없다. 하지만 노년은 점잖게 자신의 몸을 가린다. 그리고 자신이 왜 그러는지도 잘 알고 있다. 알몸을 드러내는 것이 부끄러운 것이다.

그런데 야곱은 지금 알몸 시위 중이었다. 타오르는 햇볕에 벌겋게 달아올라 하얀 털과 함께 세월 탓으로 여자처럼 보이는 가슴, 기운이 다 빠진 팔과 허벅지, 축 늘어진 배의 주름을 고스란히 보는 것은 늙은 엘리에젤이나 할 수 있을까 다른 사람은 감당하기 어려웠다. 엘리에젤은 그 모습을 보고도 태연했고, 아무런 토를 달지 않았다. 주인님의 시위를 방해할 생각이 없었던 것이다.

그리고 깊은 슬픔을 표하는 일반적인 관습의 테두리를 벗어나지 않는 한, 야곱의 다른 행동도 말릴 생각이 없었다. 쓰레기 더미에 앉아 계속 재를 뿌리는 바람에 온몸이 땀과 눈물과 재 범벅이었지만, 그런 것도 굳이 만류하려 들지 않았다. 그 정도는 허용할 수 있었다. 엘리에젤이 특별히 배려한 것이 있다면, 그것은 참회하는 곳에 간이 천막을 치게 한 일이었다. 탐무즈 달을 맞아 기세등등한 햇살의 피해를 줄여보려는 배려였다. 그러나 별 큰 효과는 없었다. 입은 헤벌어지고, 수염에 파묻힌 아래턱은 축 늘어지고, 두 눈은 깊이를 알 수 없는 고통에 밀려 쉴새없이 하늘을 향해 구르는 야곱의 상심한 얼굴은 이글거리는 햇빛에 빨갛게 부어버렸다. 야곱 스스로도 이를 확인했다. 마음이 여리고 자신을 늘 의식하는 사람들은 자신들의 상태를 말로 표현하지 않고는 못 배긴다. 그래서 야곱도 떨리는 음성으로 이렇게 말한 것이다.

"너무 울어서 얼굴이 새빨갛게 부었다. 깊이 엎드려 울고 있자니 얼굴 위로 눈물이 흘러내린다."

벌써 눈치 챘겠지만, 이는 야곱이 처음 한 말이 아니다.

옛날 노래에 따르면, 야곱에 앞서 이미 오래 전에 노아가 대홍수를 보고 이렇게, 혹은 이와 비슷하게 말했다. 그 말을 야곱이 차용한 것인데, 이는 하등 문제될 것이 없다. 과거에 고난을 겪었던 인류의 한탄과 탄식이 잘 보존되어 있다는 건, 위안인 동시에 편리한 일이다. 그것들이 현재의 경우에 안성맞춤으로 맞아떨어질 때, 이 과거의 한탄을 인용함으로써 자신의 고통을 언제나 있어 왔던 태곳적의 고통과 연결시켜 위로를 얻을 수 있기 때문이다. 이렇게 보면 야곱은 자신의 수난을 대홍수와 동일시함으로써 자신의 수난을 더없이 큰 수난으로 승격시킨 셈이 된다.

그래서 그는 다른 사람이 아니고 꼭 자신의 절망을 두고 한 말 같은, 혹은 적어도 절반은 그렇게 들리는 말만 골라 했다. 특히 그의 입에서 시도 때도 없이 터져 나온 "맹수가 요셉을 잡아먹었다! 요셉은 갈기갈기 찢겼다, 갈기갈기!"라는 탄식소리는 어딘지 모르게 다른 데서 차용한 말처럼 들린다. 그렇다 해서 그것이 살갗에 와 닿는 자신의 일로 느껴지는 강도가 줄어든 것은 결코 아니다. 아, 전혀 그렇지 않았다.

"어린양과 어미양이 도살당했다!" 야곱은 후렴을 부르듯 몸을 좌우로 흔들며 통곡했다.

"처음엔 어머니, 다음엔 어린양! 어미양은 어린양을 버리고 갔다. 집으로 오는 도중 들판에서. 그런데 이제 어린양마저 길을 잘못 들어 잃어버리다니! 안 된다, 안 된다, 안 된다, 안 돼! 이건 너무 하다, 너무 해! 아, 슬프다, 슬퍼! 사랑하는 아들을 생각하며 탄식한다. 싹이 잘라져 나간 이삭, 꺾꽂이처럼 잘려 나간 내 희망을 생각하며 탄식한다! 나의 담무, 내 아들! 아랫세상이, 저승이 네 집이 되다니! 난 빵도 먹지 않고 물도 마시지 않겠다. 요셉은 갈기갈기 찢겼다, 갈기갈기……."

물수건으로 가끔 야곱의 얼굴을 닦아주던 엘리에젤도 함께 탄식했다. 야곱이 틀에 박힌 애도가를 읊을 경우에는 후렴 '탄식한다!' 나 '갈기갈기 찢겼다, 갈기갈기!' 를 중얼거리거나 흥얼거리며 박자를 맞췄다. 집안 사람들도 한 시간마다 탄식했다. 집안의 사랑스러운 아들을 잃은 이들의 슬픔이 보다 덜 가식적이었더라면, 그쪽에서도 엘리에젤처럼 진정에서 우러나온 마음으로 후렴을 불렀으리라.

"호이, 아히! 호이 아돈! 아, 형제를 잃어 애통하다! 주인님을 잃어 애통하다!"

여하튼 그들의 합창 소리는 야곱과 엘리에젤이 있는 쪽으로 건너왔다. 그리고 그쪽에서도, 진심으로 한 말은 아니지만, 여하튼 음식과 마실 것을 거부하겠다는 이야기가 들려왔다. 초록 싹이 잘려 나가 광야의 바람 속에 말라죽었기 때문이라고 말이다.

관습이란 좋은 것이다. 환호와 탄식을 규정에 따라 조정하는 것은 여러모로 좋다. 그러면 환호와 탄식이 혼란스럽게 엉뚱한 꼴로 변형되거나, 혹은 아무렇게나 빗나가거나 밖으로 넘쳐나지 않고, 미리 마련해둔 강바닥으로 흘러갈 수 있기 때문이다. 야곱도 구속력 있는 전통의 좋은 점을 실감했다. 그러나 아브라함의 손자는 이렇게 미리 틀이 정해진 똑같은 형태의 한탄에 만족하기에는 너무도 독창적인

413

정신의 소유자였다. 그의 경우 보편적 감정과 개인의 생각은 생생하게 살아 있는 결합을 보여주었다. 그래서 그는 틀에 박힌 이야기뿐 아니라, 자기가 하고 싶은 대로 자유롭게 말하고 탄식했다. 그때마다 엘리에젤은 얼굴을 닦아주며 그의 말에 이따금 맞장구로 달래 주기도 하고, 아니면 한마디씩 따갑게 경고하기도 했다.

슬픔에 젖은 야곱의 목소리는 평상시보다 작아졌다. 그리고 톤은 높아졌고 절반은 숨이 막히는 것처럼 들렸다.

"내가 두려워했던 일이 나를 덮쳤네. 내가 걱정한 일이 그대로 들이닥쳤어! 이해하겠나, 엘리에젤? 자네라면 이해할 수 있겠나? 아냐, 아냐, 아냐, 아냐. 이건 도무지 이해할 수 없네. 두려워했던 일이 실제로 일어나다니, 이건 이해할 수 없어. 이런 일이 생기리라고 걱정한 적이 없는데, 뜻밖에 닥쳤다면, 그건 믿을 수 있어. 내가 무심해서 그런 재앙을 미연에 방지하지 못했다고, 두 눈 똑바로 뜨고 조심하지 않아서 그렇다고 스스로 말할 수 있을 테니 말야. 뜻밖의 일은 있을 수도 있으니 믿을 수나 있지. 그렇지만 예감했던 일이 뻔뻔스럽게도 닥치다니, 이런 잔혹한 일이 있는가? 이건 있을 수 없는 일이야. 그리고 약속과도 틀려."

"시련과 관련된 약속은 아무것도 없었습니다." 엘리에젤이 말을 받았다.

"그래, 법적으로야 아니지. 하지만 인간의 감정과는 약속한 거야! 감정에도 이성이 있고 분노가 있어! 도대체 인간에게 두려워할 줄 알고 조심하는 마음은 왜 줬다는 거야? 그것으로 재앙을 내쫓으라는 게 아니라면? 숙명이 미처 못된 생각들을 떠올리기 전에 인간이 먼저 떠올려서, 무색해진 숙명이 화가 나서 '이게 아직도 내 생각이던가? 아냐, 이건 인간의 생각이니 이런 생각은 안하고 말겠어'라고 말하게 하려는 게 아니라면 말이야? 그런데 아무리 조심을 했어도 아무 효과도 없고, 틀림없이 두려워할 만한 일이다 싶어 기껏 두려워해도 그 보람이 없다면, 그렇다면 인간은 도대체 어떻게 되겠어? 아니 인간은 그러면 어떻게 살아야 한다는 거야? 더 이상 자신을 믿을 수 없다면, 모든 게 자기 생각과는 다른 일이 벌어진다면 인간은 도대체 어떻게 살라는 건가?"

"주님은 자유로우신 분입니다." 엘리에젤이 말했다.

야곱은 입술을 다물었다. 그리고 바닥에 떨어져 있는 깨진 그릇을 집어 또다시 실제로는 없는 종기를 북북 긁는 시늉을 했다. 주님을 들먹이니 당장은 딱히 대답할 뾰족한 말이 없었다. 이윽고 그의 말이 이어졌다.

"숲 속의 맹수가 혹시라도 아이를 덮치면 어쩌나, 그 맹수 때문에 아이가 고통 당하면 어쩌나, 내가 얼마나 걱정하고 무서워했는지 아는가. 그렇게 불안해 한다고 사람들이 '저 불쌍한 유모 좀 봐!'라고 놀려대는 것도 참았어. 그랬는데 결국은 당장 죽을 것같이 호들갑 피우는 남자처럼 우스운 꼴이 된 거야. 그 사람은 '아이고 아파라, 아파 죽겠다!'라고 떠들지만 보기에 멀쩡하고, 또 실제로도 살아 있으니 나중에는 그 말을 곧이듣는 사람이 아무도 없어. 그러다 보면 자신도 못 믿을 지경이지. 그런데 그 사람이 정작 죽으면 사람들은 그제야 조롱했던 걸 후회하면서 이렇게 말하지. '바보는 아니었군 그래'라고. 하지만 다른 사람들이 이런 말을 한다고 그 사람이 신이 나겠는가? 아니지. 벌써 죽은 사람인데 뭘. 차라리 그들 앞에 궁색한 변명을 늘어놓는 바보가 되는 한이 있어도 사는 게 훨씬 낫지. 내 꼴을 좀 보게. 쓰레기 더미에 앉아 하도 울어서 얼굴까지 시뻘게지고 퉁퉁 부었어. 그리고 얼굴 위에는 재로 범벅된 눈물이 흘러내리네. 이제 예상했던 일이 닥쳤다고 내가 기뻐해야겠는가? 아니지. 그 일이 닥쳤으니, 난 죽은 거야. 요셉이 죽었으니까. 갈기갈기 찢겼다, 갈기갈기…….

자, 엘리에젤, 이걸 받게. 그리고 좀 보게나. 이 베일 옷조각! 사랑하는 내 아내, 나의 정실이 침상에서 입었던 옷이네. 이 신부복을 내가 벗겨 주고 그녀에게 내 영혼의 꽃을 건네주었어. 그런데 알고 보니 라반의 계략 때문에 아내가 바뀌었어. 그건 진짜가 아니라 가짜였어. 내 영혼은 모욕당했고, 뭐라고 형언할 수 없도록 찢어졌어. 그것도 오랜 시간 동안. 진짜 부인이 혹독한 산통을 겪으며 소년을 내게 선사해 줄 때까지였지. 그런데 그 소년 두무지가, 나의 모든 것인 그 아이마저 이제 내게서 찢겨 나갔어. 눈에 넣어도 아프지 않은 금지옥엽 내 아들이 죽임을 당했어. 이걸 이해할 수 있나? 이걸 받아들일 수 있겠나? 이 무리한 요구를? 아냐, 아냐, 아냐. 난 더 이상 살고 싶지 않아. 내 영혼이 목을 매어, 이 육신까지 죽었으면 좋겠어!"

"그런 말은 죄가 됩니다. 그만하십시오, 이스라엘!"

"아, 엘리에젤, 자네가 나더러 주님을 경외하고 그의 전능하심을 숭배하라고 가르치는 건가! 그분은 지금 나더러 이름을 얻고 축복도 받았으니 나 때문에 에사오가 흘린 쓰라린 눈물 값을 치르라는 거야, 이렇게 톡톡히! 값도 그분 마음대로 정하고 에누리도 없이 가혹하게 거둬간 거야. 나와 협상도 않으셨어. 내게 값을 깎을 수 있는 기회도 안 주시고 자기 마음대로 내가 그 정도는 지불할 수 있다고 생각하고 모조리 긁어가서. 내 영혼이 어디까지 감당할 수 있는지, 나보다 자신이 더 잘 아는 것처럼 행동하신다고. 그분과 내가 동등하게 권리를 따질 수 있어? 나는 지금 잿더미에 앉아서 긁고 있어. 그런데 나더러 뭘 더 하라는 거야? 내 입술은 이렇게 말하고 있어. '주님이 하신 일은 잘 하신 일입니다.' 그러니 그분더러 내 입술만 보라고 그래! 마음속으로야 내가 무슨 생각을 하든 그건 내 문제니까."

"하지만 그분은 마음도 읽으십니다."

"그건 내 탓이 아냐. 누가 우리 마음을 읽으래? 자기가 읽고 싶어서 그렇게 만든 것 아냐. 내가 그런 게 아냐. 그분은 차라리 인간들에게 전능하신 분을 피해 도망칠 수 있는 곳을 만들어줬어야 했어. 그랬더라면 인간들이 그곳에 가서 아무리 생각해도 받아들일 수 없는 것을 놓고 마음대로 투덜거리고 도대체 뭐가 정의인지 생각해 볼 수 있을 것 아닌가. 이전에 이 가슴은 그분이 오셔서 즐겁게 쉬어갈 수 있는 은신처였지. 언제라도 그분을 손님으로 맞으려고 근사하게 장식하고 빗자루로 깨끗하게 쓸어놓았어. 그분이 앉으실 귀빈석도 준비해두고. 그러나 지금은 눈물과 고난의 찌꺼기들로 뒤범벅된 재뿐이야. 그러니 더러워지기 싫으면 그분더러 내 가슴 안에 들어오지 말라고 해. 그리고 내 입술만 믿으라고 해."

"죄를 지으려는 건 아니겠지요, 야곱 벤 이사악."

"그런 입방아는 그만둬. 알맹이도 없는 지푸라기를 찧어서 뭐하나! 내 말을 들어, 주님의 말 말고. 그분은 위대하고 또 위대하셔서 자네의 배려 따위에 콧방귀도 안 뀌어. 하지만 난 탄식 덩어리일 뿐이야. 밖에서 던지는 이야기 말고 마음에서 우러나오는 말을 하게. 다른 건 감당할 수 없어. 요셉이 사라졌어. 다시는 돌아올 수 없어, 영원히. 영영 돌아오지 못해. 자네도 아는가? 이해가 되는가? 그걸 생각한다면 자네도 쓸데없는 입놀림은 그만두고 마음에서 우러나는 이야기를 할 수 있을 게야. 아이를 여행 보낸 게 바로 나야. 내 입으로 이렇게 시켰지. '세겜에 있는 형들을 찾아가 절을 하거라. 그리하면 형들이 마음을 돌려먹고 집으로 돌아올 테고, 이스라엘도 잎사귀 떨어진 줄기처럼 서 있지 않을 것이다!' 아이한테 그 무리한 요구를 한 게 바로 나였어. 그리고 종도 없이 혼자 여행하도록 심하게 다루었어. 그 아이의 어리석음이 내 어리석음이었다는 것을 깨닫고 주님도 그걸 아시니까 굳이 감추지 않으려 했던 거야. 그런데 주님은 자신이 아는 것을 내게 감추셨어. 내가 아이를 여행 보낼 생각을 하게 된 건, 그분이 내 머리에 그런 생각이 들도록 했기 때문이야. 이렇게 여행 가거라! 해놓고 그분은 산 뒤에 숨어서 자기만 아는 사나운 계획을 몰래 끌어안고 있었던 거야. 이게 전지전능하다는 주님의 신의야. 진실에 보답하는 주님의 진실이라는 것이 이런 거라고!"

"입술만이라도 조심하십시오, 정부인의 아들이여!"

"내 입술은 맛이 없으면 토하게 되어 있어. 밖에서 말하지 말고 가슴으로 말해, 엘리에젤! 눈이 뒤집히고 까무러칠 정도로 도저히 감당할 수 없는 짐을 지우시니, 주님은 도대체 무슨 생각을 하고 계신 건가? 내가 돌처럼 강인한 힘이라도 가졌단 말인가? 내 살이 어디 강철로 되어 있단 말인가? 지혜롭게 나를 청동으로 만드셨더라면, 좀 좋아. 그렇지만 어차피 그게 아니라면, 이런 건 나한테 있을 수도 없는 일이야……. 오, 내 아이, 나의 담무! 주님이 그를 주셨어. 그런데 도로 데려가셨어. 이럴 바에야 아예 처음부터 주시질 말지, 아니면 차라리 애초에 날 어머니 뱃속을 통해 태어나지 말도록 하지! 엘리에젤, 도대체 어떻게 생각하란 말인가? 이런 고난을 누구한테 하소연하고 누구를 찾아가야 하나? 내가 없다면, 난 아무것도 모를 테고, 그러면 아무 일도 없는 거지. 하지만 어차피 내가 있으니까, 요셉이 사라졌다 해도 처음부터 없었던 것보다는 나아. 그 아이를 잃은 비탄이나마 내게 남으니까, 그거라도 갖게 되니까. 아, 주님은 자신을 거역하지 못하도록 인간을 만드셨어. 속으로는 아니오, 하면서 겉으로는 네, 할 수밖에 없게 하신 거야. 그래, 그분은 늘그막에 그 아이를 주셨어. 그것만으로도 그분께 영광을 돌려야겠지! 그분은 아이를 빚기도 잘 빚으셔서 그렇게 매혹적으로 만드셨지. 우유를 짜듯이 반듯한 골격을 세우고, 거기에 피부와 살을 입힌 다음, 몸 위에 우아함을 쏟아 부으셨어. 그 아이가 내 귓불을 잡고 웃으면서 '아빠, 저한테 주세요!' 하길래 줬던 거야. 난 청동이나 돌덩이로 만들어진 사람이 아니니까. 그리고 혼자 여

419

행을 가라는 무리한 요구를 했는데도, 아이는 '예!' 하고
발을 동동 구르며 신나했어. 그 생각만 하면 눈물이 봇물
터지듯 쏟아져. 이럴 줄 알았다면 아이한테는 등에 번제를
올릴 나무를 지우고 나는 불과 칼을 들고 갈 것을! 오, 엘리
에젤, 나는 그런 일은 정녕 못할 거라고 주님께 고백했었
어. 충분히 회개하는 마음으로 벌벌 떨면서 말야. 그래서
주님이 겸허한 내 고백을 가엾게 여기고 내게 자비를 베푸
신 줄 아는가? 천만에! 흥 하고 콧방귀만 뀌시고 이렇게 말
하시는 거지. '네가 할 수 없다는 일이 일어나리라, 아무리
네가 줄 수 없다 하더라도 난 가져간다!' 이게 주님이야!
여기, 이 찢어진 옷 조각을 보게. 그리고 이 말라붙은 피는
맹수가 아이의 살하고 같이 찢어버린 혈관에서 나온 피야.
아, 끔찍해, 아 끔찍해! 아, 주님의 죄! 아, 이처럼 사납고
이성도 없는 눈먼 만행이 있단 말인가! 난 아이에게 너무
무리한 요구를 했어, 엘리에젤. 너무 무리한 요구였어. 아
이는 들판에서 길을 잘못 들어 광야를 헤맸어. 거기서 맹수
가 아이를 덮쳐 잡아먹은 거야. 아이의 불안에는 아랑곳하
지 않고 말야. 아이는 어쩌면 날 찾으며 비명을 질렀을지도
몰라. 아니면 어릴 때 죽은 엄마를 불렀을 수도 있어. 하지
만 아무도 아이의 비명을 듣지 못했어. 주님이 그렇게 되도
록 미리 준비를 해두셨던 거야. 아이를 해친 게 사자였을
까? 아니면 자네는 그게 사나운 돼지라고 생각하나? 털을
빳빳하게 세운 돼지가 아이의 살을 파헤쳤을까, 그 송곳니
로……."

　그는 몸서리를 치며 말을 뚝 끊었다. 그리고 생각에 잠겼

다. '돼지'라는 단어는 어쩔 수 없이 다른 생각을 불러왔다. 그의 감정을 찢어놓은 두번 다시 없을 이 섬뜩한 것의 전형 혹은 원형, 위쪽의 별들의 세상에서 돌고 돌면서 항상 존재하는 그 수멧돼지! 분노하는 멧돼지는 다름 아닌 신의 살인자 세트였고, 붉은 자였으며 에사오였다. 야곱은 엘리바즈의 발밑에 꿇어 눈물을 흘린 덕분에 예외적으로 에사오의 분노를 누그러뜨릴 수 있었다. 그러나 원형대로 하자면 에사오는 형제를 동강내고 야곱 자신도 열 토막으로 잘려져 이곳 어딘가 땅 밑에서 썩었어야 했다. 문득 어떤 예감 하나가 야곱의 의식을 향해 솟아오르려 했다. 그건 피묻은 옷 조각을 받아들었을 때부터 가슴 깊숙이 똬리를 틀었던 전설에 근거한 의심이었다. 과연 누가 그 저주받을 멧돼지였을까? 그러나 야곱은 요셉을 갈기갈기 찢은 그 못된 짐승이 누구였을지 짚어보는 막연한 짐작을 얼른 어두운 심연으로 다시 가라앉혀 자신의 의식표면에 닿지 못하게 막았다. 아니, 묘하게도 그런 짐작을 애써 억누르려고 했다. 만약에 짐작을 계속 끌고 갔더라면, 위의 것을 아래에서 재확인할 수 있었을 텐데, 이를 거부한 것이다. 왜? 막상 누구를 죄인으로 지목하고 의심했더라면, 그 화살이 결국은 자신에게 돌아올 수밖에 없었을 테니까. 요셉에 대한 자신의 책임을 인정하고 홀로 여행을 가도록 무리한 요구를 할 수 있었던 것은 진실을 향한 남다른 사랑과 용기 덕분이었다. 하지만 아이의 파멸에도 자신이 한몫했다는 사실까지 시인하기에는 역부족이었다. 그러나 이를 나무랄 수는 없다. 형제, 혹은 형제들을 의심하다보면, 자연 자신을 탓하게 되었을 것 아닌가. 자신의 감정에 충실한 나머지 어리석게도 요셉에게 지나친 애정과 애착을 보였고, 바로 그러한 자신의 사랑이 요셉을 궁지로 몰았다고, 그러니 결국 자신이 바로 그 멧돼지였다고 인정하라는 건, 아, 그건 감당하기 어려운 지나친 요구이다. 남몰래 그런 결론을 내리면서 야곱은 살이 에이는 듯했다. 그리고 고개를 가로저었다. 더 이상 그런 생각은 하고 싶지 않았다. 그리고 살이 에이는 쓰라림, 견딜 수 없는 이 고통은 자신이 허락할 수 없어서 어두움 속으로 추방한 바로 그 의심에서 나온 것이었다. 자신이 얼마나 괴로운 수난을 당하는지 주님 앞에 격렬히 시위하도록 부추긴 것도 실은 이 의심이었다.

그러나 야곱은 주님과 겨뤄야 했다. 모든 것의 배후에는 바로 주님이 있었다. 고뇌하고 눈물 흘리고 절망하는 야곱의 눈은 주님을 향했다. 요셉을 해친 것이 사자였든 아니면 멧돼지였든, 그걸 원했고 그걸 허락함으로써, 한마디로 그 섬뜩한 짓을 한 장본인은 바로 주님이었다. 야곱은 자신의 절망을 핑계로 이렇게 주님과 담판지을 수 있다는 데 일종의 뿌듯함을 느꼈다. 우리 인간들은 마치 신과 동등한 입장에 선 것 같은 이런 기분이 어떤 것인지 잘 알고 있다. 이 순간 자신이 갑자기 높아진 듯한 야곱의 이러한 감정은, 잿더미에 벌거벗고 앉아 자신을 낮추는 외면적인 상황과는 묘한 대조를 이뤘다. 그러나 거꾸로 주님과 한판 따지려면 자신을 낮출 수밖에 없기도 했다. 야곱은 자신의 고난을 긁어대며 입을 가리지도, 입술을 조심하지도 않았다.

"그게 주님이야!" 몸을 부르르 떨면서 야곱은 다시 한번 되뇌었다.

"주님은 내게 묻지도 않았어, 엘리에젤. 그리고 '네 사랑하는 아들을 내게 데려오너라!' 이렇게 말하지도 않았어. 그렇게 날 시험했더라면, 어쩌면 나는 겸손하게 기다리는 가운데 마음을 강하게 먹고 아이를 모리아 산으로 데려갔을 지도 몰라. 번제를 올릴 양이 어디 있느냐고 아이가 물어도 기절하지 않고 태연하게 들었을지도 몰라. 그래서 숫양이 나타날 것을 믿고 이사악의 목에 칼을 들이댈 수도 있었을 거야. 그랬더라면 시험에 합격했을 것 아냐! 하지만 그게 아니었어. 그렇게 하지 않았어. 엘리에젤. 그는 날 시험해 보지도 않았어. 그렇게 하지 않고 형제 간에 사이가 갈라진 데 대한 책임이 내게도 없지 않다는 걸 깨닫도록 한 다음, 내 마음에서 아이를 유혹해냈어. 그래서 길을 헤매게 만들어 사자가 짓밟고 사나운 돼지가 아이의 살 속에 어금니를 들이대고 코로 내장을 쑤시게 한 거야. 이 짐승이 뭐든 다 먹어 치운다는 건 자네도 알 거야. 그놈이 아이를 잡아먹었어. 그리고 새끼들한테 먹다 남은 요셉을 갖다주었어. 어린 멧돼지들한테. 이걸 이해하고 받아들일 수 있겠나? 아냐. 이건 도무지 못 먹겠어! 소화가 안 될 먹이다 싶으면 주둥이 밖으로 토해 내는 새처럼 나도 뱉어버리겠어. 이게 그거야. 이걸 삶아 먹든, 구워 먹든 주님 마음대로 하라고 그래. 이제 나하고는 아무 상관 없어."

"제발 정신 차리십시오, 이스라엘!"

"아니, 난 지금 정신이 없어. 주님이 정신을 빼앗아갔어. 주님더러 내가 하는 말을 들으라고 해! 그는 나의 창조주지. 그건 나도 알아. 나를 마치 우유처럼 짜내셨고 치즈처럼 흘러나오게 하셨어. 나도 그건 인정해. 하지만 우리 조상들과 내가 없다면 주님은 대체 뭐야? 우리가 없으면 뭐냐고? 기억력이 그렇게 짧으신건가? 자기 때문에 겪어야 했던 인간의 고통과 고뇌를 잊어버렸다는 거야? 아브라함이 자기를 어떻게 발견해 내고, 어떻게 생각해냈는지, 주님은 잊었단 말야? 그때 그분은 너무도 좋아서 손가락에 입을 맞추며 이렇게 외쳤잖아. '마침내 나는 주님이요, 지고한 분으로 불리게 되었도다!' 그분이 언약을 잊은 건지 묻고 싶어. 이렇게 나를 적대시하고 이빨로 물어뜯다니! 대체 내가 뭘 잘못했고 무슨 몹쓸 짓을 저질렀다는 건가? 어디 보여 달라고 해! 내가 땅의 바알들에게 향불을 올렸던가? 아니면 별들에게 입맞춤을 보내기라도 했다는 건가? 나는 악한 짓을 한 적도 없고, 내 기도는 정결했어. 그런데 그 대가가 의로움이 아니라 폭력이야? 그렇게 자기 멋대로 하는 분이니 나도 갈기갈기 찢어서 구덩이로 던지라고 그래. 내 아이도 부당하게 던져 넣은 마당에 못하게 뭐 있겠어. 기껏 폭력이나 겪어야 한다면 더 이상 살고 싶지도 않아. 이게 뭔가? 그분은 도대체 얼마나 교만하면, 이렇게 경건한 자와 악인을 가리지 않고 다 죽여 인간 정신을 조롱하는가 말야? 그렇지만 인간 정신이 없다면 주님 자신은 어디 있다는 건가, 엘리에젤? 이제 동맹은 깨졌어! 그 이유는 묻지 말게. 자네가 굳이 묻는다면 슬프지만 이렇게 대답할 수밖에 없으니까. **주님께서 보조를 맞추지 않았기 때문이다.** 내 말 알아듣겠나? 주님과 인간은 서로를 선택했어. 그리고 동맹을 맺었지. 서로 상대방을 통해 의로움을 얻자고. 그래서 상대방 안에서 각기 거룩해지기로 했어. 그래서 인간은 주님 안에서 부드럽고 세련되어졌어. 도덕과 예의를 아는 영혼이 된 거지. 그런데 주님은 인간에게 광야에서나 있음직한 끔찍한 일을 요구하셔. 그러나 인간은 그걸 도저히 받아들일 수 없어서 밖으로 뱉어내며 '이건 나한테 어울리는 게 아냐'라고 말하지. 이렇게 되면 주님이 우리와 함께 서로 거룩해지기로 해놓고 자신은 보조를 맞추지 않았다는 게 증명되는 거야. 엘리에젤, 내 말을 들어봐. 주님은 오히려 뒤쳐져 있어. 그는 여전히 괴물이야."

그 소리에 엘리에젤은 당연히 기겁했다. 얼른 하늘을 바라보며 함부로 혀를 놀리는 주인님을 너그럽게 봐달라고 기도를 드리고 주인을 따끔하게 나무랐다.

"그런 말도 안 되는 이야기를 하시다니, 도무지 못 듣겠습니다. 주인님은 지금 분수도 모르고 주님의 망토를 잡아 흔들고 있습니다. 이건 아브람과 함께 주님의 도움으로 동방의 왕들을 물리쳤고, 신붓감을 찾으러 갈 때 발 앞의 땅이 솟아올라 어느새 발밑으로 사라져 신속하게 여행을 마친 경험을 한 바로 내가 하는 말입니다. 주인님은 주님을 광야의 사나운 괴물이라 부르고, 주인님 자신은 세련되고 부드럽다고 했습니다. 그러나 바로 주인님의 이야기 속에서 광야가 울부짖고 있습니다. 고통스럽다는 이유로 소름 끼치는 자유를 내세워, 오히려 큰 고통을 겪고 계신 주인님에 대한 동정심마저 사라지게 만드는 겁니다. 주인님께서는 지금 정의와 불의를 판단하고, 한술 더 떠서 창조주이신 주님을 감히 심판하려 하십니까? 삼나무 같은 꼬리를 가진 하마와 무서운 이빨과 비늘이 청동 갑옷 같은 악어, 그뿐 아니라 일곱 개의 별, 오리온자리와 아침의 여명, 말벌레와 뱀 그리고 모래 폭풍도 그분이 만드시지 않으셨습니까? 주인님보다 간발의 차이로 나이가 조금 더 많은 에사오를 제치고 주인님께 이사악의 축복을 주신 것도 바로 그분이 아니었던가요? 그리고 그분은 벧-엘에서 그 언약을 영광스럽게도 하늘에 이르는 계단으로 확인시켜 주시지 않으셨던가요? 그런 것은 주인님께서도 군말없이 받아들이셨죠? 부드럽고 세련된 인간 정신의 입장에서 전혀 문제가 될 게 없다는 듯이 말입니다. 왜죠? 그건 주인님의 뜻과 맞아떨어졌으니까요! 또 그분께서는 주인님을 라반의 집에서 많은 자손과 풍요로움을 얻게 만들어주지 않으셨던가요? 그래서 먼지 자욱한 빗장을 열고 주인님께서 자식들과 정실부인과 소실들을 이끌고 그곳을 나오도록 해주지 않으셨습니까? 게다가 길르앗 산 위에서 주인님을 마주한 라반은 꼭 어린 양 같지 않았던가요? 그런데 막상 주인님께 고통스러운 일이 한 가지 생겼다고—물론 그것이 가장 괴롭고 힘든 일이라는 건 아무도 부인하지 않습니다—주인님께서는 고집 세고 어리석은 당나귀처럼 벌떡 일어나서 난동을 부리고 있습니다. 그리고 닥치는 대로 집어던지면서 '주님은 교양을 쌓는 과정에서 뒤쳐져 있다'라고 외치고 있습니다. 주인님은 육신이면서도 그렇게 죄로부터 자유로우십니까? 그래서 평생 의로움만 행했다고 그렇게 자신만만하십니까? 주인님은 인간이 알 수 없는 높은 것, 인생의 수수께끼를 감히 인간의 말로 풀어보겠다는 겁니까? 그래서 '이건 내게 어울리지 않는 일이다. 그리고 나는 주님보다 더 거룩하다'라고 말씀하십니까? 정말이지, 그런 소리는 차라리 듣지 않았어야 했습니다. 오, 정부인의 아들이여!"

그러자 야곱은 난잡한 조롱으로 응수했다.

"그래, 엘리에젤, 역시 자네야. 자네는 그럴 수 있지! 숟가락으로 지혜만 떠먹어서 자네의 땀구멍이란 땀구멍은 모조리 지혜만 토해 내지. 이렇게 나를 꾸짖어주니, 고맙군 그래. 그러면서 은근 슬쩍 자네가 아브람과 함께 왕들을 물리쳤다는 그런 당치 않은 이야기도 비치고 말이야. 이성으로 따지면 자네는 나의 배다른 형제로 디마시키에서 하녀의 몸에서 태어났으니, 나나 마찬가지로 아브라함을 눈으로 본 적이 있을 리 만무하지. 자, 보게나, 내가 이 고통을 당하면서도 나를 가르치려 드는 자네를 어떻게 넘어뜨리는지! 나는 정결했네. 그런데 주님께서는 내 몸을 오물통 안으로 첨벙 던져버렸어. 이런 대접을 받은 사람은 이성으로 맞서는 법이야. 경건한 신앙심으로 미화하는 것은 더 이상 할 수가 없거든. 그래서 그들은 진실이 벌거벗은 채 가도록 내버려두지. 자네 발 앞의 땅이 솟구쳐 올라 어느새 자네 발밑으로 사라졌다고? 난 못 믿겠어. 이제 모든 건 끝났어."

"야곱, 야곱, 뭘 하십니까! 주님은 원통한 나머지 기고만장해서 온 세상을 때려부수고 있습니다. 그리고 그 산산조각난 파편들을 집어던지고 있습니다. 경고하는 자의 머리에 말입니다. 그게 누구인지 정확히 말하고 싶지 않아서 경고하는 자라고 말한 겁니다. 도대체 고통을 당하는 게 주인님이 처음입니까? 그리고 주인님께는 왜 그런 일이 일어나면 안 된다는 겁니까? 아니면 뱃속에 악덕을 잔뜩 불어넣고 주님을 한번 치받아 보겠다는 겁니까? 주인님은 주인님 때문에 산이 옮겨지고 물이 거슬러 올라간다고 생각하십니까? 주인님은 지금 악에 받쳐 어쩔 줄 몰라 하십니다. 주님을 타락했다 하고 숭고한 분더러 의롭지 못한 자라니!"

"입 다물어, 엘리에젤! 부탁이야, 날 그런 식으로 매도하지 말게. 너무 슬프고 예민해서 그런 건 감당 못해! 멧돼지와 그 소굴에 있는 새끼들의 먹이로 사랑하는 아들을 내줘야 했던 게 주님인가? 아니면 나인가? 아들을 잃은 건 나인데, 자네는 어째서 날 위로하지 않고 도리어 주님 편을 드는가? 내가 지금 무슨 이야기를 하는지 이해가 가는가? 자네는 이해 못해, 아무것도. 그래서 그저 주님 편만 들려고 해. 아, 그래, 자네는 주님의 변호인일세. 주님이 자네한테 큰 상급을 내리시겠지. 자네가 그를 지켜주고 그의 행동에 교묘하게도 영광을 돌리니 말이야. 단지 그가 주님이라는 이유로! 하지만 내 생각은 이래. 자네한테도 상급을 주는 게 아니라, 이빨을 드러낼 거라고. 왜냐하면 자네가 주님 편을 드는 것은 옳지 않으니까. 자네는 사람 속을 떠보듯이 그렇게 주님 편을 드는 척하면서 그분을 속이는 거야. 이 사기꾼! 주님을 위한답시고 그런 식으로 그의 편을 들어? 그가 나한테 어떤 일을 저질렀는가. 요셉을 돼지 앞에 던져 내 원성이 하늘을 찌르는데, 자네가 주님한테 아첨을 한다

해서 자네를 칭찬할 것 같은가? 어림없지. 자네는 되레 야
단만 맞을 거야. 누구는 자네처럼 말할 줄 몰라서 안하는
줄 아는가? 자네보다 어리석어서 그런 말을 못하는 줄 아
느냐고? 알맹이 없이 입 놀리기 전에 이 점을 명심해. 하지
만 나는 자네와는 다르게 말해. 그 때문에 자네보다는 내가
그분께 더 가까이 있어. 왜냐하면 나는 주님의 대변인을 대
적해서 주님을 변호하고, 그분을 대신해서 변명해 주는 자
들로부터 주님을 지켜드리니까. 자네는 주님을 인간이라고
생각하는가? 대단한 권세를 지닌 건 사실이지만, 여하튼
인간은 인간이라고? 그래서 자네가 나 같은 벌레와 대적하
기 위해 그분 편을 드는가? 자네가 그분을 영원히 위대한
분이라고 불러도, 자네가 중요한 사실을 모르고 하는 말이
라면, 그건 헛소리일 뿐이야. 주님이 어떤 분이신지 아는
가? 그분은 여전히 자신의 위에 계시는 분이야. 영원히 자
신의 위에 계신다는 말일세(완성된 신이 아니라 영원히 성장
을 거듭하는 신이므로—옮긴이). 내가 구세주로 확신하는 그
분은 바로 그곳에 계시는 분이라는 뜻이지. 그분은 그곳에
서 자네에게 벌을 내리실 거야. 자네는 그분이 계시는 그
자리에 없으니까. 자네는 그분과 나 사이를 인간들의 관계
처럼 보고 있으니까!"

그러자 엘리에젤이 차분하게 대꾸했다.

"우리는 모두 사악한 육신이며, 죄에 노출되어 있습니다.
그러니 누구든 주님과 좋은 관계를 유지해야 합니다. 자신
의 이해력과 능력이 닿는 데까지 말입니다. 어차피 주님께
이르는 사람은 아무도 없으니까요. 어쩌면 우리 둘 다 벌받

을 이야기를 한 건지도 모릅니다. 하지만 주인님, 이제는 장막 안으로 들어가십시오. 이만하면 최고 수준의 애도였습니다. 쓰레기 더미의 열기로 주인님 얼굴이 퉁퉁 부었습니다. 그리고 이런 수준의 애도를 표하기에 주인님은 너무 부드럽고 섬세하십니다."

"눈물로 내 얼굴은 새빨개졌다. 사랑하는 이를 잃은 눈물로 퉁퉁 부어올랐다."

야곱은 그렇게 말하면서도 못 이기는 척, 엘리에젤의 손에 이끌려 장막 안으로 들어갔다. 그 또한 쓰레기 더미며 실오라기 하나 걸치지 않은 알몸, 그리고 사기 조각으로 살갗 긁기에 더 이상 미련이 없었다. 그것들은 주님과 질릴 때까지 논쟁을 벌일 때나 쓰였을 뿐, 지금은 소임이 끝났다.

야곱의 시련

이제는 그래도 최소한 굵은 베 하나는 몸에 둘렀다. 애도를 시작한 지 사흘이 지난 후였다. 생활도 웬만큼 정상 리듬을 되찾아 슬픔으로 완전히 황폐해진 단계는 넘겼다. 그래서 아들들이 도착했을 때에는 극단적인 상태에서 벗어나 있었다. 그러나 아들들은 여전히 머뭇거렸다. 야곱과 함께 슬퍼하고 탄식하고, 그를 부축해 주고 위로해 준 것은 뭐니 뭐니 해도 그들의 아내들이었다. 집에 있던 아내들이 그랬다는 뜻이다(유다의 아내인 수아의 딸은 거기 없었으니까). 그리고 이들 외에 질바와 빌하 그리고 어린 아들 벤야민도 그의 곁에 있었다. 야곱은 툭하면 이 막내 아들을 얼싸안고 울었지만 요셉처럼 사랑하지는 않았다. 그리고 그 아이를 바라보는 시선에는 항상 우울한 기색이 어렸었다. 벤야민을 낳다가 세상을 떠난 라헬 생각 때문이었다. 그러나 지금은 아이를 꼭 끌어안고 벤오니라 불렀다. 그 이름으로 부르길 원했던 아이의 어머니가 생각나서였다. 그리고 그에게 맹세했다. 무슨 일이 있어도 여행은 보내지 않는다, 절대로. 혼자서는 두말할 것도 없고, 다른 사람들을 딸려보내는 여행도 안 시킨다. 항상 아버지 눈앞에 머물러야 한다. 다 커서도, 장가를 들어서도 아버지 품안을 떠나서는 안 되고, 늘 아버지의 보호 아래 머물러야 하며 이 안전한 곳에서 한 발자국도 벗어나서는 안 된다. 세상은 못 믿을 곳이다. 믿을 것도 없고 아무도 믿을 수 없다.

벤야민은 답답해 하면서도 아버지의 말을 묵묵히 받아들였다. 요셉과 아도나이, 즉 주님의 숲으로 산책 다니던 기억이 떠올랐다. 사랑스럽고 아름다운 형과 뛰어다니는 일도 이젠 끝이었다. 자신의 작은 손이 땀에 젖어도 이제 형은 바람에 말려 주지도 못하리라. 형이 어린 꼬마인 자신의 이해력을 믿고 위대한 하늘의 꿈 이야기를 들려줄 때면 얼마나 가슴이 뿌듯했던가. 그러나 이제 다시는 꿈 이야기를 들을 수 없다. 그 생각에 아이는 서럽게 울었다. 하지만 사람들이 들려주는 요셉 이야기, 다시는 돌아오지 않으며, 이제 없어졌고 죽었다는 그 이야기는 도무지 실감할 수 없었다. 아버지가 손에서 놓지 않으려 하는 그 무서운 물증을 보고도 믿지 않았다.

죽음을 믿지 못하는, 아이로서의 당연한 무능함은 부정에 대한 부정으로 긍정의 뉘앙스를 띠게 되는데, 이것이 바로 의지할 곳 없는 믿음이다. 모든 믿음이 의지할 곳이 없지 않은가. 그리고 아무 데도 의지할 곳 없는 그 절망 앞에서야말로 강한 것이 믿음이 아니던가. 벤야민의 경우, 자신이 마음대로 길들일 수 없는 이 믿음은 기대감으로 표현되었다. 그래서 "그는 다시 올 거예요"라든가 "아니면 나중에 우리를 데려가든지"라는 말로 노인을 안심시켰다. 그러나 야곱은 어린아이가 아니었다. 무거운 인생사를 짊어지고 죽음이라는 냉혹한 현실 또한 처절하게 겪은 그가 벤오니의 위로에 우울한 미소 외에 달리 어떤 답을 할 수 있었겠는가.

따지고 보면 야곱한테도 부정을(요셉이 없다는, 즉 죽었다는 사실—옮긴이) 긍정할 능력이 없었다. 그는 이 부정을 거부하려고 했다. 있을 수 없는 현실과의 갈등, 이 문제를 해결하려고 몸부림치는 그의 모습은 정상 수준을 벗어나 요즈음 식으로 이야기하자면 정신착란에 가까웠다. 당시 그의 집에서라면 당연히 이런 지나친 표현을 쓰지 않았을 것이다. 여하튼 엘리에젤은 절망한 야곱이 머리를 싸매고 궁리한 계획 때문에 골치깨나 썩어야 했다.

사람들이 전해 준 바에 따르면, 야곱은 사람들이 뭐라고 위로를 하든, 항상 다음과 같은 대답으로 일관했다. "이 슬픔을 안고 내 아들이 있는 구덩이로, 저승으로 내려가겠다." 이 말은 더 이상 살지 않겠다는 뜻으로 받아들여졌다. 당시에도 그랬지만 그 이후에도 이것이 일반적인 이해였다. 자기도 아들처럼 죽어서 아들과 함께 죽음 안에서 하나가 되고 싶다는 뜻으로, 그러니까 참고 견디기에는 너무 가혹한 슬픔에 젖은 노인이 죽고 싶다고 비탄한 것으로 받아들인 것이다. 그러나 엘리에젤은 조금 달라서 이 말을 더 자세히 들었다. 설마 그럴 리가 하고 의아해 할 사람도 있겠지만, 야곱은 죽은 자들이 있는 저승으로 내려가 어떻게든 요셉을 **다시 데려와야지**, 그 생각을 하고 있었다.

도대체 말도 안 되는 이야기였다. 진정한 아들을 지하 감옥에서 구해 내어 그사이 황폐해진 대지 위로 되돌려주고 저승으로 내려간 것은 아버지가 아니라 어머니-여신이 아니었던가. 그러나 가련한 야곱의 머리는 대담하게도 어머니와 아버지를 동일시해버렸다. 그리고 성을 꼬치꼬치 따지지 않고 자유롭게 생각하는 성향이 비단 어제 오늘의 일은 아니었다. 요셉과 라헬의 눈을 바라볼 때도 둘을 선명하게 구별할 수 없었다. 그 눈들은 정말 똑같았다. 옛날 그 눈에서 초조한 눈물을 입술로 훔쳐낸 적도 있었다. 그 눈들이 죽음 속에서 완전한 한쌍이 된 것 같았다. 이렇게 사랑했던 형상들이 한데 어우러져 양성을 띤 그리움의 대상으로 변했다. 그리고 이 대상에 대한 향수 또한 모든 지고한 것들이 그러하듯, 물론 주님도 포함하여, 남성이면서 여성이며 성을 초월하는 것이었다. 라헬은 야곱의 것이고, 야곱 자신은 그녀의 것이었으므로 야곱은 그녀의 본성과 같아졌다. 이는 이미 오래 전부터 야곱이 느끼고 있던 사실과 부합되는 것이었다. 사실 라헬이 떠난 후, 그는 요셉에게 아버지일 뿐만 아니라 그녀 대신 어머니 역할도 했다. 그랬다. 요셉을 사랑하는 방식에서는 어머니의 역할이 더 우세했다. 그리고 요셉과 라헬의 동격은 야곱 자신과 이 땅을 떠난 그녀와의 동격으로 보충되었다.

이러한 이중의 것을 온전히 사랑하려면 이중의 사랑이 필요하다. 즉 그것이 여성이면 남성을 부르고, 남성이면 여성을 일깨워야 한다. 야곱의 부성(父性)은 그 대상에서 아들과 자신이 사랑했던 여인을 동시에 바라본다. 그래서 이 감정에는 어머니가 아들을 사랑하는 부드러움이 스며드는 것이다. 이 감정은 아들 안에 있는 연인에 대한 사랑일 경우에는 남성적이며, 아들에 대한 사랑인 경우에는 어머니의 사랑인 것이다. 야곱이 떠올린 정신나간 발상도 이러한 부유(浮遊) 상태에서 비롯되었다. 엘리에젤은 신화의 표본에 따라 요셉을 다시 살리려는 야곱의 이 얼빠진 계획 때문에 여간 난처하지 않았다.

"아들이 있는 곳으로 내려갈 거야. 날 보게, 엘리에젤. 내 가슴이 벌써 여자 가슴처럼 바뀌고 있지 않은가? 내 나이가 되면 자연은 서로 닮게 마련이야. 여자들은 수염을, 남자들은 가슴을 얻게 되니까. 한번 가면 돌아올 수 없는 나라를 찾아가겠어. 내일 떠날 거야. 왜 그렇게 이상한 눈으로 보나? 가능하지 않겠어? 서쪽으로만 계속 가면 될 거야. 후부르 강을 건너면 일곱 개의 성문에 이르게 되겠지. 제발 의심 좀 하지 말게! 나보다 더 그를 사랑한 사람은 없었어. 어머니가 되는 거야. 그를 찾아서 가장 밑바닥으로 데려갈 거야. 생명수가 솟아나는 그곳에 가서 그 물을 아이에게 뿌려 주고 먼지 낀 빗장을 열어주는 거야. 아이가 돌아올 수 있도록 말야. 이 일은 전에도 해본 적이 있잖아? 계략과 도주에는 내가 또 일가견이 있지 않나? 그 아랫세상의 여주인도 어떻게든 주무를 수 있을 거야. 옛날에 내가 라반을 마음대로 주물렀던 것처럼. 그러면 그녀도 고분고분해져서 좋은 말만 할 테지! 자네는 왜 고개를 가로젓나?"

"아, 주인님. 주인님의 계획에 동의하려고 저 나름대로 최선을 다하고 있습니다. 그래서 처음은 그래도 주인님의 생각대로 될 수도 있겠다 싶습니다. 그러나 늦어도 일곱 개의 성문에 이르면 관습 때문에라도 여실히 드러날 것입니다. 주인님이 어머니가 아니라는 사실이."

"물론이지." 야곱이 말했다. 그리고 괴로운 중에서도 흐뭇한 미소를 감추지 못했다.

"그건 어쩔 수 없이 드러나게 되어 있어. 내가 아이를 출산하고 젖을 먹인 사람이 아니고, 아이를 생산한 자라는 사실이 눈 앞에 드러나게 되겠지…… 아, 엘리에젤."

그의 생각은 어머니와 여성의 언저리를 벗어나 남근의 영역으로 방향을 돌렸다.

"그래, 다시 그 아이를 생산하는 거야! 가능하지 않겠어? 한번 더 그 아이를 생산하는 거야. 아이의 원래 모습 그대로! 그런 후에 아래에서 이곳으로 데려오면 되지 않을까? 그 아이는 나한테서 나왔어. 내가 여기 있으니까 아이를 영원히 잃은 건 아니지 않겠어? 내가 있는 한, 아이를 영원히 잃지는 않겠어! 다시 생산해서 그 아이를 일으키는 거야. 이 땅에 다시 그의 형상을 세우겠어!"

"하지만 그 일에 주인님을 도왔던 라헬이 지금 없습니다. 그 소년이 나올 수 있었던 것은 주인님과 라헬, 두 분이 하나가 되었기 때문입니다. 그리고 설령 그녀가 아직 주인님 곁에 살아 있다 하더라도, 그래서 둘이 생산을 한다 해도 요셉에게 생명을 일깨워 주었던 시간과 별자리가 지금과는 다릅니다. 두 분은 요셉을 불러일으킬 수 없습니다. 벤야민도 못 부릅니다. 그 어떤 눈도 보지 못한 제 삼의 아이를 불러낼 것입니다. 왜냐하면 어떤 것도 두번 있을 수 없고, 이곳에 있는 모든 것은 자기 자신에게만 영원히 같기 때문입니다."

"그러면 죽어서는 안 되고 없어져서도 안 돼, 엘리에젤! 그건 불가능해. 한번밖에 없는 것이라면, 그래서 그 옆에도, 또 그후에도 똑같은 것이 없다면, 어떤 대순환도 그것을 다시 데려올 수 없다면, 그건 파괴될 수도 없고 돼지 앞에 던져져서도 안 돼. 난 도저히 받아들일 수 없어. 자네 말이 맞긴 맞아. 요셉을 생산하는 데 라헬이 필요했지, 맞아, 그건 맞는 말이야. 그리고 시간 이야기도 맞고. 그건 나도 잘 알아. 알면서도 그런 대답을 유도한 거야. 생산자는 창조의 도구일 뿐, 눈이 멀어서 자기가 뭘 하는지도 모르지. 내가 내 정실부인 라헬과 함께 요셉을 생산했을 때, 처음부터 그 아이를 생산한 것이 아니었어. 그냥 뭔가를 생산했을 뿐인데, 그것이 요셉이 되도록 한 건 주님이야. 생산은 창조가 아니야. 생산은 그저 눈먼 쾌락에 빠져서 생명을 생명에 담그는 것 뿐이야. 그러나 주님은 창조를 하시지. 오, 내 생명을 죽음에 담가 그와 동침하여 그 안에서 이전의 요셉을 생산해 다시 깨울 수 있다면! 지금 나는 그 생각뿐이야. 저승으로 내려가겠다는 것도 바로 그 말이야. 과거로 돌아가 요셉의 시간이었던 그때에 다시 생산할 수만 있다면 얼마나 좋을까! 왜 그렇게 미심쩍다는 듯이 고개를 흔드나? 그럴 수 없다는 건 나도 잘 알아. 그러나 안 되는 줄 알면서도 그렇게 하고 싶어한다 해서 자네가 고개를 흔들면 안 되지. 나를 이렇게 만든 건 주님이니까. 나는 여기에 두고 요셉은 없게 만들다니, 가슴이 찢어지도록 절규할 수밖에 없는 이런 모순이 어디 있나! 자네는 가슴이 찢어진다는 게 어떤 건지 알기나 아나? 기껏해야 '아주 슬픈 겁니다!' 뭐 그렇게 주절대겠지. 하지만 난 말 그대로 가슴이 찢어져. 이성을 거역하는 생각만 하게 되고, 불가능한 것만 골똘히 생각하는 것도 다 그래서야."

"주인님, 제가 고개를 흔든 건 주인님이 가여워서입니다. 주인님 스스로 모순이라고 부르는 것, 그러니까 주인님은 계시고 아드님은 더 이상 없다는 그 모순에 주인님이 대적하려 하시기 때문입니다. 주인님은 계신데 아드님이 곁에 없어서 주인님은 슬프십니다. 그리고 주인님은 그 슬픔이 어떤 건지 깨진 그릇을 쌓아둔 쓰레기 더미 위에서 이미 사흘 동안 충분히, 최고 수준으로 보여주셨습니다. 그러니 이제 서서히 주님의 뜻을 받아들이는 것이 좋지 않겠습니까? 마음을 추스르고 이제 뒤숭숭한 이야기는 그만하십시오. '다시 요셉을 생산하겠다' 니요? 어떻게 그럴 수가 있습니까? 그 아이를 생산하셨을 때 주인님은 아이를 모르셨습니다. 인간은 그저 자신이 모르는 것을 생산할 뿐입니다. 그런데 자기가 뭘 하는지 알면서, 그리고 누구인지 알면서 아이를 생산하려고 한다면 그건 생산이 아니고 창조가 될 것입니다. 그건 감히 신이 되려고 하는 게 됩니다."

"그래, 엘리에젤, 그게 어때서? 인간이라면 원래 그래야 하는 것 아닌가? 늘 신이 되고 싶어 안달하지 않는다면, 그게 어디 인간이라 할 수 있어? 자네가 잊은 게 있어." 야곱은 목소리를 낮춰 엘리에젤의 귀에 대고 속삭였다.

"내가 누군가? 나는 다른 남자들과 달라. 생산에 관한 한 남다른 일가견이 있어. 생산과 창조의 차이점을 없애는 수단과 방법을 나처럼 잘 아는 남자는 없어. 생산에 창조를 조금 흘려 넣는 것에 관한 한, 나를 따라올 사람은 없지. 라반도 그건 인정해 줄 걸. 새끼를 밸 때 껍질을 벗긴 가지를 보여줘서 하얀 짐승들한테서 얼룩 짐승들을 만들어내지 않았나. 그러니, 엘리에젤. 여자를 한 명 구해 줘. 눈과 체격이 라헬을 닮은 여자로. 어딘가 그런 여자가 있을 거야. 그녀와 함께 생산을 하겠어. 내가 확실하게, 정확히 알고 있는 요셉의 모습에 눈을 고정시키면, 그러면 그녀가 죽은 자들로부터 그 아이를 다시 일으켜 세워 내게 아이를 낳아 줄 거야!"

그러자 엘리에젤도 귓속말로 숨죽여 대답했다.

"그런 소름 끼치는 말을 하다니 구역질이 납니다. 차라리 안 들은 걸로 하겠습니다. 그 말은 깊은 곳에 자리잡은 주인님의 탄식이 아니라, 그보다 더 깊은 곳에서 나오는 것처럼 들리기 때문입니다. 게다가 주인님은 지금 연로하시니 생산 같은 생각은 않으시는 게 품위 유지에 도움이 될 듯싶습니다. 하물며 창조를 슬쩍 가미한다는 식의 그런 이야긴 말해 무엇하겠습니까. 그건 어느 면에서 보든 말도 안 되는 이야기이니까요."

"착각하지 말게, 엘리에젤! 나는 아직까지 살아 있는 쌩쌩한 노인이야. 벌써부터 천사 신세는 아니란 말일세. 그건 내가 더 잘 알아. 할 마음만 있으면 얼마든지 생산할 수 있을 거야. 물론……." 야곱은 잠깐 뜸을 들인 후 아주 작은 목소리로 뇌까렸다.

"지금은 요셉을 잃은 비탄 때문에 생명의 정신이 기가 꺾여 어쩌면 생산을 못할지도 모르지. 하지만 바로 이 비탄 때문에라도 지금은 생산을 하고 싶어. 자, 이것 봐, 주님이 만든 모순이 내 가슴을 얼마나 찢어놓고 있는지!"

"전 주인님의 비탄을 더 큰 악행을 막아주는 파수꾼이라고 봅니다."

그러자 야곱은 다시 속삭이듯 종의 귀에 대고 말했다.

"그렇다면 그 파수꾼을 속여서 그의 계획이 수포로 돌아가게 만들어야겠어. 그건 간단해. 왜냐하면 그건 장애물인 동시에 의지거든. 슬픔과 비탄 때문에 생산이 장애를 받고 있다면 말야, 엘리에젤. 그러면 생산하지 않고 한 인간을 만들 수 있어야 하는 것 아니겠어. 주님은 어디 여인의 품 안에서 인간을 생산했던가? 아니지. 그런 건 없었어. 그건 생각만으로도 능욕이 되지. 그게 아니고 그는 인간을 자기가 만들고 싶은 대로 직접 손으로 빚었어. 흙으로 말이야. 그리고 그 코에 생명의 숨을 불어넣었어. 그 흙이 변하도록. 이것 봐, 엘리에젤, 내 말 좀 들어봐! 그리고 날 도와줘! 우리도 진흙으로 형상을 하나 빚는 거야, 흙으로 뭘 하나 만드는 거지. 인형 같은 걸 말야, 길이는 3엘레로 하고, 주님이 머릿속에서 인간을 수태하여 그 형상대로 만들 때 그걸 생각해 내고 눈으로 본 것처럼, 그렇게 사지를 만드는 거야. 주님은 그 형상을 보시고 인간을 만드셨어. 그것이 아담이고 주님은 그의 창조주시니까. 그렇지만 나는 요셉,

이 한 명을 보는 거야. 그 아이를 나는 잘 알아. 그전에는 그 아이를 생산하면서도 그를 전혀 알지 못했지만, 이번에는 아이를 잘 알고 있으니 그때보다 훨씬 더 애타는 마음으로 아이를 깨우겠어. 엘리에젤, 여기 내 앞에 인형이 누워 있다고 생각해 봐. 사람 키만한 이 물체가 반듯이 누워 하늘을 바라보고 있어. 그러면 우리는 이 인형의 발치에 서서 그의 점토 얼굴을 쳐다보는 거야. 아, 엘리에젤, 심장이 쿵쾅거려 어지러워. 자, 이제 어떻게 하면 되지?"

"뭘 어떻게 한단 말입니까? 주인님? 아무리 상심이 크셔도 그렇지, 그런 낯설고 엉뚱한 생각을 하시다니? 그게 도대체 어떤 겁니까?"

"아, 내가 어떻게 알아? 나도 모르는데 말을 어떻게 하겠어? 그냥 내 편이 되어서 나도 아직 잘 모르는 그걸 할 수 있도록 도와줘! 여하튼 우리가 그 형상 주위를 한번 돌고, 또 돌아서 일곱번 도는 거야. 나는 오른쪽으로, 자네는 왼쪽으로 돌고 나서 죽어 있는 그의 입에 작은 나뭇잎 하나를 갖다대는 거야, 주님의 이름으로…… 그리고 나는 무릎을 꿇고 점토를 내 팔에 끌어안고 입을 맞추면, 가슴 깊은 곳에서 우러나오는 그 입맞춤에……. 자!" 느닷없이 그는 소리를 질렀다.

"엘리에젤, 봐! 몸이 빨갛게 물이 들잖아! 불처럼 빨갛게, 이렇게 타오르며 날 태우는 거야. 그래도 난 내려놓지 않고 팔에 꼭 껴안은 채 다시 한번 입을 맞추는 거야. 봐, 불이 꺼지고 점토 몸에 물이 흘러 들어가 부풀어오르고 솟아오르잖아. 이제 머리에서 머리카락이 자라고 있어, 손가락, 발가락에도 손톱, 발톱이 자라는군. 이제 세번째 입을 맞추고 내 숨을 불어넣어 주는 거야. 주님의 숨이지. 이건 불을 만들고 물을 만들고 공기를 만들었어. 이 세 가지가 이제 네번째 것, 흙을 소생시켰어. 이 소생한 자가 놀라워하며 눈을 들어 나를 바라봐, 그리고 이렇게 말하지 않나, '압바, 아빠, 사랑하는 아버지.' ……."

그러자 엘리에젤은 몸을 부르르 떨었다.

"오, 등골이 오싹합니다. 저도 그 묘한 낯선 일 속에 빨려 들어간 것처럼 무시무시합니다. 눈앞에서 점토인형이 살아 움직이는 것 같으니까요. 주인님은 참으로 절 너무 고달프게 하시고, 또 그에 대해 아주 묘한 방법으로 고마워하십니다. 이렇게 저로 하여금 주인님의 비탄을 끝까지 곁에서 지켜보고 충성스럽게 주인님의 머리를 받치게 해놓고, 보십시오. 형상을 만드는 마술을 부리느라 어느새 제게 기대고 계시지 않습니까? 그래놓고 저까지 그 마술에 끌어들여, 제가 원하든 원치 않든 함께 그 재주를 부리게 만들어 모든 걸 제 눈으로 보게 하셨으니까요!"

그래서 형제들이 당도했을 때 엘리에젤은 기뻤다. 그러나 형제들은 기쁘지 않았다.

익숙해지기

그들이 도착한 때는 야곱이 증거물을 넘겨받은 지 7일째 되던 날이었다. 그들도 허리에 굵은 베를 둘렀고, 머리에는 재를 뿌렸다. 모두 여간 곤혹스러운 것이 아니었다. 응석받이 아이만 없어지면 아버지의 마음이 자기들에게 돌아오리라는, 그런 당치 않은 생각을 했다는 게 스스로도 믿어지지 않았다. 그런 착각은 오래 전에, 집에 당도하기 전에 이미 떨쳤다. 자신들이 그런 착각을 할 수 있었다는 것이 되레 신기할 정도였다. 집으로 오면서부터 벌써 속으로는 너나 없이 시인했고, 서로 주고받는 말에도 그런 뉘앙스가 깔려 있었다. 야곱의 사랑을 얻기 위해서였다면, 요셉을 없앤 건 헛수고였어.

야곱이 자신들을 어떻게 생각할지, 그들 모두 잘 알았다. 상상이 되고도 남았다. 앞으로 자기들이 어떤 곤란한 처지에 놓이게 될지 안 봐도 뻔했다. 어떤 식으로든, 마음속으로는, 어쩌면 의도해서가 아니라 무의식적으로 아버지는 자신들을 소년의 살인자로 여기고 있었다. 직접 목을 졸라 죽이지는 않았더라도 짐승에게 대신 원풀이를 시켜 소년의 피를 흘리게 한 장본인들로 생각한 것이다. 뚜렷한 죄가 없으니 대놓고 공격할 수는 없지만, 그래서 더 증오스러운 살인자로 비쳤다. 사실은 그게 아니라 정반대라는 것을 형제들은 잘 알고 있었다. 그들은 죄는 있었으나 정작 살인자는 아니었다. 그러나 아버지에게 그 말을 할 수는 없었다. 막연한 살인 혐의를 벗으려다가 자신들의 죄를 인정하는 꼴이 되어서는 안 되었다. 그리고 또 형제들을 하나로 묶은 맹세가 있기도 했다. 그 맹세 또한 다른 일들처럼 어리석은 짓이었다고 솔직히 후회한 순간도 없지 않았다.

한마디로 말해, 앞으로 편하게 살기는 글렀다. 아마 하루도 편치 못할 것이다. 모두들 그 사실을 분명하게 깨달았다. 양심의 가책만 해도 벌써 괴롭다. 그러나 양심의 가책에 모욕까지 더해지면 정말 더 괴롭다. 그것은 착잡한 표정의 퉁명스럽고, 한편으로는 멍청해 보이는 침통한 사람으로 만든다. 야곱의 앞에 설 형제들의 모습이 바로 그것이었다. 아버지가 그들을 의심하는 한, 그들은 평생 동안, 하루도 마음 편할 날 없이 그렇게 살아야 할 것이다. 형제들은 의심과 억측이 무엇인지 알게 되었다. 그건 상대방 안에서 자신을 불신하고, 자기 자신 안에서 상대방을 불신하는 것이다. 스스로 안정을 얻지 못해 상대방에게도 안정을 허락할 수 없어서 쉴새없이 불평하고 적의를 품고 호시탐탐 때만 노리다 어느새 비꼬고, 쑤시고, 헤집어 상대방을 괴롭히는 것 같지만, 실은 자신을 괴롭히는 것, 그게 의심이고 구제할 길 없는 억측이다.

자신들의 처지가 그러하며, 앞으로도 거기엔 변함이 없을 것이라는 사실을 아버지 앞에 나선 순간 그들은 첫눈에 알아차렸다. 아버지의 눈빛부터가 그랬다. 팔베개를 하고 누워 있던 아버지는 상체만 조금 일으켰다. 눈물에 짓무른 아버지의 눈은 예리하면서도 한편으로는 침울해 보였고, 두려움과 증오가 뒤섞여 있었다. 아들들을 꿰뚫어보고 싶지만 그럴 수 없음을 이미 알고 있는 그 눈빛이 한참을 그들 위에 머무른 후에야 입에서 말이 나왔다. 그랬다. 상황과 그보다 더 절묘하게 맞아떨어질 말은 없었다. 그건 애당초 대답이 불가능한 질문이었기 때문이다. 아니, 마음만 먹으면 둘러댈 대답이 전혀 없는 것은 아니었다. 말이 안 된다는 게 문제였지, 짐짓 슬픈 척, 원통한 척 꾸며 대는 대답은 얼마든지 가능했다. 어차피 그 질문은 어떤 결실을 얻자는 의도가 아니라, 오로지 상대방을 괴롭힐 심산에서 나온 것이었다.

"요셉은 어디 있느냐?"

도저히 말도 안 되는 이 질문 앞에 그들은 고개를 떨군 채 서 있었다. 모욕당한 죄인들, 이 침통한 인물들은 분명하게 알 수 있었다. 야곱은 자신들을 어떻게 하든지 고통스럽게 만들고 눈곱만치도 너그럽게 봐줄 생각이 없다는 사실을. 사람들이 그들이 도착한 걸 알렸으니 어지간하면 자리에서 일어나 맞아 줄 수도 있었을 것이다. 그러나 그는 증거물을 받은 지 벌써 일주일이 지났건만, 여전히 드러누

운 채였다. 얼굴은 팔에 파묻은 채였고 한참만에야 고개를
쳐들었었다. 그리고 상심과 비탄을 업고 마음껏 잔인해진
눈빛과 질문이라니. 야곱은 서럽고 애통한 마음을 이용했
다. 그들 눈에는 그것이 훤히 들여다보였다. 아버지는 그
질문을 던지려고 그렇게 누워 있었다. 그래야 의심이 깔려
있는 질문도 워낙 애통하고 원통해서 나온 질문으로 받아
들여질 테니까. 그들이라고 이 사실을 알아차리지 못할 리
만무했다. 인간들은 어느 시대든 서로를 잘도 알아보았고
슬퍼하면서도 상대방을 간파했다. 그 점에서는 시간의 저
밑바닥에 있는 당시 사람들도 오늘날에 뒤지지 않았다.

그들은 입술을 비죽 내밀고 대답했다(그들을 대변한 것은
여후다였다).

"저희도 잘 압니다. 주인님께서 지금 얼마나 큰 고통과
슬픔의 시련을 겪고 계신지 잘 압니다."

"나만? 너희는 아니더냐?" 그가 물었다.

그건 진짜 물음이었다. 볼멘 유도 심문이었다. 당연히 그
들도 그랬다!

"당연히 저희도 그렇습니다! 다만 저희 이야기는 안 꺼냈
을 뿐입니다."

"왜?"

"주인님이 어려워서입니다."

궁색한 대화였다. 계속 이런 식이어야 한다면, 생각만 해
도 아찔했다.

"요셉은 이제 없다." 그가 말했다.

"안타깝게도 그렇습니다." 그들이 대꾸했다.

"아이를 떠나보낸 게 나다. 그애는 좋아서 기뻐했지. 아이에게 세겜으로 가라고 시켰다. 너희를 찾아가 절을 올리라고 했다. 그리하면 너희가 마음을 돌이켜 집으로 돌아올지도 모른다고 말이다. 아이가 그렇게 하더냐?"

"안타깝게도 그렇게 하지 못해서 저희도 슬픕니다. 그러기도 전에 맹수가 아이를 죽였습니다. 저희가 세겜 골짜기에서 양을 치지 않고 도단 골짜기로 옮긴 탓에 아이가 길을 잃어 변고를 당했습니다. 저희는 아이를 직접 보지 못했습니다. 주인님과 저희에게 들판에서 꿈 이야기를 들려준 그날 이후로 본 적이 없습니다."

"그 꿈 때문에 너희는 무척 불쾌하고 속상했을 테지. 그래서 속으로 아이가 아주 싫었겠지?"

"조금 싫었던 것은 사실입니다." 그들이 대꾸했다.

"싫어하기는 했지만 그저 조금 싫어한 겁니다. 아버지도 불쾌하셔서 아이를 야단치고 머리를 잡아뜯겠다고 얼르시지 않았습니까? 그래서 우리도 그저 조금 아이를 싫어한 겁니다. 그런데 이제, 애석하게도 맹수가 아버지의 협박보다 한술 더 떠서 아이를 잡아뜯었습니다."

그러자 야곱이 울면서 말했다.

"맹수가 아이를 찢었지. 그런데 맹수가 아이를 찢어서 잡아먹었는데 어째서 '잡아뜯었다'고 하느냐? '찢었다'가 아니라 '잡아뜯었다'라니까 조롱과 비웃음을 섞어 박수를 치는 것처럼 들리는구나!"

"가슴이 워낙 쓰려서 '찢었다'가 아니라 '잡아뜯었다'라고 할 수도 있습니다. 부드럽게 미화시킬 뜻에서 말입니

447

다."

"그건 맞는 말이다. 너희의 말이 옳으니, 입을 다물어야
겠구나. 그런데 요셉이 너희의 마음을 돌릴 수도 없었는데
어떻게 여기까지 왔느냐?"

"아버지와 함께 애도하려고 왔습니다."

"그래, 그럼 애도하자!" 야곱이 말을 얼른 받았다. 그들
은 야곱의 옆에 앉아 애도가 '얼마나 오랫동안 여기 누워
있나요'를 읊기 시작했다. 유다가 무릎으로 아버지의 머리
를 받치고 눈물을 닦아주었다. 그러나 잠시 후 애도하다말
고 야곱이 말했다.

"유다, 네가 머리를 받쳐 주고 눈물을 닦아주는 게 싫다.
쌍둥이 형제가 하도록 해라."

마음이 상한 유다는 쌍둥이에게 아버지의 머리를 대신
받치게 했다. 쌍둥이 형제들이 야곱 머리를 받쳐 준 지 얼
마 안 되어 야곱은 또 말했다.

"왠지 모르지만 시므온과 레위가 하는 것도 편치 않다.
르우벤이 하거라."

쌍둥이 형제도 몹시 속상해 하며 르우벤에게 아버지 머
리를 받치게 했다. 그렇게 한동안 르우벤이 아버지를 돌봤
다. 그러나 야곱은 다시 말했다.

"르우벤이 내 머리를 받치고 눈물을 닦아주다니 이건 맞
지 않는 일이다. 편치도 않고. 그러니 단이 하거라."

그러나 단이라고 해서 나을 게 없었다. 그는 납달리에게,
그리고 납달리도 곧 속상해 하며 가드에게 대신하게 해야
했다. 그런 식으로 아셀과 이싸갈, 즈불룬까지 차례가 왔지

만, 야곱은 번번이 대개 이런 식으로 말했다.

"왠지는 모르지만 아무 아무개가 머리를 받쳐 주는 게 마음에 들지 않는다. 그러니 다른 사람이 하거라."

그렇게 모두들 모욕적으로 거절당하자 야곱은 이렇게 말했다.

"이제 그만두자."

그들은 아버지 주변에 둘러앉아 한동안 아무 말도 하지 않고 아랫입술만 쭉 내밀었다. 아버지는 자신들을 거의 절반은 요셉의 살인자로 여기고 있는 게 분명했다. 그들이 절반쯤 살인자인 것은 사실이었다. 순도 100퍼센트짜리 살인자가 안 된 건 순전히 우연이었다. 그러나 순도 50퍼센트짜리 살인자를 100퍼센트짜리 살인자로 여긴다는 것에 상처받고 모욕을 느낀 이들의 마음은 돌처럼 굳어버렸다.

이렇게, 평생 엉뚱한 의심이나 받고 살아야 하는구나. 그렇다고 이제 와서 사실대로 털어놓을 수도 없으니, 평생 죄인으로 오인받을 게 아닌가. 이게 요셉을 제거하고 얻은 소득이구나. 그들은 그렇게 생각했다. 야곱의 반짝이는 갈색 눈, 눈 밑에 봉긋 솟은 살과 함께 빨개진 눈이, 다른 때 같으면 주님에 대한 사색에 잠겨 있을 그 진지한 눈이 자신들을 바라보고 있었다. 자신들이 아버지를 바라보지 않으면, 그 눈은 미심쩍은 눈빛으로 자신들을 훔쳐보다가 시선이 마주칠 것 같으면 얼른 깜박거리며 외면한다는 것을 그들도 모르지 않았다. 마침내 식사 중에 아버지가 말을 꺼냈다.

"한 남자가 소나 나귀 한 마리를 빌렸는데 누가 건드렸거나, 아니면 어떤 신이 짐승을 공격해서 그 짐승이 죽었다면 그 남자는 사람들이 따져 묻기 전에 맹세로서 자신의 무죄를 밝혀야 한다."

그들의 손이 싸늘해졌다. 그게 무슨 질문인지 눈치 챘기 때문이다.

"맹세요?" 그들은 언짢은 투로 퉁명스럽게 말했다.

"짐승이 어떻게 되었는지 본 사람도 없고, 피도 없고, 사자든 아니면 다른 맹수든 남긴 상처가 없으면, 맹세를 해야 합니다. 그러나 피가 있고 갈퀴 발톱 흔적이 있으면, 그 남자한테 누가 따질 수 있겠습니까? 그때는 소유주의 문제입니다."

"그러냐?"

"규정에 그렇게 적혀 있습니다."

"하지만 이런 것도 적혀 있다. 목자가 소유주의 양떼를 치는데 사자가 그 무리 중에서 양 한 마리를 해치면, 목자가 맹세로서 자신의 무죄를 밝혀야 소유주의 손해로 인정한다고 말이다. 그럼 내 경우는 어떻게 되느냐? 사자가 죽인 게 확실하고 분명해 보여도 품삯을 주고 산 목자가 맹세를 해야 하지 않겠느냐?"

"거기엔 예와 아니오 두 가지로 답할 수 있습니다." 이제 그들은 발까지 싸늘해졌다.

"허락하신다면, 예보다 아니오 쪽에 더 가깝다고 하고 싶습니다. 왜냐하면 사자가 무리를 덮쳐 그중 한 마리를 끌고 갔는데 그걸 본 사람이 없다면 맹세를 해야 합니다. 하지만 죽임을 당한 증거로 뭐든 찢겨 나간 것을 보여줄 수 있으면 맹세를 할 필요가 없습니다."

"너희를 판관이라 불러도 되겠구나. 규정을 그렇게 잘 아니 말이다. 그런데 만일 그 양이 판관의 소유이고 그에게는 매우 소중한 양이었지만, 목자한테는 가치 없는 양이었다면 어떻게 되느냐? 자기 것도 아니고 자신에게는 가치 없는 양이라는 이유만으로도 목자가 맹세를 해야 마땅하지 않겠느냐?"

"그런 이유가 맹세를 강요한 적은 이 세상에 한번도 없었습니다."

"그렇지만 만약 목자가 그 양을 증오했다면?"

그 물음과 함께 야곱은 사나우면서도 머뭇거리는 시선으로 그들을 쳐다보았다. 그들 역시 사나우면서도 머뭇거리는, 그리고 침울한 눈빛으로 아버지의 시선을 받았다. 곤혹스럽긴 했지만, 의심하는 아버지의 눈초리가 한군데 머무르지 않고 이 사람 저 사람에게로 옮겨간 덕분에 오랫동안 고문이 지속되지 않아서 그나마 다행이었다.

"양을 어떻게 증오할 수 있습니까?" 그들이 물었다. 얼굴에 식은땀이 흘렀다. 그리고 말을 이었다.

"그런 일은 이 세상에 없고, 규정에도 없습니다. 그러니 왈가왈부할 이야기가 못 됩니다. 그리고 우리는 품을 주고 산 목자가 아니고 목축 왕의 아들들입니다. 만약 우리가 치던 양떼 중에서 한 마리가 없어졌다면 그건 왕의 슬픔인 동시에 저희들의 슬픔입니다. 그러니 맹세는 말도 안 됩니다. 어떤 판관도 맹세를 요구할 수 없습니다."

얼마나 비겁하고 쓸데없는, 비참한 대화인가! 계속 이래야 한단 말인가? 그럴 바에야 차라리 형제들은 다시 집을 떠나는 것이 나았다. 세겜이든 아니면 도단이든 어디라도 상관없었다. 어차피 그들은 있으나마나 한 존재였다. 요셉이 있었을 때나 지금 없을 때나 똑같았다.

그래서 그들이 떠났던가? 아니었다. 그건 절대 아니었다. 그들은 집에 머물렀다. 어쩌다 한번 볼일이 있어 떠나는 형제도 있었지만 곧 돌아오곤 했다. 계속 양심의 가책을 느끼려면 아버지의 의심을 필요로 했고, 야곱도 아들들이 필요한 건 마찬가지였다. 그렇게 야곱과 그의 아들들은 주님과 요셉 안에서 하나로 묶여 있었다. 처음엔 함께 사는 것이 엄청난 고역이었지만 그걸 속죄로 받아들였다. 자신들이 무슨 짓을 했는지 알고 있던 아들들도 그렇고, 야곱은 야곱대로 자신에게 죄가 있음을 알았기 때문이다.

그러나 세월은 모든 것에 익숙해지게 만든다. 야곱의 눈에서 억측의 감시 흔적을 지우고, 형제들로 하여금 자신들이 무슨 짓을 했던가 아득하게 잊어버리도록 만든 게 바로 세월이다. 시간이 흐르자 이들은 의도적인 행위와 벌어진 일을 명확하게 구분하지 않았다. 요셉이 사라진 것은 이미 벌어진 일이다. 그런데 사라지긴 사라졌는데, 어떻게 사라졌는가? 라는 물음은 형들도 그렇고, 아버지한테도 익숙해진 사실 앞에서 서서히 뒤로 물러나기 시작했다. 이들의 의식은 요셉이 더 이상 존재하지 않는다는 기정사실에 둥지를 틀고 평안을 얻은 것이다. 물론 열 명의 형제들은 요셉이 야곱이 믿듯이 살해당하지는 않았다는 것을 알고 있었다. 그러나 이런 안다는 것의 차이는 더 이상 큰 의미가 없었다. 그들에게도 요셉은 그림자일 뿐이었다. 살아서는 다시 볼 수 없으며, 시야를 벗어나 결코 돌아올 수 없는 저 먼 곳을 떠도는 그림자.

이 그림자라는 표상에서 아버지와 아들들의 생각은 일치했다. 가엾은 노인, 소중한 감정을 주님께 뺏긴 이 가련한 노인의 가슴에는 아름다운 봄이 사라진 지 오래였고, 여름의 메마름과 겨울의 삭막함만 남았다. 노인은 이렇게 처음 경련을 일으켰던 때와 마찬가지로 여전히 마음이 '굳은' 채로 시간이 지나가도 어린양을 애도하는 일을 그만두지 않았다. 노인이 요셉을 생각하고 슬퍼서 탄식할 때면 형제들도 따라했다. 증오심도 사라진지 오래고, 그 바보가 언제 자신들을 그렇게 화나게 한 적이 있었던가 싶을 정도로 기억까지 가물거려 부담 없이 애도한 것이다. 요셉이 이곳에는 없고, 또다시 만날 수는 없지만, 여하튼 시야를 벗어난 그림자 같은 곳에 안전하게 머물고 있음을 알고 있었기 때문이다. 그건 야곱도 마찬가지였다.

스스로 어머니가 되어 요셉을 다시 데려오려고 '아래로 내려가는 것'은 포기했다. 요셉을 새로 생산하겠다거나, 아니면 점토로 새로 빚어 주님 노릇을 하겠다는 등의 혼란스러운 계획으로 다른 사람을 불안하게 만드는 일은 더 이상 없었다. 삶과 사랑은 아름답다. 그러나 죽음도 장점을 가지고 있다. 죽음은 사랑하는 사람을 그가 존재했던 과거와 부재 중인 현재 속에 안전하게 보존해 주기 때문이다. 그래서 예전에는 행복에서 비롯된 근심과 두려움이 있었다면, 지금은 안심이 있었다. 그럼 요셉은 어디 있었던가?

아브라함의 품 안. '자기 곁으로 데려간' 주님 옆. 혹은 인간 부재의 마지막 장소를 표시하는 다른 어떤 단어라도 좋다. 조금 움푹해서 삭막해도, 한편으로는 가장 포근하고 안전하게 보존해 주는 아주 깊은 곳을 나타내는 모든 단어가 여기에 해당된다.

죽음은 원래대로 복구시킨 다음 보존한다. 요셉이 토막 났을 때 야곱은 그를 원상 복구하려고 별의별 생각을 다 하지 않았던가? 그 일을 죽음은 혼자서 다 해냈다. 그것도 더 없이 사랑스러운 모습으로 회복시켰다. 죽음은 열네 토막, 혹은 그보다 더 되는 토막을 한데 모아 요셉의 온전한 형상을 만들었다. 죽음은 사악한 나라 이집트 사람들이 붕대와 마약을 이용하여 육체를 보존하는 것보다 훨씬 더 나은 방법으로, 훨씬 더 귀여운 모습으로 그를 보존했다. 깨진 데도, 다친 데도 없고, 변할 리도 없으며, 사랑스럽고, 도도하며, 영리하고, 알랑거릴 줄도 아는 미소 짓는 아름다운 소년, 하얀 나귀 훌다를 타고 여행을 떠난 바로 그 열일곱 살의 청년으로.

그 이후 우주 순환의 수레바퀴가 몇 번 돌았든, 살아 있는 사람들의 나이테가 얼마나 늘어났든, 그런 것과 아무 상관없이, 야곱이 간직한 요셉은 이렇게 다친 데도 없고, 앞으로 변할 리도 없고 근심할 필요도 없는, 영원한 열일곱 살의 모습이었다. 그런데도 죽음에 장점이 없다고 말할 사람이 있겠는가. 조금 움푹 파여 삭막한 구석이 있다는 게 흠이긴 하지만, 야곱은 죽음의 이러한 장점에 금방 익숙해졌다. 처음에 애통함과 비탄을 가누지 못해 주님을 원망하

고 대들면서 그렇게 방자하게 굴었던 것이 은근히 부끄러
웠다. 그런데도 주님은 자신을 단칼에 내려치지 않았다. 고
난에서 비롯된 오만 방자함을 침묵으로 묵묵히 참아준 그
분은 결코 뒷걸음질쳤거나 타락한 게 아니라, 참으로 세련
되고 거룩한 분이었다.

　아, 경건한 노인! 당신이 생각하는 주님, 그토록 오묘하
며 고상하며 거룩한 그 주님의 침묵 뒤에 또 어떤 혼란스러
운 뜻이 숨어 있는지, 당신은 그걸 예상이나 했던가! 그리
고 그의 섭리에 따라 도무지 어떻게 된 일인지 영문 모를
행복에 가슴 떨게 될 줄 상상이나 했던가! 육신이 팔팔했던
시절, 당신이 느낀 진정한 행복이 기만이며, 착각이었음을
보여준 아침이 있었다. 그 일을 보상이라도 해주듯, 당신의
가장 통렬한 고통 또한 기만이요 착각이었음을 깨닫게 되
려면 당신은 지금보다 훨씬 더 많이 늙어야 하리라.

《세번째 이야기로 이어집니다》

요셉과 그 형제들 2

펴낸날	초판 1쇄 2001년 11월 20일
	초판 3쇄 2020년 6월 30일

지은이	토마스 만
옮긴이	장지연
펴낸이	심만수
펴낸곳	(주)살림출판사
출판등록	1989년 11월 1일 제9-210호

주소	경기도 파주시 광인사길 30
전화	031-955-1350 팩스 031-624-1356
홈페이지	http://www.sallimbooks.com
이메일	book@sallimbooks.com

ISBN	978-89-522-0066-2 04850
	978-89-522-0064-8 (세트)